A Época da Inocência

Título Original: *The Age of Innocence*
Copyright © Editora Lafonte Ltda. 2024

Todos os direitos reservados.
Nenhuma parte deste livro pode ser reproduzida por quaisquer meios
existentes sem autorização por escrito dos editores e detentores dos direitos.

Direção Editorial	**Ethel Santaella**
Tradução	**Ciro Mioranza**
Texto de capa	**Denise Gianoglio**
Revisão	**Rita Del Monaco**
Diagramação e capa	**Marcos Sousa**

Dados Internacionais de Catalogação na Publicação (CIP)
(Câmara Brasileira do Livro, SP, Brasil)

```
Wharton, Edith, 1862-1937
   A época da inocência / Edith Wharton ; tradução
Ciro Mioranza. -- São Paulo : Lafonte, 2024.

   Título original: The age of innocence
   ISBN 978-65-5870-507-9

   1. Romance norte-americano I. Título.
```

24-190989   CDD-813.5

Índices para catálogo sistemático:

1. Romances : Literatura norte-americana   813.5

Eliane de Freitas Leite - Bibliotecária - CRB 8/8415

Editora Lafonte
Av. Profª Ida Kolb, 551, Casa Verde, CEP 02518-000, São Paulo-SP, Brasil – Tel.: (+55) 11 3855-2100
Atendimento ao leitor (+55) 11 3855-2216 / 11 3855-2213 – atendimento@editoralafonte.com.br
Venda de livros avulsos (+55) 11 3855-2216 – vendas@editoralafonte.com.br
Venda de livros no atacado (+55) 11 3855-2275 – atacado@escala.com.br

Edith Wharton

A Época da Inocência

Tradução
CIRO MIORANZA

Brasil, 2024

Lafonte

LIVRO I

Capítulo 1

Numa noite de janeiro dos primeiros anos da década de 1870, Christine Nilsson[1] se apresentava na peça *Fausto*[2], em exibição na Academia de Música de Nova York.

Embora já se falasse da construção, em remotas áreas metropolitanas, "acima das ruas Quarenta", de um novo teatro de ópera, que deveria competir em custo e esplendor com os das grandes capitais europeias, o mundo elegante ainda se contentava em se reunir, a cada inverno, nos velhos camarotes vermelhos e dourados da simpática e velha Academia. Os conservadores a apreciavam por ser pequena e incômoda, e assim, conseguiam afastar os "novos" que Nova York atraía, mas que estava começando a temer; e os sentimentais se apegavam a ela por suas associações históricas, e os apaixonados por música por sua excelente acústica, uma qualidade sempre tão problemática em salas construídas para ouvir música.

Era a primeira apresentação de Madame Nilsson nesse inverno, e o que os jornais diários já haviam aprendido a descrever como "um público excepcionalmente brilhante" se havia reunido para ouvi-la, transportado pelas ruas escorregadias e nevadas em carruagens particulares, no espaçoso landau da família, ou no mais humilde, mas mais conveniente "cupê"[3]. Ir à ópera num cupê era um modo quase tão honroso quanto chegar em carruagem própria; e ir embora pelo mesmo meio de transporte tinha a imensa vantagem de permitir que a pessoa (com uma jocosa alusão aos princípios democráticos) subisse no primeiro cupê da fila, em vez de esperar até que o nariz congestionado de gim e de frio do próprio cocheiro despontasse sob o pórtico da Academia. Foi uma das mais geniais intuições do grande cavalariço ter descoberto que os americanos têm muita pressa de voltar para casa depois da diversão do que a tiveram para chegar a ela.

    Quando Newland Archer abriu a porta na parte de trás do camarote do clube, a cortina havia acabado de subir na cena do jardim. Não havia razão para que o jovem não tivesse chegado mais cedo, pois havia jantado às 7h, sozinho com a mãe e a irmã, e depois se demorara fumando um charuto na biblioteca gótica de reluzentes estantes de nogueira preta e cadeiras de espaldar entalhado, o único cômodo da casa onde a senhora Archer permitia que se fumasse. Mas, em primeiro lugar, Nova York era uma metrópole com plena consciência de que nas metrópoles "não soava bem" chegar cedo à ópera; e o que soava ou não soava bem desempenhava um papel tão importante na Nova York de Newland Archer quanto os inescrutáveis terrores totêmicos que governaram os destinos de seus antepassados, milhares de anos antes.

    A segunda razão para seu atraso era de ordem pessoal. Ele havia se demorado com seu charuto porque, no fundo, era um diletante, e pensar num prazer que estava por vir muitas vezes lhe dava uma satisfação mais sutil do que o desfrute desse prazer atual. Esse era especialmente o caso quando o prazer era delicado, como era a maioria de seus prazeres; e nessa ocasião o momento que ele esperava era tão raro e requintado em qualidade que... bem, se ele tivesse programado sua chegada de comum acordo com o diretor do cenário, não poderia ter entrado na Academia num momento mais significativo do que quando a *"prima donna"* estava cantando: *"Ele me ama... ele não me ama... ELE ME AMA!..."* e desfolhando as pétalas da margarida que caíam com notas tão claras como gotas de orvalho.

    Ela cantou, é claro, "M'ama!" e não "ele me ama", uma vez que uma lei inalterável e inquestionável do mundo musical exigia que o texto alemão de óperas francesas cantadas por artistas suecos fosse traduzido para o italiano para uma compreensão mais clara do público de língua inglesa. Isso parecia tão natural para Newland Archer quanto todas as outras convenções que moldavam sua vida: como a obrigação de usar duas escovas de prata com seu monograma em esmalte azul para repartir os cabelos, e de nunca aparecer em público sem uma flor (de preferência uma gardênia) na lapela.

"*M'ama... non m'ama...*" cantou a *prima donna*, e "*M'ama!*", com uma explosão final de amor triunfante, enquanto ela pressionava a despetalada margarida contra os lábios e erguia os grandes olhos para o rosto sofisticado do pequeno e moreno "Fausto-Capoul"[4], que estava tentando, em vão, enfiado num gibão apertado de veludo roxo e com boné emplumado, parecer tão puro e verdadeiro quanto sua ingênua vítima.

Newland Archer, encostado na parede do fundo do camarote, desviou os olhos do palco e examinou o lado oposto da casa de espetáculos. Diante dele estava o camarote da velha sra. Manson Mingott, cuja monstruosa obesidade há muito impossibilitava que ela assistisse à ópera, mas que sempre era representada, nas noites de gala, por alguns dos membros mais jovens da família. Nessa ocasião, a frente do camarote estava ocupada por sua nora, a sra. Lovell Mingott, e sua filha, a sra. Welland; e ligeiramente retraída atrás dessas matronas de brocado sentava-se uma jovem de branco com os olhos fixos em êxtase nos amantes do palco. Quando o "*M'ama*" de Madame Nilsson vibrou pela sala silenciosa (as pessoas dos camarotes sempre paravam de falar durante o canto da margarida), um ardente rubor se espalhou pelas faces da moça, cobriu a testa até a raiz de suas belas tranças e desceu pela curva do busto até a linha onde se encontrava um modesto tule preso com uma única gardênia. Ela baixou os olhos para o imenso buquê de lírios-do-vale que mantinha sobre os joelhos, e Newland Archer viu a ponta de seus dedos enluvados tocar suavemente as flores. Ele deu um suspiro de vaidade satisfeita e seus olhos voltaram para o palco.

Não foram poupadas despesas na montagem do cenário, que foi reconhecida como muito bonita até mesmo por pessoas que conheciam os teatros de ópera de Paris e de Viena. O primeiro plano, até as luzes da ribalta, estava coberto com tecido verde-esmeralda. A meia distância, montículos simétricos de musgo verde lanoso, delimitados por arcos de croquê, formavam a base de arbustos que pareciam laranjeiras, mas cravejados de grandes rosas vermelhas. Amores-perfeitos gigantescos, consideravelmente maiores que as rosas, e muito parecidos com os limpa-penas em forma de flor feitos por paroquianas para clérigos elegantes, brotavam do musgo sob as roseiras; e aqui e acolá uma margarida enxertada num ramo de roseira florescia com uma exuberância profética, que anunciava os distantes prodígios do sr. Luther Burbank.[5]

No centro desse jardim encantado, Madame Nilsson, em caxemira branca com listras de cetim azul-claro, uma retícula pendurada num cinto azul e grandes tranças amarelas cuidadosamente dispostas em cada lado de sua blusa de musselina, ouvia com olhos baixos o apaixonado o galanteio de Monsieur Capoul, e fingia uma ingênua incompreensão de seus desígnios sempre que, por palavra ou por olhar, ele indicava persuasivamente a janela do andar térreo da elegante mansão de tijolos à vista que se projetava obliquamente da ala direita.

"Que adorável!", pensou Newland Archer, voltando a fitar a jovem com os lírios-do-vale. "Ela nem imagina do que se trata." E ele contemplou o jovem rosto absorto com um arrepio de posse, em que o orgulho de sua iniciação masculina se misturava com uma terna reverência pela abismal pureza dela. "Vamos ler *Fausto* juntos... à margem dos lagos italianos...", pensou ele, confundindo um tanto vagamente o cenário de sua projetada lua de mel com as obras-primas da literatura que teria o privilégio, como homem, de revelar à noiva. Foi apenas naquela tarde que May Welland o deixou adivinhar que ela "se importava" (a consagrada frase com que uma moça se declarava em Nova York), e já a imaginação dele, saltando à frente do anel de noivado, do beijo de noivado e da marcha de

Lohengrin⁽⁶⁾, a imaginava a seu lado em algum cenário da velha magia europeia.

Ele não desejava de forma alguma que a futura sra. Newland Archer fosse uma simplória. Pretendia que ela (graças à sua exemplar companhia) desenvolvesse um tato social e uma presença de espírito que lhe permitisse manter-se no mesmo nível das mulheres casadas mais elogiadas da "ala jovem", em que era costume reconhecido atrair a homenagem masculina e a desencorajá-la de maneira divertida. Se ele tivesse sondado a profundeza de sua vaidade (como às vezes quase fazia), teria encontrado ali o desejo de que sua esposa fosse tão sábia e ansiosa para agradar quanto a dama casada cujos encantos haviam mantido sua fantasia por dois anos um tanto agitados; sem, claro, qualquer indício da fragilidade que quase havia arruinado a vida daquele ser infeliz e havia desorganizado seus planos para um inverno inteiro.

Ele nunca havia parado para pensar como esse milagre de fogo e gelo se realizaria e como se sustentaria num mundo cruel; mas se contentava em manter sua opinião sem analisá-la, pois sabia que era a de todos os cavalheiros cuidadosamente escovados, de colete branco e flor na lapela que se sucediam no camarote do clube, trocavam saudações amistosas com ele e apontavam seus binóculos criticamente para o círculo de senhoras que eram produto do sistema. Em questões intelectuais e artísticas, Newland Archer se sentia distintamente superior a esses seletos espécimes da velha aristocracia de Nova York; ele provavelmente havia lido mais, pensado mais e até visto muito mais do mundo do que qualquer outro homem de sua classe. Individualmente, eles traíam sua inferioridade; mas agrupados, eles representavam "Nova York", e o hábito da solidariedade masculina o fazia aceitar sua doutrina em todas as questões ditas morais. Ele instintivamente sentia que, a esse respeito, seria problemático... e também bastante ruim... discordar abertamente.

— Bem... era só o que faltava! — exclamou Lawrence Lefferts, desviando abruptamente o binóculo do palco.

Lawrence Lefferts era, de modo geral, a maior autoridade em "etiqueta" em Nova York. Ele provavelmente tinha dedicado mais tempo que qualquer outra pessoa ao estudo dessa questão intrincada e fascinante; mas o estudo por si só não poderia explicar sua franca e absoluta competência. Bastava olhar para ele, desde a curva de sua testa calva e a curva de seu belo bigode louro até os longos pés calçados com sapatos de couro envernizado, na outra ponta de sua figura esbelta e elegante, para perceber que o conhecimento da "etiqueta" devia ser congênito em qualquer um que soubesse usar roupas tão boas de forma tão descuidada e conseguisse assim mesmo ser tão estiloso, apesar da alta estatura. Como um jovem admirador dissera certa vez sobre ele: "Se há alguém que pode dizer a um sujeito quando usar gravata preta com traje de noite e quando não, esse alguém é Larry Lefferts." E na questão de sapatos de salto alto *versus* sapatos de couro envernizado, sua autoridade nunca foi contestada.

— Meu Deus! — exclamou ele; e silenciosamente entregou seu binóculo ao velho Sillerton Jackson.

Newland Archer, seguindo o olhar de Lefferts, viu com surpresa que sua exclamação havia sido ocasionada pela entrada de uma nova figura no camarote da velha sra. Mingott. Era uma jovem esbelta, um pouco menos alta que May Welland, com cabelos castanhos soltando-se em cachos perto das têmporas e presos por uma faixa estreita de diamantes. A sugestão desse penteado, que lhe conferia o que então se chamava de "estilo Josephine"[7], se completava no corte do vestido de veludo azul-escuro, ajustado de forma bastante teatral, preso sob o busto por um cinto com uma grande e antiquada fivela. A usuária desse vestido incomum, que parecia totalmente alheia à atenção que estava despertando, parou por um momento no centro do camarote, explicando à sra. Welland que não achava justo ocupar o lugar dela no canto direito da frente; por fim, ela cedeu com um leve sorriso e sentou-se ao lado da sra. Lowell Mingott, cunhada da sra. Welland, no canto oposto.

O sr. Sillerton Jackson tinha devolvido o binóculo a Lawrence Lefferts. Todos se voltaram instintivamente, esperando ouvir o que o velho tinha a dizer; pois o velho sr. Jackson era uma autoridade tão grande em "família" quanto Lawrence Lefferts era em "etiqueta". Ele conhecia todas as ramificações de parentesco de Nova York; e poderia não apenas elucidar questões complicadas como a da conexão entre os Mingott (através dos Thorley) com os Dallas da Carolina do Sul, e a relação do ramo mais antigo dos Thorley da Filadélfia com os Chivers de Albany (que, de forma alguma, deviam ser confundidos com os Manson Chivers da University Place), mas também poderia enumerar as principais características de cada família: por exemplo, a fabulosa avareza das linhas mais jovens dos Lefferts (os de Long Island); ou a fatal tendência dos Rushworth para fazer casamentos tresloucados; ou a insanidade recorrente em cada duas gerações dos Albany Chivers, com quem seus primos de Nova York sempre se recusaram a se casar... com a desastrosa exceção da pobre Medora Manson que, como todos sabiam... mas, afinal, a mãe dela era uma Rushworth.

Além dessa floresta de árvores genealógicas, o sr. Sillerton Jackson carregava entre suas têmporas estreitas e fundas e sob sua suave cobertura de cabelos prateados um registro da maioria dos escândalos e mistérios que efervesciam sob a imperturbável superfície da sociedade de Nova York nos últimos cinquenta anos. De fato, seus conhecimentos eram vastos e sua memória tão aguçadamente fantástica, que ele deveria ser o único homem que poderia dizer quem era realmente Julius Beaufort, o banqueiro, e o que acontecera com o belo Bob Spicer, pai da velha sra. Manson Mingott, que havia desaparecido tão misteriosamente (com uma grande soma de dinheiro que lhe fora confiada) menos de um ano depois de seu casamento, no mesmo dia em que uma bela dançarina espanhola que vinha encantando o público lotado no velho teatro de ópera do Battery embarcou para Cuba. Mas esses mistérios, e muitos outros, estavam bem guardados no peito do sr. Jackson; pois não apenas seu agudo senso de honra o proibia de repetir qualquer coisa transmitida de modo confidencial, como também tinha plena consciência de que sua reputação de discrição aumentava suas oportunidades de descobrir o que quisesse saber.

Os ocupantes do camarote do clube esperavam, portanto, em visível suspense, enquanto o sr. Sillerton Jackson devolvia o binóculo de Lawrence Lefferts. Por um momento, ele escrutinou silenciosamente o grupo atento com seus olhos azuis transparentes, encimados por velhas pálpebras sulcadas de veias; torceu, então, pensativo, o bigode e disse simplesmente: "Não pensei que os Mingott chegassem até esse ponto".

Capítulo 2

Newland Archer, durante esse breve episódio, viu-se envolto num estranho estado de constrangimento.

Era irritante ver que o camarote que assim atraía toda a atenção da Nova York masculina fosse aquele em que sua noiva estava sentada, entre a mãe e a tia; e por um momento não conseguiu identificar a dama de vestido estilo império, nem imaginar por que sua presença criava tanta agitação entre os iniciados. Depois se deu conta e, em decorrência disso, sentiu uma onda de momentânea indignação. Não, de fato; ninguém teria pensado que os Mingott se atrevessem a tanto!

Mas se atreveram. Indubitavelmente, se atreveram, pois os comentários em voz baixa atrás dele não deixavam dúvidas na mente de Archer de que a jovem era prima de May Welland, a prima à qual a família sempre se referia como "a pobre Ellen Olenska". Archer sabia que ela havia chegado subitamente da Europa um ou dois dias antes. Chegara até a saber da srta. Welland que ela tinha ido visitar a pobre Ellen, que estava hospedada na casa da velha sra. Mingott.

Archer aprovava inteiramente a solidariedade familiar, e uma das qualidades que ele mais admirava nos Mingott era sua resoluta defesa das poucas ovelhas negras que seu impecável rebanho havia produzido. Não havia nada de mesquinho ou de pouco generoso no coração do jovem, e ele estava feliz por sua futura esposa não ser impedida por falso pudor de ser gentil (em particular) com a prima infeliz; mas receber a condessa Olenska no círculo familiar era diferente de apresentá-la em público, precisamente no teatro de ópera, e no mesmo camarote com a jovem cujo noivado com ele, Newland Archer, seria anunciado dentro de algumas semanas. Não, ele se sentia como o velho Sillerton Jackson; não achava que os Mingott haveriam de se atrever a tanto!

Obviamente, ele sabia que o que qualquer homem que ousasse fazer (dentro dos limites da Quinta Avenida), aquela velha sra. Manson Mingott, a matriarca da família, também ousaria. Sempre havia admirado a altiva e poderosa velhinha que, apesar de ter sido um dia apenas Catherine Spicer, de Staten Island, com um pai misteriosamente desacreditado, sem dinheiro nem posição suficientes para fazer as pessoas se esquecerem disso, aliou-se ao chefe da rica família Mingott, casou duas de suas filhas com "estrangeiros" (um marquês italiano e um banqueiro inglês), e deu o toque final a suas ousadias construindo um casarão de pedra de cor creme claro (quando o arenito marrom parecia a única alternativa quanto a sobrecasaca à tarde) num local deserto e inacessível, perto do Central Park.

As filhas estrangeiras da velha sra. Mingott haviam se tornado uma lenda. Nunca voltaram para ver a mãe que, sendo como muitas pessoas de mente ativa e vontade dominadora, sedentária e corpulenta, permanecera filosoficamente em casa. Mas o casarão de cor creme (supostamente inspirado nos hotéis privados da aristocracia parisiense) ali estava, como uma prova visível de sua coragem moral; e reinava nele, entre móveis pré-revolucionários e lembranças das Tulherias[8] de Luís Napoleão[9] (onde ela havia brilhado na meia-idade), tão placidamente como se não houvesse nada de peculiar em morar acima da Rua 34, ou em ter janelas francesas que se abriam como portas em vez de janelas de caixilhos que se erguiam e baixavam.

Todos (inclusive o sr. Sillerton Jackson) concordavam que a velha Catherine nunca teve beleza... dom que, aos olhos de Nova York, justificava todo o sucesso, e desculpava certo número de fracassos. Pessoas indelicadas diziam que, como sua homônima imperial[10], ela havia conquistado o caminho do sucesso pela força de vontade e dureza de coração, e uma espécie de descaramento altivo que de alguma forma se justificava pela extrema decência e dignidade de sua vida privada. O sr. Manson Mingott morrera quando ela tinha apenas 28 anos e havia "bloqueado" o dinheiro com uma cautela adicional decorrente da desconfiança geral com relação aos Spicer; mas a jovem e ousada viúva seguiu seu caminho, destemida, introduziu-se livremente na sociedade estrangeira, casou as filhas sabe-se lá em que círculos corruptos e elegantes, conviveu com duques e embaixadores, aproximou-se dos papistas, entreteve cantores de ópera e foi amiga íntima de Madame Taglioni[11]; e o tempo todo (como Sillerton Jackson era o primeiro a proclamar) nunca houve qualquer murmúrio sobre sua reputação; o único aspecto, ele sempre acrescentava, em que Catherine diferia da outra Catarina.

A sra. Manson Mingott há muito conseguira desbloquear a fortuna de seu marido e vivera em abundância por meio século; mas as lembranças de seus antigos problemas a tornaram excessivamente econômica e, embora, quando comprava um vestido ou uma peça de mobília, cuidava para que fosse o melhor, ela não conseguia gastar muito com os prazeres transitórios da mesa. Por razões totalmente diferentes, portanto, sua comida era tão pobre quanto a da sra. Archer, e seus vinhos não faziam nada para redimi-la. Seus parentes julgavam que a penúria de sua mesa desacreditava o nome Mingott, que sempre estivera associado a uma boa vida; mas as pessoas continuavam a visitá-la apesar dos "pratos feitos" e do champanhe sem graça, e em resposta às críticas de seu filho Lovell (que tentou recuperar o crédito da família contratando o melhor chef de Nova York) ela costumava dizer, rindo: "De que adianta ter dois bons cozinheiros numa família, agora que casei as meninas e não posso saborear molhos?"

Newland Archer, enquanto refletia sobre essas coisas, mais uma vez voltou seus olhos para o camarote dos Mingott. Viu que a sra. Welland e a cunhada estavam enfrentando seu semicírculo de críticos com a desenvoltura mingottiana que a velha Catherine havia inculcado em toda a sua tribo, e que só May Welland traía, pelo forte rubor (talvez devido ao fato de saber que ele a estava observando), um senso da gravidade da situação. Quanto à causa da comoção, ela continuava graciosamente sentada no canto do camarote, com os olhos fixos no palco e revelando, quando se inclinava para frente, um pouco mais de ombros e busto do que Nova York estava acostumada a ver, pelo menos em senhoras que tinham motivos para desejar passar despercebidas.

Poucas coisas, para Newland Archer, pareciam mais terríveis do que uma ofensa ao "Bom Gosto", essa divindade distante da qual a "Etiqueta" era o mero representante visível e vice-gerente. O rosto pálido e sério de Madame Olenska parecia adequado à ocasião e à infeliz situação dela; mas a maneira como o vestido dela (que não tinha pregas) descaía pelos ombros magros o deixou chocado e perturbado. Ele detestava pensar que May Welland estava sendo exposta à influência de uma jovem tão displicente com os ditames do Bom Gosto.

– Afinal – ouviu um dos homens mais jovens começar a dizer atrás dele (todos falavam durante as cenas dos personagens Mefistófeles e Marta na ópera *Fausto*) –, afinal, o que aconteceu exatamente?

– Bem, ela o deixou; ninguém vai negar isso.

– Ele é um brutamontes, não é? – continuou o jovem indagador, um cândido Thorley, que evidentemente estava se preparando para entrar nas listas como o defensor da dama.

– Da pior espécie. Eu o conheci em Nice – disse Lawrence Lefferts com autoridade. – Um sujeito branco, meio paralisado e sarcástico... cabeça bastante bonita, mas olhos com muitos cílios. Bem, vou lhe dizer o tipo: quando não estava com mulheres, colecionava porcelana. Pagando qualquer preço por ambas, acredito.

Todos caíram na risada, e o jovem defensor disse:

– Bem, então...?

– Bem, então; ela fugiu com o secretário do marido.

– Oh, entendi. – E o rosto do defensor se retraiu.

– Mas não durou muito: fiquei sabendo, meses depois, que ela estava morando sozinha em Veneza. Acredito que Lovell Mingott foi buscá-la e disse que ela estava desesperadamente infeliz. Tudo bem, mas desfilar com ela na ópera é outra coisa.

– Talvez – arriscou o jovem Thorley –, ela esteja infeliz demais para ficar sozinha em casa.

Esse comentário foi recebido com uma risada irreverente, e o jovem, corando intensamente, tentou mostrar que pretendia insinuar o que as pessoas entendidas chamavam de "duplo sentido".

– Bem, de qualquer modo, é estranho trazer a srta. Welland – disse alguém em voz baixa, olhando de soslaio para Archer.

– Ah, isso faz parte da campanha. Ordens da vovó, sem dúvida – riu Lefferts. – Quando a velha faz uma coisa, ela o faz por inteiro.

O ato estava terminando, e houve agitação geral no camarote. Subitamente, Newland Archer se sentiu impelido a uma ação decisiva. O desejo de ser o primeiro homem a entrar no camarote da sra. Mingott, o desejo de proclamar ao mundo ansioso seu noivado com May Welland, e o desejo de ampará-la em qualquer dificuldade que a anômala situação da prima pudesse envolvê-la. Esse impulso anulou abruptamente todos os escrúpulos e hesitações e o fez correr pelos corredores vermelhos até o outro lado do teatro.

Ao entrar no camarote, seus olhos encontraram os da srta. Welland e ele percebeu que ela havia compreendido instantaneamente seu motivo, embora a dignidade familiar, que ambos consideravam uma virtude tão elevada, não permitisse que ela o dissesse. As pessoas de seu mundo viviam numa atmosfera de fracas implicações e pálidas delicadezas, e o fato de os dois se entenderem mutuamente sem uma palavra pareceu ao jovem aproximá-los mais do que qualquer explicação poderia ter feito. Os olhos dela diziam: "Você está vendo por que mamãe me trouxe". E os dele responderam: "Por nada deste mundo eu iria querer que você ficasse longe daqui".

– Conhece minha sobrinha, a condessa Olenska? – perguntou a sra. Welland, enquanto apertava a mão do futuro genro.

Archer fez uma reverência sem estender a mão, como era costume ao ser apresentado a uma dama; e Ellen Olenska inclinou levemente a cabeça, mantendo as próprias mãos enluvadas ocupadas com seu enorme leque de penas de águia. Depois de cumprimentar a sra. Lovell Mingott, uma dama encorpada e loira, vestida de cetim rangente, Archer se sentou ao lado da noiva e disse em voz baixa:

– Espero que tenha dito a Madame Olenska que estamos noivos. Quero que todos saibam... quero que você me deixe fazer o anúncio durante o baile desta noite.

O rosto da srta. Welland ficou rosado como o alvorecer, e ela o fitou com olhos radiantes.

– Se você conseguir persuadir mamãe – disse ela. – Mas por que deveríamos mudar o que já está resolvido?

Ele não deu resposta, mas só lhe devolveu o olhar; então ela acrescentou, sorrindo, ainda mais confiante:

– Diga-o você mesmo à minha prima. Eu lhe dou permissão. Ela diz que vocês costumavam brincar juntos quando eram crianças.

Ela abriu caminho para ele, empurrando a cadeira para trás, e logo, um pouco ostensivamente, com o desejo de que o teatro inteiro visse o que ele estava fazendo, Archer sentou-se ao lado da condessa Olenska.

– Nós realmente costumávamos brincar juntos, não é? – disse ela, séria, voltando os olhos para ele. – Você era um menino horrível, e uma vez me beijou atrás de uma porta; mas eu estava apaixonada por seu primo Vandie Newland, que nunca reparou em mim. – Seu olhar varreu o semicírculo de camarotes. – Ah, como isso me faz lembrar tantas coisas... vejo todo mundo aqui de *knickerbockers* e *pantalettes*[12] – disse ela, com seu leve sotaque estrangeiro, dirigindo seu olhar para o rosto dele.

Por mais agradável que fosse a expressão de seus olhos, o jovem ficou chocado porque eles refletiam uma imagem tão indecorosa do augusto tribunal perante o qual, naquele exato momento, o caso dela estava sendo julgado. Nada poderia ser de pior gosto do que leviandade fora de contexto, e ele respondeu um tanto rispidamente:

– Sim, você esteve no exterior por muito tempo.

– Oh, séculos e séculos! Tanto tempo – disse ela – que tenho certeza de que estou morta e enterrada, e esse querido e velho lugar é o próprio paraíso.

Isso, por razões que ele não conseguiu identificar, pareceu a Newland Archer uma maneira ainda mais desrespeitosa de descrever a sociedade de Nova York.

Capítulo 3

Acontecia invariavelmente da mesma maneira. A sra. Julius Beaufort, na noite de seu baile anual, nunca deixava de comparecer à ópera; na verdade, ela sempre dava seu baile numa noite de ópera para enfatizar sua total superioridade com relação a problemas domésticos, e o fato de possuir uma equipe de criados competentes para organizar todos os detalhes do entretenimento em sua ausência.

A casa dos Beaufort era uma das poucas em Nova York que possuía um salão de baile (anterior até mesmo ao da sra. Manson Mingott e ao dos Headley Chivers); e numa época em que começava a ser considerado "provinciano" transformar a sala de visitas em salão, levando todos os móveis para o andar de cima, a posse de um salão de baile que não era usado para nenhum outro propósito e deixado fechado e escuro durante 364 dias do ano, com suas cadeiras douradas empilhadas num canto e seu lustre coberto com pano, essa superioridade indubitável compensava o que havia de lamentável no passado de Beaufort.

A sra. Archer, que gostava de cunhar sua filosofia social em axiomas, disse certa vez: "Todos nós temos nossos plebeus de estimação...", e embora a frase fosse ousada, sua verdade era secretamente admitida no íntimo de muitos exclusivistas. Mas os Beaufort não eram exatamente plebeus; mas havia quem dissesse que eram ainda piores. A sra. Beaufort pertencia de fato a uma das famílias mais honradas da América; tinha sido, quando solteira, a adorável Regina Dallas (do ramo da Carolina do Sul), uma beldade sem um tostão apresentada à sociedade de Nova York pela prima, a imprudente Medora Manson, que sempre fazia a coisa errada pelo motivo certo. Quem era parente dos Manson e dos Rushworth tinha um "*droit de cité*"[13] (como dizia o sr. Sillerton Jackson, que frequentara as Tulherias) na sociedade de Nova York; mas quem se casara com Julius Beaufort não perdia esse direito?

A pergunta era: quem era Beaufort? Ele se passava por um inglês, era agradável, sistemático, hospitaleiro e espirituoso. Viera para a América com cartas de recomendação do genro inglês da velha sra. Manson Mingott, o banqueiro, e havia rapidamente conquistado uma importante posição no mundo dos negócios; mas tinhas hábitos desregrados, a língua ferina e seus antecedentes eram misteriosos. E quando Medora Manson anunciou o noivado da prima com ele, houve quem achasse que era mais um ato de loucura no longo histórico de imprudências da pobre Medora.

Mas os frutos da loucura revelam muitas vezes sua sabedoria, e dois anos depois do casamento da jovem sra. Beaufort, admitiu-se que ela possuía a casa mais distinta de Nova York. Ninguém sabia exatamente como o milagre acontecera. Ela era indolente, passiva, e os cáusticos até a chamavam de chata; mas vestida como um ídolo, enfeitada de pérolas, tornando-se a cada ano mais jovem, mais loira e mais bonita, reinava no imenso palácio de arenito marrom do sr. Beaufort e para lá atraía todo mundo sem precisar levantar seu dedo mindinho repleto de joias. As pessoas bem informadas diziam que era o próprio Beaufort que treinava os criados, ensinava novos pratos ao chef, indicava aos jardineiros que flores de estufa cultivar para enfeitar a mesa de jantar e as salas de estar, selecionava os convidados, preparava o ponche depois do jantar e ditava os bilhetinhos que a esposa escrevia aos amigos. Se era realmente assim, realizava essas atividades domésticas às ocultas, e ele se apresentava ao mundo com a aparência de um milionário descuidado e hospitaleiro, entrando em sua sala de estar com o desembaraço de um convidado, dizendo:

– As gloxinias de minha esposa são uma maravilha, não é mesmo? Acho que ela as manda vir de Kew.[14]

As pessoas julgavam que o segredo do sr. Beaufort estava em sua maneira de conduzir as coisas. Havia murmúrios de que ele tinha recebido a "ajuda" do banco internacional em que trabalhava para deixar a Inglaterra. Ele enfrentava esse boato tão tranquilamente quanto o resto... embora a consciência empresarial não fosse menos sensível do que o padrão moral de Nova York... ele atraía tudo o que havia em sua frente e toda a Nova York para suas salas de estar, e por mais de vinte anos as pessoas diziam que estavam "indo à casa dos Beaufort" com o mesmo tom cheio de segurança que diriam que estavam se dirigindo para a casa da sra. Manson Mingott, e com a satisfação adicional de saber que degustariam patos quentes e ótimos vinhos, em vez do tépido champanhe Veuve Clicquot de menos de um ano e croquetes requentados de Filadélfia.

A sra. Beaufort apareceu então, como de costume, em seu camarote pouco antes da canção das joias da ópera; e quando, novamente como de costume, ela se levantou no fim do terceiro ato, colocou a capa sobre seus lindos ombros e desapareceu. Nova York sabia que isso significava que meia hora depois o baile haveria de começar.

A casa dos Beaufort era uma das que os nova-iorquinos tinham orgulho de mostrar aos estrangeiros, especialmente na noite do baile anual. Os Beaufort estavam entre as primeiras pessoas em Nova York a possuir o próprio tapete de veludo vermelho e fazê-lo rolar escada abaixo por seus lacaios, sob seu toldo, em vez de alugá-lo com o jantar e as cadeiras do salão de baile. Eles também haviam inaugurado o costume de deixar as damas tirar suas capas no saguão, em vez de subir para o quarto da anfitriã e modelar os cabelos em cachos com a ajuda do bico de gás; Beaufort teria dito que supunha que todas as amigas de sua esposa tinham criadas que cuidavam para que estivessem devidamente penteadas ao sair de casa.

Então a casa tinha sido audaciosamente planejada como um salão de baile, de modo que, em vez de se espremer por uma passagem estreita para chegar a ele (como na casa dos Chivers), caminhava-se solenemente por uma sequência de salas de estar enfileiradas (a verde-mar, a carmesim e a botão de ouro), vendo de longe os lustres de muitas velas refletidos no parquê polido e, mais além, as profundezas de um jardim de inverno onde camélias e samambaias arqueavam sua viçosa folhagem sobre bancos de bambu preto e dourado.

Newland Archer, como convinha a um jovem de sua posição, chegou um pouco tarde. Havia deixado o sobretudo com os lacaios de meias de seda (as meias eram uma das poucas tolices de Beaufort), havia se demorado um pouco na biblioteca revestida de couro espanhol e com finos móveis com acabamento em marchetaria e malaquita, onde alguns homens conversavam e calçavam as luvas para o baile, e finalmente se dirigiu para a fila de convidados que a sra. Beaufort recebia na entrada da sala carmesim.

Archer estava visivelmente nervoso. Não tinha voltado para seu clube depois da ópera (como os jovens ricos costumavam fazer), mas, como a noite estava bonita, caminhara um pouco pela Quinta Avenida antes de voltar na direção da casa dos Beaufort. Estava realmente com medo de que os Mingott fossem longe demais; que, na verdade, podiam ter ordens da avó Mingott para levar a condessa Olenska ao baile.

Pelo tom dos comentários transcorridos no camarote do clube, ele havia percebido como seria grave esse erro; e, embora estivesse mais do que nunca determinado a "ver a coisa até o fim", sentia-se menos cavalheirescamente disposto a defender a prima de sua noiva que antes da breve conversa na ópera.

Enquanto ia caminhando tranquilamente para a sala de estar "botão de ouro" (onde Beaufort teve a audácia de dependurar o quadro *Amor Vitorioso*, o tão discutido nu de Bouguereau)[15], Archer encontrou a sra. Welland com a filha perto da porta do salão de baile. Casais já deslizavam pela pista de dança: a luz das velas de cera incidia sobre volteantes saias de tule, nas cabeças femininas enfeitadas com modestas flores, nas plumas e nos ornamentos dos arrojados penteados das jovens casadas, e no reluzente brilho dos peitilhos engomados e das luvas recém-acetinadas.

A srta. Welland, evidentemente prestes a se juntar aos pares que já dançavam, estava aguardando na entrada, com seus lírios-do-vale na mão (nunca levava outro buquê), o rosto um pouco pálido, os olhos ardendo de cândida empolgação. Um grupo de rapazes e moças estava reunido a seu redor, e houve muitos apertos de mão, risos e gracejos que a sra. Welland, um pouco mais afastada, observava com discreta aprovação. Era evidente que a srta. Welland estava prestes a anunciar seu noivado, enquanto a mãe fingia um ar de relutância maternal que considerava adequado à ocasião.

Archer parou por um momento. Foi por seu expresso desejo que o anúncio havia sido feito e, no entanto, não era assim que ele desejava que se desse a conhecer sua felicidade. Proclamá-la no calor e no barulho de um salão de baile lotado era despojá-la da bela flor da privacidade que deveria ser algo inerente às coisas mais caras ao coração. Sua alegria era tão profunda, que essa mancha na superfície deixava sua essência intocada; mas ele teria preferido que a superfície se mantivesse pura também. Foi uma espécie de satisfação descobrir que May Welland compartilhava desse sentimento. Os olhos dela se voltaram para os dele e, suplicantes, disseram: "Lembre-se, estamos fazendo isso porque é correto".

Nenhum apelo poderia ter encontrado uma resposta mais imediata no coração de Archer; mas ele desejava que a necessidade de fazer isso tivesse sido representada por alguma razão ideal, e não simplesmente pela pobre Ellen Olenska. O grupo em torno da srta. Welland abriu caminho para ele com sorrisos significativos, e depois de receber sua parte das felicitações, ele conduziu sua noiva para o meio do salão de baile e passou-lhe o braço em torno da cintura.

– Agora não temos de falar – disse ele, sorrindo para os olhos cândidos dela, enquanto os dois flutuavam nas ondas suaves do *Danúbio Azul*.

Ela não respondeu. Seus lábios tremiam, sorrindo, mas os olhos permaneciam distantes e sérios, como se voltados para alguma visão inefável.

— Querida — sussurrou Archer, apertando-a contra o peito. Ficou claro para ele que as primeiras horas de noivado, mesmo que passadas num salão de baile, tinham algo de grave e sacramental. Que vida nova seria a sua, tendo ao lado essa brancura, esse esplendor, essa bondade!

Terminada a dança, os dois, como convém a um casal de noivos, se dirigiram para o jardim de inverno; e, sentados atrás de uma alta tela de samambaias e camélias, Newland levou aos lábios a mão enluvada da noiva.

— Viu só? Fiz como você me pediu — disse ela.

— Sim: eu mal podia esperar — respondeu ele, sorrindo. Depois de um momento, acrescentou: — Só gostaria que não tivesse sido num baile.

— Sim, eu sei. — Ela o fitou nos olhos, compreensiva. — Mas afinal de contas... aqui estamos juntos, sozinhos, não estamos?

— Oh, querida... sempre! — exclamou Archer.

Evidentemente ela sempre haveria de compreender; sempre diria a coisa certa. A descoberta fez transbordar a taça de sua bem-aventurança, e ele prosseguiu alegremente:

— O pior é que eu quero beijá-la e não posso.

Enquanto falava, ele deu uma olhada rápida em volta, assegurou-se da momentânea privacidade deles e, abraçando-a, estampou um beijo fugidio em seus lábios. Para neutralizar a audácia desse procedimento, ele a conduziu a um sofá de bambu numa parte menos isolada do jardim e, sentando-se ao lado dela, tirou um lírio-do-vale do buquê. Ela ficou sentada em silêncio, e o mundo parecia um vale iluminado pelo sol aos pés deles.

— Você contou para minha prima Ellen? — perguntou ela, em seguida, como se estivesse falando num sonho.

Ele se levantou e lembrou-se de que não o fizera. Uma invencível repugnância em falar dessas coisas para a estranha mulher estrangeira havia bloqueado as palavras em seus lábios.

– Não... não tive oportunidade, afinal – disse ele, mentindo, com toda a presteza.

– Ah! – exclamou ela, parecendo desapontada, mas gentilmente decidiu conseguir o que queria. – Então você precisa lhe contar, porque eu também não o fiz; e eu não gostaria que ela pensasse...

– Claro que não. Mas você não é, afinal, a pessoa certa para fazer isso?

Ela ficou refletindo sobre isso.

– Se eu tivesse contado na hora certa, sim – respondeu ela. – Mas agora que houve um atraso, acho que você deve explicar que eu lhe pedi para contar a ela na ópera, antes de falarmos sobre isso com todos aqui. Caso contrário, ela poderia pensar que eu a havia esquecido. Veja bem, ela é da família e está longe há tanto tempo que está bastante... sensível.

Archer olhou para ela, radiante.

– Meu querido e grande anjo! Claro que vou contar a ela. – Ele olhou um pouco apreensivo para o salão de baile lotado. – Mas ainda não a vi. Ela veio?

– Não; no último minuto decidiu que não.

– No último minuto? – repetiu ele, revelando sua surpresa por ela ter considerado a alternativa possível.

– Sim. E ela adora dançar – respondeu simplesmente a jovem. – Mas de repente achou que o vestido não era suficientemente elegante para um baile, embora nós o achássemos tão lindo. E então minha tia teve de levá-la para casa.

– Oh, bem... – disse Archer, com feliz indiferença.

Nada em sua noiva o agradava mais do que a resoluta determinação de levar até o limite aquele ritual de ignorar o "desagradável" em que ambos haviam sido criados.

"Ela sabe tão bem quanto eu", refletiu ele, "o verdadeiro motivo da ausência da prima; mas nunca deixarei que ela veja o menor sinal de que estou consciente de que há uma sombra na reputação da pobre Ellen Olenska."

Capítulo 4

No decorrer do dia seguinte, foi feita a primeira das habituais visitas de noivado. O ritual de Nova York era preciso e inflexível nessas questões; e em conformidade com ele, Newland Archer primeiramente foi com sua mãe e irmã visitar a sra. Welland, e depois disso ele, a sra. Welland e May foram até a casa da velha sra. Manson Mingott para receber a bênção dessa venerável matriarca.

Uma visita à sra. Manson Mingott era sempre uma ocorrência divertida para o jovem. A casa em si já era um documento histórico, embora, é claro, não fosse tão venerável quanto outras casas de família antigas da University Place e na parte baixa da Quinta Avenida. Essas eram do mais puro estilo 1830, com uma austera harmonia de tapetes estampados de rosas, consoles de jacarandá, lareiras de arco redondo com cornijas de mármore preto e imensas estantes envidraçadas de mogno; ao passo que a velha sra. Mingott, que havia construído sua casa mais tarde, havia jogado fora a pesada mobília de sua juventude e misturado as peças tradicionais, herança de família, com frívolos estofados do Segundo Império[16]. Era hábito seu sentar-se perto de uma janela de sua sala de estar no andar térreo, como se observasse calmamente a vida e a moda fluir para o Norte e chegassem a bater em suas portas solitárias. Ela parecia não ter pressa em vê-los chegar, pois sua paciência se equiparava à sua confiança. Tinha certeza de que os atuais tapumes, as pedreiras, os salões de um andar, as estufas de madeira em jardins irregulares e as rochas de onde as cabras contemplavam a paisagem desapareceriam diante do avanço de residências tão imponentes quanto a dela... talvez (pois ela era uma mulher imparcial) ainda mais imponentes; e que as pedras de calçamento, sobre as quais sacolejavam os velhos ônibus barulhentos, seriam substituídas por asfalto liso, como as pessoas relatavam ter visto em Paris. Enquanto isso, como todos os que queria ver vinham até ela (e podia lotar suas salas tão facilmente quanto os Beaufort, e sem acrescentar um único item ao cardápio de suas ceias), ela não sofria com seu isolamento geográfico.

A imensa quantidade de gordura que fora se acumulando em seu corpo na meia-idade, como uma inundação de lava numa cidade condenada, a havia transformado de uma mulherzinha rechonchuda e ativa, de pés e tornozelos perfeitamente torneados, em algo tão vasto e augusto quanto um fenômeno natural. Ela havia aceitado essa submersão tão filosoficamente quanto todas as outras tribulações, e agora, na extrema velhice, era recompensada por poder apresentar ao espelho uma extensão quase sem rugas de pele firme, rosada e branca, no centro da qual os traços de um pequeno rosto sobreviviam como se esperassem escavação. Uma série de flácidas papadas lisas levava às vertiginosas profundezas de um busto ainda alvo como a neve velado por musselinas brancas presas por um retrato em miniatura do falecido senhor Mingott; e ao redor e embaixo, onda após onda de seda preta subia pelas bordas de uma poltrona espaçosa, em cujos braços duas pequenas mãos brancas pousavam como gaivotas na superfície das ondas.

O fardo do peso da sra. Manson Mingott a impedia de subir e descer escadas havia muito tempo. Com sua característica independência, ela havia transferido suas salas de recepção no andar de cima e se estabeleceu (em flagrante violação de todas as convenções de Nova York) no andar térreo de sua casa; de modo que, ao sentar-se com ela junto à janela da sala de estar, o visitante tinha diante de si (através de uma porta que estava sempre aberta e de um reposteiro de damasco amarelo dobrado nas costas) a vista inesperada de um quarto com uma enorme cama baixa estofada como um sofá e um toucador com frívolos babados de renda e um espelho de moldura dourada.

Seus visitantes ficavam surpresos e fascinados com a estranheza desse arranjo, que lembrava cenas da ficção francesa e incentivos arquitetônicos à imoralidade, com os quais o simples americano nunca sonhara. Era assim que as mulheres com amantes viviam nas velhas sociedades depravadas, em apartamentos com todos os cômodos num único andar, e com todas as indecentes imediações que seus romances descreviam. Newland Archer (que havia secretamente situado as cenas de amor de "Monsieur de Camors"[17] no quarto da sra. Mingott), se divertia ao retratar mentalmente a vida inocente dessa senhora vivida no palco do adultério; mas dizia a si mesmo, com considerável admiração que, se era um amante que queria, a intrépida mulher também o teria.

Para alívio geral, a condessa Olenska não estava presente na sala de estar da avó durante a visita dos noivos. A sra. Mingott disse que ela tinha saído; o que, num dia de sol tão forte e na "hora das compras", parecia em si uma coisa indelicada para uma mulher comprometida fazer. Mas, de qualquer forma, isso os poupou do embaraço de sua presença e da leve sombra que seu passado infeliz poderia lançar sobre o futuro radiante deles. A visita transcorreu com sucesso, como era de esperar. A velha sra. Mingott ficou exultante com a notícia do noivado que, há muito aguardado por parentes atentos, havia sido cuidadosamente aprovado no conselho familiar; e o anel de noivado, uma grande safira com engaste invisível, despertou nela total admiração.

– É o novo tipo de engaste: é claro que realça a pedra de forma primorosa, mas parece um pouco nua aos olhos antiquados

— Havia explicado a sra. Welland, com um olhar conciliatório para o futuro genro.

— Olhos antiquados? Espero que não se refira aos meus, minha querida? Gosto de todas as novidades – disse a matriarca, erguendo a pedra até seus olhinhos brilhantes, que jamais haviam sido desfigurados por um par de óculos. – Muito bonito – acrescentou ela, devolvendo a joia –, muito valioso. Em minha época, um camafeu cravejado de pérolas era considerado suficiente. Mas é a mão que realça o anel, não é, meu caro sr. Archer? – E ela acenou com uma de suas mãozinhas, com unhas pequenas e pontudas, com rolos de gordura envelhecida envolvendo os pulsos como braceletes de marfim. – O meu foi modelado em Roma pelo grande Ferrigiani. Você deveria ter lhe encomendado o de May: sem dúvida, ele o teria feito, meu filho. A mão dela é grande... são esses esportes modernos que incham as juntas... mas a pele é branca... E quando vai ser o casamento? – interrompeu-se ela, fixando os olhos no rosto de Archer.

— Oh!... – murmurou a sra. Welland, enquanto o jovem, sorrindo para a noiva, respondeu:

— Assim que possível, se me ajudar, sra. Mingott.

— Devemos dar-lhes tempo para se conhecerem um pouco melhor, mamãe – interveio a sra. Welland, com a devida afetação de relutância.

Ao que a matriarca retrucou:

— Conhecer-se um ao outro? Tolice! Todo mundo em Nova York sempre conheceu todo mundo. Deixe o jovem seguir seu caminho, minha querida; não espere até que o vinho azede. Celebrem o casamento antes da Quaresma. Posso ser acometida por uma pneumonia num inverno desses e quero oferecer o café da manhã do casamento.

Essas sucessivas declarações foram recebidas com as devidas expressões de contentamento, incredulidade e gratidão. E a visita estava terminando num clima de amena jocosidade quando a porta se abriu para a condessa Olenska, que entrou de touca e manto, seguida pela inesperada figura de Julius Beaufort.

Houve um murmúrio de prazer entre as damas, e a sra. Mingott mostrou o anel de Ferrigiani ao banqueiro.

– Ah! Beaufort, esse é um privilégio muito raro! (Tinha o estranho costume estrangeiro de se dirigir aos homens pelo sobrenome.)

– Obrigado. Eu gostaria que isso acontecesse mais vezes – disse o visitante, com seu jeito arrogante. – Geralmente ando tão ocupado, mas eu conheci a condessa Ellen na Madison Square, e ela teve a gentileza de me deixar acompanhá-la até em casa.

– Ah... espero que a casa fique mais alegre, agora que Ellen está aqui! – exclamou a sra. Mingott com um glorioso descaramento. – Sente-se... sente-se, Beaufort: aproxime a poltrona amarela; e agora que estou com você, quero ouvir um belo mexerico. Ouvi dizer que seu baile foi magnífico; e eu soube que você convidou a sra. Lemuel Struthers? Bem... estou louca de curiosidade para ver essa mulher.

Ela havia se esquecido dos parentes, que estavam seguindo para o saguão, conduzidos por Ellen Olenska. A velha sra. Mingott sempre havia professado grande admiração por Julius Beaufort, e havia uma espécie de afinidade no jeito frio e dominador dos dois e nos atalhos que descobriam para driblar as convenções. Agora ela estava ansiosamente curiosa para saber o que havia levado os Beaufort a convidar (pela primeira vez) a sra. Lemuel Struthers, viúva do dono da graxa de sapatos Struthers, que havia retornado no ano anterior de uma longa estada iniciatória na Europa para sitiar a pequena e sólida cidadela de Nova York.

– É claro que, se você e Regina a convidarem, a coisa está resolvida. Bem, precisamos de sangue novo e de dinheiro novo... e ouvi dizer que ela ainda é muito bonita – declarou a velha dama.

No saguão, enquanto a sra. Welland e May vestiam suas peliças, Archer viu que a condessa Olenska estava olhando para ele com um leve sorriso questionador.

– Claro que você já sabe... sobre May e eu – disse ele, respondendo ao olhar dela com um riso tímido. – Ela me repreendeu por não ter lhe dado a notícia ontem à noite no teatro. Eu tinha ordens dela para lhe dizer que estávamos noivos, mas não pude, no meio de toda aquela multidão.

O sorriso passou dos olhos da condessa Olenska para os lábios: e a deixou mais jovem, mais parecida com a atrevida e morena Ellen Mingott de sua infância.

– Claro que sei; sim. E estou muito contente. Mas essas coisas, em primeiro lugar, não devem ser ditas no meio da multidão.

As damas estavam na soleira da porta e ela estendeu a mão.

– Adeus; venha me visitar algum dia – disse ela, ainda olhando para Archer.

Na carruagem, descendo a Quinta Avenida, eles conversaram incisivamente sobre a sra. Mingott, sobre sua idade, seu espírito e todos os seus maravilhosos atributos. Ninguém aludiu a Ellen Olenska; mas Archer sabia que a sra. Welland estava pensando:

"É um erro Ellen ser vista, no dia seguinte ao de sua chegada, desfilando na Quinta Avenida com Julius Beaufort, na hora de maior movimento..."

E o próprio jovem acrescentou mentalmente:

"E ela deveria saber que um homem que acaba de ficar noivo não perde seu tempo visitando mulheres casadas. Mas ouso dizer que no lugar em que ela morou fazem isso... nunca fazem outra coisa."

E, apesar das visões cosmopolitas de que se orgulhava, agradeceu aos céus por ser um nova-iorquino e estar prestes a se aliar a uma jovem de sua espécie.

Capítulo 5

Na noite seguinte, o velho sr. Sillerton Jackson foi jantar com os Archer.

A sra. Archer era uma mulher tímida e se esquivava da sociedade; mas gostava de estar sempre bem informada. Seu velho amigo, sr. Sillerton Jackson, aplicava à investigação dos negócios dos amigos a paciência de um colecionador e a ciência de um naturalista; e sua irmã, srta. Sophy Jackson, que morava com ele e era recebida por todas as pessoas que não conseguiam um encontro com um homem tão requisitado como seu irmão, levava para casa pequenos mexericos que preenchiam utilmente as lacunas de seu quadro de informações.

Por isso, sempre que queria saber alguma coisa a respeito do que havia acontecido, a sra. Archer convidava o sr. Jackson para jantar; e como ela honrava poucas pessoas com seus convites e como ela e sua filha Janey eram uma excelente plateia, o sr. Jackson comparecia em geral pessoalmente em vez de enviar a irmã. Se pudesse estabelecer todas as condições, teria escolhido as noites em que Newland não estivesse em casa; não porque o jovem não fosse simpático (os dois se davam muito bem no clube), mas porque o velho Jackson, às vezes, sentia que Newland tinha a tendência de analisar suas informações que as damas da família nunca as mostravam.

O sr. Jackson, se a perfeição fosse atingível na terra, também teria desejado que a comida da sra. Archer fosse um pouco melhor. Mas, na época, Nova York, até onde a mente humana conseguia se lembrar, estava dividida em dois grandes grupos fundamentais, o dos Mingott e Manson e todo o seu clã, que apreciavam banquetes, roupas e dinheiro, e a tribo Archer-Newland-Van-der-Luyden, que se dedicava a viagens, horticultura e à boa ficção e desprezava as formas mais grosseiras de prazer.

Afinal, não se pode ter tudo. Jantar com os Lovell Mingott era ter a ocasião de apreciar pato selvagem, tartaruga e vinhos de boas safras antigas; na casa de Adeline Archer, era ter a ocasião de falar sobre paisagens alpinas e do "*Fauno de mármore*"[18]; e felizmente o vinho Madeira na casa dos Archer era muito bom. Por isso, quando uma convocação amigável vinha da sra. Archer, o sr. Jackson, que era um verdadeiro eclético, costumava dizer à irmã:

– Estou sofrendo um pouco de gota desde meu último jantar na casa dos Lovell Mingott... uma dieta na casa de Adeline vai me fazer muito bem.

A sra. Archer, que era viúva havia muito tempo, morava com o filho e a filha na Rua 28 oeste. Newland ocupava todo o andar de cima, e as duas mulheres se espremiam em aposentos menores no andar térreo. Numa harmonia perfeita de gostos e interesses, cultivavam samambaias em recipientes de vidro[19], faziam rendas de macramê e bordados de lã em tecidos de linho, colecionavam artigos de cerâmica da época da Revolução americana, assinavam *Good Words* e liam romances de Ouida[20] por causa da atmosfera italiana. (Davam preferência aos que tratavam da vida do campo, por causa das descrições de paisagens e dos sentimentos mais agradáveis, embora em geral gostassem de romances sobre pessoas da sociedade, cujos motivos e hábitos eram mais compreensíveis. Criticavam severamente Dickens[21], que "nunca havia descrito um cavalheiro", e consideravam Thackeray[22] menos à vontade na alta-roda do que Bulwer[23]... que, no entanto, estava começando a ser considerado antiquado.)

A sra. e a srta. Archer eram declaradas amantes da paisagem. Era o que mais procuravam e admiravam, sobretudo em suas viagens ocasionais ao exterior; considerando arquitetura e pintura como assuntos para homens, e principalmente para pessoas eruditas que leem Ruskin[24]. A sra. Archer nascera em Newland, e mãe e filha, que eram como irmãs, eram ambas, como diziam as pessoas, "verdadeiras Newlands" altas, pálidas e de ombros levemente arredondados, nariz comprido, sorriso meigo e uma espécie de decadente distinção como a de certos retratos desbotados de Reynolds[25]. Sua semelhança física teria sido completa se a compleição física de idade mais avançada não tivesse apertado o brocado preto da sra. Archer, enquanto as popelines marrons e roxas da srta. Archer pendiam, com o passar dos anos, cada vez mais folgadas em seu corpo virginal.

Mentalmente, a semelhança entre elas, como Newland sabia, era menos completa do que seus maneirismos idênticos muitas vezes faziam parecer. O longo hábito de conviver em intimidade mutuamente dependente lhes havia dado o mesmo vocabulário e o mesmo costume de começar as frases com "mamãe pensa" ou "Janey pensa", conforme uma ou outra desejasse apresentar uma opinião própria; mas, na realidade, enquanto a serena falta de imaginação da sra. Archer repousava facilmente no que era aceito e familiar, Janey estava sujeita a sobressaltos e aberrações de fantasia que brotavam de fontes de romances reprimidos.

Mãe e filha se adoravam e reverenciavam Newland, que as amava com uma ternura tornada pesarosa e acrítica pelo sentimento de sua admiração exagerada e por sua secreta satisfação com isso. Afinal, ele achava bom para um homem ter sua autoridade respeitada na própria casa, mesmo que seu senso de humor às vezes o fizesse questionar a força dessa autoridade.

Nessa ocasião, o jovem estava convencido de que o sr. Jackson preferiria que ele jantasse fora; mas ele tinha suas razões para não fazê-lo.

É claro que o velho Jackson queria falar sobre Ellen Olenska, e é claro que a sra. Archer e Janey queriam ouvir o que ele tinha a dizer. Os três ficariam um pouco constrangidos com a presença de Newland, agora que sua futura relação com o clã Mingott havia sido divulgada; e o jovem esperou com divertida curiosidade para ver como haveriam de contornar essa dificuldade.

Começaram, indiretamente, falando sobre a sra. Lemuel Struthers.

– É uma pena que os Beaufort a convidassem – disse a sra. Archer, gentilmente. – Mas então Regina sempre faz o que ele manda; e Beaufort...

– Certas nuances escapam a Beaufort – disse o sr. Jackson, inspecionando cautelosamente o sável grelhado e perguntando-se pela milésima vez por que a cozinheira da sra. Archer sempre queimava as ovas até virar cinzas. (Newland, que há muito se perguntava a respeito da mesma coisa, sempre conseguia detectá-la na expressão melancólica de desaprovação do velho.)

– Oh, sem sombra de dúvida, Beaufort é um homem vulgar – disse a sra. Archer. – Meu avô Newland sempre dizia para minha mãe: "Faça o que fizer, não deixe aquele tal de Beaufort ser apresentado às meninas". Mas pelo menos ele tinha a vantagem de viver em companhia de cavalheiros; na Inglaterra também, segundo dizem, é tudo muito misterioso...

Ela olhou para Janey e fez uma pausa. Ela e Janey conheciam cada detalhe do mistério de Beaufort, mas, em público, a sra. Archer continuava a presumir que o assunto era impróprio para solteiras.

– Mas essa sra. Struthers – continuou a sra. Archer –, de onde é que você disse que *ela* veio, Sillerton?

– De uma mina, ou melhor, do botequim na entrada do poço da mina. Viajou, em seguida, com um Museu de Cera, pela Nova Inglaterra. Depois que a polícia acabou com isso, dizem que ela morou...

O sr. Jackson, por sua vez, olhou para Janey, cujos olhos começavam a saltar sob as pálpebras proeminentes. Para ela, ainda havia lacunas no passado da sra. Struthers.

– Então – continuou o sr. Jackson (e Archer percebeu que ele estava se perguntando por que ninguém havia dito ao mordomo para nunca cortar pepinos com uma faca de aço) –, então apareceu Lemuel Struthers. Dizem que o publicitário usou o rosto da moça nos cartazes de propaganda da graxa de sapato; o cabelo dela é intensamente preto, sabe... estilo egípcio. De qualquer modo, ele... finalmente... se casou com ela.

Havia muitas insinuações na maneira como o "finalmente" foi escandido e cada sílaba recebia a devida ênfase.

– Ah! bem... no ponto em que chegamos hoje em dia, isso não importa – disse a sra. Archer, com indiferença.

As damas não estavam realmente interessadas na sra. Struthers naquele momento; Ellen Olenska era o assunto novo e o que realmente as cativava. Na verdade, a sra. Archer havia mencionado o nome da sra. Struthers apenas para que pudesse perguntar:

– E a nova prima de Newland... a condessa Olenska? Estava no baile também?

Havia um leve toque de sarcasmo na referência ao filho, e Archer sabia e esperava por isso. Até a sra. Archer, que raramente ficava muito empolgada com os acontecimentos sociais, havia ficado extremamente contente com o noivado do filho. ("Especialmente depois daquela boba história com a sra. Rushworth", como havia comentado com Janey, aludindo ao que outrora parecera a Newland uma tragédia que haveria de deixar em sua alma uma cicatriz duradoura e indelével.)

Não havia melhor partido em Nova York do que May Welland, de qualquer ponto que se analisasse a questão. É claro que Newland merecia e fazia jus a esse casamento; mas os jovens são tão tolos e imprevisíveis... e algumas mulheres tão envolventes e inescrupulosas... que era nada menos que um milagre ver o filho único passar a salvo a ilha das Sereias e se abrigar no porto de um lar irrepreensível.

Tudo isso é o que a sra. Archer andava pensando, e o filho sabia disso; mas também sabia que ela havia ficado perturbada com o anúncio prematuro de seu noivado, ou melhor, com sua causa; e foi por esse motivo... porque em geral ele era um chefe de família terno e indulgente... que ele ficara em casa nessa noite.

– Não é que eu não aprove o *"esprit de corps"*[26] dos Mingott; mas não vejo por que o noivado de Newland deve ser confundido com as idas e vindas dessa mulher Olenska – resmungou a sra. Archer para Janey, a única testemunha de seus pequenos lapsos de perfeita doçura.

Ela havia se comportado de modo maravilhoso... em termos de conduta refinada ela era insuperável... durante a visita à sra. Welland; mas Newland sabia (e sua noiva, sem dúvida, imaginava) que durante toda a visita ela e Janey estavam nervosamente atentas à possível intrusão de madame Olenska; e, quando saíram da casa juntos, ela se permitiu dizer ao filho:

– Sou grata a Augusta Welland por nos ter recebido em separado e a sós.

Essas indicações de perturbação interior comoviam Archer, tanto mais que ele também julgava que os Mingott tinham ido longe demais. Mas como era contra todas as regras de seu código que mãe e filho aludissem ao que predominava em seus pensamentos, ele simplesmente respondeu:

– Oh! bem, quando alguém fica noivo sempre tem de passar por uma fase de reuniões de família, e quanto mais cedo terminar, melhor.

Diante disso, a mãe apenas franziu os lábios sob o véu de renda que pendia de seu gorro de veludo cinza enfeitado com uvas crestadas.

A vingança dela, ele pressentiu... a legítima vingança... seria "induzir" o sr. Jackson nessa noite a falar da condessa Olenska; e, tendo cumprido publicamente seu dever como futuro membro do clã Mingott, o jovem não fez nenhuma objeção em ouvir a dama discutir esse assunto em particular... embora isso já estivesse começando a entediá-lo.

O sr. Jackson serviu-se de uma fatia do filé morno que o taciturno mordomo lhe entregou com um olhar tão cético quanto o dele, e rejeitou o molho de cogumelos depois de cheirá-lo de modo quase imperceptível. Parecia perplexo e faminto, e Archer pensou que provavelmente terminaria a refeição falando de Ellen Olenska.

O sr. Jackson recostou-se na cadeira e olhou para os Archer, para os Newland e para os Van der Luyden à luz das velas dependuradas em molduras escuras nas paredes igualmente escuras.

– Ah, como seu avô Archer adorava um bom jantar, meu querido Newland! – disse ele, com os olhos fixos no retrato de um jovem rechonchudo e de peito farto, de colete e casaco azul, com vista para uma casa de campo com colunas brancas atrás dele. – Bem... bem... bem... eu me pergunto o que ele teria dito de todos esses casamentos com estrangeiros!

A sra. Archer ignorou a alusão à culinária ancestral, e o sr. Jackson continuou deliberadamente:

– Não, ela *não* estava no baile.

– Ah!... – murmurou a sra. Archer, num tom que dava a entender: "Ela teve essa decência".

– Talvez os Beaufort não a conheçam – sugeriu Janey, com sua ingênua malícia.

O sr. Jackson engoliu em seco, como se estivesse provando um invisível vinho Madeira.

– A sra. Beaufort pode ser que não, mas Beaufort certamente a conhece, pois ela foi vista por Nova York inteira subindo a Quinta Avenida com ele essa tarde.

– Misericórdia!... – gemeu a sra. Archer, evidentemente percebendo a inutilidade de tentar atribuir os atos dos estrangeiros a um senso de delicadeza.

– Eu gostaria de saber se ela usa um chapéu redondo ou um gorro à tarde – especulou Janey. – No teatro, sei que ela usava um vestido de veludo azul-escuro, perfeitamente simples e liso... parecia uma camisola.

– Janey! – disse a mãe; e a srta. Archer corou e tentou mostrar audácia.

– De qualquer forma, foi de bom tom não ter ido ao baile – continuou a sra. Archer.

Um espírito de perversidade levou o filho a contra-argumentar:

– Não creio que fosse questão de bom tom, no caso dela. May disse que ela queria ir, mas achou que o vestido em questão não era bastante elegante.

A sra. Archer sorriu com a confirmação de sua inferência.

– Pobre Ellen! – comentou simplesmente, acrescentando, compassiva: – Devemos sempre ter em mente a educação excêntrica que Medora Manson lhe deu. O que se pode esperar de uma garota que foi autorizada a usar cetim preto em seu baile de debutante?

– Ah! Acaso não me lembro dela naquele vestido? – disse o sr. Jackson; acrescentando: – Pobre garota! – no tom de quem, aproveitando a lembrança, havia compreendido perfeitamente na época o que a visão pressagiava.

– É estranho – observou Janey – que ela tenha conservado um nome tão feio como Ellen. Eu o teria mudado para Elaine.

Ela olhou em torno da mesa para ver o efeito do que dissera.

O irmão dela riu.

– Por que Elaine?

– Não sei; soa mais... mais polonês – respondeu Janey, corando.

– Parece mais cativante; e dificilmente deve ser isso que ela deseja – disse a sra. Archer, indiferente.

— Por que não? — interveio o filho, subitamente pronto a discutir. — Por que ela não deveria chamar a atenção, se assim o desejasse? Por que deveria se subtrair a tudo, como se fosse ela a causa da própria desgraça? Ela é certamente "pobre Ellen", porque teve o azar de fazer um casamento desastrado; mas não vejo motivo para ela se esconder como se fosse culpada.

— Essa, suponho — disse o sr. Jackson, especulativamente —, é a postura que os Mingott pretendem adotar.

O jovem corou.

— Não precisei esperar pela deixa, se é isso que quer dizer, senhor. Madame Olenska teve uma vida infeliz: isso não faz dela uma marginal.

— Há rumores... — começou o sr. Jackson, olhando para Janey.

— Ah, eu sei: o secretário — interrompeu-o o jovem. — Bobagem, mãe; Janey é adulta. Dizem, não é mesmo? — continuou ele — que o secretário a ajudou a se livrar do brutamontes do marido, que a mantinha praticamente prisioneira? Bem, e se foi isso que aconteceu? Espero que não haja um homem entre nós que não tivesse feito o mesmo em semelhante caso.

O sr. Jackson olhou por cima do ombro para dizer ao taciturno mordomo:

— Talvez... aquele molho... só um pouquinho, afinal... — E depois de se servir, comentou: — Disseram-me que ela está procurando uma casa. Pretende morar aqui.

— Ouvi dizer que ela pretende se divorciar — disse Janey, audaciosamente.

— Eu espero que consiga! — exclamou Archer.

A frase caiu como uma bomba na atmosfera pura e tranquila da sala de jantar. A sra. Archer ergueu suas delicadas sobrancelhas, conferindo-lhes uma peculiar curvatura que significava: "o mordomo...", e o jovem, ciente de que era de mau gosto discutir assuntos tão íntimos em público, apressadamente mudou de assunto, passando a falar de sua visita à velha sra. Mingott.

Depois do jantar, de acordo com um costume imemorial, a sra. Archer e Janey arrastaram suas longas saias de seda escada acima até a sala de estar, onde, enquanto os cavalheiros fumavam perto da escada, sentaram-se ao lado de um candelabro com um globo gravado, uma frente à outra a uma mesa de jacarandá, sobre a qual havia uma bolsa de seda verde, e passaram a bordar flores do campo nas duas extremidades de uma tapeçaria, destinada a adornar uma "eventual" cadeira na sala de estar da jovem sra. Newland Archer.

Enquanto esse rito estava em andamento na sala de estar, Archer acomodou o sr. Jackson numa poltrona perto da lareira na biblioteca gótica e lhe entregou um charuto. Jackson afundou-se na poltrona com satisfação, acendeu o charuto com total confiança (era Newland que os comprava) e, esticando suas velhas e finas pernas para perto do fogo, disse:

– Você disse que o secretário só a ajudou a fugir, meu caro? Bem, ele ainda a estava ajudando um ano depois; uma vez que alguém os encontrou morando juntos em Lausanne.

Newland enrubesceu.

– Morando juntos? Bem, por que não? Quem tinha o direito de mudar a própria vida senão ela mesma? Estou farto da hipocrisia que é capaz de enterrar viva uma mulher da idade dela, só porque o marido prefere viver com prostitutas.

Ele parou e se virou com raiva para acender o charuto.

– As mulheres devem ser livres... tão livres quanto nós – declarou ele, fazendo uma descoberta, cujas terríveis consequências estava irritado demais para medir.

O sr. Sillerton Jackson estendeu as pernas para deixar os pés mais perto do fogo e emitiu um sardônico assobio.

– Bem – disse ele, depois de uma pausa –, aparentemente, o conde Olenski é da mesma opinião; pois nunca ouvi falar de que ele tivesse levantado um dedo para ter a esposa de volta.

Capítulo 6

Nessa noite, depois que o senhor Jackson se retirou e as damas se recolheram ao quarto com cortinas de chita. Newland Archer subiu pensativo para seu escritório. Uma mão vigilante havia, como sempre, mantido o fogo vivo e a lamparina acesa; e o aposento, com suas fileiras e mais fileiras de livros, suas estatuetas de bronze e aço de esgrimistas sobre a lareira e suas muitas fotografias de quadros famosos, parecia singularmente familiar e acolhedor.

Ao deixar-se cair na poltrona perto do fogo, seus olhos pousaram numa grande fotografia de May Welland, que a jovem lhe dera nos primeiros dias de namorado e que agora substituía todos os outros retratos da mesa. Com novo sentimento de admiração, ele olhou para a fronte aberta, os olhos sérios e a boca alegre e inocente da jovem criatura de cuja alma ele deveria ser o guardião. Aquele aterrorizante produto do sistema social ao qual ele pertencia e no qual acreditava, a jovem que nada sabia e esperava por tudo, olhava para ele como um estranho através das conhecidas feições de May Welland; e mais uma vez ele percebeu que o casamento não era o ancoradouro seguro que lhe haviam ensinado a pensar que fosse, mas uma viagem por mares desconhecidos.

O caso da condessa Olenska havia abalado velhas convicções estabelecidas e as havia colocado perigosamente à deriva em sua mente. Sua própria exclamação: "As mulheres devem ser livres... tão livres quanto nós", atingira a raiz de um problema que, em seu mundo, já fora acordado considerá-lo como inexistente. As mulheres "corretas", por mais injustiçadas que fossem, nunca reivindicariam o tipo de liberdade a que ele se referia, e homens generosos como ele eram, portanto... no calor da discussão... os mais cavalheirescamente dispostos a conceder-lhes essa liberdade. Essas generosidades verbais eram, na verdade, apenas um disfarce das inexoráveis convenções que mantinham as coisas no lugar e prendiam as pessoas aos antigos padrões. Mas aqui ele se comprometia a defender, da parte da prima de sua noiva, conduta que, se adotada por sua própria esposa lhe daria razão para invocar contra ela todas as reprovações da Igreja e do Estado.

Claro que o dilema era puramente hipotético; como ele não era um nobre polonês tratante, era absurdo especular quais seriam os direitos de sua esposa, se ele o fosse. Mas Newland Archer tinha uma imaginação bem viva para não sentir que, no caso dele e de May, o vínculo poderia incomodar por razões muito menos gritantes e palpáveis. O que cada um dos dois poderia realmente saber um do outro, uma vez que era dever dele, como um sujeito "decente", esconder seu passado dela, e era dever dela, como jovem casadoura, não ter passado para esconder?

E se, por alguma das razões mais sutis referentes a ambos, acabassem se cansando um do outro, se desentendendo ou se irritando? Ele analisou os casamentos de seus amigos... os supostamente felizes... e não viu nenhum que pudesse corresponder, mesmo remotamente, à camaradagem apaixonada e terna que ele almejava como sua relação permanente com May Welland. Percebeu que tal companheirismo pressupunha, da parte dela, a experiência, a versatilidade, a liberdade de opinião, que ela havia sido cuidadosamente treinada para não possuir; e com um arrepio de mau pressentimento ele viu seu casamento se tornar o que a maioria dos outros casamentos a seu redor eram: uma associação monótona de interesses materiais e sociais mantida pela ignorância de um lado e pela hipocrisia do outro.

Ocorreu-lhe que Lawrence Lefferts era o marido que mais completamente havia conseguido realizar esse invejável ideal. Como sumo sacerdote da etiqueta, ele havia moldado a esposa de tal modo segundo sua própria conveniência que, nos momentos mais notáveis de seus frequentes casos de amor com esposas de outros homens, ela andava por aí sorrindo inconsciente, dizendo que "Lawrence era terrivelmente austero"; e havia se tornado conhecida por enrubescer indignada e desviar o olhar quando alguém aludia, em sua presença, ao fato de que Julius Beaufort (como "estrangeiro" de origem duvidosa) tinha o que em Nova York se costumava chamar de "outra família".

Archer tentou se consolar com o pensamento de que não era tão idiota quanto Larry Lefferts, nem May era tão simplória quanto a pobre Gertrude; mas a diferença, afinal, era de inteligência e não de padrões. Na realidade, todos viviam numa espécie de mundo hieroglífico, onde a coisa real nunca era dita, feita ou mesmo pensada, mas apenas representada por um conjunto de signos arbitrários. Exemplo disso foi quando a sra. Welland, que sabia exatamente por que Archer a havia pressionado para anunciar o noivado da filha no baile de Beaufort (e, de fato, não esperava dele nada menos que isso), no entanto, sentiu-se obrigada a simular relutância e fingir que havia sido forçada, assim como, nos livros sobre o Homem Primitivo, que as pessoas de cultura avançada começavam a ler, a noiva selvagem é arrastada aos gritos da tenda de seus pais.

O resultado, obviamente, foi que a jovem, que era o centro desse elaborado sistema de mistificação, permanecia ainda mais inescrutável em virtude de sua franqueza e segurança. Era franca, pobrezinha, porque não tinha nada a esconder, e segura porque não sabia de nada contra o que se precaver; e sem melhor preparação do que essa, ela mergulharia da noite para o dia no que as pessoas chamavam evasivamente de "as coisas da vida".

O jovem estava sinceramente apaixonado, mas de forma bem plácida. Ele se deliciava com a beleza radiante da noiva, com sua saúde, sua habilidade na equitação, sua graça e agilidade nos jogos e o tímido interesse por livros e ideias que ela estava começando a desenvolver sob a orientação dele. (Ela havia progredido bastante para se juntar a ele na ridicularização dos *Idílios do Rei*, mas não para apreciar a *Beleza de Ulisses e dos comedores de lótus*.)[27] Era direta, leal e corajosa; tinha senso de humor (demonstrado principalmente ao rir das piadas dele); e ele suspeitava que havia, nas profundezas de sua alma inocente, uma riqueza de sentimento que seria uma alegria despertar.

Mas depois de concluir essa breve análise sobre o perfil da noiva, desanimado, voltou a pensar que toda essa franqueza e essa aparente inocência eram apenas um produto artificial. A natureza humana não treinada não era franca e inocente; estava cheia de artimanhas e defesas de uma astúcia instintiva. E ele se sentiu oprimido por essa criação de pureza factícia, tão astuciosamente fabricada por uma conspiração de mães, tias, avós e ancestrais há muito falecidas, porque todas julgavam que era o que ele queria, era o que ele tinha direito de ter, a fim de poder exercer seu nobre prazer de esmagá-la como um boneco de neve.

Havia certa banalidade nessas reflexões: eram aquelas habituais, que os rapazes faziam com a aproximação do dia do casamento. Mas eram geralmente acompanhadas por um sentimento de remorso e humilhação que Newland Archer, nem de longe, sentia. Ele não podia lamentar (como os heróis de Thackeray[28] tantas vezes o exasperavam ao fazer) não ter uma página em branco para oferecer à noiva em troca da página imaculada que ela lhe daria. Ele não conseguia fugir do fato de que, se tivesse sido criado como ela, os dois seriam tão incapazes de se orientar como as Crianças na floresta[29]; nem poderia ele, apesar de todas as suas ansiosas cogitações, ver qualquer razão honesta (qualquer, isto é, desconectada de seu prazer momentâneo e da paixão da vaidade masculina) pela qual sua noiva não deveria ter tido a mesma liberdade de experiência que ele.

Essas reflexões, nessa hora, tinham forçosamente de povoar sua mente; mas ele estava ciente de que sua incômoda persistência e precisão se deviam à chegada inoportuna da condessa Olenska. Ali estava ele, no exato momento de seu noivado... um momento de pensamentos puros e esperanças cristalinas... lançado numa espiral de escândalo que levantava todos os problemas especiais que ele preferia deixar intocados.

"Maldita Ellen Olenska!", resmungou ele, enquanto apagava o fogo e começava a se despir. Realmente não conseguia ver por que o destino dela deveria ter a menor influência sobre o dele. Sentia vagamente, no entanto, que havia apenas começado a avaliar os riscos da posição de defensor que o noivado lhe havia imposto.

Alguns dias depois, o raio caiu.

Os Lovell Mingott enviaram convites para o que era conhecido como "um jantar formal" (ou seja, três lacaios extra, dois pratos diferentes para cada parte do jantar e um ponche romano no intervalo), e os convites traziam as palavras "Para conhecer a condessa Olenska", de acordo com a hospitalidade americana, que trata os estrangeiros como se fossem membros da realeza ou, pelo menos, como seus embaixadores.

Os convidados foram selecionados com uma ousadia e discernimento em que os iniciados reconheceram a mão firme de Catarina, a Grande. A lista contemplava presenças imemoriais como os Selfridge Merry, que eram chamados em todos os eventos porque sempre compareciam, os Beaufort, com os quais havia uma alegação de parentesco, o sr. Sillerton Jackson e a irmã dele, Sophy (que ia aonde o irmão mandava ela ir), eram alguns dos mais elegantes e, no entanto, os mais irrepreensíveis do grupo dominante de "jovens casados"; os Lawrence Lefferts, a sra. Lefferts Rushworth (a adorável viúva), os Harry Thorley, os Reggie Chivers e o jovem Morris Dagonet e sua esposa (que era uma Van der Luyden).

Na verdade, o grupo constituía uma seleção perfeita, visto que todos os membros pertenciam ao pequeno círculo íntimo de pessoas que, durante a longa temporada nova-iorquina, se divertia diariamente e todas as noites com entusiasmo aparentemente inalterado.

Quarenta e oito horas depois, o inacreditável aconteceu. Todos haviam recusado o convite dos Mingott, exceto os Beaufort e o velho sr. Jackson e a irmã dele. A desfeita era tanto mais insultante que até mesmo os Reggie Chivers, que eram do clã Mingott, estavam entre os que recusaram o convite. Além disso, eram desairosas todas as respostas, em que todos afirmavam "lamentar não poder aceitar o honroso convite", sem a alegação atenuante de um "compromisso anterior", que a usual cortesia prescrevia.

A sociedade de Nova York era, nessa época, muito pequena e tinha tão poucas opções de lazer, que todos (inclusive cavalariços, mordomos e cozinheiros) sabiam exatamente em que noites as pessoas estavam livres; e assim foi possível para os destinatários dos convites da sra. Lovell Mingott deixar cruelmente clara sua determinação de não se interessar em conhecer a condessa Olenska.

O golpe foi inesperado; mas os Mingott, como era de seu costume, enfrentaram-no com galhardia. A sra. Lovell Mingott comunicou o fato à sra. Welland, que repassou a notícia a Newland Archer. Este, indignado pelo ultraje, apelou apaixonadamente e com autoridade para sua mãe, que, após um doloroso período de resistência interior e contemporização exterior, sucumbiu às instâncias dele (como sempre) e, imediatamente, abraçando sua causa com uma energia redobrada em comparação com suas hesitações anteriores, colocou o chapéu de veludo cinza e disse:

– Vou visitar Louisa van der Luyden.

A Nova York dessa época de Newland Archer era uma pirâmide pequena e escorregadia, na qual, até então, dificilmente uma fissura havia sido aberta ou uma posição segura havia sido conquistada. Sua base era formada por um alicerce firme que a sra. Archer chamava de "pessoas simples"; uma honrada, mas obscura, maioria de famílias respeitáveis, que (como no caso dos Spicer, dos Lefferts ou dos Jackson) haviam galgado posições superiores por meio de casamento com membros dos clãs dominantes. As pessoas, como a sra. Archer sempre dizia, não eram tão especiais como costumavam ser; e com a velha Catherine Spicer dominando uma ponta da Quinta Avenida e Julius Beaufort a outra, não se podia esperar que as velhas tradições durassem muito mais tempo.

Estreitando-se firmemente para cima, a partir desse substrato rico, mas discreto, estava o grupo compacto e dominante que os Mingott, os Newland, os Chivers e os Manson representavam tão ativamente. A maioria das pessoas os imaginava como o ápice da pirâmide; mas eles próprios (pelo menos os da geração da sra. Archer) sabiam que, aos olhos de um genealogista profissional, apenas um número ainda menor de famílias poderia reivindicar essa eminência.

– Não venham me falar – dizia a sra. Archer aos filhos – de todo esse lixo de jornal moderno sobre uma aristocracia nova-iorquina. Se houver uma, nem os Mingott nem os Manson pertencem a ela; não, nem os Newland ou os Chivers. Nossos avós e bisavós eram apenas respeitáveis comerciantes ingleses ou holandeses, que vieram para as colônias para fazer fortuna e ficaram aqui porque se saíram muito bem. Um de nossos bisavós assinou a Declaração; outro foi general do estado-maior de Washington e recebeu a espada do general Burgoyne depois da batalha de Saratoga[30]. Essas são coisas das quais a gente pode se orgulhar, mas não têm nada a ver com posição ou classe. Nova York sempre foi uma comunidade comercial e não há mais do que três famílias nela que podem reivindicar uma origem aristocrática no verdadeiro sentido da palavra.

A sra. Archer e seus dois filhos, assim como todos em Nova York, sabiam quem eram esses seres privilegiados: os Dagonet da Washington Square, que vieram de uma antiga família inglesa, aliada dos Pitt e dos Fox; os Lanning, que se casaram com os descendentes do conde de Grasse, e os Van der Luyden, descendentes diretos do primeiro governador holandês de Manhattan, e aparentados, por meio de casamentos anteriores ao período revolucionário, com vários membros da aristocracia francesa e britânica.

Os Lanning sobreviveram apenas na pessoa de duas muito velhas, mas vivas, srtas. Lanning, que vivem alegremente e de lembranças entre retratos de família e móveis da marca Chippendale; os Dagonet formavam um clã considerável, aliado aos melhores nomes de Baltimore e da Filadélfia; mas os Van der Luyden, que estavam acima de todos eles, haviam se desvanecido numa espécie de crepúsculo supraterrestre, do qual apenas duas figuras emergiram de forma impressionante: o sr. e a sra. Henry van der Luyden.

A sra. Henry van der Luyden havia nascido como Louisa Dagonet, e sua mãe era neta do coronel Du Lac, de uma antiga família da Ilha do Canal, que havia lutado sob o comando do general britânico Cornwallis e se havia estabelecido em Maryland, depois da guerra, com sua noiva, Lady Angelica Trevenna, quinta filha do conde de St. Austrey. Os laços entre os Dagonet, os Du Lac de Maryland, e seus parentes aristocráticos da Cornualha, os Trevenna, sempre permaneceram firmes e cordiais. O sr. e a sra. Van der Luyden mais de uma vez fizeram longas visitas ao atual chefe da casa de Trevenna, o duque de St. Austrey, em sua casa de campo na Cornualha e em St. Austrey, em Gloucestershire; e Sua Graça havia anunciado com frequência a intenção de algum dia retribuir a visita (sem a duquesa, que temia o Atlântico).

O sr. e a sra. Van der Luyden dividiam seu tempo entre Trevenna, sua casa em Maryland e Skuytercliff, a grande propriedade no Hudson, que fora uma das doações coloniais do governo holandês ao famoso primeiro governador, e da qual o sr. Van der Luyden ainda era proprietário. Sua grande e solene casa na Madison Avenue raramente estava aberta e, quando chegavam à cidade, recebiam apenas seus amigos mais íntimos.

– Gostaria que você fosse comigo, Newland – disse sua mãe, parando de repente na porta da pequena carruagem. – Louisa gosta de você; e, naturalmente, é por causa da querida May que estou dando esse passo... e também porque, se não ficarmos todos juntos, não haverá mais o que chamamos de sociedade.

Capítulo 7

A sra. Henry Van der Luyden ouviu em silêncio a narrativa da prima, a sra. Archer.

Era muito bom saber com antecedência que a sra. Van der Luyden estava sempre em silêncio e que, embora não se comprometesse por natureza e educação, ela era muito gentil com as pessoas de quem realmente gostava. Mas ter conhecimento disso por experiência própria nem sempre era uma proteção contra o frio que reinava na sala de estar de teto alto e paredes brancas da Madison Avenue, com as poltronas de brocado claro tão obviamente descobertas para a ocasião, e o véu ainda encobrindo os enfeites de ouropel na cornija da lareira e a bela e velha moldura entalhada de "Lady Angelica Du Lac" de Gainsborough.[31]

O retrato da sra. Van der Luyden pintado por Huntington[32] (em veludo preto e ponto veneziano) estava de frente para o de sua adorável ancestral. Era geralmente considerado "tão bom quanto um Cabanel"[33] e, embora vinte anos tivessem se passado desde sua execução, ainda guardava "uma semelhança perfeita". Na verdade, a sra. Van der Luyden, que estava sentada abaixo dele, ouvindo a sra. Archer, poderia ser a irmã gêmea da bela e ainda jovem mulher inclinada contra uma poltrona dourada diante de uma cortina de repes verde. A sra. Van der Luyden ainda usava veludo preto e renda veneziana quando saía... ou melhor (visto que ela nunca jantava fora) quando abria a porta de sua casa para receber pessoas da alta sociedade. Seu cabelo loiro, que havia desbotado sem ficar grisalho, ainda estava repartido em pontas planas sobrepostas na testa, e o nariz reto que dividia seus olhos azul-claros era apenas um pouco mais afilado nas narinas do que na época em que o retrato havia sido pintado. Na verdade, sempre havia impressionado Newland Archer de maneira um tanto repulsiva o modo como ela se preservara na atmosfera abafada de uma existência perfeitamente irrepreensível, como corpos presos em geleiras mantêm durante anos um tom rosado de vida.

Como toda a sua família, ele estimava e admirava a sra. Van der Luyden; mas achava sua afável e submissa doçura menos acessível que a severidade de algumas das velhas tias de sua mãe, temidas solteironas que diziam "não" por princípio, antes mesmo de saber o que lhes seria perguntado.

A atitude da sra. Van der Luyden não dizia nem sim nem não, mas sempre parecia inclinar-se à clemência até que seus lábios finos, vacilando na sombra de um sorriso, davam a resposta quase sempre invariável:

– Antes de mais nada, preciso falar com meu marido.

Ela e o sr. Van der Luyden eram tão exatamente parecidos, que Archer frequentemente se perguntava como, depois de quarenta anos da mais intensa vida conjugal, duas identidades tão coesas conseguiam se separar de modo claro para algo tão controverso quanto uma discussão. Mas, como nenhum dos dois chegava a uma decisão sem recorrer antes a esse misterioso conclave, a sra. Archer e o filho, tendo exposto seu caso, ficaram aguardando resignadamente pela frase familiar.

A sra. Van der Luyden, que raramente surpreendia alguém, desta vez os surpreendeu, ao estender a mão para tocar a sineta.

– Acho – disse ela – que gostaria que Henry ouvisse o que vocês me contaram.

Apareceu um lacaio, a quem ela acrescentou gravemente:

– Se o sr. Van der Luyden terminou de ler o jornal, por favor, peça-lhe que tenha a gentileza de vir até aqui.

Ela disse "ler o jornal" no mesmo tom em que a esposa de um ministro diria: "Presidir uma reunião de gabinete"... não por arrogância, mas porque o hábito de uma vida inteira e a atitude dos amigos e parentes a haviam levado a atribuir ao menor gesto do sr. Van der Luyden uma importância quase sacerdotal.

Sua presteza mostrou que considerava o caso tão urgente quanto a sra. Archer; mas, para que não se pensasse que ela havia se comprometido antecipadamente, acrescentou, com o mais doce dos olhares:

– Henry sempre gosta de vê-la, querida Adeline; e ele desejará parabenizar Newland.

As portas duplas se reabriram solenemente, e entre elas apareceu o sr. Henry van der Luyden, alto, magro e de sobrecasaca, com cabelos louros desbotados, nariz reto como o da esposa e o mesmo olhar de gentileza gelada em olhos que eram apenas de um cinza claro em vez de azul-claros.

O sr. Van der Luyden cumprimentou a sra. Archer com a afabilidade de primo, deu os parabéns a Newland em voz baixa, expressos nos mesmos termos de sua esposa, e sentou-se numa das poltronas de brocado com a simplicidade de um soberano reinante.

– Acabei de ler o *Times* – disse ele, juntando a ponta dos longos dedos. – Quando estou na cidade, minhas manhãs são tão ocupadas, que acho mais conveniente ler os jornais depois do almoço.

– Ah! há muito a ser dito sobre isso... na verdade, acho que meu tio Egmont costumava dizer que achava menos perturbador ler os jornais da manhã somente depois do almoço – disse a sra. Archer, compreensiva.

– Sim: meu bom pai abominava a pressa. Mas agora vivemos numa pressa constante – disse o sr. Van der Luyden, em tom comedido, olhando com visível prazer para a grande sala coberta, que para Archer era uma imagem mais que perfeita de seus proprietários.

– Mas espero que você tenha terminado sua leitura, Henry – interveio sua esposa.

– Sim... sim – tranquilizou-a ele.

– Então gostaria que Adeline lhe contasse...

– Oh, na realidade, é a história de Newland – disse a mãe, sorrindo; e começou a relatar mais uma vez a monstruosa afronta infligida à sra. Lovell Mingott. – Naturalmente – concluiu ela –, Augusta Welland e Mary Mingott acharam que, sobretudo em vista do noivado de Newland, você e Henry *deviam saber*.

– Ah!... – suspirou o sr. Van der Luyden.

Houve um silêncio durante o qual o tique-taque do monumental relógio dourado sobre a lareira de mármore branco soava tão alto quanto o estrondo de uma arma de fogo. Archer contemplou com admiração as duas figuras esguias e desbotadas, sentadas lado a lado numa espécie de rigidez de vice-reis, porta-vozes de alguma remota autoridade ancestral que o destino os impeliu a assumir, quando teriam preferido viver em simplicidade e reclusão, arrancando invisíveis ervas daninhas dos gramados perfeitos de Skuytercliff e jogando paciência à noite.

O sr. Van der Luyden foi o primeiro a falar.

– Você realmente acha que isso se deve a alguma... alguma interferência intencional de Lawrence Lefferts? – perguntou ele, virando-se para Archer.

– Tenho certeza, senhor. Larry tem se arriscado um pouco mais do que de costume, ultimamente; se a prima Louisa não se importa que eu mencione isso... tendo um caso difícil com a esposa do agente do correio em sua aldeia, ou algo desse tipo; e sempre que a pobre Gertrude Lefferts começa a suspeitar de alguma coisa, ele, com medo de ter de arcar com novos problemas, faz uma confusão desse tipo, para mostrar como ele é radicalmente moral, e fala em alto e bom som sobre a impertinência de convidar sua esposa para conhecer pessoas que ele não deseja que ela conheça. Ele está simplesmente usando Madame Olenska como um para-raios; já o vi tentar a mesma coisa muitas vezes.

– Os *Lefferts*!... – disse a sr. Van der Luyden.

– Os *Lefferts*!... – repetiu a sra. Archer. – O que o tio Egmont teria dito sobre o pronunciamento de Lawrence Lefferts a respeito da posição social de alguém? Isso mostra a que ponto a sociedade chegou.

– Esperamos que não tenha chegado realmente a esse ponto – disse o sr. Van der Luyden, com firmeza.

– Ah, se você e Louisa saíssem mais! – suspirou a sra. Archer.

Mas instantaneamente ela percebeu seu erro. Os Van der Luyden eram morbidamente sensíveis a qualquer crítica à sua existência isolada. Eram os árbitros da moda, o Tribunal de Última Apelação, e sabiam disso, e se curvavam a seu destino. Mas sendo pessoas tímidas e retraídas, sem nenhuma vocação natural para desempenhar esse papel, viviam tanto quanto possível na solidão silvestre de Skuytercliff, e quando iam até a cidade, recusavam todos os convites, alegando a frágil saúde da sra. Van der Luyden.

Newland Archer veio em socorro da mãe.

– Todo mundo em Nova York sabe o que o senhor e a prima Louisa representam. É por isso que a sra. Mingott sentiu que não deveria permitir que esse desrespeito à condessa Olenska passasse sem consultá-los.

A sra. Van der Luyden olhou para o marido, que olhou para ela.

– É o princípio que me desagrada – disse o sr. van der Luyden. – Desde que um membro de uma família conhecida tem o apoio dessa família, a questão está encerrada por si.

– É o que penso também – disse sua esposa, como se estivesse produzindo um novo pensamento.

– Eu não fazia ideia – continuou o sr. Van der Luyden – de que as coisas tivessem chegado a esse ponto. – Ele fez uma pausa e olhou para sua esposa novamente. – Ocorre-me, minha querida, que a condessa Olenska já é uma espécie de parente... através do primeiro marido de Medora Manson. De qualquer modo, ela o será quando Newland se casar. – Ele se voltou para o jovem e perguntou: – Você leu o *Times* desta manhã, Newland?

– Ora, sim, senhor – respondeu Archer, que costumava folhear meia dúzia de jornais durante seu café matinal.

Marido e mulher se entreolharam novamente. Seus olhos claros se mantiveram fixos numa prolongada e séria consulta. Então um leve sorriso apareceu no rosto da sra. Van der Luyden. Ela evidentemente tinha adivinhado e havia aprovado.

O sr. Van der Luyden voltou-se para a sra. Archer.

– Se a saúde de Louisa permitisse que ela jantasse fora... gostaria que você dissesse à sra. Lovell Mingott... ela e eu teríamos ficado felizes em... a... ocupar os lugares dos Lawrence Lefferts no jantar. – Fez uma pausa, para que percebessem a ironia dessas palavras. – Como deve saber, isso é impossível. – A sra. Archer fez um simpático aceno. – "Mas Newland me disse que leu o Times desta manhã; portanto, provavelmente viu que o parente de Louisa, o duque de St. Austrey, chega na próxima semana no navio Rússia. Ele está vindo para inscrever sua nova chalupa, a *Guinevere*, na Regata Internacional do próximo verão; e vem também para caçar patos selvagens em Trevenna. – O sr. Van der Luyden fez nova pausa e continuou com crescente benevolência: – Antes de levá-lo para Maryland, estamos convidando alguns amigos para encontrá-lo aqui... apenas um pequeno jantar... seguido de uma recepção. Tenho certeza de que Louisa ficará tão feliz quanto eu, se a condessa Olenska permitir que a incluamos entre nossos convidados. – Ele se levantou, curvou seu longo corpo com rígida amabilidade diante da prima e acrescentou: – Julgo que tenho a permissão de Louisa para dizer que ela mesma deixará o convite para jantar quando sair daqui a pouco: com nossos cartões... claro, com nossos cartões.

A sra. Archer, entendendo que esse era um aviso de que assunto estava encerrado, levantou-se com um murmúrio apressado de agradecimento. A sra. Van der Luyden sorriu para ela com o sorriso de Ester intercedendo junto de Assuero[(34)]; mas seu marido ergueu a mão em sinal de protesto.

– Não há nada para me agradecer, querida Adeline; absolutamente nada. Esse tipo de coisa não deve acontecer em Nova York;

não vai acontecer, enquanto eu puder impedir – declarou ele, com soberana gentileza, enquanto conduzia seus primos até a porta.

Duas horas depois, todos sabiam que a grande carruagem de molas C, na qual a sra. Van der Luyden tomava ar em todas as estações do ano, fora vista diante da porta da casa da velha sra. Mingott, onde foi entregue um grande envelope quadrado; e, naquela noite, na Ópera, o sr. Sillerton Jackson pôde afirmar que o envelope continha um cartão convidando a condessa Olenska para o jantar que os Van der Luyden dariam na semana seguinte para seu primo, o duque de St. Austrey.

Alguns dos homens mais jovens no camarote do clube trocaram um sorriso com esse anúncio e olharam de soslaio para Lawrence Lefferts, que se sentou de forma descuidada na frente do camarote, acariciando seu longo bigode louro, e que comentou com autoridade quando a soprano fez uma pausa:

– Ninguém além de Patti[35] deveria tentar cantar a *Sonnambula*.[36]

Capítulo 8

Era consenso geral em Nova York que a condessa Olenska havia "perdido a beleza".

Ela havia aparecido ali pela primeira vez quando Newland Archer era criança, como uma garotinha de 9 ou 10 anos, extremamente bonita, e as pessoas diziam que "deveriam pintar o retrato dela". Seus pais haviam percorrido com ela todos os continentes e, depois de uma infância itinerante, ela perdeu os dois e então foi entregue aos cuidados da tia, Medora Manson, também uma viajante sistemática, que estava voltando para Nova York, a fim de "se estabelecer".

A pobre Medora, repetidamente viúva, estava sempre voltando para casa para se estabelecer (cada vez numa casa mais barata) e trazendo consigo um novo marido ou um filho adotivo; mas, depois de alguns meses, ela invariavelmente se separava do marido ou brigava com o tutelado e, tendo se livrado de sua casa com prejuízo, voltava a perambular. Como sua mãe fora uma Rushworth e seu último fracassado casamento a ligara a um dos tresloucados Chivers, Nova York olhava com indulgência para suas excentricidades; mas quando ela regressou com sua sobrinha órfã, cujos pais tinham sido populares, apesar de seu lamentável gosto por viagens, as pessoas acharam uma pena que a linda criança estivesse em tais mãos.

Todos estavam dispostos a serem amáveis para com a pequena Ellen Mingott, embora suas faces bem coradas e seus cacheados cabelos amarrados lhe conferissem um ar de alegria que parecia inadequado para uma criança que ainda deveria estar de preto, em sinal de luto pela morte dos pais. Era uma das muitas peculiaridades da tresloucada Medora desrespeitar as inalteráveis regras que regiam o luto dos americanos, e quando ela desceu do navio, sua família ficou escandalizada ao ver que o véu de crepe, que ela usava em respeito ao próprio irmão falecido, era sete polegadas mais curto do que o de suas cunhadas, enquanto a pequena Ellen estava de merino carmesim e colar de contas de âmbar, como uma ciganinha enjeitada.

Mas fazia tanto tempo que Nova York se havia resignado com Medora que apenas algumas senhoras idosas balançavam a cabeça diante das roupas berrantes de Ellen, enquanto os outros parentes se rendiam ao encanto de sua cor e de seu bom humor. Ela era uma coisinha destemida e familiar, que fazia perguntas desconcertantes, fazia comentários precoces e conhecia artes bizarras, como executar a dança espanhola do xale e cantar canções de amor napolitanas ao violão. Sob a orientação da tia (cujo nome verdadeiro era sra. Thorley Chivers, mas que, tendo recebido um título papal, havia retomado o patronímico de seu primeiro marido e se autodenominava marquesa Manson, porque na Itália ela poderia transformá-lo em Manzoni[37]), a menina recebeu uma educação cara, mas incoerente, que incluía "desenhar com base em um modelo vivo", coisa nunca sonhada antes, e tocar piano em quintetos com músicos profissionais.

Claro que nada de bom poderia advir disso; e quando, alguns anos depois, o pobre Chivers finalmente morreu num hospício, a viúva (envolta em estranhas roupas de luto) arrumou mais uma vez as malas e partiu com Ellen, que havia se tornado uma garota alta e magra com olhos fantásticos. Por algum tempo não se ouviu mais falar delas. Certo dia, porém, chegou a notícia do casamento de Ellen com um nobre polonês imensamente rico e de lendária fama, que ela conhecera num baile nas Tulherias, e que diziam possuir mansões principescas em Paris, Nice e Florença, um iate em Cowes[38] e muitas milhas quadradas de reserva de caça na Transilvânia.[39] Ela desapareceu numa espécie de sulfúrea apoteose, e quando, alguns anos depois, Medora voltou novamente a Nova York, mortificada, empobrecida, de luto por um terceiro marido e procurando uma casa ainda menor, as pessoas se perguntavam por que a sobrinha rica não tinha feito nada para socorrê-la. Então chegou a notícia de que o casamento de Ellen terminara em desastre e que ela mesma estava voltando para casa em busca de paz e esquecimento entre seus parentes.

Essas coisas passaram pela mente de Newland Archer uma semana depois, enquanto ele observava a condessa Olenska entrar na sala de estar dos Van der Luyden na noite do importante jantar. A ocasião era solene, e ele se perguntou, um tanto nervoso, como ela iria se sair. Ela chegou um tanto atrasada, uma das mãos ainda sem luva e prendendo um bracelete no pulso; ainda assim, entrou sem demonstrar pressa nem embaraço na sala de estar em que estava reunido, um tanto mal acomodado, o mais seleto grupo da sociedade nova-iorquina.

Ela parou no meio da sala, olhou em volta com boca séria e olhos sorridentes; e nesse instante Newland Archer rejeitou o veredicto geral sobre a aparência dela. Era verdade que seu antigo esplendor havia desaparecido. As faces coradas haviam empalidecido; estava magra, desgastada, parecia um tanto mais velha do que os cerca de 30 anos que deveria ter. Mas permanecia nela a misteriosa autoridade da beleza, uma segurança no porte da cabeça, no movimento dos olhos, que, sem ser nem um pouco teatral, parecia-lhe sobranceiro e ciente do próprio poder. Ao mesmo tempo, em suas maneiras era mais simples que a maioria das senhoras presentes, e muitas pessoas (como ele ouviu depois de Janey) ficaram desapontadas por sua aparência não ser mais "estilosa"... pois estilo era o que Nova York mais valorizava. Era, talvez, refletiu Archer, porque sua antiga vivacidade havia desaparecido; porque ela era tão serena... serena em seus movimentos, em sua voz e nos tons graves de sua voz. Nova York esperava algo muito mais vibrante numa jovem com essa história.

O jantar foi um acontecimento extraordinário. Jantar com os Van der Luyden não era pouca coisa, e jantar ali com um duque, que era primo deles, era quase uma solenidade religiosa. Archer sentiu prazer ao pensar que apenas um velho nova-iorquino poderia perceber a sutil diferença (para Nova York) entre ser apenas um duque e ser o duque dos Van der Luyden. Nova York recebia nobres extraviados com tranquilidade e até (exceto no seio dos Struther) com certa desconfiada arrogância; mas, quando apresentavam credenciais como essas, eram recebidos com uma cordialidade à moda antiga, e teriam cometido grande erro ao considerar apenas sua posição no Debrett.[40] Era exatamente por essas distinções que o jovem apreciava sua velha Nova York, mesmo quando ria dela.

Os Van der Luyden fizeram o possível para enfatizar a importância da ocasião. Tiraram do armário a porcelana Sèvres[41] dos Du Lac, a baixela Jorge II[42] dos Trevenna, assim como a "Lowestoft"[43] (Companhia das Índias Orientais) dos Van der Luyden e a Crown Derby[44] dos Dagonet. A sra. Van der Luyden parecia mais do que nunca um Cabanel, e a sra. Archer, com as pérolas e esmeraldas da avó, lembrava ao filho uma miniatura de Isabey[45]. Todas as damas usavam suas joias mais bonitas, mas era característico da casa e da ocasião que essas joias fossem um tanto pesadas e antiquadas; e a velha srta. Lanning, que havia sido persuadida a comparecer, usava na verdade os camafeus da mãe e um xale espanhol.

A condessa Olenska era a única jovem no jantar; ainda assim, enquanto Archer examinava os rostos macios e rechonchudos das mulheres idosas entre seus colares de diamantes e altas penas de avestruz, pareciam-lhe curiosamente imaturos em comparação com o dela. Estremeceu ao pensar no que devia ter acontecido para ela ficar com aqueles olhos.

O duque de St. Austrey, sentado à direita da anfitriã, era naturalmente a figura principal da noite. Mas, se a condessa Olenska era menos notável do que se esperava, o Duque era quase invisível. Sendo um homem bem-educado, não tinha comparecido (como outro visitante ducal fizera recentemente) ao jantar com uma jaqueta de caçador; mas suas roupas de ocasião para a noite eram tão surradas e largas, e com aparência de terem sido confeccionadas em casa, que (com seu jeito curvado de sentar, e com a vasta barba cobrindo-lhe a frente da camisa) mal dava a impressão de estar em traje de jantar. Além disso, ele era baixo, ombros descaídos, bronzeado, nariz largo, olhos pequenos e um sorriso sociável; mas raramente falava, e, quando o fazia, era em tom tão baixo que, apesar dos frequentes silêncios de expectativa em torno da mesa, seus comentários eram ouvidos apenas pelos mais próximos dele, em detrimento dos demais.

Quando os homens se juntaram às damas após o jantar, o Duque se dirigiu diretamente até a condessa Olenska, e eles se sentaram num canto e mergulharam numa conversa animada. Nenhum dos dois parecia ciente de que o Duque deveria primeiro ter prestado seus respeitos à sra. Lovell Mingott e à sra. Headly Chivers, e a condessa deveria ter conversado um pouco com aquele amável hipocondríaco, sr. Urban Dagonet, da Washington Square, que, para ter o prazer de conhecê-la, havia quebrado sua regra fixa de não jantar fora de casa entre janeiro e abril. Os dois conversaram por quase vinte minutos; então a condessa se levantou e, andando sozinha pela ampla sala de estar, sentou-se ao lado de Newland Archer.

Não era costume nos salões de Nova York que uma dama se levantasse e se afastasse de um cavalheiro para procurar a companhia de outro. A etiqueta exigia que ela esperasse, imóvel como um ídolo, enquanto os homens que desejavam conversar com ela se sucediam a seu lado. Mas a condessa aparentemente não sabia ter quebrado nenhuma regra; ela se sentou perfeitamente à vontade num canto do sofá ao lado de Archer e o contemplou com um dos olhares mais afáveis.

– Gostaria que me falasse de May – disse ela.

Em vez de responder, ele perguntou:

– Você já conhecia o Duque?

– Ah, sim, costumávamos vê-lo todo inverno em Nice. Ele gosta muito de jogos de azar... costumava ir com frequência lá em casa. – Disse isso da maneira mais simples, como se dissesse: "Ele gosta de flores silvestres"; e depois de um momento acrescentou com franqueza: – Acho que é o homem mais chato que já conheci.

Isso agradou tanto a seu companheiro que ele esqueceu o leve choque que seu comentário anterior lhe causara. Foi inegavelmente emocionante conhecer uma dama que achava o duque dos Van der Luyden enfadonho e ousava expressar essa opinião. Ansiava por lhe perguntar outras coisas, para ouvir mais sobre a vida da qual suas palavras descuidadas lhe haviam dado um vislumbre tão esclarecedor; mas temia tocar em lembranças amargas e, antes que pudesse pensar em algo para dizer, ela voltou ao assunto inicial.

– May é um amor de pessoa; não vi nenhuma jovem em Nova York tão bonita e tão inteligente. Está realmente apaixonado por ela?

Newland Archer enrubesceu e riu.

– Tanto quanto um homem pode estar.

Ela continuou a fitá-lo, pensativa, como se não quisesse perder nenhuma sombra de sentido no que ele dizia:

– Você acha, então, que há um limite?

– Para o estar apaixonado? Se existe, não o encontrei!

Ela vibrava de simpatia.

– Ah... então é realmente um verdadeiro romance?

– O mais romântico dos romances!

– Que coisa deliciosa! E vocês descobriram tudo sozinhos... não foi nem um pouco arranjado para vocês?

Archer olhou para ela, incrédulo.

– Você esqueceu – perguntou ele, com um sorriso – que em nosso país não permitimos que nossos casamentos sejam arranjados para nós?

Um rubor sombrio cobriu o rosto dela e ele instantaneamente se arrependeu das palavras que dissera.

– Sim – respondeu ela –, eu tinha esquecido. Você deve me perdoar se às vezes cometo esses erros. Nem sempre me lembro de que tudo o que é bom aqui... era ruim no lugar de onde eu vim.

Ela olhou para seu leque vienense de penas de águia, e ele viu que seus lábios tremiam.

– Sinto muito – disse ele, impulsivamente. – Mas você está entre amigos aqui, você sabe.

– Sim... eu sei. Onde quer que eu vá, sinto isso de perto. É por isso que vim para casa. Quero esquecer todo o resto, voltar a ser inteiramente americana, como os Mingott e os Welland, e como você e sua adorável mãe, e como todas as outras boas pessoas que aqui estão esta noite. Ah, May está chegando e você vai querer correr para ela – acrescentou a condessa, mas sem se mexer; e seus olhos se afastaram da porta para pousar no rosto do jovem.

As salas de estar estavam começando a se encher de convidados após o jantar e, seguindo o olhar de madame Olenska, Archer viu May Welland entrando com a mãe. Em seu vestido branco e prateado, com uma coroa de flores prateadas no cabelo, a alta moça parecia Diana voltando da caçada.⁽⁴⁶⁾

– Oh! – disse Archer – Tenho tantos rivais; você vê que ela já está cercada. Lá está o Duque sendo apresentado.

– Então fique comigo um pouco mais – disse Madame Olenska, em voz baixa, apenas tocando o joelho dele com seu leque de penas. Foi um toque extremamente leve, mas o fez estremecer como se fosse uma carícia.

– Sim, eu fico – respondeu ele, no mesmo tom, mal sabendo o que dizia; mas nesse momento o sr. Van der Luyden apareceu, seguido pelo velho sr. Urban Dagonet. A condessa os cumprimentou com seu sorriso grave, e Archer, sentindo o olhar admoestador do anfitrião, levantou-se e cedeu o lugar.

Madame Olenska estendeu a mão como se fosse se despedir dele.

– Amanhã, então, depois das 5h... espero você – disse ela; e então recuou para dar espaço ao sr. Dagonet.

– Amanhã... – Archer ouviu a si mesmo repetir, embora não houvesse absolutamente nada de combinado e, durante a conversa, ela não lhe tivesse dado nenhuma indicação de que desejava vê-lo novamente.

Ao se afastar, viu Lawrence Lefferts, alto e resplandecente, conduzindo a esposa para ser apresentada; e ouviu Gertrude Lefferts dizer, enquanto dirigia para a condessa seu grande sorriso despercebido:

– Mas acho que costumávamos ir juntos à escola de dança quando éramos crianças...

Atrás dela, esperando a vez de se apresentar à condessa, Archer notou vários casais recalcitrantes que haviam recusado encontrá-la na casa da sra. Lovell Mingott. Como observou a sra. Archer:

quando os Van der Luyden queriam, eles sabiam como dar uma lição. Era de admirar que o fizessem tão raramente.

O jovem sentiu um toque no braço e viu a sra. Van der Luyden olhando para ele do alto de uma pura eminência do veludo preto e diamantes da família.

– Foi muita bondade sua, caro Newland, dedicar-se com tanto altruísmo a Madame Olenska. Eu disse a seu primo Henry que ele realmente deveria vir acudi-lo.

Ele percebeu que sorria vagamente para ela, e ela acrescentou, como se condescendesse com sua timidez natural:

– Nunca vi May mais bonita. O Duque julga que ela é a moça mais bonita da sala.

Capítulo 9

A condessa Olenska havia dito "depois das 5"; e às 5 e meia Newland Archer tocou a campainha da casa de reboco descascando, com uma glicínia gigante sufocando a frágil varanda de ferro fundido, que ela havia alugado da errante Medora, na Rua 23 oeste.

Certamente era um bairro estranho para se instalar. Costureiras, empalhadores de aves e "pessoas que escreviam" eram os vizinhos mais próximos; e mais abaixo, nessa rua desordenada, Archer reconheceu uma casa de madeira em ruínas, no fim de um caminho pavimentado, onde morava um escritor e jornalista chamado Winsett, que ele costumava encontrar de vez em quando. Winsett não convidava ninguém para sua casa; mas uma vez ele a indicou a Archer durante uma caminhada noturna, e Archer se havia perguntado, com certo arrepio, se os intelectuais também estariam alojados em condições tão precárias em outras capitais.

A própria residência de Madame Olenska não tinha a mesma aparência graças a um pouco mais de tinta nos caixilhos das janelas; e enquanto Archer observava a modesta fachada, disse a si mesmo que o conde polonês devia tê-la despojado não somente da fortuna, mas também de suas ilusões.

O jovem havia passado um dia sem graça. Havia almoçado com os Welland, esperando que depois pudesse dar um passeio no parque com May. Queria ficar a sós com ela, dizer-lhe como estava encantadora na noite anterior, e como o havia deixado orgulhoso, e também para pressioná-la a antecipar o casamento. Mas a sra. Welland o havia lembrado com firmeza que a série de visitas familiares ainda não havia terminado e, quando ele insinuou adiantar a data do casamento, havia erguido as sobrancelhas em sinal de reprovação e suspirou:

– Doze dúzias de cada... tudo bordado à mão...

Acomodados de qualquer jeito na carruagem landau da família, eles seguiram de uma porta tribal a outra, e Archer, quando a programação da tarde terminou, separou-se da noiva com a sensação de que havia sido exibido como um animal selvagem astuciosamente preso. Supôs que suas leituras de antropologia o levaram a ter uma visão tão grosseira do que era, afinal, uma simples e natural demonstração de sentimento familiar; mas, quando ele lembrou que os Welland não esperavam que o casamento acontecesse até o outono seguinte, e ficou imaginando como seria sua vida até lá, um desânimo tomou conta dele.

– Amanhã – disse a sra. Welland atrás dele –, vamos visitar os Chivers e os Dallas. – Ele percebeu que ela estava passando pelas famílias em ordem alfabética, e que estavam, portanto, apenas no início do alfabeto.

Pretendia contar a May sobre o pedido da condessa Olenska... ou melhor, sobre a ordem dela... para visitá-la naquela tarde; mas nos breves momentos em que ficaram a sós, ele teve coisas mais urgentes a dizer. Além disso, pareceu-lhe um pouco absurdo aludir ao assunto. Ele sabia que May queria muito que ele fosse gentil com a prima; não foi esse desejo que havia apressado o anúncio do noivado? Teve uma sensação estranha ao refletir sobre isso, mas, se não fosse a chegada da condessa, ele poderia estar, se não ainda um homem livre, pelo menos um homem menos irrevogavelmente comprometido. Mas May assim o desejava, e ele se sentiu de alguma forma dispensado de ulteriores responsabilidades... e, portanto, com liberdade, se quisesse, para visitar a prima sem lhe dizer nada.

Enquanto aguardava diante da porta da casa de Madame Olenska, a curiosidade o dominava. Estava intrigado com o tom com que ela o havia convocado e concluiu que ela era menos simples do que parecia.

A porta foi aberta por uma criada morena de aparência estrangeira, que ele vagamente imaginou ser siciliana, com busto proeminente sob um vistoso xale. Ela o recebeu mostrando todos os seus dentes brancos e, respondendo às suas perguntas com um aceno de cabeça de que não o compreendia, conduziu-o por um corredor estreito até uma sala de visitas mal iluminada pelo fogo. A sala estava vazia, e ela o deixou, por um tempo considerável, perguntando-se se ela tinha ido procurar sua patroa, ou se não entendeu por que ele estava ali, e pensou que poderia ser para dar corda ao relógio... percebeu que o único exemplar visível estava parado. Sabia que os meridionais se comunicavam por meio da linguagem de gestos e sinais, e ficou mortificado ao descobrir que não conseguia entender os gestos e sorrisos da moça. Por fim, ela voltou com uma lamparina; e Archer, tendo chegado a formar uma frase a partir de Dante e Petrarca[47], obteve a resposta: "*La signora è fuori; ma verrà subito*"; que traduziu como: "Ela está fora, mas voltará logo".

O que viu, entretanto, com a ajuda da lamparina, foi o sombrio e desbotado encanto de uma sala diferente de qualquer outra que já tivesse visto. Sabia que a condessa Olenska trouxera alguns de seus pertences com ela... restos de um naufrágio, como ela os chamava... que eram representados, supunha ele, por algumas pequenas mesas esguias de madeira escura, um delicado bronze grego na lareira, e um pedaço de damasco vermelho pregado sobre o papel de parede desbotado atrás de um par de quadros, aparentemente italianos, em velhas molduras.

Newland Archer se orgulhava do conhecimento que possuía da arte italiana. Sua infância foi saturada de Ruskin[48], e ele leu todos os livros mais recentes: John Addington Symonds[49], *Euphorion*, de Vernon Lee[50], os ensaios de P. G. Hamerton[51] e um novo volume maravilhoso chamado *"The Renaissance"*, de Walter Pater[52]. Falava facilmente de Botticelli[53] e de Fra Angelico[54] mais comedimente. Mas esses quadros o deixaram perplexo, pois não se pareciam com nada que estivesse acostumado a ver quando viajava pela Itália; e talvez, também, seus poderes de observação estivessem prejudicados pela singularidade de se encontrar nessa estranha casa vazia, onde aparentemente ninguém o esperava. Lamentou não ter contado a May Welland sobre o pedido da condessa Olenska, e se sentiu um pouco perturbado com a ideia de que sua noiva pudesse entrar para ver sua prima. O que ela haveria de pensar se o encontrasse sentado ali com o ar de intimidade sugerido por esperar sozinho na penumbra, junto da lareira de uma dama?

Mas, visto que viera, pretendia esperar; e se acomodou confortavelmente numa cadeira e esticou as pernas em direção do fogo.

Achava muito estranho ter sido convocado daquela maneira e depois ficar esquecido; mas Archer se sentia mais curioso do que mortificado. A atmosfera da sala era tão diferente de qualquer outra, que ele já tivesse respirado que o desconforto se transformou numa sensação de aventura. Ele já estivera antes em salões forrados de damasco vermelho, com quadros "da escola italiana"; o que o impressionava era a maneira como a miserável casa alugada de Medora Manson, com seu fundo da cor de gramíneas secas e com suas estatuetas de Rogers[55], tinha, sido transformada, pelo toque de alguma mão e pela hábil inclusão de alguns objetos, em algo aconchegante, "estrangeiro", sutilmente sugestivo de velhos cenários e de sentimentos românticos. Ele tentou analisar o truque, encontrar uma pista no modo como as cadeiras e mesas estavam agrupadas, no fato de que apenas duas rosas Jacqueminot[56] (das quais ninguém jamais comprou menos de uma dúzia) estavam no vaso comprido a seu lado, e no perfume vago mas penetrante que não era aquele com o qual se impregna os lenços, mas parecia o cheiro de algum bazar distante, um cheiro feito de café turco, âmbar cinzento e rosas secas.

Sua mente vagou para a questão de como seria a sala de visitas de May. Ele sabia que o sr. Welland, que estava se portando "de modo muito generoso", já estava de olho numa casa recém-construída na Rua 39 leste. O bairro era considerado remoto, e a casa era construída numa horripilante pedra amarelo-esverdeada que os arquitetos mais jovens estavam começando a empregar como um protesto contra o arenito marrom, cujo tom uniforme cobria Nova York como uma calda de chocolate frio; mas o encanamento era perfeito.

Archer gostaria de viajar, adiar a questão da moradia; mas, embora os Welland aprovassem uma longa lua de mel na Europa (talvez até um inverno no Egito), eles foram firmes quanto à necessidade de uma casa própria para o casal ao voltar. O jovem sentiu que seu destino estava traçado: pelo resto de sua vida, haveria de subir todas as noites entre corrimãos de ferro fundido aqueles degraus amarelo-esverdeados, e passar por um vestíbulo pompeiano para entrar num saguão com lambris de madeira amarela envernizada. Mas sua imaginação não podia ir além disso.

Sabia que a sala de estar do andar de cima tinha uma janela de sacada, mas não conseguia imaginar o que May haveria de fazer ali. Ela aceitava de bom grado o cetim roxo e os tufos amarelos da sala de estar dos Welland, as mesas com imitação de marchetaria e as cristaleiras douradas repletas de Saxe[57] moderna. Ele não via razão para supor que ela iria querer algo diferente na própria casa;

e seu único consolo era pensar que ela provavelmente o deixaria organizar a biblioteca como quisesse... o que seria, é claro, com "autênticos" móveis Eastlake[58] e as novas estantes simples sem portas de vidro.

A criada de busto arredondado entrou, fechou as cortinas, afastou uma acha de lenha da lareira e disse em tom consolador: "*Verrà... verrà*"[59]. Quando ela saiu, Archer se levantou e começou a andar de um lado para outro. Deveria esperar mais? Sua situação estava se tornando um tanto ridícula. Talvez ele tivesse entendido mal Madame Olenska... talvez, afinal de contas, ela não o tivesse convidado.

Pelas pedras do calçamento ouviam-se os cascos de um bom cavalo trotando rua abaixo. Parou diante da casa, e ele escutou a porta de uma carruagem se abrindo. Afastando as cortinas, olhou para fora, na semiescuridão do crepúsculo. Deparou-se com a luz da rua, por meio da qual viu a compacta carruagem inglesa de Julius Beaufort, puxada por um grande ruão, e o banqueiro descendo para ajudar Madame Olenska a apear do veículo.

Beaufort ficou de pé, de chapéu na mão, dizendo algo que a companheira pareceu negar; então apertaram as mãos e ele voltou para a carruagem, enquanto ela subia os degraus da escada.

Quando ela entrou na sala, não demonstrou surpresa ao ver Archer ali; a surpresa parecia ser a emoção que ela nem sentia.

– O que está achando dessa minha casa engraçada? – perguntou ela. – Para mim é como o céu.

Enquanto falava, ela desamarrou seu pequeno gorro de veludo e, pondo-o de lado com sua longa capa, ficou olhando para ele com olhos pensativos.

– Você arrumou tudo de modo muito agradável – replicou ele, ciente da insipidez das palavras, mas preso ao convencional por seu desejo ardente de ser simples e marcante.

– Ah, é um lugarzinho pobre. Meus parentes o desprezam. Mas, de qualquer forma, é menos sombrio do que a casa dos Van der Luyden.

As palavras causaram como que um choque elétrico no jovem, pois poucos eram os espíritos rebeldes que ousariam chamar de sombria a imponente casa dos Van der Luyden. Aqueles que tinham o privilégio de nela entrar estremeciam e a classificavam como "muito bonita". Mas de repente ele ficou feliz por ela ter definido o que significava o arrepio geral daqueles que nela entravam.

– É uma delícia... o que você fez aqui – repetiu ele.

– Gosto da casinha – admitiu ela. – Mas suponho que gosto mesmo é da bem-aventurança de estar aqui, em meu país e em minha cidade; e mais, de estar sozinha nela.

Falou tão baixo que ele mal ouviu a última frase; mas, em seu constrangimento, concordou.

– Você gosta tanto de ficar sozinha?

– Sim, contanto que meus amigos me impeçam de me sentir sozinha. – Ela se sentou perto do fogo e disse: – Nastasia vai trazer o chá agora – e sinalizou para ele voltar para sua poltrona, acrescentando: – Vejo que você já escolheu seu cantinho.

Reclinando-se, pôs as mãos entrelaçadas atrás da cabeça e olhou para o fogo sob as pálpebras caídas.

– Essa é minha hora predileta... e a sua?

Um senso apropriado de sua dignidade o levou a responder:

– Eu estava com medo de que você tivesse esquecido a hora. Beaufort deve ter sido muito envolvente.

Ela parecia se divertir.

– Ora... você esperou muito? O sr. Beaufort me levou para ver algumas casas... pois parece que não posso ficar nesta. – Ela pareceu afastar Beaufort e ele próprio de sua mente e continuou: – Nunca estive muma cidade onde parece haver tanta gente contrária a morar em *des quartiers excentriques*[60]. Que importância tem o lugar em que a pessoa mora? Disseram-me que essa rua é respeitável.

– Não é elegante.

– Elegante! Será que todos vocês pensam tanto nisso? Por que não seguir padrões próprios de elegância? Mas suponho que tenho vivido de forma muito independente; de qualquer modo, quero fazer o que todos vocês fazem... quero me sentir benquista e segura.

Ele ficou tocado, como na noite anterior, quando ela falou sobre sua necessidade de orientação.

– Isso é o que seus amigos querem que você sinta. Nova York é um lugar extremamente seguro – acrescentou ele, com um lampejo de sarcasmo.

– Sim, não é? A gente sente isso – exclamou ela, sem notar a ponta de ironia. – Estar aqui é como... como... sair de férias quando a gente foi uma boa menina e fez todas as lições.

A analogia era bem intencionada, mas Archer não gostou muito. Ele se permitia ser irreverente com Nova York, mas não gostava de ouvir ninguém fazer o mesmo. Ele se perguntou se ela não se dera conta de que a cidade era uma poderosa engrenagem que quase a havia esmagado. O jantar dos Lovell Mingott, remendado *in extremis* com todos os tipos de probabilidades e fins sociais, deveria ter mostrado a ela que havia escapado por um triz; mas ela tinha mesmo alguma consciência de ter evitado o desastre, ou então ela nem sequer o havia vislumbrado, por causa do triunfo da noite proporcionada pelos Van der Luyden. Archer preferiu optar pela primeira hipótese. Ele imaginava que a Nova York da condessa ainda era completamente indiferenciada, e essa conjetura o irritou.

— Ontem à noite — disse ele —, Nova York se congraçou em torno de você. Os Van der Luyden não fazem nada pela metade.

— Não: como eles são gentis! Foi uma festa tão bonita. Parece que todos têm muita estima por eles.

Os termos não eram lá muito adequados; ela poderia ter falado dessa maneira com relação a um chá na casa das queridas e velhas srtas. Lanning.

— Os Van der Luyden — disse Archer, sentindo-se pomposo enquanto falava — são a influência mais poderosa na sociedade nova-iorquina. Infelizmente, devido à saúde dela, eles dão recepções bem raramente.

Ela tirou as mãos de trás da cabeça e olhou para ele, pensativa.

— Não será essa, talvez, a razão?

— A razão...?

— Da grande influência deles; o fato de serem tão raras as recepções deles.

Ele corou um pouco, olhou para ela... e subitamente percebeu a perspicácia do comentário. Com um golpe, ela espicaçou os Van der Luyden e eles desabaram. Ele riu e os sacrificou.

Nastasia trouxe o chá, com xícaras japonesas sem alça e pires cobertos, colocando a bandeja sobre uma mesinha baixa.

— Mas você vai me explicar essas coisas... você vai me dizer tudo o que preciso saber — continuou Madame Olenska, inclinando-se para lhe alcançar a xícara.

— É você que está me dizendo; abrindo meus olhos para coisas que vi por tanto tempo que nem enxergo mais.

Ela tirou uma cigarreira de ouro que estava presa a um de seus braceletes, estendeu-a para ele, oferecendo-lhe um cigarro e serviu-se de outro. Na lareira havia longos tições para acendê-los.

– Ah, então nós dois podemos nos ajudar. Mas eu preciso muito mais de ajuda. Você deve me dizer exatamente o que fazer.

Ele tinha a resposta na ponta da língua: "Não seja vista circulando pelas ruas da cidade com Beaufort..." mas se sentia envolvido demais na atmosfera da sala, que era a atmosfera da condessa, e dar um conselho desse tipo seria como dizer a alguém que estivesse comprando essência de rosas em Samarcanda[61] que sempre devia providenciar galochas para enfrentar o inverno de Nova York. Nova York parecia muito mais distante do que Samarcanda e, se eles realmente queriam se ajudar, ela já estava prestando o que poderia ser o primeiro de seus serviços mútuos, levando-o a olhar objetivamente para sua cidade natal. Vista assim, como se fosse pelo lado errado do telescópio, parecia desconcertantemente pequena e distante, como o seria desde Samarcanda.

Uma chama surgiu das achas de lenha e ela se curvou sobre o fogo, estendendo suas mãos finas tão perto dele que um leve halo brilhou em torno de suas unhas ovais. A luz tingiu de vermelho os anéis de cabelo escuro que escapavam de suas tranças, e tornou seu rosto ainda mais pálido.

– Há muitas pessoas para lhe dizer o que fazer – replicou Archer, com uma sombria inveja delas.

– Oh, todas as minhas tias? E minha querida e velha vovó? – Ela considerou a ideia com imparcialidade. – Estão todas um tanto aborrecidas comigo porque decidi morar sozinha... principalmente a pobre vovó. Ela queria que eu ficasse com ela; mas eu tinha de ser livre...

Ele ficou impressionado com essa maneira leve de falar da formidável Catherine, e comovido pelo pensamento do que devia ter dado a Madame Olenska essa sede pelo tipo mais solitário de liberdade. Mas a ideia de Beaufort o atormentava.

– Acho que entendo como você se sente – disse ele. – Ainda assim, sua família pode aconselhá-la; explicar as diferenças; mostrar-lhe o caminho.

Ela soergueu as finas sobrancelhas negras.

– Será que Nova York é um labirinto? Eu achava que fosse toda reta, para cima e para baixo... como a Quinta Avenida. E com todas as ruas transversais numeradas!

Ela pareceu adivinhar a leve desaprovação dele e acrescentou, com o raro sorriso que encantava todo o seu rosto:

– Se você soubesse como eu gosto daqui exatamente por isso... pelas linhas retas para cima e para baixo e pelos grandes e belos letreiros em tudo!

Ele aproveitou a deixa.

– Tudo pode ser rotulado... menos as pessoas.

– Talvez. Posso estar simplificando demais... mas você vai me avisar se eu fizer isso. – Ela se afastou do fogo para olhar para ele. – Há apenas duas pessoas aqui que me fazem sentir como se entendessem o que quero dizer e pudessem me explicar as coisas: você e o sr. Beaufort.

Archer estremeceu com essa junção dos nomes, mas depois de se recompor rapidamente, compreendeu, simpatizou e teve pena. Ela devia ter vivido tão perto dos poderes do mal que ainda respirava mais livremente no ar deles. Mas como ela sentia que ele também a compreendia, a tarefa dele seria fazê-la ver Beaufort como ele realmente era, com tudo o que representava... e abominar tudo isso.

Ele respondeu afavelmente:

– Eu entendo. Mas, a princípio, não solte as mãos das velhas amigas. Refiro-me às mulheres mais velhas, à sua vovó Mingott, à sra. Welland, à sra. Van der Luyden. Elas gostam de você e a admiram... e querem ajudá-la.

Ela meneou a cabeça e suspirou.

– Oh, eu sei... eu sei! Mas com a condição de que não escutem nada desagradável. Foi exatamente o que a tia Welland falou quando tentei... Ninguém por aqui quer saber a verdade, sr. Archer?

A verdadeira solidão é viver entre todas essas amáveis pessoas que só pedem para a gente fingir! – Ela levou as mãos ao rosto, e ele viu seus frágeis ombros estremecer por um soluço.

– Madame Olenska!... Oh! não, Ellen – exclamou ele, levantando-se e curvando-se sobre ela. Tomou-lhe uma das mãos, apertou-a e a acariciou como faria a uma criança enquanto murmurava palavras tranquilizadoras; mas num instante ela se soltou e olhou para ele com os cílios úmidos.

– Ninguém chora por aqui? Acho que não há necessidade disso, no céu – disse ela, ajeitando as tranças soltas com uma risadinha e inclinando-se sobre a chaleira.

Ficou gravado em sua consciência que ele a havia chamado de "Ellen"... chamou-a assim duas vezes; e ela não havia notado. Ao longe, no telescópio invertido, avistou a tênue figura branca de May Welland... em Nova York.

De repente, Nastasia colocou a cabeça para dentro para dizer algo em seu rico italiano.

Madame Olenska, novamente com a mão no cabelo, proferiu uma exclamação de assentimento... um brilhante "*Già... già...*"[62], e o duque de St. Austrey entrou, conduzindo uma enorme senhora de peruca preta, plumas vermelhas e recoberta de peles.

– Minha querida condessa, trouxe uma velha amiga minha para vê-la, a sra. Struthers. Ela não foi convidada para a festa ontem à noite e quer conhecê-la.

O Duque sorriu, e Madame Olenska se aproximou com um murmúrio de boas-vindas para o estranho casal. Ela parecia estar totalmente alheia ao fato de que formavam realmente um par muito estranho e também ao fato da liberdade que o duque havia tomado ao trazer sua amiga... e para lhe fazer justiça, como Archer percebeu, o Duque também parecia alheio.

– Claro que quero conhecê-la, minha querida – exclamou a sra. Struthers com uma voz redonda e ondulante, que combinava com suas penas ousadas e sua peruca insolente. – Eu quero conhecer todo mundo que é jovem, interessante e charmoso. E o Duque me disse que você gosta de música... não é, Duque? Você também é pianista, acredito. Bem, você quer ouvir Sarasate[63] tocar amanhã à noite em minha casa? Sabe como é, sempre alguma coisa aos domingos à noite... é o dia em que Nova York não sabe o que fazer, e então eu digo: "Venham e divirtam-se!" E o Duque achou que você ficaria tentada em ouvir Sarasate. Vai encontrar ali vários de seus amigos.

O rosto de Madame Olenska brilhou de prazer.

– Quanta gentileza! Que bom que o Duque pensou em mim! – Ela puxou uma cadeira para perto da mesa de chá e a sra. Struthers se acomodou nela deliciosamente. – Mas é claro que ficarei muito feliz em ir.

– Tudo bem, minha querida. E leve seu jovem cavalheiro. – A sra. Struthers estendeu a mão a Archer, como se fosse para cumprimentar um amigo. – Não me recordo de seu nome... mas tenho certeza de que o conheço... conheço todo mundo aqui ou em Paris ou em Londres. Você não é diplomata? Todos os diplomatas vêm a mim. Você também gosta de música? Duque, não deixe de levá-lo também.

O duque disse "com certeza" das profundezas de sua barba, e Archer se retirou com uma reverência tão rígida e formal que o fez sentir-se tão cheio de coragem quanto um colegial constrangido entre anciãos descuidados e indiferentes.

Ele não lamentou o desfecho da visita. Só desejava que tivesse acontecido mais cedo, poupando-o de certo desperdício de emoção. Quando saiu para a noite de inverno, Nova York se tornou novamente vasta e iminente, e May Welland a mulher mais adorável nela. Foi à floricultura para lhe enviar a caixa diária de lírios-do-vale que, para sua confusão, descobriu que havia esquecido naquela manhã.

Enquanto escrevia algumas palavras no cartão e esperava por um envelope, olhou em volta da loja, e seus olhos se depararam com um buquê de rosas amarelas. Ele nunca tinha visto nenhum tão dourado antes, e seu primeiro impulso foi mandá-las a May, em lugar dos lírios. Mas não combinavam com ela... havia algo muito rico, muito forte em sua beleza resplandecente. Numa súbita mudança de ânimo, e quase sem saber o que fazia, fez sinal à florista para colocar as rosas em outra caixa, e colocou seu cartão num segundo envelope, no qual escreveu o nome da condessa Olenska; então, quando estava se afastando, tirou o cartão novamente e deixou o envelope vazio na caixa.

– Vão entregá-las imediatamente? – perguntou ele, apontando para as rosas.

A florista assegurou-lhe que sim.

Capítulo 10

No dia seguinte, ele convenceu May a sair para uma caminhada no parque depois do almoço. Como era costume na velha Nova York episcopal, ela geralmente acompanhava os pais à igreja nas tardes de domingo; mas a sra. Welland perdoou-lhe a falta, pois, naquela mesma manhã, tinha conseguido convencê-la da necessidade de um longo noivado, com tempo suficiente para preparar um enxoval bordado à mão com o número adequado de dúzias de peças.

O dia estava lindo. Um céu lápis-lazúli cobria a abóbada nua de árvores ao longo da alameda, acima da neve que brilhava como cristais estilhaçados. Era o tempo que realçava o esplendor de May, e ela reluzia como um jovem bordo coberto de geada. Archer estava orgulhoso com os olhares que se voltavam para ela, e a simples alegria de possuí-la dissipava suas perplexidades.

– É tão delicioso acordar todas as manhãs e sentir o perfume de lírios-do-vale no quarto! – disse ela.

– Ontem eles chegaram atrasados. Eu não tive tempo de manhã...

– Mas o fato de você se lembrar todos os dias de enviá-los me faz amá-los muito mais do que se você tivesse encomendado o envio diário e chegassem todas as manhãs na mesma hora, como o professor de música... como sei que ocorria com Gertrude Lefferts, por exemplo, quando ela e Lawrence estavam noivos.

– Ah!... entendi! – riu Archer, divertindo-se com a vivacidade dela. Olhou de soslaio para suas faces exuberantes e sentiu-se suficientemente seguro para acrescentar: – Quando enviei seus lírios ontem à tarde, vi algumas lindas rosas amarelas e as enviei para Madame Olenska. Fiz bem?

– Que coisa linda de sua parte! Qualquer coisa desse tipo a encanta. É estranho que ela não tenha mencionado isso: almoçou conosco hoje e falou que o sr. Beaufort lhe enviou orquídeas maravilhosas, e recebeu do primo Henry van der Luyden uma cesta cheia de cravos de Skuytercliff. Parece ficar tão surpresa ao receber flores. As pessoas não costumam mandá-las na Europa? Ela acha que é um costume tão bonito.

– Oh, bem, não é de admirar que as minhas tenham sido ofuscadas pelas de Beaufort – disse Archer, irritado.

Então lembrou-se de que não havia colocado um cartão no buquê de rosas e ficou aborrecido por ter tocado no assunto. Ficou com vontade de dizer: "Ontem fui visitar sua prima", mas hesitou. Se Madame Olenska não tinha falado sobre sua visita, poderia parecer estranho que ele o fizesse. Mas não fazê-lo deu ao caso um ar de mistério de que ele não gostou. Para afastar a questão, começou a falar sobre seus planos, seu futuro e sobre a insistência da sra. Welland por um longo noivado.

– E o acha longo! Isabel Chivers e Reggie ficaram noivos por dois anos: Grace e Thorley por quase um ano e meio. Por que, não estamos muito bem assim como estamos?

Era a tradicional pergunta de uma donzela, e ele sentiu vergonha de si mesmo por considerá-la singularmente infantil. Sem dúvida, ela simplesmente repetiu o que sempre lhe fora dito; mas já estava se aproximando dos 22 anos, e ele se perguntou com que idade as mulheres "direitas" começavam a falar por si mesmas.

"Nunca, se nós não lhes permitirmos, suponho", refletiu ele e relembrou sua tresloucada discussão com o sr. Sillerton Jackson: "As mulheres deveriam ser tão livres quanto nós..."

No momento, seria sua tarefa tirar a venda dos olhos dessa jovem e levá-la a encarar o mundo. Mas quantas gerações de mulheres que a precederam haviam descido vendadas ao jazigo da família? Ele estremeceu um pouco, lembrando-se de algumas das novas ideias em seus livros científicos, e o muito citado exemplo dos peixes de caverna de Kentucky, que deixaram de desenvolver olhos porque não tinham utilidade para eles. E se, quando ele pedisse a May Welland para abrir os dela, eles só pudessem olhar fixamente para o vazio?

– Poderíamos estar muito melhor. Poderíamos estar realmente juntos... poderíamos viajar.

O rosto dela se iluminou.

– Seria ótimo – confessou ela. – Adoraria viajar. – Mas sua mãe não entenderia o desejo deles de fazer as coisas de maneira tão diferente.

– Como se o mero "diferente" não bastasse! – insistiu o pretendente.

– Newland! Você é tão original! – exultou ela.

Ele sentiu um aperto no coração, pois percebeu que estava dizendo todas as coisas que os rapazes, na mesma situação, deveriam dizer, e que ela estava dando as respostas que o instinto e a tradição lhe ensinaram a dar... a ponto de chamá-lo de original.

– Original! Somos todos tão parecidos uns com os outros como aqueles bonecos recortadas no mesmo papel dobrado. Somos como padrões estampados numa parede. Será que você e eu não podemos decidir por nós mesmos, May?

Ele parou e a encarou no calor da discussão. Os olhos dela o fitaram com total e clara admiração.

– Misericórdia... vamos fugir? – riu ela.

– Se você quiser...

– Você realmente me ama, Newland! Estou tão feliz.

– Mas então... por que não ser mais feliz ainda?

– Não podemos nos comportar como personagens de romances, não é?

– Por que não... por que não... por que não?

Ela parecia um pouco entediada com a insistência dele. Sabia muito bem que não podiam, mas era problemático ter de apresentar um motivo.

– Não sou tão inteligente para argumentar com você. Mas esse tipo de coisa é bastante... vulgar, não é? – sugeriu ela, aliviada por ter encontrado uma palavra que certamente encerraria o assunto.

– Você tem tanto medo, então, de ser vulgar?

Ela ficou evidentemente chocada com a pergunta.

– Claro que eu detestaria isso... como você também – retrucou ela, um pouco irritada.

Ele ficou em silêncio, batendo nervosamente a bengala contra a ponta da bota; e sentindo que ela realmente havia encontrado a maneira certa de encerrar a discussão; e continuou alegremente:

– Oh, já lhe contei que mostrei meu anel a Ellen? Ela acha que é o engaste mais bonito que já viu. Não há nada igual na Rue de la Paix[64] – disse ela. Eu o amo, Newland, por ter tanto bom gosto!

Na tarde do dia seguinte, quando Archer, antes do jantar, fumava, taciturno em seu escritório, Janey entrou. Ele não havia parado no clube ao voltar do escritório, onde exercia a profissão de advogado da maneira mais despreocupada como era comum aos abastados nova-iorquinos de sua classe. Estava desanimado e um pouco fora de si, e um horror assombroso de fazer a mesma coisa todos os dias na mesma hora afetou seu cérebro.

– Mesmice... mesmice! – murmurou ele, com a palavra martelando em sua cabeça como uma melodia persistente, ao ver do outro lado da vidraça as mesmas figuras familiares de cartola, entregues ao ócio; e como ele geralmente aparecia no clube àquela hora, mudou de ideia naquele dia e foi para casa. Sabia não apenas sobre o que eles provavelmente estariam falando, mas também a parte que cada um teria na discussão. O duque, é claro, seria o tema principal; embora, sem dúvida, fosse examinada também a aparição na Quinta Avenida de uma dama de cabelos dourados numa pequena carruagem de cor amarelada, puxada por uma parelha de cavalos pretos (coisa de Beaufort, segundo todos pensavam). Essas "mulheres" (como eram chamadas) eram poucas em Nova York; as que conduziam as próprias carruagens eram mais raras ainda; e o aparecimento da srta. Fanny Ring na Quinta Avenida naquela hora havia agitado mais que nunca a sociedade. No dia anterior, sua carruagem havia passado pela da sra. Lovell Mingott, e essa de imediato ordenou ao cocheiro que a levasse para casa. "E se tivesse acontecido com a sra. Van der Luyden?", as pessoas se perguntavam umas às outras, estremecendo. Archer podia ouvir Lawrence Lefferts, naquela mesma hora, falando sobre a desintegração da sociedade.

Ele ergueu a cabeça, irritado quando sua irmã Janey, e entrou. E então rapidamente se curvou sobre seu livro ("*Chastelard*" de Swinburne[65]... recém-publicado) como se não a tivesse visto. Ela olhou para a escrivaninha cheia de livros, abriu um volume dos "*Contes Drôlatiques*"[66], fez uma careta diante do francês arcaico e suspirou:

– Que coisas eruditas você lê!

– E daí...? – perguntou ele, enquanto ela aguardava como Cassandra[67] diante dele.

– Mamãe está muito zangada.

– Zangada? Com quem? Sobre o quê?

– A srta. Sophy Jackson esteve aqui há pouco. Veio avisar que o irmão dela virá depois do jantar. Não falou muito, porque ele a proibiu, pois ele mesmo deseja fornecer todos os detalhes. Agora está com a prima Louisa van der Luyden.

– Pelo amor de Deus, minha querida menina, comece tudo de novo. Seria preciso ser uma divindade onisciente para entender o que você está dizendo.

– Não é hora de blasfemar, Newland... Mamãe já está mais que aborrecida por você não ir à igreja...

Com um resmungo, ele mergulhou de volta em seu livro.

– *Newland!* Escute, por favor! Sua amiga Madame Olenska estava na festa da sra. Lemuel Struthers ontem à noite: ela foi para lá com o Duque e com o sr. Beaufort.

Na última parte dessa informação, uma raiva sem sentido invadiu o peito do jovem. Para abafá-la, ele riu.

– Bem, e daí? Eu sabia que ela queria ir.

Janey empalideceu, e seus olhos se arregalaram.

– Você sabia que ela pretendia ir... e não tentou impedi-la? Avisá-la?

– Impedi-la? Avisá-la? – riu ele, mais uma vez. – Não sou noivo da condessa Olenska! – Essas palavras ressoaram de modo fantástico em seus ouvidos.

– Você logo vai se casar com alguém da família dela.

– Oh, família... família! – zombou ele.

– Newland... você não vê importância alguma na família?

– Nem um pouco.

– Nem sobre o que a prima Louisa van der Luyden vai pensar?

– ...menos ainda... se o que ela pensa são essas baboseiras de solteirona.

– A mãe não é uma solteirona – replicou a virginal irmã, cerrando os lábios.

Teve vontade de gritar: "Sim, ela é, assim como os Van der Luyden, e todos nós também, quando se trata de ser tocado pela ponta da asa da Realidade". Mas, ao ver o rosto longo e afável da irmã se enrugando em lágrimas, sentiu vergonha da dor inútil que estava infligindo.

– Que se dane a condessa Olenska! Não seja boba, Janey, não sou o guardião dela.

– Não, mas você pediu aos Welland para antecipar o anúncio de seu noivado, a fim de que todos nós pudéssemos apoiá-la; e se não fosse por isso, a prima Louisa nunca a teria convidado para o jantar do Duque.

– Bem... que mal havia em convidá-la? Ela era a mulher mais bonita da sala; ela tornou o jantar um pouco menos fúnebre do que o habitual banquete dos Van der Luyden.

– Você sabe que o primo Henry a convidou para agradar você; ele persuadiu a prima Louisa. E agora eles estão aborrecidos porque vão voltar para Skuytercliff amanhã. Acho, Newland, que é melhor você descer. Parece que você não entende como a mãe está se sentindo.

Newland encontrou a mãe na sala de estar. Ela parou de bordar e levantou as sobrancelhas carregadas de preocupação para perguntar:

– Janey lhe contou?

– Sim. – Ele tentou manter o tom tão comedido quanto o dela. – Mas eu não posso levar isso muito a sério.

– ...Nem o fato de ter ofendido a prima Louisa e o primo Henry?

– O fato de terem se ofendido por semelhante bobagem como a visita da condessa Olenska a uma mulher que consideram vulgar.

– Consideram...!

– Bem, que seja; mas que oferece boa música e diverte as pessoas nas noites de domingo, quando toda Nova York está morrendo de inanição.

– Boa música? Tudo o que sei é que tinha uma mulher que subiu na mesa e cantou aquelas coisas que cantam nos lugares que você frequenta em Paris. Tudo regado a fumo e champanhe.

– Bem... esse tipo de coisa acontece em outros lugares, e o mundo continua.

– Não quero crer, meu caro, que você esteja realmente defendendo o domingo dos franceses...

– Já ouvi você resmungar muitas vezes, mãe, contra o domingo dos ingleses quando estivemos em Londres.

– Nova York não é nem Paris nem Londres.

– Oh, não, não é mesmo! – murmurou o filho.

– Você quer dizer, suponho, que a sociedade aqui não é tão brilhante? Você está certo, ouso dizer; mas nós pertencemos a este lugar, e as pessoas devem respeitar nossos costumes quando eles vêm para cá. Ellen Olenska especialmente: ela voltou para fugir do tipo de vida que as pessoas levam em sociedades brilhantes.

Newland não respondeu e, após um momento, sua mãe arriscou:

– Eu ia pôr o chapéu e pedir-lhe para me levar até a casa da prima Louisa por um momento antes do jantar.

Ele franziu a testa e ela continuou:

– Achei que você poderia explicar a ela o que acabou de dizer: que a sociedade estrangeira é diferente... que as pessoas não são tão exigentes e que Madame Olenska pode não ter percebido como nos sentimos com relação a essas coisas. Sabe, seria bom, querido – acrescentou ela com uma habilidade inocente –, para Madame Olenska, se você fizesse isso.

– Querida mãe, realmente não entendo o que é que temos a ver com isso. O duque levou Madame Olenska para a casa da sra. Struthers... na verdade, ele levou a sra. Struthers até a casa de Madame Olenska para conhecê-la. Eu estava lá quando eles chegaram. Se os Van der Luyden querem brigar com alguém, o verdadeiro culpado está sob o próprio teto deles.

– Brigar? Newland, você já ouviu falar de alguma briga do primo Henry? Além disso, o Duque é convidado dele; e um estrangeiro também. Os estrangeiros não fazem diferença; como a fariam? A condessa Olenska é nova-iorquina e deveria ter respeitado os sentimentos de Nova York.

– Bem, então, se eles precisam de uma vítima, você tem minha permissão para lhes entregar Madame Olenska – gritou o filho, exasperado. – Não me vejo... tampouco você... oferecendo-nos para expiar os crimes dela.

– Ah, claro que você só vê o lado dos Mingott – respondeu a mãe, num tom sensível, que mais se aproximava da raiva.

O taciturno mordomo afastou os reposteiros da sala e anunciou:

– Sr. Henry van der Luyden.

A sra. Archer deixou cair a agulha e empurrou a cadeira para trás com a mão agitada.

– Outra lamparina! – gritou para o criado que se afastava, enquanto Janey se inclinava para ajeitar a touca da mãe.

A figura do sr. Van der Luyden surgiu na soleira da porta, e Newland Archer adiantou-se para cumprimentar o primo.

– Estávamos justamente falando do senhor – disse ele.

O sr. Van der Luyden pareceu impressionado com a informação. Tirou a luva para apertar a mão das damas e alisava timidamente a cartola, enquanto Janey empurrava uma poltrona para frente e Archer continuava:

– E da condessa Olenska.

A sra. Archer empalideceu.

– Ah!... uma mulher encantadora. Acabo de visitá-la – disse o sr. Van der Luyden, com a complacência estampada em sua testa. Ele se acomodou na poltrona, colocou o chapéu e as luvas no chão a seu lado, à moda antiga, e continuou: – Ela tem um dom extraordinário para arranjos de flores. Eu havia enviado a ela alguns cravos de Skuytercliff e fiquei surpreso. Em vez de agrupá-los em grandes buquês como nosso jardineiro-chefe faz, ela os espalhou a esmo, aqui e acolá... não sei dizer como. O Duque havia me contado e me disse: "Vá e veja como ela arrumou sua sala de estar com habilidade". E ela tem mesmo habilidade. Eu gostaria realmente de levar Louisa para vê-la, se a vizinhança não fosse tão... desagradável.

Um silêncio mortal saudou esse afluxo incomum de palavras do sr. Van der Luyden. A sra. Archer tirou seu bordado da cesta em que ela o jogara nervosamente, e Newland, encostado na lareira e passando os dedos numa tela de penas de beija-flor, viu Janey boquiaberta sendo iluminada pela chegada da segunda lamparina.

– O fato é que – continuou o sr. Van der Luyden, acariciando sua longa perna com a mão branca que pendia pelo pesado anel de sinete de proprietário – passei para agradecê-la pelo bilhete muito bonito que ela me escreveu sobre minhas flores; e também... mas isso cá entre nós, é claro... para avisá-la, como amigo, a não permitir que o Duque a levasse a tantas festas. Não sei se vocês ficaram sabendo...

A sra. Archer sorriu, indulgente.

– O Duque a tem levado a festas?

– Vocês sabem como são esses nobres ingleses. Eles são todos iguais. Louisa e eu gostamos muito de nosso primo, mas é inútil esperar que pessoas acostumadas com as cortes europeias se preocupem com nossas pequenas distinções republicanas. O Duque vai para onde possa se divertir. – O sr. Van der Luyden fez uma pausa, mas ninguém falou. – Sim, parece que ele a levou ontem à noite para a casa da sra. Lemuel Struthers. Sillerton Jackson acabou de nos contar a tola história, e Louisa estava bastante perturbada. Então pensei que o caminho mais curto era ir direto à condessa Olenska e explicar... por uma simples insinuação, obviamente... como nos sentimos em Nova York com relação a certas coisas. Achei que poderia fazer isso, sem indelicadeza, porque na noite em que jantou conosco, ela sugeriu... ou melhor, deu-me a entender que ficaria agradecida por nossa orientação. E de fato agradeceu.

O sr. Van der Luyden olhou ao redor da sala com uma expressão que teria sido de autossatisfação num rosto menos livre de paixões vulgares. Em seu rosto, de fato, havia uma leve benevolência que se refletiu instantaneamente no semblante da sra. Archer.

– Como vocês dois são gentis, querido Henry... sempre! Newland apreciará particularmente o que você fez por causa da querida May e seus novos parentes.

Ela lançou um olhar admoestador para o filho, que disse:

– Imensamente, senhor. Mas eu tinha certeza de que haveria de gostar de Madame Olenska.

O sr. Van der Luyden olhou para ele com extrema afabilidade.

– Jamais convido para minha casa, meu caro Newland – disse ele –, alguém de quem não goste. Acabei de dizer isso a Sillerton Jackson. – Consultou o relógio, levantou-se e acrescentou: – Mas Louisa deve estar me esperando. Vamos jantar cedo, para levar o Duque à ópera.

Depois que os reposteiros se fecharam solenemente atrás do visitante, o silêncio tomou conta dos membros da família Archer.

– Meu Deus!... que romântico! – exclamou finalmente Janey, num ímpeto incontrolado.

Ninguém sabia exatamente o que inspirava elípticos comentários dela e seus parentes há muito tempo haviam desistido de tentar interpretá-los.

A sra. Archer meneou a cabeça com um suspiro.

– Desde que tudo dê certo – disse ela, no tom de quem sabe que não vai dar certo. – Newland, você deve ficar e ver Sillerton Jackson quando vier esta noite: Eu realmente não saberia o que dizer a ele.

– Pobre mãe! Mas ele não vem... – riu o filho, inclinando-se para beijar a testa da mãe.

Capítulo 11

Cerca de duas semanas depois, Newland Archer estava sentado, distraído, em sua sala privada do escritório de advocacia Letterblair, Lamson e Low, quando foi chamado pelo chefe.

O velho sr. Letterblair, consultor jurídico credenciado de três gerações da alta sociedade nova-iorquina, sentado como que num trono à sua mesa de mogno, estava visivelmente perplexo. Enquanto acariciava as suíças aparadas bem curtas com uma das mãos, passava a outra pelas mechas grisalhas desgrenhadas acima de suas salientes sobrancelhas, seu desrespeitoso e jovem sócio pensava como ele se parecia com o médico de família incomodado por não conseguir identificar os sintomas do paciente.

– Meu caro senhor... – ele sempre se dirigia a Archer como "senhor". – Mandei chamá-lo para resolver um pequeno problema; um assunto que, no momento, prefiro não mencionar nem ao sr. Skipworth nem ao sr. Redwood. – Os cavalheiros de quem falava eram os outros sócios da firma; pois, como sempre acontecia com associações jurídicas antigas em Nova York, todos os nomes dos sócios que constavam no papel timbrado do escritório já tinham falecido havia muito tempo; e o sr. Letterblair, por exemplo, era, profissionalmente falando, o próprio neto do fundador.

Ele se recostou na cadeira com a testa franzida.

– Por razões de família... – continuou ele.

Archer ergueu os olhos.

— Da família Mingott — disse o sr. Letterblair com um sorriso explicativo e uma reverência. — Ontem, a sra. Manson Mingott mandou me chamar. A neta dela, a condessa Olenska, deseja se divorciar. Ela me entregou alguns documentos. — Ele fez uma pausa e tamborilou na mesa. — Em vista de sua futura aliança com a família, gostaria de consultá-lo... analisar o caso com o senhor... antes de dar qualquer passo.

Archer sentiu o sangue latejar nas têmporas. Tinha visto a condessa Olenska apenas uma vez depois da visita que lhe fizera, no teatro, no camarote dos Mingott. Durante esse período, ela se tornara uma imagem menos vívida e importuna, afastando-se do primeiro plano que andara ocupando na vida dele, deixando May Welland reassumir seu lugar de direito. Ele não tinha ouvido falar de seu divórcio desde a primeira alusão aleatória de Janey a respeito, e descartou a história como mexerico infundado. Teoricamente, a ideia do divórcio era quase tão desagradável para ele quanto para sua mãe; e ficou aborrecido com o fato de o sr. Letterblair (sem dúvida instigado pela velha Catherine Mingott) estar planejando tão evidentemente lhe confiar o caso. Afinal de contas, havia muitos homens na família Mingott para assumir a questão e, por ora, não estando casado ainda, ele não fazia parte dos Mingott.

Ele esperou que o sócio sênior continuasse. O sr. Letterblair destrancou uma gaveta e tirou um envelope.

— Se der uma olhada nesses papéis...

Archer franziu a testa.

— Desculpe-me, senhor; mas apenas por causa do futuro parentesco, prefiro que consulte o sr. Skipworth ou o sr. Redwood.

O sr. Letterblair pareceu surpreso e ligeiramente ofendido. Era incomum para um jovem sócio rejeitar uma oportunidade dessas.

Ele se curvou.

– Respeito seus escrúpulos, senhor; mas, nesse caso, acredito que a verdadeira delicadeza exige que faça o que estou lhe pedindo. Na verdade, a sugestão não é minha, mas da sra. Manson Mingott e do filho dela. Estive com Lovell Mingott e também com o sr. Welland. Todos eles indicaram o senhor.

Archer sentiu sua raiva aumentar. Nos últimos quinze dias, ele se havia deixado levar um tanto languidamente pelos acontecimentos e deixado a bela aparência e a natureza radiante de May obliterar a pressão um tanto importuna das reivindicações dos Mingott. Mas essa ordem da velha sra. Mingott despertou-o para uma noção do que o clã achava que tinha o direito de exigir de um futuro genro; e esse papel o deixou mais que irritado.

– Os tios dela deveriam tratar disso – disse ele.

– E trataram. O caso foi apurado pelos membros da família. Eles se opõem à ideia da condessa; mas ela se mantém firme e insiste numa opinião jurídica.

O jovem ficou em silêncio; não havia aberto o envelope que segurava nas mãos.

– Ela quer se casar de novo?

– Acredito que está implícito, mas ela nega.

– Então...

– Poderia me fazer a gentileza, antes de mais nada, sr. Archer, de examinar esses papéis? Depois, quando tivermos conversado sobre o caso, darei minha opinião.

Archer se retirou com relutância com os indesejados documentos. Desde o último encontro com Madame Olenska, ele havia colaborado meio inconscientemente com os acontecimentos para se livrar do fardo que ela poderia se tornar para ele. A hora que passara a sós com ela à luz do fogo havia criado entre eles uma intimidade momentânea, providencialmente rompida pela intrusão do duque de St. Austrey com a sra. Lemuel Struthers e pela alegre recepção deles por parte da condessa. Dois dias depois, Archer havia assistido à comédia de sua reabilitação perante os Van der Luyden e dissera a si mesmo, com um toque de azedume, que uma senhora que sabia agradecer senhores idosos e todo-poderosos com tão bom propósito por um buquê de flores não precisava nem das consolações particulares nem da defesa pública de um jovem de insignificante influência.

Ver os fatos sob essa luz simplificava seu caso e surpreendentemente renovava todas as obscuras virtudes domésticas. Ele não conseguia imaginar May Welland, em qualquer emergência concebível, falando de suas dificuldades particulares e prodigalizando confidências a homens estranhos; e ela nunca lhe parecera mais bonita ou mais atraente do que na semana seguinte. Ele até havia cedido ao desejo dela de um longo noivado, visto que ela havia encontrado a única resposta que havia desarmado o pedido dele para antecipar o casamento.

– Você sabe, ao se tratar disso, que seus pais sempre deixaram você fazer o que queria desde que era uma garotinha – argumentou ele.

E ela havia respondido, com seu mais sereno olhar:

– Sim; e é isso que torna tão difícil recusar a última coisa que eles vão me pedir enquanto ainda sou considerada a menina deles.

Essa era a velha marca de Nova York. Esse era o tipo de resposta que ele gostaria de ter sempre certeza de que sua esposa daria. Se alguém respirasse habitualmente o ar de Nova York, havia momentos em que qualquer coisa menos cristalina parecia sufocante.

Os papéis que ele havia levado para ler não lhe diziam muita coisa; mas o mergulharam numa atmosfera em que se sentia asfixiado e tenso. Consistiam principalmente numa troca de cartas entre os advogados do conde Olenski e um escritório de advocacia francês, contratado pela condessa para a regularização de sua situação financeira. Havia também uma pequena carta do conde para sua esposa. Depois de lê-la, Newland Archer levantou-se, enfiou os papéis de volta no envelope e entrou novamente na sala do sr. Letterblair.

— Aqui estão as cartas, senhor. Se desejar, vou falar com Madame Olenska — disse ele, com voz constrangida.

— Obrigado, obrigado, sr. Archer. Venha jantar comigo esta noite, se estiver livre, e depois trataremos do assunto, caso queira visitar nossa cliente amanhã.

Newland Archer voltou direto para casa naquela tarde. Era uma noite de inverno de claridade transparente, com uma inocente lua jovem reluzindo acima dos telhados; e ele queria encher os pulmões de sua alma com o puro esplendor e não trocar uma palavra sequer com ninguém até que ele e o sr. Letterblair tivessem estudado a questão, depois do jantar. Era impossível decidir de outra forma: ele próprio precisava falar com Madame Olenska e não deixar que seus segredos fossem revelados a outros olhos. Uma grande onda de compaixão havia eliminado sua indiferença e impaciência: ela se apresentava diante dele como uma figura exposta e digna de pena, que deveria ser salva a todo custo antes que se ferisse ainda mais em suas tresloucadas investidas contra o destino.

Ele se lembrou do que ela havia lhe contado sobre o pedido da sra. Welland para ser poupada do que quer que fosse "desagradável" em sua história, e estremeceu ao pensar que talvez fosse essa atitude mental que mantinha o ar de Nova York tão puro. "Afinal, será que não passamos de típicos fariseus?", perguntou-se, intrigado com o esforço de conciliar seu desgosto instintivo pela vileza humana com sua pena igualmente instintiva pela fragilidade humana.

Pela primeira vez percebeu como seus princípios sempre haviam sido elementares. Passava por um jovem que não tinha medo de riscos e sabia que seu caso de amor secreto com a pobre e tola sra. Thorley Rushworth não fora tão secreto para dar-lhe o devido ar de aventura. Mas a sra. Rushworth era "aquele tipo de mulher"; tola, vaidosa, clandestina por natureza, e muito mais atraída pelo segredo e pelo perigo do caso do que pelos encantos e qualidades que ele possuía. Quando o fato foi descoberto, quase se lhe partiu o coração, mas agora lhe parecia o elemento redentor do próprio fato.

O caso, em resumo, tinha sido do tipo pelo qual a maioria dos jovens de sua idade havia passado, e do qual tinha saído com a consciência tranquila e uma imperturbável crença na abismal diferença entre as mulheres que se devia amar e respeitar e aquelas que só proporcionavam prazer... e inspiravam pena. Sob esse ponto de vista, eles tinham o diligente apoio das mães, das tias e de outras parentes idosas, que compartilhavam todas elas a crença da sra. Archer de que quando "essas coisas aconteciam" tratava-se, sem dúvida, de uma tolice do homem, mas de alguma forma sempre de um erro da mulher. Todas as senhoras idosas que Archer conhecia consideravam qualquer mulher imprudente em seus amores como necessariamente inescrupulosa e ardilosa, e o homem como um simplório e presa impotente em suas garras. A única coisa a fazer era persuadi-lo, o mais cedo possível, a se casar com uma boa moça, que haveria de cuidar dele pelo resto da vida.

Nas antigas e complexas comunidades europeias, Archer começou a adivinhar, os problemas amorosos deveriam ser menos simples e menos fáceis de classificar. Sociedades ricas, ociosas e decorativas deveriam produzir muito mais situações como essa; e poderia até haver alguma em que uma mulher naturalmente sensível e indiferente ainda, pela força das circunstâncias, por puro abandono e solidão, acabasse sendo levada a uma relação indesculpável para os padrões convencionais.

Ao chegar em casa, ele escreveu um bilhete para a condessa Olenska, perguntando a que horas do dia seguinte ela poderia recebê-lo, e o despachou por um mensageiro, que voltou imediatamente com uma palavra no sentido de que ela estava indo para Skuytercliff na manhã seguinte para passar o domingo com os Van der Luyden, mas que ele a encontraria sozinha naquela noite depois do jantar. O bilhete estava escrito em meia folha de papel comum, sem data nem endereço, mas sua caligrafia era firme e corrente. Ele se divertiu com a ideia do fim de semana dela, na imponente solidão de Skuytercliff, mas imediatamente depois pensou que lá, mais que em qualquer outro lugar, ela haveria de sentir o frio das mentes que rigorosamente evitavam o "desagradável".

Pontualmente às 7 horas, ele estava na casa do sr. Letterblair, contente com o pretexto de se desculpar e poder sair logo após o jantar. Tinha formado sua opinião a partir dos papéis que lhe haviam sido confiados e não queria discutir amplamente o assunto com seu sócio sênior. O sr. Letterblair era viúvo, e eles jantaram sozinhos, copiosa e lentamente, numa sala escura e decadente, adornada com gravuras amareladas de "*A Morte de Chatham*"[68] e "*A Coroação de Napoleão*"[69]. No aparador, entre estojos de facas marca Sheraton, havia uma garrafa de vinho Haut Brion e outra do velho Porto Lanning (oferta de um cliente), que o esbanjador Tom Lanning havia vendido um ou dois anos antes de sua morte misteriosa e vergonhosa em San Francisco... incidente menos humilhante publicamente para a família do que a venda da adega.

Depois de uma aveludada sopa de ostras, seguiram-se sável com pepinos, depois um peru grelhado com bolinhos de milho, seguido de um pato selvagem com geleia de groselha e maionese de aipo. O sr. Letterblair, que no almoço se contentava com um sanduíche com chá, jantou com gosto redobrado e muito lentamente, e insistia para que seu convidado fizesse o mesmo. Por fim, quando os ritos de encerramento foram concluídos, a toalha removida, acenderam os charutos e o sr. Letterblair, reclinando-se na cadeira e voltando-se para o agradável fogo que crepitava a suas costas, disse:

– Toda a família é contra o divórcio. E eu acho que com razão.

Archer instantaneamente percebeu que estava do outro lado.

– Mas por que, senhor? Se alguma vez houve um caso...

– Bem... de que adianta? Ela está aqui... ele está lá; o Atlântico está entre os dois. Ela nunca receberá de volta um dólar a mais de seu dinheiro do que ele voluntariamente lhe devolveu: seus malditos acordos nupciais tratam muito bem disso. Do jeito que as coisas vão por lá, Olenski tem agido de maneira generosa: ele poderia tê-la mandado embora sem um centavo sequer.

O jovem sabia disso e ficou em silêncio.

– Entendo, porém – continuou o sr. Letterblair – que ela não dá importância ao dinheiro. Por isso, como diz a família, por que não deixar tudo como está?

Archer tinha ido à casa uma hora antes, concordando plenamente com a opinião do sr. Letterblair; mas agora as palavras desse velho egoísta, bem alimentado e extremamente indiferente, de repente lhe soavam como a voz farisaica de uma sociedade totalmente concentrada em se entrincheirar contra o desagradável.

– Eu acho que cabe a ela decidir.

– Hum... já pensou nas consequências, se ela se decidir pelo divórcio?

– O senhor se refere à ameaça contida na carta do marido? Que peso teria ela? Nada mais é do que a vaga ameaça de um pilantra zangado.

– Sim; mas pode desencadear mexericos desagradáveis, se ele realmente contestar a ação.

– Desagradáveis...! – disse Archer, explodindo.

O sr. Letterblair olhou para ele sob as sobrancelhas inquisitivas, e o jovem, ciente da inutilidade de tentar explicar o que se passava em sua mente, curvou-se aquiescente enquanto seu superior continuava.

– O divórcio é sempre desagradável. Concorda comigo? – prosseguiu o sr. Letterblair, depois de um breve silêncio de espera.

— Naturalmente — disse Archer.

— Bem, então posso contar com o senhor. Os Mingott podem contar com o senhor. Vai usar sua influência contra essa ideia?

Archer hesitou.

— Não posso me comprometer antes de falar com a condessa Olenska — disse ele, por fim.

— Sr. Archer, eu não o entendo. Quer se casar e entrar numa família com um escandaloso processo de divórcio pairando sobre ela?

— Acho que isso não tem nada a ver com o caso.

O sr. Letterblair pousou o copo de vinho do Porto sobre a mesa e fitou o jovem companheiro com um olhar cauteloso e apreensivo.

Archer entendeu que corria o risco de perder o encargo e, por algum motivo obscuro, não gostou da perspectiva. Agora que a tarefa lhe havia sido confiada, não pretendia desistir dela; e, para evitar a possibilidade, ele percebeu que deveria tranquilizar esse velho sem imaginação, que refletia a consciência jurídica dos Mingott.

— Pode ter certeza, senhor, que não me comprometerei em nada sem lhe comunicar; o que eu quis dizer é que prefiro não opinar até ouvir o que Madame Olenska tem a dizer.

O sr. Letterblair acenou com a cabeça em aprovação a esse excesso de cautela, digno da melhor tradição de Nova York, e o jovem, olhando para o relógio, alegou um compromisso e se despediu.

Capítulo 12

A antiquada Nova York jantava às 7h, e o hábito das visitas depois do jantar, embora ridicularizado no círculo de Archer, ainda prevalecia. Na hora em que o jovem caminhava pela Quinta

Avenida, vindo de Waverley Place, a longa via estava deserta; havia apenas um grupo de carruagens paradas diante da casa de Reggie Chivers (onde era oferecido um jantar ao Duque), e a figura ocasional de um senhor idoso de sobretudo pesado e cachecol entrando numa casa de arenito marrom e desaparecendo num saguão iluminado a gás.

Assim, quando Archer cruzou a Washington Square, observou que o velho sr. Du Lac estava visitando seus primos, os Dagonet, E, ao dobrar a esquina da Rua Dez oeste, viu o sr. Skipworth, seu colega de firma, obviamente indo visitar as srtas. Lanning. Um pouco mais adiante, na Quinta Avenida, Beaufort apareceu nos degraus da porta, projetando uma sombra escura diante de uma luz forte, e ia descendo a escada em direção de sua carruagem particular. Logo partiu para um destino misterioso, provavelmente inominável. Não era uma noite de ópera, e ninguém estava dando festa, de modo que o passeio de Beaufort era, sem dúvida, de natureza clandestina. Archer relacionou o local em sua mente com uma casinha além da Lexington Avenue, onde recentemente haviam sido instaladas cortinas com fitas e floreiras, e diante de cuja porta recém-pintada costumava ser vista à espera a carruagem amarela da srta. Fanny Ring esperando.

Além da pequena e escorregadia pirâmide que compunha o mundo da sra. Archer, ficava o bairro quase desconhecido habitado por artistas, músicos e "pessoas que escreviam". Esses fragmentos dispersos de humanidade nunca demonstraram nenhum desejo de se incorporar na estrutura social. Apesar de seus modos estranhos, dizia-se que eles eram, em sua maioria, bastante respeitáveis; mas preferiam viver à parte. Medora Manson, em seus bons tempos, havia inaugurado um "salão literário"; mas logo deixou de funcionar, devido à relutância dos literatos em frequentá-lo.

Outras tentativas foram feitas, e surgiu até a casa das Blenker... uma mãe intensa e loquaz e três filhas desconectadas que a imitavam... onde se podia encontrar Edwin Booth[70], Patti[71] e William

Winter[72], o novo ator shakespeariano George Rignold[73] e alguns dos editores de revistas, críticos musicais e literários.

A sra. Archer e seu grupo não sentiam total segurança ao se aproximar dessas pessoas. Eram esquisitas, não transmitiam confiança e guardavam na vida e na mente coisas de que ninguém sabia nada. A literatura e a arte eram profundamente respeitadas no círculo dos Archer, e a sra. Archer sempre se esforçava para dizer a seus filhos que a sociedade era muito mais agradável e refinada quando incluía figuras como Washington Irving[74], Fitz-Greene Halleck[75] e o poeta de "*A fada culpada*"[76]. Os autores mais célebres daquela geração foram "cavalheiros"; talvez os desconhecidos que os sucederam tivessem sentimentos cavalheirescos, mas sua origem, sua aparência, seus cabelos, sua intimidade com o palco e a ópera tornavam inaplicável a eles qualquer critério da velha Nova York.

– Quando eu era menina – costumava dizer a sra. Archer –, conhecíamos todo mundo entre o bairro Battery e a Canal Street; e apenas nossos conhecidos tinham carruagem. Era extremamente fácil identificar qualquer um; agora não dá para saber, e prefiro nem tentar.

Apenas a velha Catherine Mingott, com sua ausência de preconceitos morais e indiferença de quase adventícia a distinções mais sutis, poderia ter superado o abismo; mas ela nunca abriu um livro ou olhou para um quadro, e só gostava de música porque a lembrava das noites de gala no clube noturno Italiens de Paris, nos dias de seu triunfo nas Tulherias. Possivelmente Beaufort, que era igual a ela em ousadia, tivesse conseguido realizar a fusão; mas sua grande casa e seus lacaios de meias de seda eram um obstáculo à sociabilidade informal. Além disso, ele era tão analfabeto quanto a velha sra. Mingott e considerava os "sujeitos que escreviam" meros fornecedores pagos dos prazeres dos homens ricos; e ninguém suficientemente rico para influenciar sua opinião questionara isso algum dia.

Newland Archer estava ciente dessas coisas desde que conseguia se lembrar, e as aceitara como parte da estrutura de seu universo. Sabia da existência de sociedades nas quais pintores, poetas, romancistas e cientistas, e mesmo grandes atores, eram tão requisitados quanto o eram os duques; muitas vezes imaginara como teria sido viver na intimidade de salões dominados pela conversa de Mérimée[77] (cujas *Lettres à une inconnue* era um de seus livros inseparáveis), Thackeray[78], Browning[79] ou William Morris[80]. Mas essas coisas eram inconcebíveis em Nova York e nem se deveria pensar nelas.

Archer conhecia a maioria dos "sujeitos que escreviam", dos músicos e dos pintores: ele os encontrava no clube Century ou nos pequenos clubes musicais e teatrais que começavam a existir. Divertia-se com eles nesses locais e ficava entediado com eles na casa das Blenker, onde se misturavam com mulheres ardentes e deselegantes que os consideravam como curiosidades; e mesmo depois de suas conversas mais emocionantes com Ned Winsett, sempre saía com a sensação de que, se seu mundo era pequeno, o mesmo acontecia com o deles, e que a única maneira de ampliá-los era atingir um estágio de costumes em que eles se fundiriam naturalmente.

Lembrou-se disso ao tentar imaginar a sociedade em que a condessa Olenska vivera e sofrera, e também... talvez... experimentara misteriosas alegrias. Lembrou-se de como ela se divertia ao contar que sua avó Mingott e os Welland se opunham a que ela morasse num bairro "boêmio", entregue a "gente que escrevia". Não era o perigo, mas a pobreza que desagradava à sua família; mas esse aspecto lhe havia fugido, e ela supunha que eles consideravam a literatura comprometedora.

Ela mesma não a temia, e os livros espalhados por sua sala de estar (uma parte da casa onde os livros estavam "fora do lugar", segundo geralmente se pensava), embora fossem principalmente obras de ficção, despertaram o interesse de Archer com nomes novos, como os de Paul Bourget[81], Huysmans[82] e os irmãos Goncourt[83]. Ruminando sobre essas coisas enquanto ele se aproximava da porta da casa dela, mais uma vez se deu conta da maneira curiosa como ela invertia seus valores, e da necessidade de se colocar em condições incrivelmente diferentes de qualquer outra que conhecia, se pretendia ser-lhe útil na atual dificuldade.

Nastasia abriu a porta, sorrindo misteriosamente. Em cima do banco do saguão estava um sobretudo forrado de zibelina, além de um chapéu de ópera de seda opaca com um J. B. dourado no forro e um cachecol de seda branca: não havia dúvida de que esses artigos caros eram propriedade de Julius Beaufort.

Archer estava zangado; tão zangado que quase rabiscou uma palavra no cartão e foi embora. Lembrou-se então de que, ao escrever para Madame Olenska, fora impedido por excesso de discrição de dizer que desejava vê-la em particular. Só podia culpar a si mesmo, portanto, se ela abrira as portas para outros visitantes; e entrou na sala de estar com a firme determinação de fazer Beaufort se sentir um obstáculo, levando-o a se retirar.

O banqueiro estava encostado na cornija da lareira, sobre a qual havia uma velha toalha bordada e um candelabro de latão com velas de igreja de cera amarelada. De peito estufado, ombros apoiados contra a lareira, mantinha o peso do corpo sobre um dos pés, calçado com sapato de couro envernizado. Quando Archer entrou, ele estava sorrindo e olhando para sua anfitriã, sentada num sofá colocado em ângulo reto com a lareira. Uma mesa repleta de flores formava um anteparo atrás do sofá e, diante das orquídeas e azaleias que o jovem reconheceu como tributos das estufas de Beaufort, Madame Olenska estava sentada, meio reclinada, a cabeça apoiada numa das mãos e a manga larga deixando o braço descoberto até o cotovelo.

Era comum as senhoras que recebiam à noite usar os chamados "vestidos de jantar simples": uma armadura justa de seda com osso de baleia, ligeiramente aberta no pescoço, com babados de renda preenchendo a abertura, e mangas justas com babado, revelando o pulso apenas o suficiente para mostrar um bracelete de ouro etrusco ou uma fita de veludo. Mas Madame Olenska, indiferente à tradição, estava vestida com um longo manto de veludo vermelho com borda no queixo e com pele preta brilhante na frente.

Archer lembrou, em sua última visita a Paris, ter visto um retrato de um novo pintor, Carolus Duran[84], cujos quadros eram a sensação da Exposição de Arte, em que a senhora usava uma dessas túnicas ousadas com o queixo aninhado na pele. Havia algo de perverso e provocativo na noção de peles usadas à noite numa sala aquecida, e na combinação de garganta abafada e braços nus; mas o efeito era inegavelmente agradável.

– Deus nos livre!... três dias inteiros em Skuytercliff! – estava Beaufort dizendo em voz alta e zombeteira quando Archer entrou. – Seria bom você levar todas as suas peles e uma bolsa de água quente.

– Por quê? A casa é tão fria assim? – perguntou ela, estendendo a mão esquerda para Archer de forma misteriosa, sugerindo que ela esperava que a beijasse.

– Não, mas a patroa é – retrucou Beaufort, acenando descuidadamente para o jovem.

– Mas eu a achei muito gentil. Ela veio pessoalmente me convidar. Vovó diz que não devo perder a oportunidade de ir.

– A vovó, claro que o diz. E eu digo que é uma pena você perder o pequeno jantar de ostras que eu planejei para você no belo restaurante Delmonico, no próximo domingo, com Campanini[85] e Scalchi[86] e muita gente alegre e divertida.

Ela olhou, em dúvida, do banqueiro para Archer.

– Ah!... isso é tentador! A não ser numa noite dessas, na casa da sra. Struthers, não encontrei um único artista desde que cheguei aqui.

– Que tipo de artistas? Conheço um ou dois pintores, gente boa, que poderia lhe apresentar, se me permitir – disse Archer, com ousadia.

– Pintores? Há pintores em Nova York? – perguntou Beaufort, num tom que insinuava que não poderia haver nenhum, visto que não comprava quadros deles.

E Madame Olenska, com seu sorriso grave, disse a Archer:

– Seria fantástico. Mas eu estava realmente pensando em atores, cantores, músicos. A casa de meu marido era continuamente frequentada por eles.

Disse as palavras "meu marido" como se nenhuma associação sinistra estivesse ligada a elas, e num tom que parecia quase suspirar pelas delícias perdidas da vida de casada. Archer a olhou perplexo, perguntando-se se era leviandade ou dissimulação que lhe permitia tocar tão facilmente no passado no exato momento em que se dispunha a romper com ele, pondo em risco sua reputação.

– Eu realmente creio – continuou ela, dirigindo-se aos dois – que o imprevisto aumenta o prazer. Talvez seja um erro ver as mesmas pessoas todos os dias.

– De qualquer forma, é terrivelmente enfadonho; Nova York está morrendo de tédio – resmungou Beaufort. – E quando eu tento animá-la para você, você me trai... Venha... pense melhor! Domingo é sua última chance, pois Campanini parte na próxima semana para Baltimore e Filadélfia; e eu tenho uma sala particular e um piano marca Steinway, e eles vão cantar a noite toda para mim.

– Que coisa deliciosa! Posso pensar um pouco e escrever para você amanhã de manhã?

Ela falou de modo bem amigável, mas sua voz deixou transparecer levemente a insinuação que o convidava a se retirar. Beaufort evidentemente percebeu e, não estando acostumado a ser dispensado, ficou olhando para ela com uma ruga obstinada entre os olhos.

– Por que não agora?

– É uma questão muito séria para decidir a essa hora tão tardia.

– Acha tão tarde assim?

Ela devolveu o olhar com frieza.

– Sim, porque ainda tenho de tratar de negócios com o sr. Archer por um bom tempo.

– Ah! – cedeu Beaufort. Pelo tom de voz dela, percebeu que não era o caso de insistir e, com um leve dar de ombros, recuperou a compostura, tomou a mão dela, que beijou com ar indiferente e, da soleira da porta, voltou-se para dizer: – Veja bem, Newland, se você conseguir persuadir a condessa a ficar na cidade, é claro que você também está incluído como convidado ao jantar. – E saiu da sala com seu passo pesado e arrogante.

Por um momento, Archer imaginou que o sr. Letterblair devia ter contado a ela sobre sua chegada; mas a irrelevância da observação dela a seguir o fez mudar de ideia.

– Então você conhece pintores? Frequenta o meio deles? – perguntou ela, com os olhos cheios de interesse.

– Oh, não exatamente. Não sei se os artistas mantêm um círculo aqui, de qualquer modalidade que seja; eles vivem mais na periferia pouco povoada.

– Mas você gosta dessas coisas?

– Imensamente. Quando estou em Paris ou em Londres, nunca perco uma exposição de arte. Tento acompanhar.

Ela olhou para a ponta da pequena bota de cetim que espreitava para fora da barra da saia.

– Eu também gostava imensamente: minha vida estava cheia dessas coisas. Mas agora estou tentando me desinteressar.

– Está procurando se desinteressar?

– Sim: quero me despojar de meu antigo modo de viver, para me tornar igual a todo mundo aqui.

Archer corou.

– Você nunca será como todo mundo – disse ele.

Ela ergueu levemente as sobrancelhas.

— Ah, não diga isso. Se você soubesse como detesto ser diferente!

Seu rosto ficou sombrio como uma máscara trágica. Ela se inclinou para frente, segurando o joelho com as mãos finas, e olhando para longe dele, para remotas distâncias escuras.

— Eu quero ficar longe de tudo isso — insistiu ela.

Ele esperou um momento, limpou a garganta e disse:

— Eu sei. O sr. Letterblair me contou.

— Ah?...

— É por isso que vim. Ele me pediu para... veja bem, eu trabalho na firma dele.

Ela pareceu um pouco surpresa, e então seus olhos brilharam.

— Você quer dizer que pode cuidar disso para mim? Posso falar com você em vez de falar com o sr. Letterblair? Oh, então vai ser muito mais fácil!

O tom de voz dela o comoveu, e sua confiança cresceu com sua autossatisfação. Percebeu que ela havia falado de negócios com Beaufort simplesmente para se livrar dele; e derrotar Beaufort era uma espécie de triunfo.

— Estou aqui para falar sobre isso — repetiu ele.

Ela ficou sentada em silêncio, a cabeça ainda apoiada no braço que descansava no encosto do sofá. Seu rosto estava pálido e apagado, como se esmaecido pelo vermelho vivo de seu vestido. De repente, ela deixou Archer impressionado, por lhe parecer uma figura patética e até digna de pena.

"Agora estamos chegando aos fatos concretos", pensou ele, consciente do mesmo recuo instintivo que tantas vezes havia criticado em sua mãe e nos contemporâneos dela. Como tinha pouca prática em lidar com situações incomuns! O próprio vocabulário deles não lhe era familiar e parecia típico da ficção e do teatro.

Diante do que estava por vir, sentiu-se desnorteado e embaraçado como um menino.

Depois de uma pausa, Madame Olenska irrompeu com inesperada veemência:

– Quero ser livre; quero apagar todo o passado.

– Entendo.

O rosto dela se avivou.

– Então você vai me ajudar?

– Primeiro... – hesitou ele. – Talvez eu precise saber um pouco mais.

Ela pareceu surpresa.

– Você sabe sobre meu marido... de minha vida com ele?

Ele fez um sinal afirmativo.

– Bem... então... o que mais quer saber? Neste país essas coisas são toleradas? Sou protestante... nossa Igreja não proíbe o divórcio nesses casos.

– Certamente não.

Ambos ficaram em silêncio outra vez, e Archer sentiu o espectro da carta do conde Olenski fazendo caretas entre os dois. A carta tinha apenas meia página e era exatamente como ele a havia descrito ao sr. Letterblair: a vaga ameaça de um pilantra revoltado. Mas quanta verdade haveria por trás disso? Só a esposa do conde Olenski poderia dizer.

– Eu examinei os papéis que você entregou ao sr. Letterblair – disse ele, por fim.

– Bem... pode haver algo mais abominável?

– Não.

Ela mudou ligeiramente de posição, protegendo os olhos com a mão erguida.

– Claro que você sabe – continuou Archer – que se seu marido decidir brigar... como ele ameaça...

– Sim...?

– Ele pode dizer coisas... coisas que podem ser desag... que podem ser desagradáveis para você: pode dizê-las publicamente, para que possam se espalhar e prejudicá-la, mesmo se...

– Se...?

– Quero dizer, por mais infundadas que sejam.

Ela parou por um longo período; por momentos tão longos que, não querendo manter os olhos fixos em seu rosto sombrio, ele teve tempo de gravar em sua mente a forma exata da outra mão dela, aquela apoiada sobre o joelho, e cada detalhe dos três anéis em seu quarto e quinto dedos; entre os quais, ele notou, não havia aliança de casamento.

– Que mal essas acusações, mesmo que ele as fizesse publicamente, poderiam me causar aqui?

Estava em seus lábios exclamar: "Minha pobre criança... muito mais danos do que em qualquer outro lugar!" Em vez disso, ele respondeu, com uma voz que soou em seus ouvidos como a do sr. Letterblair:

– A sociedade de Nova York é um mundo muito pequeno, em comparação com aquele em que você vivia. E é liderada, apesar das aparências, por algumas pessoas com... bem, com ideias um tanto antiquadas.

Ela não disse nada e ele continuou:

– Nossas ideias sobre casamento e divórcio são particularmente antiquadas. Nossa legislação favorece o divórcio... nossos costumes sociais, não.

– Nunca?

– Bem... não se a mulher, por mais injustiçada que seja, por mais irrepreensível que seja, tiver alguma coisa contra ela, por mínima que seja, se tiver praticado algum ato não convencional que leve a... a insinuações ofensivas...

Ela abaixou a cabeça um pouco mais, e ele aguardou novamente, esperando intensamente por um lampejo de indignação ou pelo menos um breve grito de negação. Mas nada aconteceu.

Um pequeno relógio de viagem tiquetaqueava baixinho perto dela, e uma acha de lenha se partiu em duas na lareira, lançando uma chuva de faíscas. Toda a sala silenciosa e sombria parecia estar esperando ansiosamente com Archer.

– Sim – murmurou ela, por fim –, é o que minha família me diz.

Ele estremeceu um pouco.

– Não deixa de ser natural...

– *Nossa* família – corrigiu-se ela, levando Archer a corar. – Pois você será meu primo em breve – continuou ela, afavelmente.

– Espero que sim.

– E você aceita a opinião deles?

Ele se levantou, andou pela sala, fitou com olhar vazio um dos quadros da parede forrada com o velho damasco vermelho e voltou indeciso para o lado dela. Como poderia ele dizer: "Sim, se o que seu marido insinua for verdade, ou se você não tiver como refutá-lo?"

– Sinceramente... – interveio ela, quando ele estava prestes a falar.

Ele olhou para o fogo.

– Sinceramente, então... o que você ganharia para compensar a possibilidade... a certeza... de interminável falatório insosso?

– Mas minha liberdade... não vale nada?

Naquele instante, ele percebeu que a acusação na carta era verdadeira e que ela esperava se casar com o cúmplice de sua culpa. Como poderia lhe dizer que, se ela realmente acalentava esse plano, as leis do Estado se opunham inexoravelmente a ele? A mera suspeita de que essa ideia estava na cabeça dela o deixou irritadiço e impaciente.

— Mas você não é tão livre quanto o vento? — prosseguiu ele. — Quem pode incomodá-la? O sr. Letterblair me disse que a questão financeira foi resolvida...

— Oh, sim! — disse ela, com indiferença.

— Bem, então, vale a pena correr o risco do que pode ser infinitamente desagradável e doloroso? Pense nos jornais... a vileza deles! É tudo estúpido, mesquinho e injusto... mas não se pode mudar a sociedade.

— Não — concordou ela, num tom de voz tão fraco e desolado que ele sentiu um súbito remorso por ter expressado seus severos pensamentos.

— O indivíduo, nesses casos, é quase sempre sacrificado ao que se supõe ser o interesse coletivo: as pessoas se apegam a qualquer convenção que mantenha a família unida... que proteja os filhos, se houver — divagava ele, despejando todas as frases feitas que lhe chegavam aos lábios em seu intenso desejo de encobrir a feia realidade que o silêncio dela parecia ter revelado.

Visto que ela não queria ou não podia dizer a única palavra que haveria de desanuviar a atmosfera, seu desejo era não deixá-la nem sequer supor que ele estivesse tentando descobrir seu segredo. Era melhor manter-se na superfície, no prudente e velho jeito nova-iorquino, do que arriscar reabrir uma ferida que ele não poderia curar.

— É minha função, você sabe — continuou ele —, ajudá-la a ver essas coisas como as pessoas que mais gostam de você as veem. Os Mingott, os Welland, os Van der Luyden, todos os seus amigos e parentes: se eu não mostrasse honestamente como eles julgam essas questões, não seria justo de minha parte, não é?

Falou com insistência, quase implorando, em sua ânsia de encobrir aquele silêncio escancarado.

Ela disse lentamente:

– Não; não seria justo.

O fogo havia se reduzido a cinzas, e uma das lamparinas fazia um apelo borbulhante para chamar a atenção. Madame Olenska levantou-se, alongou o pavio e voltou para o fogo, mas sem tornar a sentar-se.

O fato de permanecer de pé parecia significar que não havia mais nada a dizer para qualquer um dos dois, e Archer também se levantou.

– Muito bem; farei o que você deseja – disse ela, abruptamente.

O sangue subiu à cabeça de Archer, que, surpreso com a rapidez da rendição dela, tomou-lhe as duas mãos, desajeitadamente.

– Eu... eu quero realmente ajudá-la – disse ele.

– Você está me ajudando. Boa noite, primo.

Ele se curvou e pousou os lábios nas mãos dela, que estavam frias e sem vida. Ela os afastou, e ele se virou para a porta, encontrou seu casaco e o chapéu sob a fraca luz do saguão, e mergulhou na noite de inverno, explodindo com a tardia eloquência do inarticulado.

Capítulo 13

Foi uma noite em que o teatro Wallack estava lotado.

A peça era *The Shaughraun*, com Dion Boucicault[87] no papel-título e Henry Montague[88] e Ada Dyas[89] como os amantes. A popularidade da admirável companhia inglesa estava no auge, e *The Shaughraun* sempre lotava a casa. Nas galerias, o entusiasmo era irrestrito; nas primeiras filas da plateia e nos camarotes, as pessoas sorriam um pouco com o sentimentalismo barato e situações artificiais, mas apreciavam a peça tanto quanto nas galerias.

Havia um episódio, em particular, que prendia a atenção de todos no teatro, de alto a baixo. Era aquele em que Henry Montague, depois de uma cena triste, quase monossilábica, de despedida da srta. Dyas, despedia-se dela e se virava para ir embora. A atriz, postada perto da lareira e olhando para o fogo, usava um vestido de caxemira cinza sem laços ou enfeites da moda, que lhe moldava o esguio corpo e caía em dobras até sobre seus pés. Em volta do pescoço trazia uma estreita fita de veludo preto com as pontas pendendo sobre as costas.

Quando seu pretendente se afastava, ela apoiava os braços na cornija da lareira e cobria o rosto com as mãos. Na soleira da porta, ele parava, olhava para trás e voltava furtivamente, levantava uma das pontas da fita de veludo e a beijava; depois saía da sala sem que ela se desse conta ou mudasse de posição. E com essa silenciosa despedida, a cortina caía.

Era sempre por causa dessa cena em particular que Newland Archer ia assistir a *The Shaughraun*. Ele achava o adeus de Montague e Ada Dyas tão bom quanto qualquer coisa que já tinha visto Croisette e Bressant[90] fazer em Paris, ou Madge Robertson e Kendal[91] fazer em Londres; em sua reticência, em sua dor muda, a cena o comovia mais do que as mais famosas manifestações histriônicas.

Na noite em questão, a breve cena foi ainda mais tocante ao lembrar-lhe... ele não saberia dizer por quê... sua despedida de Madame Olenska depois da conversa confidencial de uma semana ou dez dias antes.

Teria sido tão difícil descobrir qualquer semelhança entre as duas situações quanto entre a aparência das pessoas envolvidas. Newland Archer não conseguia fingir nada que se aproximasse da beleza romântica do jovem ator inglês, e a srta. Dyas era uma mulher alta, ruiva, de constituição monumental, cujo rosto pálido e agradavelmente feio era totalmente diferente do semblante vívido de Ellen Olenska. Nem Archer e Madame Olenska eram dois amantes se separando num silêncio de coração partido; eles eram cliente e advogado se separando após uma conversa que deu ao advogado a pior impressão possível do caso da cliente.

Onde poderia estar, então, a semelhança que fazia o coração do jovem bater com uma espécie de excitação retrospectiva? Parecia estar na misteriosa faculdade de Madame Olenska de sugerir possibilidades trágicas e comoventes fora da rotina diária da experiência. Ela quase nunca disse uma palavra a ele para produzir essa impressão, mas fazia parte dela, uma projeção de seu passado misterioso e bizarro ou de algo inerentemente dramático, apaixonado e incomum de sua personalidade.

Archer sempre teve a tendência de pensar que o acaso e as circunstâncias desempenhavam um papel pequeno no destino das pessoas em comparação com sua tendência inata de fazer com que as coisas acontecessem. Desde o início, ele percebeu essa tendência em Madame Olenska. A jovem quieta, quase passiva, pareceu-lhe exatamente o tipo de pessoa a quem as coisas estavam fadadas a acontecer, não importando quanto ela se esquivasse e procurasse a todo custo evitá-las. O fato emocionante era ela ter vivido numa atmosfera tão carregada de drama que sua tendência de provocá-lo passava aparentemente despercebida. Era precisamente a estranha ausência de surpresa que lhe deu a sensação de que ela havia sido arrancada de um turbilhão: as coisas que ela tomava como normais davam a medida daquelas contra as quais ela havia se rebelado.

Archer a deixou com a convicção de que a acusação do conde Olenski não era infundada. A misteriosa pessoa que figurava no passado da condessa Olenska como "o secretário" provavelmente não havia deixado de receber uma recompensa por ajudá-la a fugir. As condições das quais ela havia fugido eram intoleráveis, indizíveis e inacreditáveis. Ela era jovem, estava com medo, desesperada... o que seria mais natural do que se mostrar agradecida a seu salvador? A pena era que sua gratidão a colocava, aos olhos da lei e do mundo, em pé de igualdade com seu abominável marido. Archer a fizera entender isso, como era obrigação dele fazê-lo. Ele também a fizera entender que aquela Nova York aberta e bondosa, com cuja caridade ela aparentemente contava, era precisamente o lugar onde ela menos poderia esperar por indulgência.

Ter de deixar isso bem claro para ela... e ver sua resignada aceitação... tinha sido extremamente doloroso para ele. Sentia-se atraído para ela por sentimentos obscuros de ciúme e de pena, como se o erro mudamente confessado por ela a tivesse colocado à sua mercê, humilhando-a, mas, apesar de tudo, tornando-a benquista. Ele estava contente porque era para ele que ela havia revelado seu segredo, e não ao frio escrutínio do sr. Letterblair ou ao olhar embaraçado de sua família. Ele imediatamente assumiu a responsabilidade de garantir a ambas as partes que ela havia desistido da ideia de pedir o divórcio, fundamentando sua decisão no fato de ter compreendido a inutilidade do processo; e, com infinito alívio, todos eles desviaram os olhos do "desagradável" a que ela os havia poupado.

– Eu tinha certeza de que Newland haveria de resolver isso – disse a sra. Welland, orgulhosa de seu futuro genro; e a velha sra. Mingott, que o havia chamado para uma conversa confidencial, lhe havia dado os parabéns pela habilidade, acrescentando com impaciência:

– Que bobalhona! Eu mesma lhe disse que isso era um despropósito. Querendo se passar por Ellen Mingott e uma velha solteirona, quando ela tem a sorte de ser uma mulher casada e uma condessa!

Esses incidentes tornaram a lembrança da última conversa com Madame Olenska tão vívida para o jovem que, quando a cortina se fechou depois da despedida dos dois atores, seus olhos se encheram de lágrimas e ele se levantou para deixar o teatro.

Ao fazer isso, ele se virou para trás e viu a senhora em quem estava pensando, sentada num camarote com os Beaufort, Lawrence Lefferts e mais um ou dois homens. Não falava com ela a sós desde a noite em que a visitara e que havia evitado ficar em sua companhia; mas agora seus olhares se encontraram, e como a sra. Beaufort o reconheceu ao mesmo tempo e fez seu lânguido gesto de convite, era-lhe impossível não se dirigir ao camarote.

Beaufort e Lefferts lhe deram passagem e, depois de algumas palavras com a sra. Beaufort, que sempre preferiu estar bonita e não ter de falar, Archer sentou-se atrás de Madame Olenska. Não havia mais ninguém no camarote, a não ser o sr. Sillerton Jackson, que estava contando à sra. Beaufort, em tom confidencial, a recepção da sra. Lemuel Struthers no último domingo (onde algumas pessoas disseram que houve baile). Ao abrigo dessa narrativa circunstancial, que a sra. Beaufort escutava com seu sorriso perfeito, e sua cabeça no ângulo certo para ser vista de perfil pelos assistentes das primeiras filas, Madame Olenska se virou e falou em voz baixa.

– Você acha – perguntou ela, olhando para o palco – que ele vai lhe mandar um buquê de rosas amarelas amanhã de manhã?

Archer ficou vermelho, e seu coração se sobressaltou de surpresa. Ele havia visitado Madame Olenska apenas duas vezes, e em ambas as vezes lhe enviara uma caixa de rosas amarelas, e cada vez sem cartão. Ela nunca havia feito qualquer alusão às flores, e ele supôs que a condessa nunca havia pensado nele como o remetente. Agora, seu súbito reconhecimento do presente e o fato de associá-lo com a terna despedida no palco, encheram-no de uma espécie de agitação acompanhada de prazer.

– Eu também estava pensando nisso... ia deixar logo o teatro para manter essa cena gravada em minha memória – disse ele.

Para sua surpresa, a cor dela se intensificou, de forma relutante e sombria. Ela olhou para o binóculo de madrepérola em suas mãos enluvadas e perguntou, depois de uma pausa:

– O que você faz quando May está longe?

– Eu me concentro no trabalho – respondeu ele, levemente irritado com a pergunta.

Seguindo um antigo hábito, os Welland haviam partido, na semana anterior, para St. Augustine, onde, em consideração à suposta suscetibilidade dos brônquios do sr. Welland, eles sempre passavam a última parte do inverno. O sr. Welland era um homem meigo e silencioso, sem opinião alguma, mas com muitos hábitos. Ninguém podia interferir nesses hábitos, e um deles exigia que a esposa e a filha sempre o acompanhassem em sua viagem anual ao Sul. Era essencial para sua paz de espírito manter inalterada a rotina da vida em família; sem a presença da sra. Welland, ele não saberia onde estavam suas escovas de cabelo, ou em que lugar havia colocado os selos para suas cartas.

Como todos os membros da família se adoravam e como o sr. Welland era o objeto central dessa idolatria, nunca ocorreu a sua esposa e a May deixá-lo ir sozinho a St. Augustine; e seus filhos, que eram advogados e não podiam deixar Nova York durante o inverno, sempre se juntavam a ele na Páscoa e voltavam com ele.

Era impossível para Archer discutir a necessidade de May acompanhar o pai. A reputação do médico de família dos Mingott baseava-se, em grande parte, à pneumonia que o sr. Welland nunca tivera; e sua insistência em ir a St. Augustine era, portanto, inflexível.

De início, pretendia-se anunciar o noivado de May só depois de seu retorno da Flórida, e o fato de ter sido divulgado antes não poderia alterar os planos do sr. Welland. Archer gostaria de acompanhar os viajantes e desfrutar de algumas semanas de sol e de passeios de barco com a noiva; mas ele também estava preso a costumes e convenções. Por mais árduas que fossem suas obrigações profissionais, ele teria sido acusado de frivolidade por todo o clã Mingott se tivesse decidido tirar férias no meio do inverno; e ele aceitou a partida de May com a resignação que, como percebia, deveria ser um dos principais elementos da vida de casado.

Ele estava ciente de que Madame Olenska o fitava sob as pálpebras semicerradas.

– Eu fiz o que você queria... o que me aconselhou – disse ela, abruptamente.

– Ah!... fico contente – respondeu ele, constrangido por ela ter abordado o assunto naquele momento.

– Entendo... você tinha razão – continuou ela, um tanto ofegante. – Mas às vezes a vida é difícil... desconcertante...

– Eu sei.

– E eu queria lhe dizer que realmente sinto que você tinha razão; e lhe fico muito agradecida – concluiu ela, levando o binóculo rapidamente aos olhos quando a porta do camarote se abriu e a voz ressoante de Beaufort os interrompeu.

Archer levantou-se e saiu do camarote e do teatro.

Apenas um dia antes ele havia recebido uma carta de May Welland na qual, com franqueza característica, ela lhe pedia para "ser gentil com Ellen" na ausência deles.

– Ela gosta de você e o admira tanto... e você sabe, embora não demonstre, ela ainda está muito sozinha e infeliz. Acho que a vovó não a entende, nem o tio Lovell Mingott; eles realmente acham que ela é muito mais mundana e sociável do que realmente é. E posso ver que Nova York deve lhe parecer monótona, embora a família não o admita. Acho que está acostumada com muitas coisas que não temos por aqui; ótima música, exposições de pintura... artistas e autores e todas as pessoas inteligentes que você admira. Vovó não consegue entender por que ela só pensa em jantares e roupas... mas posso ver que você é praticamente a única pessoa em Nova York que pode falar com ela sobre o que realmente lhe interessa.

Sua sábia May... como ele a amava por causa dessa carta! Mas ele não pretendia seguir as recomendações dela. Para começar, estava ocupado demais e não se importava, como homem comprometido, em desempenhar de modo transparente o papel de defensor de Madame Olenska.

Ele tinha a impressão de que ela sabia se cuidar bem melhor do que a ingênua May imaginava. Ela tinha Beaufort a seus pés, o sr. Van der Luyden pairando sobre ela como uma divindade protetora, e numerosos candidatos (Lawrence Lefferts, entre eles) esperando sua oportunidade a meia distância. Mas ele nunca a viu, ou trocou uma palavra com ela, sem sentir que, afinal, a ingenuidade de May quase equivalia a um dom de adivinhação. Ellen Olenska estava sozinha e infeliz.

Capítulo 14

Ao sair para o saguão, Archer encontrou seu amigo Ned Winsett, o único entre os que Janey chamava de "pessoas inteligentes" com quem ele fazia questão de conversar num nível um pouco mais profundo do que o das brincadeiras no clube e no restaurante.

Ele tinha visto, do outro lado da sala, a figura de perfil e de ombros caídos de Winsett, e uma vez notara que seus olhos se haviam voltado para o camarote de Beaufort. Os dois homens apertaram as mãos e Winsett propôs tomar uma cerveja num pequeno restaurante alemão na esquina. Archer, que não estava com disposição para o tipo de conversa que provavelmente teriam por lá, recusou, alegando que tinha trabalho a fazer em casa; e Winsett replicou:

– Oh, bem, eu também tenho, e eu também vou fazer o papel de aprendiz aplicado.

Eles foram caminhando e logo em seguida Winsett falou:

– Veja bem, o que eu realmente gostaria é de saber o nome da senhora morena que estava naquele elegante camarote... com os Beaufort. Aquela por quem seu amigo Lefferts parece todo caído.

Archer ficou um pouco irritado, mas não saberia dizer por quê. Por que diabos Ned Winsett queria saber o nome de Ellen Olenska? E, acima de tudo, por que o associava com o de Lefferts? Não era comum Winsett manifestar tal curiosidade; mas, afinal de contas, lembrou Archer, ele era um jornalista.

– Não é para uma entrevista, espero – riu ele.

– Bem... não para a imprensa; só para mim – retrucou Winsett. – O fato é que ela é minha vizinha... bairro esquisito para uma beleza como essa morar... e ela tem sido extremamente gentil com meu garotinho, que caiu no quintal dela quando estava correndo atrás de seu gatinho e se cortou feio. Ela saiu correndo, de cabeça descoberta, carregou o menino no colo, e voltou com o joelho dele bem enfaixado; minha esposa ficou tão deslumbrada com tanta simpatia da parte de mulher tão bonita que nem pensou em perguntar-lhe o nome.

Um agradável ardor dilatou o coração de Archer. Não havia nada de extraordinário no fato: qualquer mulher teria feito o mesmo pelo filho de um vizinho. Mas era típico de Ellen sair sem chapéu, carregando o menino nos braços e ter deslumbrando a pobre sra. Winsett, fazendo-a esquecer de perguntar quem ela era.

– Essa é a condessa Olenska... neta da velha sra. Mingott.

– Uau!... uma condessa! – exclamou Ned Winsett. – Bem, eu não sabia que as condessas eram tão simpáticas. Os Mingott não são.

– Eles seriam, se você deixasse.

– Ah! bem... – Era a velha e interminável discussão deles sobre a obstinada relutância das "pessoas inteligentes" em frequentar os elegantes, e os dois sabiam que não adiantava prolongá-la.

– Eu me pergunto – interrompeu Winsett – como é que uma condessa veio morar nesse nosso bairro decadente?

– Porque ela não dá a mínima importância para o lugar onde mora... ou para qualquer um de nossos pequenos indicadores sociais – disse Archer, com um orgulho secreto da própria imagem que dela fazia.

– Hum... já esteve em lugares maiores, suponho – comentou o outro. – Bem, esse aqui é meu canto.

Ele atravessou a Avenida Broadway, e Archer ficou olhando para ele e refletindo sobre suas últimas palavras.

Ned Winsett teve aqueles lampejos de perspicácia; eram sua característica mais interessante, e sempre levaram Archer a se perguntar por que permitiram que ele aceitasse o fracasso tão impassivelmente numa idade em que a maioria dos homens ainda continua lutando.

Archer sabia que Winsett tinha esposa e filho, mas nunca os tinha visto. Os dois sempre se encontravam no Clube Century ou em algum reduto de jornalistas e gente do teatro, como o restaurante onde Winsett havia proposto ir para tomar uma cerveja.

Ele dera a entender a Archer que sua esposa era inválida; o que pode ser verdade para a pobre senhora, ou poderia apenas significar que ela carecia de desenvoltura social ou roupas de gala ou de ambas as coisas. O próprio Winsett tinha uma aversão selvagem às convenções sociais. Archer, que se vestia à noite porque achava mais asseado e confortável fazê-lo, e porque nunca havia parado para pensar que limpeza e conforto são dois dos itens mais caros num orçamento modesto, considerava a atitude de Winsett como parte da enfadonha pose "boêmia" que sempre fazia as pessoas elegantes, que trocavam de roupa sem falar sobre isso, e não ficavam reclamando do número de criados que mantinham, parecerem muito mais simples e menos arrogantes que os outros. Não obstante, sempre se sentia estimulado por Winsett e sempre que avistava o rosto magro, barbudo e os olhos melancólicos do jornalista, ele o tirava de seu canto e o levava para uma longa conversa.

Winsett não era jornalista por opção. Era um autêntico literato, nascido prematuramente num mundo que não precisava de letras; mas depois de publicar um volume de breves e requintadas apreciações literárias, do qual foram vendidos 120 exemplares, trinta foram doados, e o restante eventualmente destruído pelos editores (conforme contrato) para dar espaço a mais material que deveria vender bem mais, ele tinha abandonado sua verdadeira vocação e assumido um emprego de subeditor num semanário feminino, em que modelos e padrões de vestidos se alternavam com histórias de amor da Nova Inglaterra e anúncios de bebidas não alcoólicas.

Quando falava sobre o *Hearth-fires* (como o jornal era chamado), ele era incansavelmente divertido; mas, por trás de toda essa diversão, se escondia a amargura estéril do homem ainda jovem que tentou e desistiu. Sua conversa sempre levava Archer a avaliar a própria vida e sentir como continha pouca coisa; mas a de Winsett, afinal, continha ainda menos, e embora a base comum de interesses intelectuais e curiosidades tornassem suas conversas estimulantes, sua troca de pontos de vista geralmente permanecia dentro dos limites de um melancólico diletantismo.

– O fato é que a vida não foi pródiga para nenhum de nós – disse Winsett certa vez. – Estou triste e sem nada; quanto a isso, nada a fazer. Tenho apenas um produto para fabricar e não há mercado para ele aqui, e não haverá enquanto eu viver. Mas você está livre e bem de vida. Por que não muda de vida? Só há uma maneira de fazer isso: entrar na política.

Archer jogou a cabeça para trás e riu. Via-se ali, num piscar de olhos, a diferença intransponível entre homens como Winsett e os outros... do tipo de Archer. Todos, nos círculos instruídos, sabiam que, na América, "um cavalheiro não podia entrar para a política". Mas, como dificilmente poderia colocar as coisas dessa forma para Winsett, ele respondeu evasivamente:

– Olhe para a carreira do homem honesto na política americana! Eles não nos querem.

– "Eles", quem? Por que vocês mesmos não se juntam e se tornam "eles"?

A risada de Archer permaneceu em seus lábios sob forma de um sorriso levemente condescendente. Era inútil prolongar a discussão: todos conheciam o destino melancólico dos poucos cavalheiros que correram o risco de perder sua boa reputação na política municipal ou estadual de Nova York. Já se foi o dia em que esse tipo de coisa era possível: o país estava agora nas mãos dos chefões e dos imigrantes, e as pessoas decentes tinham de recorrer ao esporte ou à cultura.

– Cultura! Sim... se a tivéssemos! Mas temos apenas uns pequenos lotes cultivados aqui e acolá, morrendo por falta de... bem, por falta de capina e de adubação: os últimos resquícios da velha tradição europeia que os antepassados trouxeram para cá. Mas vocês são uma minoria lamentável: vocês não tem um centro, nem concorrência, nem público. São como os quadros nas paredes de uma casa deserta: "O Retrato de um Cavalheiro". Vocês nunca chegarão a nada, nenhum de vocês, se não arregaçarem as mangas e mergulharem as mãos no estrume. Isso, ou emigrar... Meu Deus! Se eu pudesse emigrar...

Archer deu de ombros mentalmente e voltou a conversa para os livros, onde Winsett, embora incerto, sempre era interessante. Emigrar! Como se um cavalheiro pudesse abandonar o próprio país! Não se pode fazer isso, assim como não se pode arregaçar as mangas e mergulhar as mãos no estrume. Um cavalheiro simplesmente ficava em casa e se abstinha. Mas era impossível fazer um homem como Winsett ver isso; e era por isso que a Nova York dos clubes literários e dos restaurantes exóticos, embora uma primeira sacudida fizesse com que parecesse mais um caleidoscópio, acabava, no final, revelando-se uma caixinha com um padrão mais monótono do que todos os átomos reunidos da Quinta Avenida.

Na manhã seguinte, Archer vasculhou a cidade em vão em busca de mais rosas amarelas. Em consequência dessa busca, chegou atrasado ao escritório, percebeu que isso não fazia diferença para ninguém, e foi tomado por súbita exasperação com a elaborada futilidade de sua vida. Por que ele não estaria, naquele momento, nas areias de St. Augustine com May Welland? Ninguém se deixava enganar por sua pretensa atividade profissional.

Em escritórios de advocacia antiquados, como o do sr. Letterblair, que se dedicavam principalmente à gestão de grandes propriedades e investimentos "conservadores", havia sempre dois ou três jovens, razoavelmente abastados e sem ambição profissional que, durante certo número de horas por dia, ficavam sentados em suas escrivaninhas realizando tarefas triviais ou simplesmente lendo os jornais. Embora fosse realmente bom que tivessem uma ocupação, o fato nu e cru de ganhar dinheiro ainda era considerado desairoso, e a advocacia, como profissão, era considerada uma ocupação mais adequada a um cavalheiro do que a um negociante. Mas nenhum desses jovens tinha muita esperança de realmente progredir na profissão, ou mesmo qualquer desejo sincero de fazê-lo; e sobre muitos deles o mofo verde da indiferença já se espalhava perceptivelmente.

Archer estremeceu ao pensar que poderia estar se espalhando sobre ele também. Ele tinha, com certeza, outros gostos e interesses; passava as férias viajando pela Europa, cultivava relações com "pessoas inteligentes" de quem May falava, e, de modo geral, procurava manter-se "atualizado", como havia dito de modo um tanto triste Madame Olenska. Mas, uma vez casado, o que seria dessa estreita margem de vida em que eram vividas suas verdadeiras experiências? Tinha conhecimento de outros jovens que tiveram seu sonho, talvez com menos ardor, e que aos poucos se afundaram na plácida e luxuosa rotina dos mais velhos.

Do escritório, mandou um mensageiro levar um bilhete a Madame Olenska, perguntando-lhe se poderia visitá-la naquela tarde, e solicitando que enviasse uma resposta para o clube; mas no clube não encontrou nada, nem recebeu qualquer notícia dela no dia seguinte. Esse inesperado silêncio o mortificou além de qualquer medida, e embora na manhã seguinte tenha visto um glorioso buquê de rosas amarelas atrás da vidraça de uma floricultura, nem se interessou. Foi apenas na terceira manhã que ele recebeu uma breve carta da condessa Olenska. Para sua surpresa, era datada de Skuytercliff, para onde os Van der Luyden haviam se retirado prontamente depois de colocar o Duque a bordo do navio.

– Fugi – começava ela, abruptamente (sem as preliminares habituais) – um dia depois de vê-lo no teatro, e esses amáveis amigos me acolheram. Eu queria ficar tranquila e dar-me tempo para pensar. Você estava certo em me dizer como eles são gentis; e me sinto segura aqui. Gostaria que você estivesse conosco. – Terminava com um convencional "Sua, cordialmente", sem qualquer alusão à data de seu retorno.

O tom da nota surpreendeu o jovem. Do que Madame Olenska estava fugindo e por que ela sentiu a necessidade de estar segura? Seu primeiro pensamento foi sobre alguma ameaça sombria do exterior; então refletiu que não conhecia bem o estilo epistolar dela, e que poderia até incorrer em eventual exagero. As mulheres são sempre exageradas; e, além disso, ela não estava totalmente à vontade ao expressar-se em inglês, que frequentemente falava como se estivesse traduzindo do francês. *Je me suis evadée...* (Fugi...), colocada dessa forma, a frase de abertura imediatamente sugeria que ela poderia apenas querer escapar de uma tediosa série de compromissos; o que provavelmente era verdade, pois ele a julgava caprichosa, e que facilmente se cansava do prazer do momento.

Divertia-se ao pensar que os Van der Luyden a haviam levado para Skuytercliff uma segunda vez, e agora por tempo indeterminado. As portas de Skuytercliff eram rara e relutantemente abertas aos visitantes, e um fim de semana frio era o máximo já oferecido aos poucos privilegiados. Mas Archer tinha visto, em sua última visita a Paris, a deliciosa peça de Labiche[92], *Le Voyage de M. Perrichon*, e lembrou-se do apego obstinado e inabalável de M. Perrichon ao jovem que ele havia resgatado da geleira. Os Van der Luyden haviam resgatado Madame Olenska de um destino quase tão gelado; e, embora houvesse muitas outras razões para se sentir atraído por ela, Archer sabia que por trás de todas elas estava a determinação afável e obstinada de continuar sendo seus salvadores.

Ele ficou realmente decepcionado ao saber que ela estava longe de casa; e quase imediatamente lembrou que, apenas um dia antes, ele havia recusado um convite para passar o domingo seguinte com os Reggie Chivers em sua casa, à margem do rio Hudson, algumas milhas abaixo de Skuytercliff.

Ele já se fartara havia muito tempo das barulhentas festas entre amigos em Highbank, dos passeios de barco na costa, dos passeios de trenó no gelo, das longas caminhadas na neve e daquele saborzinho de flertes e de piadinhas sem graça. Ele acabara de receber uma caixa com livros novos de seu livreiro de Londres, e preferia a perspectiva de um domingo tranquilo em casa com seus espólios. Mas, agora, preferiu ir para a sala de redação do clube, escreveu um telegrama apressado, e disse ao empregado para enviá-lo imediatamente. Ele sabia que a sra. Reggie não se opunha a que seus visitantes mudassem repentinamente de ideia, e que sempre havia um quarto de sobra em sua ampla casa.

Capítulo 15

Newland Archer chegou à casa dos Chivers na noite de sexta-feira, e no sábado cumpriu conscienciosamente todos os ritos relacionados a um fim de semana em Highbank.

De manhã, ele deu uma volta de trenó com sua anfitriã e alguns dos convidados mais robustos; à tarde, "andou pela fazenda" com Reggie e ouviu, nos estábulos muito bem equipados, longas e impressionantes dissertações sobre o cavalo; depois do chá, conversou num canto do saguão iluminado pelo fogo com uma jovem que confessou ter ficado com o coração partido quando seu noivado foi anunciado, mas agora estava ansiosa para lhe contar sobre suas esperanças matrimoniais; finalmente, por volta da meia-noite, ajudou a colocar um peixinho dourado por brincadeira na cama de um visitante, disfarçou-se de ladrão no banheiro de uma tia nervosa, e entrou de madrugada na guerra de travesseiros que se espalhou do quarto das crianças até o porão. Mas, no domingo, depois do almoço, tomou emprestado um trenó e foi para Skuytercliff.

As pessoas sempre diziam que a casa em Skuytercliff era uma vila italiana. Quem nunca tinha estado na Itália acreditava; assim como alguns que tinham estado. A casa foi construída pelo sr. Van der Luyden em sua juventude, ao retornar da "grande viagem" à Europa e estava na expectativa de seu próximo casamento com a sra. Louisa Dagonet.

Era uma grande estrutura quadrada de madeira, com paredes de tábuas encaixadas e pintadas de verde pálido e branco, com um pórtico coríntio e pilastras estriadas entre as janelas. Do terreno elevado em que se erguia, uma série de terraços ladeados por balaustradas e vasos descia, como numa gravura, até um pequeno lago irregular com borda de asfalto, sobre a qual se debruçavam raras coníferas pêndulas. À direita e à esquerda, os famosos gramados sem ervas daninhas, cravejados de "espécimes" de árvores (cada uma de uma variedade diferente) se estendiam em longas faixas com seus elaborados ornamentos de ferro fundido; e abaixo, numa concavidade, estava a casa de pedra de quatro cômodos que o primeiro proprietário havia construído no terreno que lhe fora concedido em 1612.

Por sobre o uniforme lençol de neve e sob o acinzentado céu de inverno, a mansão italiana se erguia de maneira sombria; mesmo no verão impunha distância; nem o mais ousado canteiro de folhagens cóleus se atrevia a se aproximar muito de sua terrível fachada. Agora, enquanto Archer tocava a campainha, o longo tilintar parecia ecoar por um mausoléu; e a surpresa do mordomo, que finalmente atendeu ao chamado, foi tão grande como se ele tivesse sido acordado de seu último sono.

Felizmente, Archer era da família e, portanto, por mais inesperada que fosse sua chegada, lhe dava o direito de ser informado de que a condessa Olenska tinha saído para o culto da tarde, com a sra. Van der Luyden, exatamente três quartos de hora antes.

– O sr. Van der Luyden – continuou o mordomo – está em casa, senhor; mas minha impressão é que ele está terminando sua breve sesta ou está lendo o *Evening Post* de ontem. Ouvi-o dizer, senhor, ao voltar da igreja nesta manhã, que pretendia dar uma olhada nesse jornal depois do almoço. Se quiser, senhor, posso ir até a porta da biblioteca e verificar...

Archer, porém, agradecendo-lhe, disse que iria ao encontro das senhoras; e o mordomo, obviamente aliviado, fechou a porta com uma pose majestática.

Um cavalariço levou o trenó para os estábulos, e Archer atravessou o parque até a estrada principal. A aldeia de Skuytercliff ficava a apenas uma milha e meia de distância, mas ele sabia que a sra. Van der Luyden nunca ia a pé e devia, portanto, seguir pela estrada para encontrar a carruagem. Logo, porém, descendo uma trilha que cruzava a rodovia, avistou uma figura esguia de manto vermelho, com um belo cachorro correndo à frente. Ele apressou o passo, e Madame Olenska parou com um sorriso de boas-vindas.

– Ah, você veio! – disse ela, tirando a mão do regalo.

O manto vermelho lhe dava uma aparência alegre e vívida, como a da Ellen Mingott dos velhos tempos; e ele riu quando tomou a mão dela e respondeu:

– Eu vim ver do que você estava fugindo.

Seu rosto se anuviou, mas ela respondeu:

– Ah, bem... logo verá.

A resposta o intrigou.

– Por que... você quer dizer que foi colhida de surpresa?

Ela deu de ombros, com um pequeno movimento como o de Nastasia, e retrucou num tom mais leve:

– Vamos caminhar? Estou com tanto frio depois do sermão. E que importância tem isso, agora que você está aqui para me proteger?

O sangue lhe subiu às têmporas e a segurou por uma dobra do manto.

– Ellen... o que é? Você precisa me contar.

– Oh, agora... vamos dar uma corrida primeiro: meus pés estão congelando – disse ela.

E, levantando a capa, se pôs a correr pela neve, com o cachorro pulando ao lado dela e latindo de modo desafiador. Por um momento, Archer ficou observando, seu olhar encantado com o brilho do meteoro vermelho contra a neve; então ele correu também, e os dois se encontraram, ofegantes e rindo, diante de um portão que dava para o parque.

Ela olhou para ele e sorriu.

– Eu sabia que você viria!

– Isso mostra que você queria que eu fizesse isso – replicou ele, com uma alegria desproporcional nesse absurdo todo. O branco luzidio das árvores enchia o ar com seu brilho misterioso, e enquanto caminhavam sobre a neve, o chão parecia cantar sob seus pés.

– De onde você veio? – perguntou Madame Olenska.

Ele lhe disse e acrescentou:

– Vim porque recebi seu bilhete.

Depois de uma pausa ela disse, com uma frieza quase imperceptível na voz:

– May pediu para você cuidar de mim.

– Não precisava que alguém me pedisse.

– Você quer dizer... que sou tão claramente desamparada e indefesa? Que pobre coitada sem eira nem beira, vocês devem pensar que sou! Mas as mulheres daqui parecem não... parecem nunca sentir essa necessidade: Como os próprios bem-aventurados que estão céu.

Ele baixou a voz para perguntar:

– Que tipo de necessidade?

– Ah, não me pergunte! Eu não falo sua língua – retrucou ela, de modo petulante.

A resposta o atingiu como um soco e ele ficou parado no caminho, olhando para ela.

– Para que é que eu vim, se não falo sua língua?

– Oh, meu amigo...!

E ela pousou a mão levemente em seu braço, e ele implorou, com ardor:

– Ellen, por que você não me conta o que aconteceu?

Ela deu de ombros novamente.

– Alguma coisa acontece no céu?

Ele ficou em silêncio, e os dois caminharam alguns passos sem trocar uma palavra. Finalmente ela disse:

– Vou lhe contar... mas onde, onde, onde? Não se consegue ficar sozinha por um só minuto nessa grande casa que parece um seminário, com todas as portas abertas, e um criado sempre circulando, trazendo chá, ou lenha para o fogo ou o jornal! Não há nenhum lugar numa casa americana onde alguém possa estar sozinho? Vocês são tão tímidos e, no entanto, vivem expostos. Sempre me sinto como se estivesse de novo no convento... ou no palco, diante de um público extremamente educado que nunca aplaude.

– Ah, você não gosta de nós! – exclamou Archer.

Eles estavam passando diante da casa do velho proprietário, com aquelas paredes atarracadas e as janelinhas quadradas compactamente agrupadas em torno de uma chaminé central. As venezianas estavam abertas e, por uma das janelas recém-lavadas, Archer conseguiu entrever a luz de um fogo.

– Ora... a casa está aberta! – disse ele.

Ela ficou parada.

– Não; só por hoje, pelo menos. Eu queria ver a casa, e o sr. Van der Luyden acendeu o fogo e abriu as janelas para que pudéssemos parar aqui no caminho de volta da igreja esta manhã.

Ela subiu correndo os degraus e tentou abrir a porta.

– Ainda está destrancada... que sorte! Venha, entre e poderemos ter uma conversa tranquila. A sra. Van der Luyden foi visitar suas velhas tias em Rhinebeck e ninguém vai sentir nossa falta em casa por uma hora.

Ele a seguiu pelo corredor estreito. Desacorçoado diante das últimas palavras dela, agora, sem mais nem menos, recobra o ânimo. A casinha aconchegante estava ali, com suas vidraças e metais brilhando à luz do fogo, como se magicamente criada para recebê-los. Uma grande camada de brasas ainda faiscava na lareira da cozinha, sob uma panela de ferro pendurada num gancho antigo. Poltronas com fundo de junco ficavam de frente uma para a outra ao lado da lareira, e fileiras de pratos de Delft[93] ficavam em prateleiras contra as paredes. Archer se abaixou e pôs uma acha de lenha sobre as brasas.

Madame Olenska, tirando a capa, sentou-se numa das cadeiras. Archer se encostou na lareira e ficou olhando para ela.

– Você está rindo agora; mas quando me escreveu estava triste – disse ele.

– Sim. – Ela fez uma pausa. – Mas não posso me sentir infeliz quando você está aqui.

– Eu não vou ficar aqui por muito tempo – retrucou ele, cerrando os lábios no intuito de dizer apenas isso e nada mais.

– Não; eu sei. Mas sou imprevidente: vivo o momento em que me sinto feliz.

As palavras o invadiram como uma tentação e, para resistir, ele se afastou da lareira e ficou olhando para os troncos negros das árvores no meio da neve. Mas era como se ela também tivesse mudado de lugar e continuava a vê-la, entre ele e as árvores, inclinando-se sobre o fogo com seu sorriso indolente. O coração de Archer batia insubordinadamente. E se fosse dele que ela estava fugindo, e se tivesse esperado para lhe dizer isso até que os dois estivessem aqui sozinhos, nessa sala escondida?

– Ellen, se eu realmente puder ajudá-la... se você realmente queria que eu viesse... diga-me o que há de errado, Diga-me do que você está fugindo – insistiu ele.

E falou sem mudar de posição, sem sequer se virar para olhar para ela: se a coisa fosse acontecer, seria assim, com toda a largura da sala entre eles, e seus olhos ainda fixos na neve lá fora.

Por um longo momento ela ficou em silêncio; e nesse momento Archer a imaginou, quase a ouviu, esgueirando-se por trás dele para jogar seus braços leves em volta de seu pescoço. Enquanto esperava, alma e corpo vibrando com o milagre que viria, seus olhos receberam mecanicamente a imagem de um homem de casaco grosso com gola de pele levantada que avançava pelo caminho até a casa. O homem era Julius Beaufort.

– Ah...! – exclamou Archer, explodindo numa gargalhada.

Madame Olenska se levantou de um salto e se moveu para o lado dele, deslizando sua mão na dele; mas depois de olhar pela janela, seu rosto empalideceu e ela recuou.

– Então era isso? – perguntou Archer, ironicamente.

– Eu não sabia que ele estava aqui – murmurou Madame Olenska, mantendo sua mão agarrada à de Archer; mas ele se afastou e, passando pelo corredor, abriu de par em par a porta da casa.

– Olá, Beaufort, por aqui! Madame Olenska estava esperando por você – disse ele.

Durante sua viagem de volta a Nova York, na manhã seguinte, Archer reviveu com fatigante vivacidade seus últimos momentos em Skuytercliff.

Beaufort, embora claramente irritado por encontrá-lo com Madame Olenska, tinha, como sempre, enfrentado a situação com sobranceria. Sua maneira de ignorar as pessoas, cuja presença o incomodava, na verdade, dava a elas, se fossem sensíveis a isso, a sensação de serem invisíveis, inexistentes. Archer, enquanto os três caminhavam de volta pelo parque, estava ciente dessa estranha sensação de desincorporação; e, por mais humilhante que fosse para sua vaidade, deu-lhe a vantagem de observar sem ser observado, como um fantasma.

Beaufort entrara na pequena casa com sua habitual segurança; mas não conseguiu afastar com um sorriso a linha vertical entre os olhos. Era de todo evidente que Madame Olenska não sabia que ele estava vindo, embora suas palavras para Archer tivessem sugerido a possibilidade; de qualquer modo, ela evidentemente não lhe dissera para onde estava indo quando saiu de Nova York, e sua partida inexplicável o tinha exasperado. O motivo aparente da chegada imprevista de Beaufort estava ligado, segundo ele, ao fato de ter descoberto, precisamente na noite anterior, uma "casinha perfeita", que ainda não era anunciada no mercado imobiliário, e que era realmente a coisa certa para ela, mas seria arrematada rapidamente, se ela não se interessasse. E não perdeu a oportunidade para recriminá-la, em tom de brincadeira, pela canseira que lhe dera, fugindo exatamente quando ele tinha encontrado essa casa.

– Se ao menos essa coisa própria para falar por meio de um fio estivesse um pouco mais próxima da perfeição, eu poderia ter contado tudo isso lá da cidade, e agora estaria aquecendo meus pés diante da lareira do clube, em vez de estar correndo atrás de você pela neve – resmungou ele, fingindo estar zangado para disfarçar sua verdadeira irritação.

Madame Olenska aproveitou a oportunidade e desviou a conversa para a fantástica possibilidade de que um dia se pudesse realmente conversar um com outro de uma rua a outra, ou até mesmo... sonho incrível!... de uma cidade a outra. Isso levou os três a fazer alusões a Edgar Poe⁽⁹⁴⁾ e a Júlio Verne⁽⁹⁵⁾, e a essas banalidades que naturalmente surgem na boca dos mais inteligentes quando estão conversando só para passar o tempo, e tratando de uma nova invenção na qual pareceria ingenuidade acreditar tão cedo; e a questão do telefone os levou em segurança de volta ao casarão.

A sra. Van der Luyden ainda não havia retornado; Archer se despediu e foi buscar o trenó, enquanto Beaufort entrava na casa com a condessa Olenska. Era provável que, pelo pouco que encorajavam visitas inesperadas, os Van der Luyden haveriam de convidá-lo para jantar, e depois haveriam de acompanhá-lo até a estação para tomar o trem das 9h; mais do que isso, certamente não haveria de conseguir, pois seus anfitriões haveriam de achar inconcebível que um cavalheiro viajando sem bagagem desejasse pernoitar ali, e seria desagradável para eles propô-lo a uma pessoa como Beaufort com quem mantinham relações tão limitadas de cordialidade.

Beaufort sabia de tudo isso e devia tê-lo previsto; e o fato de ele ter feito uma viagem tão longa por uma recompensa tão pequena refletia bem a medida de sua impaciência. Estava inegavelmente perseguindo a condessa Olenska; e Beaufort tinha apenas um objetivo em vista em sua busca por mulheres bonitas. Seu lar enfadonho e sem filhos há muito o incomodava; e além de consolos mais duradouros estava sempre em busca de aventuras amorosas em seu meio. Esse era o homem de quem Madame Olenska estava supostamente fugindo: a questão era se ela havia fugido porque as importunações dele a desagradavam ou porque ela não confiava totalmente em si mesma para resistir; a menos que, de fato, toda a sua conversa sobre fuga fosse pura conversa fiada e sua partida não mais do que uma manobra.

Archer realmente não acreditava nisso. Por pouco que tivesse convivido com Madame Olenska, ele estava começando a pensar que poderia ler seu rosto, e, se não seu rosto, sua voz; e ambos demonstraram aborrecimento, e até consternação, com o súbito aparecimento de Beaufort. Mas, afinal, se fosse esse o caso, não seria pior do que se ela tivesse deixado Nova York com o propósito expresso de encontrá-lo? Se ela tivesse feito isso, deixaria de ser um objeto de interesse, e se revelaria como a mais vulgar das hipócritas: uma mulher envolvida em caso amoroso com Beaufort estava irremediavelmente "marcada".

Não, seria mil vezes pior se, julgando Beaufort, e provavelmente desprezando-o, ela ainda se sentisse atraída por ele por tudo o que lhe dava certa vantagem sobre os outros homens que a cercavam: seus hábitos de dois continentes e duas sociedades, sua familiaridade com artistas, atores e pessoas em geral conhecidas do mundo e seu desprezo pelos preconceitos locais. Beaufort era vulgar, sem educação, orgulhoso de sua riqueza; mas as circunstâncias de sua vida, e certa astúcia inata, o tornavam mais um parceiro de conversa melhor do que muitos homens, moral e socialmente superiores, cujo horizonte era delimitado pelo bairro de Battery e pelo Central Park. Como poderia alguém vindo de um mundo mais amplo não perceber a diferença e deixar-se assim mesmo envolver?

Madame Olenska, num acesso de irritação, disse a Archer que ele e ela não falavam a mesma língua; e o jovem sabia que em alguns aspectos isso era verdade. Mas Beaufort compreendia todas as nuances do dialeto dela e o falava com fluência: sua visão da vida, seu tom de voz, sua atitude, eram apenas um reflexo mais grosseiro daqueles revelados na carta do conde Olenski. Isso poderia parecer uma desvantagem para ele com relação à esposa do conde Olenski; mas Archer era muito inteligente para pensar que uma jovem como Ellen Olenska haveria necessariamente de fugir de tudo o que lhe lembrasse o passado. Ela podia acreditar que se revoltava totalmente contra o passado; mas, o que um dia a havia encantado, continuava a encantá-la, mesmo que fosse contra sua vontade.

Assim, com dolorosa imparcialidade, o jovem defendeu a causa de Beaufort e a da vítima de Beaufort. Ansiava intensamente por esclarecer tudo a ela; e havia momentos em que ele imaginava que tudo o que ela pedia era esclarecimento.

Nessa noite, abriu a caixa que recebera de Londres. Estava cheia de livros que esperava impacientemente; um novo volume de Herbert Spencer[96], outra coleção dos brilhantes contos do prolífico Alphonse Daudet[97], e um romance intitulado *Middlemarch*[98], sobre o qual havia lido recentemente críticas interessantes em revistas. Recusou três convites para jantar, para ficar saboreando esse banquete; mas, embora virasse as páginas com a sensual alegria do amante de livros, não se dava conta do que estava lendo, e um livro após outro caía de suas mãos.

De repente, entre eles, encontrou um pequeno volume de poesia que encomendara, porque o título lhe havia agradado: *A Casa da Vida*[99]. Tomou-o e se viu imerso numa atmosfera diferente de qualquer outra que já havia respirado em livros; tão cálida, tão rica e, ao mesmo tempo, tão inefavelmente terna, que deu nova e assombrosa beleza à mais elementar das paixões humanas. Durante toda a noite, andou perseguindo por aquelas páginas encantadas a visão de uma mulher que tinha o rosto de Ellen Olenska; mas, quando acordou pela manhã e olhou para as casas de arenito do outro lado da rua, e pensou em sua mesa no escritório do sr. Letterblair, e no banco da família na Grace Church, sua hora no parque de Skuytercliff ficou tão fora do alcance da probabilidade quanto as visões da noite.

– Misericórdia! Como você está pálido, Newland! – comentou Janey, durante o café da manhã.

E sua mãe acrescentou:

– Newland, querido, notei ultimamente que você anda tossindo; espero que não esteja se sobrecarregando de trabalho.

As duas damas estavam convencidas de que, sob o férreo despotismo de seus sócios seniores, o jovem passava o tempo todo executando os trabalhos profissionais mais exaustivos... e ele jamais pretendia desiludi-los.

Os dois ou três dias seguintes se arrastaram pesadamente. O gosto do habitual era como cinzas em sua boca, e houve momentos em que ele sentiu como se estivesse sendo enterrado vivo sob seu futuro. Não teve mais notícias da condessa Olenska, nem da casinha perfeita, e, embora tivesse visto Beaufort no clube, eles apenas se acenavam das mesas de uíste que ocupavam. Foi somente na noite de quarta que encontrou um bilhete esperando por ele ao retornar para casa.

– Venha amanhã à tarde. Preciso me explicar. Ellen.

Essas eram as únicas palavras do bilhete.

O jovem, que estava prestes a sair para jantar, enfiou a bilhete no bolso, sorrindo um pouco com o jeito de ela escrever. Depois do jantar, foi ao teatro; e só depois de seu retorno para casa, passada a meia-noite, é que ele retomou a mensagem de Madame Olenska e a releu lentamente várias vezes. Havia várias maneiras de responder, e refletiu bastante sobre cada uma delas durante as vigílias de uma noite agitada. Aquela pela qual, ao amanhecer, ele finalmente se decidiu, que era a de pôr algumas roupas numa valise e subir a bordo do barco que partiria naquela mesma tarde para St. Augustine.

Capítulo 16

Quando Archer desceu a arenosa rua principal de St. Augustine até a casa que lhe fora apontada como sendo a do sr. Welland e viu May Welland de pé sob uma magnólia, com o sol batendo em seu cabelo, ele se perguntou por que havia esperado tanto tempo para vir.

Ali estava a verdade, ali estava a realidade, ali estava a vida que lhe pertencia; e ele, que se imaginava tão desdenhoso de restrições arbitrárias, tivera medo de deixar sua mesa de trabalho por causa daquilo que as pessoas poderiam pensar ao vê-lo usufruir de uma folga fora do tempo prescrito!

A primeira exclamação de May foi:

– Newland... aconteceu alguma coisa?

E ocorreu-lhe que teria sido mais "feminino" se ela tivesse lido instantaneamente em seus olhos a razão pela qual tinha vindo. Mas quando ele respondeu:

– Sim... descobri que precisava vê-la – seu rubor de felicidade eliminou o frio de sua surpresa, e ele percebeu com que facilidade seria perdoado, e com que rapidez até mesmo a leve desaprovação do sr. Letterblair seria afastada com o sorriso de uma família tolerante.

Por mais cedo que fosse, a rua principal não era lugar para nada além de saudações formais, e Archer ansiava por ficar sozinho com May, e extravasar toda sua ternura e sua impaciência. Ainda faltava uma hora para o tardio café da manhã dos Welland e, em vez de convidá-lo para entrar, ela propôs que fossem até um velho laranjal além da cidade. Ela tinha acabado de dar uma volta pelo rio, e o sol que estendia uma rede dourada sobre as pequenas ondas parecia tê-la apanhado em suas malhas. Seu cabelo soprado pelo vento brilhava como fios de prata sobre suas faces bronzeadas; e seus olhos também pareciam mais claros, quase pálidos em sua limpidez juvenil. Enquanto caminhava ao lado de Archer com seu passo longo e firme, seu rosto exibia a vaga serenidade de uma jovem atleta de mármore.

Para os nervos tensos de Archer, a visão era tão reconfortante quanto a visão do céu azul e do rio preguiçoso. Sentaram-se num banco sob as laranjeiras, e ele então a abraçou e a beijou. Era como beber numa nascente fria ao calor do sol; mas talvez a abraçasse com mais força do que pretendia, pois ela corou intensamente e recuou, como se a tivesse assustado.

– O que foi? – perguntou ele, sorrindo.

Ela o olhou com surpresa, e respondeu:

– Nada.

Os dois ficaram levemente embaraçados, e ela retirou a mão que apertava a dele. Era a primeira vez que ele a beijava na boca, sem contar o fugidio beijo no jardim de inverno dos Beaufort, e ele viu que ela estava perturbada e despojada de sua fria compostura juvenil.

– Conte-me o que você faz o dia todo – disse ele, cruzando os braços sob a cabeça inclinada para trás, e empurrando o chapéu para frente para se proteger do brilho do sol.

Deixá-la falar sobre coisas familiares e simples era a maneira mais fácil de manter sua linha de pensamento independente; e ele se sentou para ouvir o relato singelo de suas atividades: nadar, velejar, cavalgar e, ocasionalmente, dançar na estalagem rústica quando um navio de guerra atracava. Algumas pessoas simpáticas da Filadélfia e de Baltimore estavam fazendo piquenique na estalagem, e os Selfridge Merry haviam chegado para ficar três semanas, porque Kate Merry estava com bronquite. Estavam planejando construir uma quadra de tênis na areia; mas ninguém além de Kate e May tinha raquetes, e a maioria das pessoas nem sequer tinha ouvido falar desse jogo.

Tudo isso a manteve muito ocupada, e ela não teve tempo de fazer mais do que folhear o livrinho que Archer lhe enviara na semana anterior (os *Sonetos portugueses*[100]); mas ela estava aprendendo de cor *Como levaram as Boas Novas de Ghent para Aix*[101], porque foi uma das primeiras coisas que ela o ouvira ler; e divertia-se ao poder lhe dizer que Kate Merry nunca tinha ouvido falar de um poeta chamado Robert Browning.

De repente, ela se levantou, exclamando que iriam se atrasar para o café da manhã; e foram correndo de volta para a casa em ruínas com sua varanda inútil e sebes não podadas de plumbago e gerânios rosa, onde os Welland estavam instalados para passar o inverno. A sensibilidade doméstica do sr. Welland detestava os desconfortos do desleixado e caríssimo hotel sulista e, ano após ano, enfrentando dificuldades quase insuperáveis, a sra. Welland era obrigada a improvisar uma criadagem composta em parte por serviçais descontentes de Nova York e em parte por africanos locais disponíveis.

– Os médicos querem que meu marido se sinta como se estivesse na própria casa; caso contrário, ficaria tão infeliz que o clima não lhe faria bem – explicava ela, inverno após inverno, para os simpáticos turistas de Filadélfia e de Baltimore; e o sr. Welland, radiante à mesa do café da manhã milagrosamente abastecida com as mais variadas iguarias, dizia a Archer:

– Veja, meu caro amigo, nós acampamos... literalmente, acampamos. Pretendo mostrar à minha esposa e a May como é viver passando dificuldades.

O sr. e a sra. Welland ficaram tão surpresos quanto a filha com a chegada repentina do jovem; mas ele alegou que sentiu todos os sintomas típicos de um forte resfriado, e isso parecia ao sr. Welland motivo mais que suficiente para abandonar qualquer obrigação.

– Todo cuidado é pouco, especialmente quando vai se aproximando o início da primavera – disse ele, enchendo seu prato com bolinhos cor de palha e mergulhando-os em calda dourada. – Se eu tivesse sido tão prudente quando tinha sua idade, May estaria dançando nas festas agora, em vez de passar os invernos num deserto com um velho inválido.

– Oh, mas adoro este lugar, papai; você sabe que eu gosto. Se Newland pudesse ficar, eu gostaria mil vezes mais do que de Nova York.

– Newland deve ficar até se livrar completamente do resfriado – interveio a sra. Welland com indulgência; o jovem riu, e se permitiu dizer que existia uma coisa chamada profissão.

Ele conseguiu, no entanto, após uma troca de telegramas com a empresa, fazer seu resfriado durar uma semana. A situação acabou mostrando seu lado irônico quando se soube que a indulgência do sr. Letterblair se devia em parte à maneira satisfatória como seu jovem e brilhante sócio havia resolvido a problemática questão do divórcio de Olenski. O sr. Letterblair informara à sra. Welland que o sr. Archer havia "prestado um serviço inestimável" a toda a família e que a velha sra. Manson Mingott ficara particularmente satisfeita; e um dia, quando May havia saído para passear com o pai no único veículo disponível no local, a sra. Welland aproveitou a ocasião para tocar num assunto que sempre evitava na presença da filha.

– Receio que as ideias de Ellen não sejam nada parecidas com as nossas. Ela mal tinha 18 anos quando Medora Manson a levou novamente para a Europa... você se lembra do alvoroço quando ela apareceu de preto em seu baile de debutante? Mais um dos modismos de Medora... realmente dessa vez foi quase profético! Isso deve fazer pelo menos doze anos; e desde então Ellen nunca mais esteve na América. Não é de admirar que ela esteja completamente europeizada.

– Mas a sociedade europeia não é dada ao divórcio. A condessa Olenska pensou que estaria agindo de acordo com as ideias americanas ao pedir sua liberdade.

Era a primeira vez que o jovem pronunciava o nome dela desde que deixara Skuytercliff, e sentiu que estava corando.

A sra. Welland sorriu, compassiva.

– Essa é exatamente mais uma das coisas fora de propósito que os estrangeiros inventam sobre nós. Eles acham que jantamos às 2 da tarde e que somos totalmente favoráveis ao divórcio! É por isso que me parece tão tolo entretê-los quando vêm a Nova York. Eles aceitam nossa hospitalidade e depois vão embora repetindo as mesmas histórias tolas de sempre.

Archer não fez nenhum comentário sobre isso, e a sra. Welland continuou:

– Mas lhe agradecemos muito por ter persuadido Ellen a desistir da ideia. Sua avó e seu tio Lovell não podiam fazer nada com ela; ambos escreveram, dizendo que a mudança de ideia da parte dela foi inteiramente devido à sua influência... na verdade, foi o que ela disse à avó. Ela tem uma admiração ilimitada por você. Pobre Ellen... ela sempre foi uma criança rebelde. E me pergunto, qual será o destino dela?

"O que todos nós decidirmos que haverá de ter", ele teve vontade de responder. "Se todos vocês preferem que ela seja a amante de Beaufort do que a esposa de algum sujeito decente, sem dúvida estão no caminho certo."

Ele se perguntou o que a sra. Welland teria dito se ele tivesse proferido essas palavras em vez de apenas pensar nelas. Ele podia imaginar a súbita alteração de suas feições firmes e plácidas, a que um domínio vitalício sobre ninharias dera um ar de autoridade fictícia. Ainda guardavam vestígios de uma beleza viçosa como a da filha; e se perguntava se o rosto de May estava fadado a conservar na meia-idade a mesma expressão de invencível inocência.

Ah, não, ele não queria que May tivesse esse tipo de inocência, a inocência que fecha a mente à imaginação e o coração à experiência!

– Eu realmente acredito – continuou a sra. Welland – que, se essa história horrível tivesse saído nos jornais, teria sido um golpe mortal para meu marido. Não conheço nenhum dos detalhes; nem quero conhecer, como disse à pobre Ellen quando ela tentou falar comigo sobre o assunto. Tendo um inválido para cuidar, preciso manter minha mente tranquila e feliz. Mas o sr. Welland estava terrivelmente aborrecido; ele passou a ter um pouco de febre todas as manhãs, enquanto esperávamos para saber o que havia sido decidido. Tinha medo de que a filha descobrisse que essas coisas podem acontecer... mas é claro, caro Newland, você também pensava assim. Todos nós sabíamos que você estava pensando em May.

– Estou sempre pensando em May – respondeu o jovem, levantando-se para interromper a conversa.

Ele pretendia aproveitar a oportunidade de sua conversa particular com a sra. Welland para instá-la a antecipar a data de seu casamento. Mas não conseguia pensar em nenhum argumento convincente, e com uma sensação de alívio viu o sr. Welland e May se aproximando da porta.

Sua única esperança era voltar a insistir com May; e, um dia antes de sua partida, caminhou com ela até o jardim em ruínas da Missão Espanhola. O local lembrava cenários europeus; e May, que estava linda sob um chapéu de abas largas, que lançava uma sombra de mistério sobre seus olhos muito claros, se entusiasmou ao ouvi-lo falar de Granada e da Alhambra.

– Poderíamos ver tudo isso na próxima primavera... até mesmo as cerimônias de Páscoa em Sevilha – insistiu ele, exagerando suas pretensões na esperança de obter uma concessão maior.

– Páscoa em Sevilha? Na semana que vem já será Quaresma! – riu ela.

– Por que não nos casamos na Quaresma? – voltou a insistir; mas ela parecia tão chocada, que ele percebeu seu erro. – Claro que não quis dizer isso, querida; mas logo depois da Páscoa... para que pudéssemos embarcar no fim de abril. Sei que poderia providenciar isso no escritório.

Ela sorriu sonhadoramente com a possibilidade; mas ele percebeu que sonhar com isso lhe bastava. Era como ouvi-lo ler em voz alta em seus livros de poesia as coisas belas que não poderiam acontecer na vida real.

– Oh, continue, Newland; adoro suas descrições.

– Mas por que deveriam ser apenas descrições? Por que não deveríamos torná-las reais?

– Vamos, meu querido, é claro; no próximo ano – disse ela, com voz pausada.

– Você não quer que elas sejam reais mais cedo? Não posso convencê-la a viver isso agora?

Ela abaixou a cabeça, escondendo-se sob a aba conivente do chapéu.

– Por que deveríamos ficar sonhando mais um ano? Olhe para mim, querida! Você não entende como eu a quero como esposa?

Ela permaneceu imóvel por um momento; então ergueu os olhos de uma ternura tão desesperadora, que ele soltou os braços que a enlaçavam pela cintura. Mas de repente seu olhar mudou e se aprofundou de modo inescrutável.

– Não tenho certeza se entendi realmente – disse ela. – É... é porque você não tem certeza de continuar gostando de mim?

Archer se levantou de um salto.

– Meu Deus!... talvez... não sei – explodiu ele, com raiva.

May Welland também se levantou. Enquanto se encaravam, ela parecia crescer em estatura e dignidade feminina. Ambos ficaram em silêncio por um momento, como se consternados com o rumo imprevisto de suas palavras; então ela disse em voz baixa:

– Se assim é... há mais alguém nisso?

– Alguém mais, entre nós dois? – repetiu ele lentamente suas palavras, como se fossem apenas parcialmente inteligíveis e precisasse de tempo para repetir a pergunta para si mesmo.

Ela pareceu captar a incerteza de sua voz, pois continuou num tom mais grave:

– Vamos falar francamente, Newland. Algumas vezes senti uma diferença em você; especialmente desde que nosso noivado foi anunciado.

– Querida... que loucura! – exclamou ele, recuperando-se do choque.

Ela recebeu seu protesto com um leve sorriso.

– Se é loucura, não vai nos machucar ao falarmos a respeito – disse ela e, depois de uma pausa, acrescentou, levantando a cabeça com um de seus nobres movimentos: – Ou mesmo que seja verdade, por que não deveríamos falar disso? Você pode facilmente ter cometido um erro.

Ele abaixou a cabeça, olhando para o padrão de folhas negras no caminho ensolarado aos pés deles.

– Erros são sempre fáceis de cometer; mas se eu tivesse cometido algum do tipo que você está pensando, julga razoável que eu esteja implorando para que você concorde em antecipar nosso casamento?

Ela também olhou para o chão, modificando o padrão das folhas com a ponta de sua sombrinha, enquanto lutava para encontrar as palavras certas a proferir.

– Sim – disse ela, por fim. – Você pode querer... de uma vez por todas... resolver a questão. É uma maneira de resolvê-la.

Sua tranquila lucidez o assustou, mas não o levou a pensar que ela era insensível. Sob a aba do chapéu, ele viu a palidez de seu perfil, e um leve tremor da narina acima de seus lábios resolutamente firmes.

– Bem...? – perguntou ele, sentando-se no banco, e olhando para ela com um semblante que se esforçava por fazê-lo parecer divertido.

Ela voltou a sentar-se também e continuou:

– Você não deve pensar que uma garota sabe tão pouco quanto os pais imaginam. A gente escuta e vai percebendo... a gente tem os próprios sentimentos e ideias. E, claro, muito antes de você me dizer que gostava de mim, eu sabia que havia mais alguém em quem você estava interessado; todos falavam sobre isso há dois anos, em Newport. E uma vez eu vi vocês sentados juntos na varanda durante um baile... e quando ela voltou para casa, seu rosto estava triste, e senti pena dela. Lembrei-me disso depois, quando já estávamos noivos.

Sua voz havia se reduzido quase a um sussurro, e se sentou, abrindo e fechando as mãos sobre o cabo de sua sombrinha. O jovem apertou levemente as mãos dela; seu coração se dilatava com um alívio inexprimível.

– Minha querida criança... então era isso? Se você soubesse a verdade!

Ela ergueu a cabeça rapidamente.

– Então há uma verdade que eu não sei?

Ele manteve a mão sobre a dela.

– Eu quis dizer a verdade sobre a velha história de que você fala.

– Mas é isso que eu quero saber, Newland... que eu preciso saber. Não poderia ter minha felicidade baseada num erro... numa injustiça... causada a outra pessoa. E quero crer que você pensa da mesma forma. Que tipo de vida poderíamos construir sobre tais fundamentos?

O rosto dela assumira uma expressão de tanta coragem trágica, que ele teve vontade de se curvar a seus pés.

– Eu queria dizer isso há muito tempo – prosseguiu ela. – Queria lhe dizer que, quando duas pessoas realmente se amam, entendo que pode haver situações que lhes deem o direito de... se posicionar contra a opinião pública. E se você se sentir de alguma forma comprometido... comprometido com a pessoa de quem falamos... se houver alguma maneira... alguma maneira pela qual você possa cumprir sua promessa... mesmo que ela se divorcie... Newland, não desista dela por minha causa!

Sua surpresa ao descobrir que os temores dela se prendiam a um episódio tão remoto e tão completamente do passado quanto seu caso de amor com a sra. Thorley Rushworth deu lugar à admiração pela generosidade de sua opinião. Havia algo sobre-humano numa atitude tão imprudentemente heterodoxa, e se outros problemas não o pressionassem, ele teria ficado maravilhado com o prodígio da filha dos Welland insistindo para que ele se casasse com sua ex-amante. Mas ele ainda estava tonto com o vislumbre do precipício que haviam contornado e estupefato com o mistério dessas jovens.

Por um momento, não conseguiu falar; e depois disse:

– Não há compromisso... nenhuma obrigação... do tipo que você pensa. Esses casos nem sempre se apresentam tão simples quanto... mas isso não importa... Adoro sua generosidade, porque penso como você sobre essas coisas... creio que cada caso deve ser julgado individualmente, pelos próprios méritos... independentemente de convenções estúpidas... quero dizer, o direito de cada mulher à sua liberdade...

Ele se levantou, assustado com o rumo que seus pensamentos haviam tomado, e continuou, olhando para ela com um sorriso:

– Visto que você entende tantas coisas, querida, você não pode ir um pouco mais longe e entender a inutilidade de nos submetermos a outra forma das mesmas convenções tolas? Se não há ninguém e nada entre nós, isso não é um argumento para nos casarmos logo, sem ficarmos adiando sempre mais?

Ela corou de alegria e ergueu o rosto. Ao se inclinar para ela, viu que seus olhos estavam cheios de lágrimas de felicidade. Mas em outro momento ela parecia ter descido de sua eminência feminina para uma menina indefesa e tímida; e ele entendeu que sua coragem e iniciativa eram todas para os outros, e que ela não tinha nenhuma reservada para si mesma. Era evidente que o esforço de falar tinha sido muito maior do que sua compostura estudada traía, e que em sua primeira palavra de segurança ela voltou ao normal, como uma criança muito aventureira se refugia nos braços da mãe.

Archer não teve coragem de continuar com sua argumentação; estava muito desapontado com o desaparecimento do novo ser que lhe lançara aquele olhar profundo com aqueles olhos transparentes. May parecia estar ciente da decepção dele, mas não sabia como amenizá-la; e eles se levantaram e caminharam silenciosamente para casa.

Capítulo 17

– Sua prima, a condessa, visitou mamãe enquanto você estava fora – informou Janey Archer ao irmão, na noite de seu retorno.

O jovem, que jantava sozinho com a mãe e a irmã, ergueu os olhos surpreso e viu o olhar recatado da sra. Archer fitando o prato. A sra. Archer não considerava sua reclusão do mundo uma razão para que ela fosse esquecida; e Newland imaginou que ela estava um pouco aborrecida por ele ter se mostrado surpreso com a visita de Madame Olenska.

– Ela usava uma polonesa de veludo preto com botões de azeviche e um pequeno regalo de pele de macaco. Nunca a tinha visto vestida com tanto estilo – continuou Janey. – Veio sozinha, no início da tarde de domingo; felizmente o fogo estava aceso na sala de estar. Ela estava com um desses porta-cartões novos. Disse que queria nos conhecer porque você foi muito bom para com ela.

Newland riu.

– Madame Olenska sempre fala desse jeito de seus amigos. Ela está muito feliz por estar entre sua gente de novo.

– Sim, foi o que ela nos contou – disse a sra. Archer. – Tenho a impressão de que ela se sente grata por estar aqui.

– Espero que tenha gostado dela, mãe.

A sra. Archer cerrou os lábios.

– Ela certamente se desdobra para agradar, mesmo quando está visitando uma velha senhora.

– Mamãe não a acha simples – interveio Janey, mantendo seus olhos fixos no rosto do irmão.

– É apenas minha opinião de antiquada; mas a querida May é meu ideal – disse a sra. Archer.

– Ah! – exclamou o filho. – As duas não são se parecem.

Archer havia deixado St. Augustine encarregado de muitas mensagens para a velha sra. Mingott; e um ou dois dias depois de seu retorno à cidade, foi visitá-la.

A velha o recebeu mais calorosamente do que nunca; sentia-se grata por ele ter persuadido a condessa Olenska a desistir da ideia do divórcio; e quando ele lhe disse que havia abandonado o escritório sem permissão, e correu para St. Augustine simplesmente porque queria ver May, ela deu uma risadinha adiposa e deu um tapinha no joelho dele com a mão gorducha.

– Ah, ah!... então você exagerou, não é? E suponho que Augusta e Welland torceram o nariz e se comportaram como se o fim do mundo tivesse chegado? Mas a pequena May... agiu melhor e deve ter gostado, não é?

– Espero que sim; mas, afinal, ela não concordou com o que fui lhe pedir.

– Não? Verdade? E o que é que você pediu?

– Queria que ela concordasse em nos casarmos em abril. De que adianta desperdiçar mais um ano?

A sra. Manson Mingott franziu a boquinha numa careta de mímica melindrosa e piscou para ele com malícia.

– "Peça para a mamãe", suponho... a história de sempre. Ah, esses Mingott... todos iguais! Nascidos na rotina e não há quem os desvie da rotina. Quando construí esta casa, você pensaria que eu estava me mudando para a Califórnia! Ninguém jamais se dispôs a construir além da Rua Quarenta... não, digo, nem além do Battery, antes de Cristóvão Colombo descobrir a América. Não, não; nenhum deles quer ser diferente; eles têm tanto medo disso quanto da varíola. Ah, meu caro Archer, dou graças a Deus por não passar de uma Spicer vulgar; mas não há nenhum de meus filhos que puxou a mim, a não ser minha pequena Ellen. – Ela se interrompeu, ainda piscando para ele, e perguntou, com a casual irrelevância da velhice: – Ora essa, por que diabos você não se casou com minha Ellenzinha?

Archer riu.

– Por um só motivo: ela não estava aqui.

– Não... com certeza; mas é uma pena! E agora é tarde demais; a vida dela acabou.

Ela falou com a complacência de sangue frio dos velhos jogando terra no túmulo de jovens esperanças. O coração do jovem gelou e ele disse apressadamente:

– Não poderia persuadi-la a usar sua influência com os Welland, sra. Mingott? Não fui feito para noivados longos.

A velha Catherine sorriu para ele com aprovação.

– Não; eu posso ver isso. Você enxerga longe... Quando era um garotinho, não tenho dúvidas de que você gostava de ser servido por primeiro. – Ela jogou a cabeça para trás com uma risada que fez seu queixo oscilar como pequenas ondas. – Ah! aqui está minha Ellen! – exclamou ela, enquanto os reposteiros se abriam atrás dela.

Madame Olenska se aproximou com um sorriso. Seu rosto parecia vívido e feliz, e ela estendeu a mão alegremente para Archer enquanto se inclinava para o beijo da avó.

– Eu só estava exatamente dizendo a ele, minha querida: "Ora, por que você não se casou com minha Ellenzinha?"

Madame Olenska olhou para Archer, ainda sorrindo.

– E o que ele respondeu?

– Oh, minha querida, você é que tem de descobrir! Ele foi até a Flórida para ver a namorada.

– Sim, eu sei. – disse ela, ainda olhando para ele. – Fui visitar a mãe dele e lhe perguntei aonde você tinha ido. Enviei um bilhete que você nunca respondeu e achei que estivesse doente.

Ele murmurou alguma coisa para dizer que tinha viajado inesperadamente, com muita pressa, e tinha a intenção de lhe escrever de St. Augustine.

– E é claro que, uma vez lá, você nunca mais pensou em mim! – E ela continuava sorrindo com uma alegria que poderia ser uma estudada manifestação de indiferença.

"Se ela ainda precisa de mim, está determinada a não deixar transparecer", pensou ele, magoado com os modos dela. Queria lhe agradecer por ter visitado a mãe dele, mas sob o olhar malicioso da idosa senhora, ele se sentiu embaraçado e constrangido.

– Olhe só para ele... com tanta pressa para se casar que deixou o escritório de advocacia às escondidas e foi correndo implorar de joelhos àquela tola de garota! Isso é que é ser um apaixonado... foi assim que o belo Bob Spicer conquistou minha pobre mãe; e se cansou dela antes que eu fosse desmamada... embora tivessem de esperar por mim somente oito meses! Mas, enfim... você não é um Spicer, meu jovem; sorte sua e de May. É só minha pobre Ellen que guardou um pouco do sangue ruim deles; os outros são todos Mingott exemplares – exclamou a velha senhora com desdém.

Archer sabia que Madame Olenska, que se sentou ao lado da avó, ainda o estava examinando atentamente. A alegria havia desaparecido de seus olhos, e ela disse com grande afabilidade:

– Certamente, vovó, nós duas podemos convencê-los a fazer o que ele deseja.

Archer se levantou para ir embora, e quando sua mão tocou a de Madame Olenska, percebeu que ela estava esperando alguma alusão à carta que não tivera resposta.

– Quando posso vê-la? – perguntou ele, enquanto ela o acompanhava até a porta.

– Quando quiser; mas deve ser logo, se você quiser ver a casinha de novo. Estou me mudando na próxima semana.

Uma sensação de dor percorreu seu corpo com a lembrança de suas horas passadas à luz da lamparina na sala de estar de teto baixo. Por poucas que tivessem sido, eram horas repletas de recordações.

– Amanhã, à noite?

Ela assentiu.

– Amanhã; sim; mas cedo. É que vou sair.

O dia seguinte era um domingo, e se ela ia "sair" numa noite de domingo, claro que só poderia ser para ir à casa da sra. Lemuel Struthers. Ele se sentiu um tanto aborrecido, não porque ela fosse para lá (pois ele gostava que ela fosse aonde quisesse, apesar dos Van der Luyden), mas porque era o tipo de casa em que ela certamente encontraria Beaufort, onde ela devia saber de antemão que o encontraria... e para onde provavelmente estava indo com esse propósito.

– Muito bem; amanhã, à noite – repetiu ele, resolvido interiormente que não iria mais cedo, e que, ao chegar tarde à casa dela, a impediria de ir à casa da sra. Struthers, ou então chegar depois que ela tivesse saído... o que, sob todos os ângulos, seria, sem dúvida, a solução mais simples.

Afinal, eram apenas 8h30, quando ele tocou o sino sob as glicínias; não estando tão atrasado quanto pretendia, ou seja, só meia hora... mas uma inquietação singular o levou até a porta. Pensou, no entanto, que as noites de domingo na casa da sra. Struthers não eram um baile, e que seus convidados, como que para minimizar sua delinquência, geralmente chegavam cedo.

A única coisa com a qual ele não contava, ao entrar no saguão de Madame Olenska, era encontrar ali chapéus e sobretudos. Por que o havia convidado a vir mais cedo, se ela tinha convidados para jantar? Numa inspeção mais detalhada das roupas ao lado das quais Nastasia estava colocando as dele, seu ressentimento deu lugar à curiosidade. Os sobretudos eram de fato os mais estranhos que ele já vira sob um teto civilizado; e bastou um olhar para assegurar-se de que nenhum deles pertencia a Julius Beaufort. Um deles era um sobretudo ulster amarelo, felpudo, de corte *prêt-à-porter*; o outro, uma capa muito velha, cor de ferrugem... algo parecido com a peça de vestuário que os franceses chamavam de "*macfarlane*". Essa vestimenta devia pertencer a um homem de tamanho portentoso, e mostrava sinais evidentes de intenso e prolongado uso; e suas dobras preto-esverdeadas exalavam um cheiro de serragem úmida que sugeria prolongada permanência nas paredes de bares. Sobre essa capa havia um esfarrapado cachecol cinza e um estranho chapéu de feltro de formato semiclerical.

Archer ergueu as sobrancelhas interrogativamente para Nastasia, que levantou as dela em troca, com um fatalista "*Già!*", enquanto abria a porta da sala de estar.

O jovem viu imediatamente que sua anfitriã não estava na sala; então, com surpresa, viu outra senhora parada perto da lareira. Essa dama, que era alta, magra e um tanto mal posta, estava vestida com roupas intrincadamente repletas de fitas e franjas, com xadrezes e listras e faixas de cores únicas dispostas num desenho que parecia não significar absolutamente nada. Seu cabelo, que tentara embranquecer e só conseguira desbotar, estava encimado por um pente espanhol e um laço de renda preta; e umas luvas de seda, visivelmente cerzidas, lhe cobriam as mãos reumáticas.

Ao lado dela, no meio de uma nuvem de fumaça de charuto, estavam os donos dos dois sobretudos, ambos em roupas matinais que evidentemente não haviam trocado desde a manhã. Num dos dois, Archer, para sua surpresa, reconheceu Ned Winsett; o outro e mais velho, que lhe era desconhecido, e cujo corpanzil revelava que era o dono do estranho sobretudo, tinha uma cabeça levemente leonina com cabelos grisalhos desgrenhados, e movia os braços com grandes gestos, como se estivesse distribuindo bênçãos leigas a uma multidão ajoelhada.

Essas três pessoas estavam juntas sobre o tapete da lareira, com seus olhos fixos num buquê extraordinariamente grande de rosas vermelhas, com um ramalhete de amores-perfeitos roxos na base, e que estava no sofá onde Madame Olenska costumava se sentar.

– O que devem ter custado nessa época do ano... embora, é claro, seja o sentimento que importa! – dizia a senhora, num suspiro prolongado, quando Archer entrou.

Os três ficaram surpresos com sua chegada, e a senhora, adiantando-se, estendeu a mão.

– Caro sr. Archer... quase meu primo Newland! – disse ela. – Sou a Marquesa Manson.

Archer fez uma reverência e ela continuou:

– Minha Ellen me acolheu por alguns dias. Venho de Cuba, onde tenho passado o inverno com amigos espanhóis... pessoas tão encantadoras e distintas: da mais alta nobreza da velha Castela... como eu gostaria que você pudesse conhecê-los! Mas fui chamada por nosso querido e grande amigo aqui presente, dr. Carver. Você não conhece o dr. Agathon Carver, fundador da "Comunidade Vale do Amor"?

O dr. Carver inclinou a cabeça leonina, e a marquesa continuou:

– Ah, Nova York... Nova York... quão pouco a vida do espírito a envolve! Mas vejo que conhece o sr. Winsett.

– Oh, sim... eu o conheço já faz algum tempo; mas não por esse caminho – disse Winsett, com seu sorriso seco.

A marquesa balançou a cabeça, em sinal de desaprovação.

– Como é que sabe, sr. Winsett? O espírito sopra onde quer.

– Sopra... oh! sopra! – interveio o dr. Carver, com um sonoro murmúrio.

– Mas sente-se, sr. Archer. Nós quatro tivemos um delicioso jantar juntos, e minha menina subiu para se vestir. Ela está esperando o senhor e já vai descer. Estávamos apenas admirando essas maravilhosas flores, que irão surpreendê-la quando ela reaparecer.

Winsett permaneceu de pé.

– Infelizmente, eu tenho de ir. Por favor, diga a Madame Olenska que todos nos sentiremos perdidos quando ela abandonar nossa rua. Essa casa tem sido um oásis.

– Ah, mas ela não vai abandonar o senhor. Poesia e arte são sopro de vida para ela. É poesia que escreve, sr. Winsett?

– Bem, não; mas às vezes leio poesias – disse Winsett, e despedindo-se de todos com um único aceno, saiu da sala.

– Um espírito cáustico... *un peu sauvage*[102]. Mas tão arguto; dr. Carver, o senhor o acha perspicaz?

– Eu nunca penso em perspicácia – respondeu o dr. Carver; em tom severo.

– Ah... ah... o senhor nunca pensa em perspicácia! Como ele é impiedoso para nós, fracos mortais, sr. Archer! Mas ele vive apenas na vida do espírito; e essa noite está preparando mentalmente a palestra que fará na casa da sra. Blenker. Dr. Carver, será que sobra um tempinho, antes de partir para a casa das Blenker, para explicar ao sr. Archer sua esclarecedora descoberta do *Contato Direto*? Mas não; vejo que são quase 9 horas e não temos o direito de detê-lo enquanto tantos aguardam sua mensagem.

O dr. Carver pareceu ligeiramente desapontado com essa conclusão, mas, tendo comparado seu pesado relógio de ouro com o pequeno relógio de viagem de Madame Olenska, relutantemente retesou seus poderosos membros, preparando-se para partir.

– Vou vê-la mais tarde, querida amiga? – perguntou ele à marquesa, que respondeu com um sorriso:

– Assim que a carruagem de Ellen chegar, irei para lá. Espero chegar antes que a palestra tenha começado.

O dr. Carver olhou pensativo para Archer.

– Talvez, se esse jovem cavalheiro estiver interessado em minhas experiências, a sra. Blenker haverá de permitir que o leve.

– Oh, caro amigo, se for possível... tenho certeza de que ela ficaria muito contente. Mas creio que minha Ellen esteja contando com o sr. Archer.

– É uma pena... – disse o dr. Carver... – mas aqui está o meu cartão.

Ele o entregou a Archer, que leu nele, em caracteres góticos:

AGATHON CARVER
O VALE DO AMOR
KITTASQUATTAMY, N. Y.

O dr. Carver fez uma leve inclinação e se retirou, e a sra. Manson, com um suspiro que podia ter sido de arrependimento ou de alívio, acenou mais uma vez para Archer se sentar.

– Ellen vai descer dentro de instantes e, antes que ela chegue, estou verdadeiramente feliz por ficar a sós com o senhor por um momento.

Archer murmurou seu prazer em conhecê-la, e a marquesa continuou, com seu sotaque e entre suspiros:

– Eu sei de tudo, caro sr. Archer... minha filha me contou tudo o que o senhor fez por ela. Seu sábio conselho, sua corajosa firmeza... graças a Deus não era tarde demais!

O jovem ouviu com considerável embaraço. Haveria alguém, perguntou-se ele, a quem Madame Olenska não havia proclamado a intervenção dele em seus assuntos particulares?

– Madame Olenska exagera. Eu simplesmente lhe dei um parecer jurídico, como ela me pediu.

– Ah, mas ao fazê-lo... ao fazê-lo, o senhor foi o instrumento inconsciente de... de... que palavra nós, modernos, temos para Providência, sr. Archer? – exclamou a senhora, inclinando a cabeça para um lado e fechando as pálpebras misteriosamente. – Mal sabia o senhor que naquele exato momento eu tinha uma pessoa me pedindo ajuda: suplicando por ajuda, de fato... do outro lado do Atlântico!

Ela olhou por cima do ombro, como se tivesse medo de ser ouvida, e então, aproximando sua cadeira e levando um pequeno leque de marfim aos lábios, suspirou atrás dele:

– Pelo próprio conde... meu pobre, louco, tolo Olenski; que pede apenas para tê-la de volta nas condições que ela quiser.

– Deus do céu! – exclamou Archer, levantando-se de um salto.

– Você está horrorizado? Sim, claro; entendo. Não defendo o pobre Stanislas, embora ele sempre tenha me chamado de sua melhor amiga. Ele não se defende... ele se lança aos pés dela, usando minha pessoa. – Ela deu um tapinha no magro peito. – Tenho a carta dele aqui.

– Uma carta? Madame Olenska a viu? – gaguejou Archer, com seu cérebro girando feito ventoinha com o choque da informação.

A marquesa Manson balançou a cabeça suavemente.

– Tempo... tempo; preciso de tempo. Conheço minha Ellen... arrogante, intratável; por que não dizer, um tanto irreconciliável?

– Mas, céus, perdoar é uma coisa; voltar para aquele inferno...

– Ah, sim – aquiesceu a marquesa. – É assim mesmo que ela o descreve... minha sensível criança! Mas do lado material, sr. Archer, se a gente parar para pensar... O senhor sabe do que é que ela está desistindo? Essas rosas aí no sofá... acres delas, em estufa e a céu aberto, naqueles incomparáveis jardins cultivados em terraços em Nice! Joias... pérolas históricas; as esmeraldas Sobieski... zibelinas... mas ela não se importa com nada disso! Arte e beleza, só se interessa por isso. Ela vive para a arte e a beleza, como eu sempre vivi; e esteve também cercada de arte e beleza. Quadros, móveis de valor inestimável, música, conversas brilhantes... ah! isso, meu caro jovem, se me der licença, é o que vocês não têm ideia aqui do que seja! E ela tinha tudo isso; e a homenagem dos grandes. Ela me disse que não é considerada bonita em Nova York... Deus do céu! Seu retrato foi pintado nove vezes; os maiores artistas da Europa imploraram pelo privilégio. Essas coisas não são nada? E o remorso de um marido profundamente apaixonado?

Quando a marquesa Manson atingiu seu clímax, seu rosto assumiu uma expressão de retrospecção extática, que Archer teria achado muito engraçado, se não estivesse paralisado de espanto.

Ele teria rido se alguém tivesse predito a ele que sua primeira visão da pobre Medora Manson teria sido a de mensageira de satanás; mas agora não tinha vontade alguma de rir, e a via como se tivesse saído diretamente do inferno do qual Ellen Olenska acabara de escapar.

– Ela ainda não sabe nada... de tudo isso? – perguntou ele, abruptamente.

A sra. Manson pôs um dedo roxo nos lábios.

– Nada, diretamente... mas ela suspeita? Quem pode dizer? A verdade, sr. Archer, é que estava esperando para vê-lo. Desde o momento em que soube da posição firme que o senhor assumiu, e de sua influência sobre ela, eu esperava que fosse possível contar com seu apoio... convencê-lo...

– De que ela deveria voltar? Eu preferiria vê-la morta! – exclamou o jovem, com veemência.

– Ah! – murmurou a marquesa, sem ressentimento visível.

Por um momento permaneceu sentada na poltrona, abrindo e fechando o absurdo leque de marfim entre os dedos enluvados; mas de repente ela ergueu a cabeça e escutou.

– Lá vem ela – disse num sussurro rápido; e então, apontando para o buquê no sofá:

– Devo entender que o senhor prefere isso, sr. Archer? Afinal, casamento é casamento... e minha sobrinha ainda é casada...

Capítulo 18

– O que vocês dois estão tramando juntos, tia Medora? – exclamou Madame Olenska ao entrar na sala.

Ela estava vestida como se fosse a um baile. Tudo nela reluzia e brilhava suavemente, como se o vestido tivesse sido tecido com feixes de luz de velas; e ela andava de cabeça erguida, como uma mulher bonita desafiando uma sala cheia de rivais.

– Estávamos dizendo, minha querida, que aqui havia algo lindo para surpreendê-la – retrucou a sra. Manson, levantando-se e apontando maliciosamente para as flores.

Madame Olenska parou e olhou para o buquê. Sua cor não mudou, mas uma espécie de brilho branco de raiva a percorreu como um raio de verão.

– Ah! – exclamou ela, com voz estridente, que o jovem nunca tinha ouvido. – Quem terá sido tão ridículo para me mandar um buquê? Por que um buquê? E por que justamente nesta noite? Não vou a nenhum baile. Não sou uma noiva prestes a se casar. Mas algumas pessoas insistem em ser ridículas.

Ela voltou até porta, abriu-a e chamou:

– Nastasia!

A criada onipresente apareceu em seguida, e Archer ouviu Madame Olenska dizer, num italiano intencionalmente bem pausado para que ele pudesse entender:

– Tome isso e jogue na lata de lixo!

E logo a seguir, como Nastasia a fitasse, como que protestando:

– Não... as pobres flores não têm culpa. Diga ao rapaz para levá-las para a terceira casa depois da minha, a casa do sr. Winsett, o cavalheiro moreno que jantou aqui. A esposa dele está doente... elas podem lhe dar alguma alegria... O rapaz saiu, você me diz?

Então, minha querida, corra você mesma; tome, ponha minha capa e vá voando. Quero essa coisa fora daqui imediatamente! E, cuidado, não diga que fui eu que as mandei!

Jogou sua capa de veludo sobre os ombros da criada e voltou para a sala de estar, fechando a porta bruscamente. Seu busto arfava sob a renda do vestido, e por um momento Archer pensou que ela estava prestes a chorar; mas em vez disso ela caiu na gargalhada, e, olhando para a marquesa e para Archer, perguntou abruptamente:

– E vocês dois... já se tornaram amigos?

– Cabe ao sr. Archer responder, querida; ele esperou pacientemente enquanto você se arrumava.

– Sim, deixei-o esperar bastante; não conseguia ajeitar o cabelo como queria – disse Madame Olenska, levantando a mão para os cachos presos de seu coque. – Mas isso me lembra... vejo que o dr. Carver foi embora e você vai se atrasar na casa das Blenker. Sr. Archer, poderia levar minha tia até a carruagem?

Ela acompanhou a marquesa até o saguão, onde a viu se ajeitar um pouco, calçando galochas e vestindo xales e cachecóis, e gritou da soleira da porta:

– Lembre-se de que a carruagem deve estar de volta às 10! Sabe que preciso dela.

Voltou, então, para a sala de estar, onde Archer, ao entrar novamente, encontrou-a de pé, ao lado da lareira, olhando-se no espelho. Não era comum, na sociedade nova-iorquina, que uma dama se dirigisse à criada como "minha querida", e a mandasse fazer uma entrega na rua, envolta em sua capa; e em meio a todos os seus sentimentos mais profundos, Archer desfrutou da prazerosa emoção de estar num mundo em que a ação se sucedia à emoção com uma velocidade olímpica.

Madame Olenska não se mexeu quando ele se aproximou e, por um segundo, seus olhos se encontraram no espelho; então ela se virou, jogou-se no canto do sofá e suspirou:

– Há tempo para um cigarro.

Ele lhe alcançou a cigarreira e acendeu-lhe o cigarro com um tição; e quando a brasa refletiu o brilho em seu rosto, ela o fitou com olhos risonhos e disse:

– O que acha de mim quando estou irritada?

Archer parou por um momento; então respondeu com repentina determinação:

– Isso me leva a entender o que sua tia tem dito a seu respeito.

– Eu sabia que ela estava falando de mim. E então?

– Ela disse que você estava acostumada com todo tipo de coisa... esplendor, divertimento, agitação... que nunca poderíamos lhe proporcionar isso aqui.

Madame Olenska sorriu levemente no meio do círculo de fumaça suspenso em torno de seus lábios.

– Medora é incorrigivelmente romântica. Isso lhe serviu de compensação para tantas coisas!

Archer hesitou novamente e mais uma vez assumiu o risco.

– O romantismo de sua tia é sempre compatível com a realidade?

– Você quer dizer: ela fala a verdade? – ponderou a sobrinha. – Bem, vou lhe dizer, em quase tudo o que ela fala, há algo verdadeiro e algo falso. Mas por que me pergunta? O que ela andou lhe falando?

Ele desviou o olhar para o fogo e depois para a brilhante presença dela. Seu coração se apertou ao pensar que essa era a última noite deles aos pés daquela lareira, e que a qualquer momento a carruagem viria para levá-la.

– Ela diz... ela finge que o conde Olenski pediu a ela para convencer você a voltar para ele.

Madame Olenska não respondeu. Sentou-se imóvel, segurando o cigarro na mão meio erguida. A expressão de seu rosto não havia mudado; e Archer lembrou que já havia notado sua aparente incapacidade de se surpreender.

– Você sabia, então? – perguntou ele, de repente.

Ela ficou em silêncio por tanto tempo, que a cinza de seu cigarro caiu. Ela a deixou rolar no chão.

– Ela aludiu a uma carta: coitada! As alusões de Medora...

– É a pedido de seu marido que ela chegou aqui tão de repente?

Madame Olenska pareceu refletir sobre essa pergunta também.

– E aí também... não poderia dizer. Ela me disse que recebeu uma "convocação espiritual", ou coisa que o valha, da parte do dr. Carver. Receio que ela vá se casar com o dr. Carver... pobre Medora, sempre tem alguém com quem ela quer se casar. Mas talvez o pessoal de Cuba tenha se cansado dela! Acho que ela estava com eles como uma espécie de acompanhante paga. Sério, não sei por que ela veio.

– Mas você acredita que ela tem uma carta de seu marido?

Mais uma vez, Madame Olenska ficou refletindo em silêncio. Então ela disse:

– Afinal, era de esperar.

O jovem se levantou e foi encostar-se na lareira. Uma súbita inquietação o invadiu, e ficou com a língua presa, sabendo que seus minutos estavam contados e que a qualquer momento ouviria as rodas da carruagem voltando.

– Sabe que sua tia acredita que você vai voltar?

Madame Olenska ergueu a cabeça rapidamente. Um profundo rubor lhe cobriu o rosto e se espalhou pelo pescoço e ombros. Seu rubor era raro e doloroso, doía como se fosse uma queimadura.

– Acredita-se em muitas coisas cruéis a meu respeito – disse ela.

– Oh, Ellen!... perdoe-me; sou um tolo e um bruto!

Ela esboçou um sorriso.

– Você está terrivelmente nervoso; você tem seus problemas. Eu sei que você acha que os Welland não são razoáveis sobre seu casamento, e é claro que concordo com você. Na Europa, as pessoas não entendem os longos noivados americanos; acho que não são tão calmos quanto nós.

Ela pronunciou o "nós" com leve ênfase que lhe conferiu um tom irônico.

Archer percebeu a ironia, mas não se atreveu a adotá-la. Afinal, ela talvez tivesse desviado propositalmente a conversa para não tocar nos próprios problemas, e depois da mágoa que lhe causaram suas últimas palavras, percebeu que não tinha outra alternativa senão seguir o rumo que ela imprimira à conversa. Mas a sensação do tempo que se esvaía o deixou desesperado. Não suportava a ideia de que uma barreira de palavras haveria de se erguer novamente entre eles.

– Sim – disse ele, abruptamente. – Fui para o sul pedir a May para nos casarmos depois da Páscoa. Não há razão que nos impeça a dar esse passo agora.

– E May adora você... e ainda assim não conseguiu convencê-la? Eu a achava inteligente demais para ser escrava dessas superstições absurdas.

– Ela é realmente muito inteligente... e não é escrava dessas superstições.

Madame Olenska olhou para ele.

– Bem, então... não entendo.

Archer enrubesceu e se apressou a explicar.

— Tivemos uma conversa franca... praticamente a primeira. Ela acha que minha impaciência é um mau sinal.

— Credo!... um mau sinal?

— Ela acha que isso significa que não posso confiar em mim mesmo para continuar gostando dela. Ela pensa, em resumo, que eu quero me casar com ela de uma vez para me livrar de alguém de quem eu... gosto mais.

Madame Olenska pensou nisso com curiosidade.

— Mas se ela pensa assim, por que é que ela não está com pressa também?

— Porque ela não é assim: é muito mais nobre. Ela insiste ainda mais no longo noivado, para me dar tempo...

— Tempo para deixá-la por outra mulher?

— Se eu quiser.

Madame Olenska inclinou-se em direção ao fogo e o contemplou com olhos fixos. Descendo a rua tranquila, Archer ouviu o trote dos cavalos se aproximando.

— Isso é nobre — disse ela, com uma ligeira oscilação na voz.

— Sim. Mas é ridículo.

— Ridículo? Porque você não gosta de outra?

— Porque não pretendo me casar com outra.

— Ah!

Houve outro longo intervalo. Por fim, ela olhou para ele e perguntou:

— Essa outra mulher... ama você?

— Oh! não há outra mulher; quero dizer, a pessoa em quem May estava pensando é... nunca foi...

— Então, por que, afinal, você está com tanta pressa?

— Sua carruagem chegou — disse Archer.

Ela se levantou e olhou em volta com olhos ausentes. Seu leque e as luvas estavam no sofá ao lado dela, e ela os apanhou num gesto maquinal.

– Sim, tenho de ir.

– Está indo para a casa da sra. Struthers?

– Sim. – Ela sorriu e acrescentou: – Devo ir aonde sou convidada, para não ficar sozinha demais. Por que não vem comigo?

Archer sentiu que precisava mantê-la a seu lado a qualquer custo, Precisava fazer com que ela lhe desse o resto da noite. Ignorando a pergunta dela, continuou encostado na lareira, com os olhos fixos na mão em que ela segurava as luvas e o leque, como se estivesse observando para ver se ele tinha o poder de fazê-la largar esses objetos.

– May descobriu a verdade – disse ele. – Existe outra mulher, mas não a que ela pensa.

Ellen Olenska não respondeu e não se mexeu. Depois de um momento, ele se sentou ao lado dela e, tomando-lhe a mão, abriu-a delicadamente, de modo que as luvas e o leque caíram no sofá entre eles.

Ela se levantou e, desvencilhando-se dele, foi para o outro lado da lareira.

– Ah, não faça isso! Muitos já me cortejaram – disse ela, franzindo a testa.

Archer, mudando de cor, levantou-se também; era a repreensão mais amarga que ela poderia ter lhe dado.

– Jamais cortejei você – disse ele – e nunca o farei. Mas você é a mulher com quem eu me casaria se fosse possível para qualquer um de nós dois.

– Possível para qualquer um de nós dois? – Ela o fitou com verdadeiro espanto. – E você diz isso... quando é você quem torna isso impossível?

Ele a fitou, tateando numa escuridão em que uma única flecha de luz lhe abriu um caminho ofuscante.

– Eu tornei isso impossível...?

– Você, você, você! – exclamou ela, com os lábios trêmulos como os de uma criança a ponto de se desfazer em lágrimas. – Não foi você quem me fez desistir do divórcio... desistir porque você me mostrou como era uma decisão egoísta e perversa, como se deve sacrificar-se a si mesmo para preservar a dignidade do casamento... e poupar a família da publicidade, do escândalo? E porque minha família seria sua família... pelo bem de May e pelo seu... eu fiz o que você me disse, o que você me mostrou que eu devia fazer. Ah! – explodiu ela numa risada repentina – Não escondi de ninguém que fiz isso por você!

Ela afundou no sofá novamente, encolhida entre as festivas dobras do vestido como se tivesse recebido um golpe fatal. E o jovem ficou perto da lareira, imóvel e com os olhos fixos nela.

– Santo Deus! – gemeu ele. – Quando pensei...

– Você pensou?

– Ah, não me pergunte o que eu pensei!

Ainda olhando para ela, Archer viu o mesmo rubor ardente subir-lhe pelo pescoço até o rosto. Ela se aprumou e sentou, encarando-o com rígida dignidade.

Estou lhe perguntando.

– Bem, então: havia coisas naquela carta que você me pediu para ler...

– A carta de meu marido?

– Sim.

– Não tinha nada a temer com relação àquela carta: absolutamente nada! Tudo o que eu temia era causar notoriedade, escândalo, para a família... para você e May.

– Meu Deus! – gemeu ele, novamente, cobrindo o rosto com as mãos.

O silêncio que se seguiu caiu sobre eles com o peso das coisas definitivas e irrevogáveis. Archer se sentia como que esmagado pela própria lápide de seu túmulo; em todo o vasto futuro, não vislumbrou nada que pudesse retirar esse fardo de seu coração. Não se moveu de seu lugar, nem tirou as mãos do rosto; com os olhos cerrados e cobertos continuou contemplando a mais densa escuridão.

– Pelo menos eu amei você... – murmurou ele.

Do outro lado da lareira, do canto do sofá onde ele supôs que ela ainda estava agachada, ouviu um choro fraco e abafado como o de uma criança. Ele se levantou de repente e logo se aproximou dela.

– Ellen! Que loucura! Por que está chorando? Nada está feito que não possa ser desfeito. Eu ainda estou livre, e você vai estar.

Ele a tinha em seus braços, o rosto dela como uma flor molhada em seus lábios, e todos os seus terrores vãos murchando como fantasmas ao nascer do sol. A única coisa que o surpreendia agora era que ele deveria ter ficado parado por cinco minutos discutindo com ela do outro lado da sala, quando apenas tocá-la tornava tudo tão simples.

Ela lhe devolveu o beijo, mas depois de um momento ele a sentiu enrijecer em seus braços, afastou-o e se levantou.

– Ah, meu pobre Newland... suponho que tinha de acontecer. Mas isso não altera em nada as coisas – disse ela, fitando-o por sua vez ao lado da lareira.

– Altera toda a minha vida.

– Não, não, não deve, não pode. Você está noivo de May Welland; e eu sou casada.

Ele se levantou também, corado e resoluto.

– Bobagem! É tarde demais para esse tipo de coisa. Não temos o direito de mentir para outras pessoas ou para nós mesmos. Não vamos falar de seu casamento; mas você me imagina me casando com May depois disso?

Ela ficou em silêncio, apoiando os cotovelos finos na lareira, com seu perfil refletido no espelho atrás dela. Uma das mechas de seu coque se soltou e ficou pendendo sobre seu pescoço; ela parecia abatida e quase velha.

– Não imagino você – disse ela, por fim – fazendo essa pergunta a May. E você?

Ele deu de ombros, indiferente.

– É tarde demais para fazer qualquer outra coisa.

– Você diz isso porque é a coisa mais fácil de dizer nesse momento... não porque é verdade. Na realidade, é tarde demais para fazer qualquer coisa além do que nós dois decidimos.

– Ah, eu não entendo você!

Ela forçou um sorriso deplorável que lhe comprimiu o rosto em vez de relaxá-lo.

– Você não entende porque ainda não percebeu como mudou as coisas para mim: oh, desde o início... muito antes de eu saber tudo o que você fez.

– Tudo o que eu fiz?

– Sim. No início, eu nem sequer percebia que as pessoas por aqui desconfiavam de mim... que achavam que eu era um tipo de pessoa medonha. Parece que até se recusaram a me conhecer no jantar. Descobri isso depois; e soube também que você foi com sua mãe à casa dos Van der Luyden; e como você insistiu em anunciar seu noivado no baile dos Beaufort, para que eu pudesse ter duas famílias me apoiando e defendendo, em vez de uma...

Diante disso, ele caiu na gargalhada.

– Imagine – disse ela – como eu era boba e distraída! Eu não sabia de nada disso até que um dia a vovó deixou escapar. Para mim, Nova York simplesmente significava paz e liberdade: era voltar para casa. E eu estava tão feliz por estar entre meu povo, que todos que eu conhecia pareciam gentis e bons, e contentes por me ver. Mas, desde o início – continuou ela –, percebi que não havia ninguém tão gentil quanto você; ninguém que me desse razões que eu entendesse para fazer o que a princípio parecia tão difícil e... desnecessário. As pessoas muito boas não me convenceram; senti que nunca haviam sido tentadas. Mas você sabia; você entendeu; você viu o mundo lá fora puxando as pessoas com todas as suas mãos douradas... e ainda assim detestava as coisas que ele exigia; você odiava a felicidade comprada com deslealdade, crueldade e indiferença. Isso era o que eu nunca tinha conhecido antes... e é melhor do que qualquer coisa que já tenha conhecido.

Ela falava em voz baixa e uniforme, sem lágrimas ou agitação visível; e cada palavra, à medida que lhe saía da boca caía em seu peito como chumbo derretido. Ela se sentou curvada, com a cabeça entre as mãos, olhando para o tapete da lareira, e na ponta do sapato de cetim que aparecia por baixo do vestido. De repente, ele se ajoelhou e beijou o sapato.

Ela se inclinou sobre ele, pousou as mãos em seus ombros, e o fitou com um olhar tão profundo, que ele permaneceu imóvel.

– Ah, não nos deixe desfazer o que você fez! – exclamou ela. – Não posso voltar agora a pensar como antes. Não posso amá-lo a menos que eu desista de você.

Seus braços ansiavam por ela; mas ela se afastou, e os dois ficaram frente a frente, separados pela distância que suas palavras criaram. Então, abruptamente, a raiva dele transbordou.

– E Beaufort? É ele que vai me substituir?

Assim que as palavras fluíram de sua boca, ele estava preparado para uma resposta enraivecida; e a teria recebido como combustível para sua raiva. Mas Madame Olenska só ficou um pouco mais pálida e com os braços caídos; e com sua cabeça levemente inclinada, como era seu jeito quando ponderava uma questão.

– Ele está esperando por você agora na casa da sra. Struthers; por que você não vai até ele? – zombou Archer.

Ela se virou para tocar a campainha.

– Não vou sair esta noite; mande o cocheiro buscar a *Signora Marchesa* – disse ela, quando a empregada chegou.

Depois que a porta se fechou novamente, Archer continuou a fitá-la com olhar amargo.

– Por que esse sacrifício? Visto que você me diz que se sente sozinha, não tenho o direito de afastá-la de seus amigos.

Ela sorriu um pouco sob seus cílios molhados.

– Não estou sozinha agora. Eu *estava* sozinha; eu *estava* com medo. Mas o vazio e a escuridão desapareceram; quando volto para dentro de mim agora, sou como uma criança entrando à noite num quarto onde sempre há luz.

Seu tom de voz e seu olhar ainda a envolviam numa suave inacessibilidade, e Archer gemeu novamente:

– Não entendo você!

– Mas entende May!

Ele ficou vermelho com a réplica, mas manteve os olhos nela.

– May está pronta para desistir de mim.

– O quê! Três dias depois de você implorar a ela de joelhos para apressar o casamento?

– Ela se recusou; isso me dá o direito...

– Ah, você me ensinou como essa palavra é feia! – disse ela.

Ele desviou o olhar com uma sensação de cansaço absoluto. Sentia-se como se tivesse lutado por horas para escalar um precipício íngreme, e agora, assim como havia lutado para chegar ao topo, seu ponto de apoio havia cedido, e ele estava mergulhando de ponta-cabeça na escuridão.

Se pudesse tê-la nos braços novamente, talvez conseguisse derrubar os argumentos dela; mas ela ainda o mantinha a distância por algo inescrutavelmente distante em seu olhar e sua atitude, e por seu senso de admiração pela sinceridade dela. Por fim, começou a implorar novamente.

– Se fizermos isso agora, vai ser pior depois... pior para todos...

– Não... não... não! – quase gritou ela, como se ele a assustasse.

Nesse momento, a campainha ressoou longamente pela casa. Não tinham escutado nenhuma carruagem parar à porta, e ficaram imóveis, Entreolhando-se um tanto assustados.

Ouviram os passos de Nastasia seguindo pelo corredor, a porta externa se abriu, e um momento depois ela voltou trazendo um telegrama que entregou à condessa Olenska.

– A senhora ficou muito feliz com as flores – disse Nastasia, alisando o avental. – Ela pensou que era seu *signor marito* (senhor marido) quem as havia enviado, e chorou um pouco e disse que era uma loucura.

A patroa sorriu e tomou o envelope amarelo. Abriu-o e o aproximou da lamparina; então, quando a porta se fechou novamente, ela entregou o telegrama a Archer.

Era datado de St. Augustine, endereçado à condessa Olenska e dizia:

"Telegrama da vovó bem-sucedido. Papai e mamãe concordam casamento depois da Páscoa. Estou telegrafando Newland. Estou muito feliz por palavras e amo você muito. Muito agradecida. May."

Meia hora depois, quando Archer abriu a porta da frente de sua casa, encontrou um envelope semelhante na mesa do saguão, em cima de sua pilha de notas e cartas. A mensagem dentro do envelope também era de May Welland e dizia o seguinte:

"Pais concordam com casamento terça-feira depois da Páscoa às doze igreja da Graça oito damas de honra por favor falar pároco tão feliz amor May."

Archer amassou a folha amarela como se o gesto pudesse aniquilar a notícia que continha. Então tomou uma pequena agenda de bolso e folheou as páginas com os dedos trêmulos; mas não encontrou o que queria, e, enfiando o telegrama no bolso, subiu as escadas.

Uma luz brilhava através da porta do pequeno saguão que servia a Janey como quarto de vestir e bateu na porta, impaciente. A porta se abriu, e a irmã apareceu diante dele em seu imemorial roupão de flanela roxa, com o cabelo cheio de grampos. Seu rosto parecia pálido e apreensivo.

– Newland! Espero que não haja más notícias nesse telegrama. Esperei de propósito, caso... (Nenhum item de sua correspondência estava a salvo de Janey.)

Ele não deu atenção à pergunta da irmã.

– Diga-me, em que dia cai a Páscoa este ano?

Ela se mostrou chocada com tamanha ignorância não cristã.

– Páscoa? Newland! Ora, claro, na primeira semana de abril. Por quê?

– Primeira semana? – Ele se voltou novamente para as páginas da agenda, calculando rapidamente baixinho. – Na primeira semana, você disse? – Ele jogou a cabeça para trás e deu uma sonora gargalhada.

– Pelo amor de Deus, qual é o problema?

– Não há nenhum problema, exceto que vou me casar dentro de um mês.

Janey se jogou em seu colo e o apertou contra seu peito envolto na flanela roxa.

– Oh! Newland, que maravilha! Estou tão feliz! Mas, querido, por que você continua rindo? Pare com isso ou vai acordar mamãe.

Livro II

Capítulo 19

O dia estava agradável, com um forte vento de primavera levantando poeira. Todas as velhinhas de ambas as famílias tinham tirado do armário suas zibelinas desbotadas e seus arminhos amarelados, e o cheiro de cânfora dos bancos da frente quase sufocava o leve aroma primaveril dos lírios que ladeavam o altar.

Newland Archer, a um sinal do sacristão, havia saído da sacristia e se posicionou com seu padrinho no degrau da capela-mor da igreja da Graça.

O sinal indicava que a carruagem com a noiva e o pai dela estava à vista; mas com certeza haveria uma considerável demora para ajustes e consultas no átrio, onde as damas de honra já se agrupavam como um buquê de flores da Páscoa.

Durante esse lapso de tempo inevitável, esperava-se que o noivo, como prova de sua ansiedade, se expusesse sozinho ao olhar de toda a assembleia; e Archer se havia resignado a essa formalidade com a mesma resignação que todas as outras que faziam de um casamento nova-iorquino do século XIX um rito que parecia pertencer ao alvorecer da história. Tudo era igualmente fácil... ou igualmente doloroso, segundo o ponto de vista... no caminho que ele se comprometera a trilhar, e tinha obedecido às nervosas injunções do padrinho tão piamente quanto outros noivos haviam obedecido às suas, nos dias em que os guiara pelo mesmo labirinto.

Até o momento, estava razoavelmente seguro de ter cumprido todas as suas obrigações. Os oito buquês de lilás branco e lírios-do--vale das damas de honra tinham sido enviados no tempo aprazado, assim como as abotoaduras de ouro e safira dos oito recepcionistas e o broche de olho de gato do padrinho. Archer passou metade da noite acordado, tentando variar as palavras de seus agradecimentos pelo último lote de presentes de amigos e de ex-amantes; os honorários do bispo e do pároco estavam seguros no bolso de seu padrinho; sua bagagem já estava na casa da sra. Manson Mingott, onde aconteceria o café da manhã nupcial, assim como as roupas de viagem com as quais deveria se trocar; e havia reservado uma cabine privada no trem que levaria o jovem casal a seu destino desconhecido... o segredo do local onde seria passada a noite de núpcias era um dos tabus mais sagrados do pré-histórico ritual.

– Trouxe a aliança? – sussurrou o jovem Van der Luyden Newland, que era inexperiente na função de padrinho, e apavorado com o peso de sua responsabilidade.

Archer fez o gesto que tinha visto tantos noivos fazerem: com a mão direita sem luva, apalpou o bolso do colete cinza-escuro, e se assegurou que o pequeno diadema de ouro (gravado no interior: Newland a May, ...de abril de 187...) estava em seu lugar; então, retomando a postura anterior, a cartola e as luvas cinza-pérola com pespontos pretos na mão esquerda, ficou olhando para a porta da igreja.

No alto, a Marcha de Handel[103] ecoava pomposamente pela abóbada de pedra, carregando em ondas sonoras as tênues lembranças dos muitos casamentos em que, com alegre indiferença, ele ficava no mesmo degrau da capela-mor, observando outras noivas desfilando pela nave em direção a outros noivos.

"Parece uma noite de estreia no teatro!", pensou ele, reconhecendo todos os mesmos rostos nos mesmos camarotes (não, bancos), e se perguntando se, quando soasse a trombeta do juízo final, lá estariam a sra. Selfridge Merry com as mesmas penas de avestruz no chapéu e a sra. Beaufort com os mesmos brincos de diamante e o mesmo sorriso... e se as poltronas da primeira fila já estavam preparadas para elas no outro mundo.

Havia tempo ainda para rever, um a um, os rostos familiares das primeiras filas; aqueles das mulheres mostrando ansiosa curiosidade e entusiasmo, os dos homens mal-humorados com a obrigação de vestir as sobrecasacas antes do almoço, e disputar comida no café da manhã do casamento.

"Pena que o café da manhã seja na casa da velha Catherine", o noivo parecia imaginar Reggie Chivers murmurando. "Mas me disseram que Lovell Mingott insistiu em que fosse preparado por seu chef, de modo que deve ser bom, para aqueles que conseguirem se servir." E podia imaginar Sillerton Jackson acrescentando com autoridade: "Meu caro amigo, você não sabe? É para ser servido em mesinhas, à nova moda inglesa".

Os olhos de Archer demoraram-se um momento no banco da esquerda, onde sua mãe, que entrou na igreja pelo braço do sr. Henry van der Luyden, sentou-se chorando baixinho sob o véu, com as mãos no regalo de arminho da avó.

"Pobre Janey!", pensou ele, olhando para a irmã, "mesmo virando a cabeça de um lado para outro, ela só consegue ver as pessoas nos poucos bancos da frente, que são ocupados principalmente por desajeitados Newland e Dagonet."

Do outro lado da fita branca que separava os assentos reservados às famílias, ele viu Beaufort, alto e de rosto vermelho, perscrutando as mulheres com seu olhar arrogante. Ao lado dele estava sentada sua esposa, toda de chinchila prateada e violetas; e do outro lado da fita, a cabeça bem penteada de Lawrence Lefferts parecia montar guarda à invisível divindade da "Rígida Etiqueta" que presidia a cerimônia.

Archer imaginou quantas falhas os olhos aguçados de Lefferts haveriam de descobrir no ritual dessa divindade; então, de repente, lembrou-se de que também já havia considerado essas questões importantes. As coisas que haviam preenchido seus dias agora pareciam uma paródia infantil da vida, ou como as disputas dos escolásticos medievais sobre termos metafísicos que ninguém jamais havia entendido. Uma acirrada discussão sobre se os presentes de casamento deveriam ser "mostrados" perturbou as últimas horas antes do casamento; e parecia inconcebível para Archer que pessoas adultas pudessem entrar em tamanho alvoroço por causa dessas ninharias, e que a questão tivesse de ser decidida (negativamente) pela sra. Welland dizendo, com indignadas lágrimas:

"Logo, logo vou ter repórteres correndo pela casa."

Houve um tempo, no entanto, em que Archer tinha opiniões definidas e bastante agressivas sobre todos esses problemas, quando tudo o que dizia respeito a maneiras e costumes de sua pequena tribo lhe parecia repleto de significado universal.

"E o tempo todo, suponho", pensou ele, "pessoas reais viviam em algum lugar, e coisas reais aconteciam na vida delas..."

– Aí vem eles! – anunciou o padrinho com entusiasmo; mas o noivo não se moveu.

A cautelosa abertura da porta da igreja significava apenas que o sr. Brown, o guardião de libré (vestido de preto em sua intermitente função de sacristão) estava fazendo um levantamento preliminar do local antes de mobilizar suas forças. A porta foi novamente fechada suavemente; então, após outro intervalo, abriu-se majestosamente, e um murmúrio percorreu a igreja: "A família!"

A sra. Welland foi a primeira a entrar, pelo braço do filho mais velho. Seu grande rosto rosado era apropriadamente solene, e seu vestido de cetim cor de ameixa com painéis laterais azul-claros, e plumas de avestruz azul num pequeno gorro de cetim, receberam aprovação geral; mas antes que ela se acomodasse com um farfalhar majestoso no banco oposto ao da sra. Archer, os espectadores já esticavam o pescoço para ver quem vinha atrás dela. Rumores selvagens correram no dia anterior no sentido de que a sra. Manson Mingott, apesar de suas deficiências físicas, havia resolvido estar presente na cerimônia; e a ideia combinava tanto com seu esportivo, que as apostas referentes à capacidade dela de percorrer a nave da igreja e de acomodar-se num banco subiram de valor nos clubes.

Sabia-se que ela insistira em enviar o próprio carpinteiro para estudar a possibilidade de desmontar parte do banco da frente e medir o espaço entre o assento e a frente; mas o resultado fora desanimador, e durante um dia de ansiedade a família a observou flertando com o plano de ser levada pela nave em sua enorme cadeira de rodas e se instalar ao pé da capela-mor, como que entronizada.

A ideia dessa monstruosa exposição de sua pessoa era tão penosa para seus parentes, que poderiam ter coberto de ouro a engenhosa criatura que de repente descobriu que a cadeira era larga demais para passar entre os montantes de ferro do toldo que se estendia da porta da igreja até o meio-fio. A ideia de acabar com esse toldo e revelar a noiva à multidão de costureiras e repórteres de jornais que ficava do lado de fora, lutando para chegar perto das juntas da lona, excedia até mesmo a coragem da velha Catherine, embora por um momento ela tenha ponderado a possibilidade.

– Ora, eles poderiam tirar uma fotografia de minha filha e *publicá-la nos jornais!* – exclamou a sra. Welland quando ficou sabendo do último plano da mãe; e todo o clã estremeceu ao mesmo tempo diante dessa impensável indecência.

A matriarca teve de ceder; mas só chegou a isso diante da promessa de que o café da manhã nupcial aconteceria sob seu teto, embora (como disse o pessoal da Washington Square) fosse difícil fazer um preço especial com Brown para se deslocar até aquele fim de mundo, quando a casa dos Welland estava tão perto e de tão fácil acesso.

Embora todas essas negociações tivessem sido amplamente divulgadas pelos Jackson, uma esportiva minoria ainda se apegava à crença de que a velha Catherine apareceria na igreja, e a temperatura baixou claramente quando se soube que ela seria substituída pela nora. A sra. Lovell Mingott tinha o rubor e o olhar vítreo típicos em senhoras de sua idade e de seus hábitos que o esforço em se ajeitar num vestido novo provoca; mas uma vez superada a decepção ocasionada pelo não comparecimento de sua sogra, ficou combinado que seu rendado preto sobre cetim lilás, com seu gorro de violetas de Parma, formavam o contraste mais feliz com o azul e a cor ameixa da sra. Welland.

Muito diferente foi a impressão produzida pela senhora magra e afetada que seguia pelo braço do sr. Mingott, vestida numa berrante confusão de listras e franjas e lenços flutuantes; e quando essa última aparição surgiu, o coração de Archer se contraiu e parou de bater.

Ele tinha como certo que a Marquesa Manson ainda estava em Washington, para onde tinha viajado cerca de quatro semanas antes com sua sobrinha, Madame Olenska. Acreditava-se que a repentina partida se devia ao desejo de Madame Olenska de remover a tia da sinistra eloquência do dr. Agathon Carver, que quase conseguiu alistá-la como recruta para o Vale do Amor; e nessas circunstâncias, ninguém esperava que nenhuma das duas damas haveria de comparecer ao casamento. Por um momento, Archer ficou com os olhos fixos na figura fantástica de Medora, esforçando-se para ver quem vinha atrás dela; mas a pequena procissão havia terminado, pois todos os membros menores da família haviam tomado seus lugares, e os oito acompanhantes do noivo, reunindo-se como pássaros ou insetos que se preparam para alguma manobra migratória, já estavam entrando no átrio pelas portas laterais.

– Newland... veja: *aí vem ela*! – sussurrou o padrinho.

Archer estremeceu.

Muito tempo se havia passado desde que seu coração, aparentemente, tinha parado de bater, pois o cortejo branco e rosa já estava no meio da nave, o bispo, o pároco e dois acólitos de asas brancas estavam aguardando na frente do altar ornado de flores, e os primeiros acordes da sinfonia de Spohr[104] se espalhavam como flores diante da noiva.

Archer abriu os olhos (mas estariam realmente fechados, como ele imaginava?) e sentiu que seu coração estava retomando sua atividade habitual. A música, o perfume dos lírios no altar, a visão da nuvem de tule e flores de laranjeira flutuando cada vez mais perto, a visão do rosto da sra. Archer repentinamente convulsionado por soluços de felicidade, a voz do pároco murmurando bênçãos, as ordenadas evoluções das oito damas de honra vestidas de rosa e dos oito acompanhantes vestidos de preto: todas essas imagens, esses sons e essas sensações, tão familiares em si mesmas, tão indescritivelmente estranhas e sem sentido em sua nova relação, estavam confusamente misturadas em seu cérebro.

"Meu Deus!", pensou ele, "será que estou com a aliança?..." E uma vez mais repetiu o gesto convulsivo do noivo.

· E então, num instante, May estava ao lado dele, irradiando um brilho tão vivo, que o arrancou de seu torpor e o levou a endireitar-se e a esboçar um sorriso.

– Caríssimos, estamos aqui reunidos – começou o pároco...

A aliança estava no dedo da noiva, o bispo havia dado a bênção, as damas de honra estavam prontas para retomar seu lugar no cortejo, e o órgão tocava os primeiros acordes que precediam a Marcha de Mendelssohn[105], sem a qual nenhum par recém-casado saía da igreja em Nova York.

– Seu braço... dê o braço a ela! – sibilou o jovem Newland, nervoso.

E mais uma vez Archer percebeu que estava à deriva no desconhecido. "O que foi que o levara a isso?", se perguntou. Talvez por ter vislumbrado, entre os espectadores anônimos do transepto, um cacho de cabelos escuros sob um chapéu que, um momento depois, revelou-se pertencer a uma desconhecida senhora de proeminente nariz, tão ridiculamente diferente da pessoa cuja imagem evocara, que ele se perguntou se estava ficando sujeito a alucinações.

E agora ele e a esposa caminhavam lentamente pela nave, levados pelas leves ondulações de Mendelssohn. O dia de primavera lhes acenava através de portas escancaradas, e os cavalos da sra.

Welland, com grandes rosetas brancas na testa, irrequietos, se exibiam na outra extremidade do túnel de lona.

O lacaio, que mostrava uma roseta branca ainda maior na lapela, envolveu May com uma capa branca, e Archer se acomodou ao lado dela na carruagem. Ela se voltou para ele com um sorriso triunfante, e suas mãos se entrelaçaram sob o véu.

– Querida! – disse Archer... e de repente o mesmo abismo negro se abriu diante dele e ele sentiu que caía, cada vez mais fundo, enquanto sua voz divagava suave e alegremente: – Sim, claro que pensei que tinha perdido a aliança; nenhum casamento estaria completo se o pobre-diabo do noivo não passasse por isso. Mas você me fez esperar, sabe muito bem! Tive tempo de pensar em todos os horrores que poderiam acontecer.

Ela o surpreendeu ao voltar-se, em plena Quinta Avenida, e jogar os braços em volta do pescoço dele.

– Mas nada pode acontecer agora, ou será que pode, Newland, agora que nós dois estamos juntos?

Cada detalhe do dia tinha sido pensado com tanto cuidado, que o jovem casal, depois do café da manhã nupcial, teve bastante tempo para vestir suas roupas de viagem, descer a larga escadaria dos Mingott, entre damas de honra sorridentes e pais chorando, e entrar na carruagem sob a tradicional chuva de arroz e chinelinhos de cetim; e ainda tinham meia hora para ir até a estação, comprar os últimos semanários na livraria com ar de viajantes experientes e acomodar-se na cabine reservada, na qual a criada de May já havia colocado sua capa de viagem de cor cinza e sua bolsa nova, vinda de Londres.

As velhas tias Du Lac tinham colocado sua casa em Rhinebeck à disposição do casal de noivos, com uma prontidão inspirada pela perspectiva de passar uma semana em Nova York com a sra. Archer; e Archer, feliz por escapar da usual "suíte nupcial" num hotel da Filadélfia ou de Baltimore, havia aceitado a oferta com igual entusiasmo.

May ficou encantada com a ideia de ir para o interior, e se divertiu infantilmente com os inúteis esforços das oito damas de honra para descobrir onde ficava seu misterioso retiro. Era considerado "muito inglês" emprestar uma casa de campo a alguém, e o fato deu um último toque de distinção ao que geralmente era considerado o casamento mais brilhante do ano; mas onde ficava a casa ninguém podia saber, exceto os pais da noiva e do noivo que, ao serem interrogados a respeito, franziam os lábios e respondiam, com ar de mistério:

– Ah, eles não nos contaram... – o que era manifestamente verdadeiro, pois não havia necessidade de fazê-lo.

Uma vez acomodados na cabine e logo que o trem, deixando para trás os intermináveis subúrbios de casas de madeira, começava a percorrer a pálida paisagem primaveril, falar se tornou mais fácil do que Archer esperava. May ainda era, na aparência e no tom, a garota simples da véspera, ansiosa para falar sobre os incidentes da cerimônia do casamento e comentá-los imparcialmente como o faria uma dama de honra conversando sobre tudo isso com um acompanhante do noivo.

A princípio, Archer imaginou que esse distanciamento fosse o disfarce de um tremor interior; mas seus olhos claros revelavam apenas a mais tranquila inconsciência. Ela estava sozinha pela primeira vez com o marido; mas seu marido era apenas o encantador camarada de ontem. Não havia ninguém de quem ela gostasse tanto, ninguém em quem ela confiasse tão completamente, e o ponto culminante de toda a deliciosa aventura de noivado e casamento era partir sozinha com ele numa viagem, como uma pessoa adulta, como uma "mulher casada", de verdade.

Era maravilhoso que... como aprendera no jardim da Missão em St. Augustine... tamanha profundidade de sentimento pudesse coexistir com tamanha ausência de imaginação. Mas ele se lembrava de como, mesmo então, ela o surpreendera voltando à inexpressiva infantilidade assim que sua consciência se aliviara de seu fardo; e ele viu que ela provavelmente passaria a vida lidando da melhor maneira possível com cada experiência à medida que surgisse, mas nunca podendo prevê-la, nem que fosse por meio de furtivo relance.

Talvez essa inconsciência fosse o que dava transparência aos olhos dela, e dava a impressão que seu rosto representava um tipo em vez de uma pessoa; como se pudesse ter sido escolhida para posar como uma virtude cívica ou como uma deusa grega. O sangue que corria tão perto de sua pele clara poderia ser um fluido de preservação em vez de um elemento de destruição; ainda assim, sua aparência de juventude indestrutível não a fazia parecer dura nem enfadonha, mas apenas primitiva e pura. No meio dessa reflexão, Archer de repente percebeu que a fitava com o olhar assustado de um estranho, e mergulhou numa reminiscência do café da manhã do casamento e da imensa e triunfal presença da vovó Mingott.

May começou a tratar do assunto com transparente prazer.

– Fiquei surpresa... e você, não ficou?... com a vinda da tia Medora. Ellen escreveu, dizendo que nenhuma das duas estava bem de saúde para enfrentar a viagem. Espero realmente que tenha sido ela quem se recuperou! Você viu a requintada renda antiga que ela me mandou?

Ele sabia que o momento chegaria mais cedo ou mais tarde, mas ele havia imaginado que, por força de vontade, conseguiria evitá-lo.

– Sim... eu... não: sim, era linda – disse ele, olhando-a sem atenção e se perguntando se, sempre que ouvisse aquelas duas sílabas, todo o seu mundo cuidadosamente construído cairia sobre ele como um castelo de cartas.

– Você não está cansada? Vai ser bom tomar um chá quando chegarmos, tenho certeza de que as tias prepararam tudo muito bem – continuou ele falando, tomando-lhe a mão; e a mente dela voou instantaneamente para o magnífico serviço de chá e café de prata de Baltimore que os Beaufort haviam enviado, e que "combinava" tão perfeitamente com as bandejas e travessas do tio Lovell Mingott.

Ao anoitecer, o trem parou na estação de Rhinebeck, e os dois caminharam ao longo da plataforma até a carruagem que os esperava.

— Ah, que gentileza dos Van der Luyden... mandaram o cocheiro de Skuytercliff para nos buscar — exclamou Archer, quando um sossegado indivíduo sem libré se aproximou deles e livrou a criada do peso das malas.

— Sinto muito, senhor — disse esse emissário. — Devo informá-lo que ocorreu um pequeno acidente na casa das sras. Du Lac: um vazamento na caixa d'água. Aconteceu ontem, e o sr. Van der Luyden, que soube disso hoje pela manhã, enviou uma empregada no trem da manhã para preparar a casa do antigo proprietário. Vai ser bem confortável, acho que vai achar, senhor; e as srtas. Du Lac enviaram a cozinheira delas para lá, de modo que será exatamente como se estivessem em Rhinebeck.

Archer o fitou tão inexpressivamente, que o homem repetiu com um tom ainda mais enfático:

— Vai ser exatamente o mesmo, senhor, garanto-lhe... — e a voz ansiosa de May irrompeu, cobrindo o silêncio constrangedor:

— O mesmo que Rhinebeck? Aquela casa do antigo proprietário? Mas será cem mil vezes melhor... não é, Newland? É muita gentileza da parte do sr. Van der Luyden ter pensado nisso.

E quando partiram, com a criada ao lado do cocheiro, e suas malas reluzentes no assento da frente, ela continuou animadamente:

— Imagine só, eu nunca estive lá dentro... e você? Os Van der Luyden mostram essa casa para tão poucas pessoas! Mas eles a abriram para Ellen, ao que parece, e ela me contou que é um lugar adorável; diz que é a única casa que ela viu na América em que ela poderia se imaginar perfeitamente feliz.

– Bem... é isso que vamos ser, não é? – exclamou o marido alegremente; e ela respondeu com seu sorriso de menina:

– Ah, é só o começo de nossa sorte... a maravilhosa sorte que sempre vamos ter juntos!

Capítulo 20

– É claro que devemos jantar com a sra. Carfry, querida – disse Archer; e sua esposa o fitou ansiosa, de testa franzida, do outro lado da mesa do café, por cima do monumental serviço de louça, da casa onde estavam hospedados.

Em todo o chuvoso deserto da Londres outonal, havia apenas duas pessoas que os Newland Archer conheciam; e as evitaram diligentemente, em conformidade com a velha tradição de Nova York de que não era "decoroso" fazer-se notar pelos conhecidos em terras estrangeiras.

A sra. Archer e Janey, no decorrer de suas visitas à Europa, viveram tão inabalavelmente de acordo com esse princípio, e sempre reagiram às amistosas abordagens dos companheiros de viagem com uma reserva tão impenetrável, que quase alcançaram o recorde de nunca terem trocado uma palavra com um "estrangeiro" além daquelas utilizadas em hotéis e em estações ferroviárias. Seus compatriotas... exceto aqueles que eram conhecidos ou que lhes haviam sido devidamente recomendados... eram tratados por elas com um desdém ainda mais pronunciado; de modo que, a menos que encontrassem um Chivers, um Dagonet ou um Mingott, seus meses no exterior se passavam num ininterrupto tête-à-tête.

Mas as maiores precauções às vezes são inúteis; e em uma noite na cidade alpina de Bolzano, na Itália, uma das duas senhoras inglesas hospedadas no aposento do outro lado do corredor (cujos nomes, vestimenta e posição social Janey já conhecia muito bem) batera à porta e perguntara se a sra. Archer tinha um frasco de linimento. A outra senhora... sra. Carfry, irmã da intrusa... fora acometida por um súbito ataque de bronquite; e a sra. Archer, que nunca viajava sem uma farmácia caseira completa, pôde, por sorte, fornecer o requerido remédio.

A sra. Carfry estava muito doente e, como ela e a irmã, a srta. Harle, estavam viajando sozinhas, ficaram profundamente gratas às sras. Archer, que lhes propiciaram grande conforto, além de lhes ceder sua eficiente criada para ajudar a cuidar da enferma a se recuperar.

Quando as Archer deixaram Bolzano, não pensavam em ver novamente a sra. Carfry e a srta. Harle. Nada, na opinião da sra. Archer, teria sido mais "indecoroso" do que fazer-se notar a um "estrangeiro" a quem se havia prestado, por acaso, um serviço. Mas a sra. Carfry e a irmã, para quem esse ponto de vista era desconhecido, e que teriam achado totalmente incompreensível, sentiam-se ligadas por uma gratidão eterna às "encantadoras americanas" que tinham sido tão gentis em Bolzano.

Com comovente fidelidade, elas aproveitavam de todas as oportunidades para encontrar a sra. Archer e Janey no decorrer de suas viagens pelo continente, e demonstravam uma perspicácia quase sobrenatural para descobrir quando passariam por Londres ao vir dos Estados Unidos ou ao voltar para lá. A intimidade se tornou indissolúvel, e a sra. Archer e Janey, sempre que chegavam ao Hotel Brown's, se deparavam com duas afetuosas amigas que, como elas, cultivavam samambaias em recipientes de vidro, faziam rendas de macramê, liam as memórias da baronesa Bunsen[106] e opinavam sobre os ocupantes dos principais púlpitos de Londres.

Como dizia a sra. Archer, conhecer a sra. Carfry e a srta. Harle fazia de Londres "outra coisa"; e na época em que Newland ficou noivo, o laço entre as famílias estava tão firmemente estabelecido, que se considerou "justo" enviar um convite de casamento para as duas senhoras inglesas; em troca, elas enviaram um lindo buquê de flores alpinas prensadas entre lâminas de vidro. E, no cais, quando Newland e a esposa embarcaram para a Inglaterra, as últimas palavras da sra. Archer foram:

– Você deve levar May para conhecer a sra. Carfry.

Newland e a esposa não tinham intenção de atender a essa recomendação; mas a sra. Carfry, com sua perspicácia habitual, os havia localizado e lhes enviou um convite para jantar; e foi por causa desse convite que May Archer franziu as sobrancelhas enquanto saboreava o chá e os bolinhos.

– Está tudo muito bem para você, Newland, pois você as conhece. Mas vou me sentir constrangida entre tantas pessoas que nunca vi na vida. E o que é que vou vestir?

Newland se recostou na cadeira e sorriu. Ela parecia mais bonita e mais parecida com Diana do que nunca. O ar úmido da Inglaterra parecia ter intensificado o viço de suas faces e suavizado a leve dureza de seus traços virginais; ou então era simplesmente o brilho interior da felicidade, transparecendo como uma luz sob o gelo.

– Vestir, querida? Achei que um baú cheio de coisas tinha vindo de Paris na semana passada...

– Sim, claro. Eu quis dizer que não saberei *qual* vestir. – Ela torceu o nariz. – Nunca jantei fora em Londres; e não quero fazer o papel de ridícula.

Ele tentou se inteirar do problema.

– Mas as mulheres inglesas não se vestem como todo mundo, à noite?

– Newland! Como é que pode fazer perguntas tão tolas? Elas vão ao teatro com velhos vestidos de baile e sem chapéu...

– Bem, talvez elas usem vestidos de baile novos em casa; mas, de qualquer forma, não é o caso da sra. Carfry e da srta. Harle. Elas usam toucas como as de minha mãe... e xales; xales muito macios.

– Sim; mas como é que as outras mulheres vão estar vestidas?

– Não tão bem quanto você, querida – retrucou ele, perguntando-se o que de repente se desenvolvera nela o mórbido interesse de Janey por roupas.

Ela empurrou a cadeira para trás com um suspiro.

– Isso é muito gentil de sua parte, Newland; mas não está me ajudando muito.

Ele teve uma inspiração.

– Por que não usar seu vestido de noiva? Isso não pode estar errado, pode?

– Oh, querido! Se eu o tivesse aqui! Mas está em Paris para ser reformado para o próximo inverno, e Worth[107] não o devolveu ainda.

– Oh, bem... – disse Archer, levantando-se. – Veja... a névoa está se dissipando. Se nos apressarmos um pouco, poderemos chegar em tempo de dar uma olhada nos quadros da National Gallery.[108]

Os Newland Archer estavam voltando para casa, depois de uma viagem de casamento de três meses que May, escrevendo para as amigas, classificou vagamente como "feliz".

Eles não tinham ido para os lagos italianos; pensando bem, Archer não foi capaz de imaginar sua esposa naquele cenário específico. A preferência dela (depois de um mês com as costureiras em Paris) era para montanhismo em julho e natação em agosto. Cumpriram à risca esse plano, passando o mês de julho nas cidades suíças de Interlaken e Grindelwald, e agosto num lugarzinho chamado Etretat, na costa francesa da Normandia, que alguém havia recomendado como pitoresco e tranquilo. Quando nas montanhas, Archer tinha apontado uma ou duas vezes para o Sul, dizendo:

– A Itália está logo ali – e May, com os pés num canteiro de gencianas, sorriu alegremente e respondeu:

– Seria ótimo ir para lá no próximo inverno, se você não tivesse de estar em Nova York.

Mas, na realidade, ela estava menos interessada em viajar do que ele esperava. Ela considerava a viagem (depois que suas roupas foram encomendadas) apenas como uma oportunidade ampliada para caminhar, cavalgar, nadar e experimentar o novo e fascinante jogo de tênis de grama; e, quando eles voltaram finalmente para Londres (onde eles passariam quinze dias enquanto ele encomendava as roupas dele), ela não escondia mais a vontade com que ansiava embarcar.

Em Londres, nada a interessava a não ser os teatros e as lojas; e achou os teatros menos emocionantes do que os cantores de cafés de Paris, onde, sob as castanheiras-da-índia em flor da avenida dos Campos Elísios, ela tivera a nova experiência de olhar do terraço do restaurante para uma plateia de mulheres elegantes e ouvir o marido traduzir todas as letras das canções que ele considerasse adequadas para os ouvidos de uma jovem recém-casada.

Archer havia voltado a todas as suas velhas ideias herdadas sobre o casamento. Era menos trabalhoso conformar-se com a tradição e tratar May exatamente como todos os seus amigos tratavam as esposas do que tentar colocar em prática as teorias que havia arquitetado durante seu desenfreado período de solteiro. Não adiantava tentar emancipar uma esposa que não tinha a mais vaga noção de que não era livre; e há muito descobrira que o único uso que May faria da liberdade que supunha possuir seria colocá-la no altar de sua adoração conjugal. Sua dignidade inata sempre a impediria de ofertá-la de forma abjeta; e poderia até chegar um dia (como já ocorrera) em que ela talvez encontrasse forças para recuperá-la, se julgasse que o estaria fazendo para o bem dele. Mas com uma concepção de casamento tão descomplicada e indiferente como a dela, uma crise desse tipo só poderia ser causada por algo visivelmente ultrajante na conduta dele; e a delicadeza de seus sentimentos por ele tornava isso impensável. Não importando o que pudesse acontecer, ele sabia que ela sempre seria leal, galante e sem ressentimentos; e isso o obrigava a praticar as mesmas virtudes.

Tudo isso tendia a fazê-lo retroagir a seus velhos modos de pensar. Se a simplicidade dela tivesse sido a simplicidade da mesquinhez, ele teria se irritado e se rebelado; mas como os traços do caráter dela, embora tão poucos, eram do mesmo refinado molde como os de seu rosto, ela se tornou a divindade tutelar de todas as velhas tradições e reverências dele.

Essas qualidades dificilmente eram do tipo para animar viagens ao exterior, embora elas tornassem May uma companhia tão dócil e agradável; mas ele viu imediatamente como se encaixariam em seu ambiente adequado. Ele não tinha medo de ser oprimido por elas, pois sua vida artística e intelectual continuaria, como sempre, fora do círculo doméstico; e dentro dele não haveria nada pequeno e sufocante... voltar para sua esposa nunca seria como entrar num quarto abafado depois de um passeio ao ar livre. E quando eles tivessem filhos, os pontos vazios de suas vidas seriam preenchidos.

Todas essas coisas passaram por sua mente durante a longa e lenta viagem entre os bairros londrinos de Mayfair e South Kensington, onde a sra. Carfry morava com a irmã. Archer também teria preferido escapar da hospitalidade das amigas: em conformidade com a tradição familiar, ele sempre viajou como um turista e espectador, demonstrando ignorar altivamente a presença de seus semelhantes. Apenas uma vez, logo depois de deixar Harvard, ele passou algumas semanas alegres em Florença com um bando de excêntricos americanos europeizados, dançando a noite toda com nobres damas em palácios e jogando metade do dia com os libertinos e dândis do clube da moda; mas tudo lhe parecia, embora tivesse se divertido como nunca, tão irreal quanto um carnaval.

Essas extravagantes mulheres cosmopolitas, imersas em complicados casos amorosos, que pareciam sentir a necessidade de contá-los a todos que encontravam, e os magníficos jovens oficiais e velhos sabichões, que eram o objeto ou os destinatários de suas confidências, eram muito diferentes das pessoas entre as quais Archer havia crescido, muito parecidos com plantas exóticas de estufa caras e um tanto malcheirosas, para deter sua imaginação por muito tempo. Introduzir sua esposa em tal sociedade estava fora de cogitação; e no decorrer de suas viagens não havia encontrado nenhum outro tipo que mostrasse qualquer desejo marcante por sua companhia.

Pouco depois da chegada a Londres, ele encontrou o duque de St. Austrey, e o Duque, reconhecendo-o imediatamente, lhe dissera com toda a cordialidade:

– Venha me visitar, você não vai?... – mas nenhum americano de respeito teria pensado em levar a sério essa sugestão, e o encontro ficou nisso.

Eles até conseguiram evitar a tia inglesa de May, a esposa do banqueiro, que ainda estava em Yorkshire; na verdade, eles haviam adiado propositadamente a ida a Londres até o outono, para que sua chegada durante a estação não parecesse uma intromissão ou até um esnobismo para esses parentes desconhecidos.

– Provavelmente não haverá ninguém na casa da sra. Carfry... Londres é um deserto nessa estação, e você está muito bonita – disse Archer a May, que estava sentada a seu lado na carruagem, tão impecavelmente esplêndida em seu manto azul-celeste debruado com penas de cisne que parecia maldade expô-la à fuligem londrina.

— Não quero que pensem que nos vestimos como selvagens — respondeu ela, com um desprezo que teria magoado Pocahontas; e ele ficou novamente impressionado com a religiosa reverência até mesmo das mulheres americanas menos mundanas pelas vantagens sociais do vestuário.

"É a armadura delas", pensou ele, "sua defesa contra o desconhecido e seu modo de desafiá-lo." E pela primeira vez chegou a compreender o esmero com que May, que era incapaz de amarrar uma fita no cabelo para realçá-lo, passara pelo solene ritual de selecionar e ordenar seu vasto guarda-roupa.

Ele estava certo ao esperar que o grupo presente na casa da sra. Carfry seria pequeno. Além da anfitriã e sua irmã, eles encontraram, na longa e fria sala de estar, apenas outra senhora de xale, e o marido dela, um cordial vigário, mais um rapaz silencioso que a sra. Carfry apresentou como seu sobrinho, e um pequeno senhor moreno de olhos vivos, que ela, pronunciando um nome francês, o apresentou como tutor do sobrinho.

No meio desse grupo de pouco brilho e pouco atraente, May Archer flutuava como um cisne à luz do crepúsculo: ela parecia mais alta, mais clara, mais farfalhante do que seu marido jamais a vira; e ele percebeu que o rosado e o farfalhar eram indícios de uma extrema e infantil timidez.

— Sobre o que diabos eles esperam que eu fale? — suplicava ela ao marido com o olhar, no exato momento em que sua ofuscante aparição despertava no íntimo dos presentes a mesma ansiedade. Mas a beleza, ainda que insegura, desperta segurança no coração dos homens, e o vigário e o tutor de nome francês logo manifestaram a May a intenção de deixá-la à vontade.

Apesar dos melhores esforços de todos, o jantar, no entanto, foi enfadonho. Archer notou que a maneira de sua esposa se mostrar à vontade com os estrangeiros era se aferrar de modo mais intransigente possível a suas referências locais, de modo que, embora sua beleza fosse um incentivo à admiração, sua conversa fria não era convidativa para um diálogo aberto. O vigário logo abandonou a luta; mas o tutor, que falava um inglês fluente e requintado, galantemente continuou conversando com ela até que as senhoras, para manifesto alívio de todos os envolvidos, subiram para a sala de estar.

O vigário, depois de um cálice de vinho do Porto, saiu apressado para uma reunião, e o tímido sobrinho, que parecia um inválido, foi mandado para a cama. Mas Archer e o tutor continuaram sentados, tomando vinho, e de repente Archer se viu falando como não fazia desde suas últimas conversas com Ned Winsett. Ficou sabendo que o sobrinho de Carfry havia sido acometido de tuberculose, e teve de deixar Harrow e se refugiar na Suíça, onde passou dois anos no ar mais ameno do Lago Leman. Sendo um jovem estudioso, ele havia sido confiado ao sr. Riviere, que o trouxe de volta para a Inglaterra, e deveria permanecer com ele até que fosse para Oxford na primavera seguinte; e o sr. Riviere acrescentou, com toda a simplicidade, que deveria então procurar outro emprego.

Parecia impossível, pensou Archer, que ele ficasse muito tempo sem emprego, tão variados eram seus interesses e tantas suas qualidades. Era um homem de cerca de 30 anos, com um rosto magro e feio (May certamente o teria chamado de sujeito de aparência comum), ao qual, porém, o modo de expor suas ideias lhe conferia intensa expressividade; mas não havia nada frívolo ou vulgar em sua animação.

Seu pai, que havia morrido jovem, tinha ocupado um pequeno cargo diplomático, e pretendia que o filho seguisse a mesma carreira; mas um gosto insaciável pelas letras lançou o jovem para o jornalismo, depois para a literatura (aparentemente sem sucesso), e finalmente... depois de outras experiências e vicissitudes das quais poupou seu ouvinte... para o magistério, lecionando a jovens ingleses na Suíça.

Antes disso, porém, havia morado muito tempo em Paris, onde frequentara o *grenier* dos Goncourt[109], e tinha sido aconselhado por Maupassant[110] a não tentar escrever (até isso pareceu a Archer uma honra deslumbrante!), e muitas vezes conversou com Mérimée[111] na casa da mãe do escritor. Ele obviamente sempre foi desesperadamente pobre e ansioso (tendo uma mãe e uma irmã solteira para sustentar), e era evidente que suas ambições literárias haviam falhado. Sua situação, de fato, parecia, materialmente falando, não mais brilhante que a de Ned Winsett; mas ele vivia num mundo em que, como ele disse, ninguém que ama ideias padecia ter fome mental. Como era justamente desse amor que o pobre Winsett estava morrendo de fome, Archer olhou com uma espécie de inveja vicária para esse jovem ansioso e pobre que havia se saído tão bem em sua pobreza.

– Veja bem, senhor, não há preço que pague o fato de preservar a própria liberdade intelectual, não escravizar o próprio poder de apreciação, a própria independência crítica. Foi por isso que abandonei o jornalismo e me dediquei a funções muito mais enfadonhas: a de professor e a de secretário particular. Há muito trabalho penoso, é claro; mas preserva-se a liberdade moral, o que chamamos em francês de *quant à soi*.[112] E, quando alguém ouve uma boa conversa, pode participar dela sem comprometer nenhuma opinião, exceto a própria; ou pode-se ouvir e responder interiormente. Ah, boa conversa... não há nada igual, não é? O ar das ideias é o único ar que vale a pena respirar. E, portanto, nunca me arrependi de ter desistido da diplomacia ou do jornalismo... duas formas diferentes da mesma abdicação.

Ele fixou seus olhos vívidos em Archer enquanto acendia outro cigarro.

– *Voyez-vous, Monsieur*[113], ser capaz de encarar a vida de frente: para isso vale a pena viver num sótão, não é? Mas, afinal, é preciso ganhar o suficiente para pagar o sótão; e confesso que envelhecer como professor particular... ou qualquer coisa "particular"... é quase tão arrepiante para a imaginação quanto um segundo secretário em Bucareste. Às vezes sinto que devo dar um mergulho: mas mergulhar de ponta-cabeça. Você acha, por exemplo, que haveria alguma vaga para mim na América... em Nova York?

Archer o fitou, surpreso. Nova York, para um jovem que frequentara os Goncourt e Flaubert[114] e que pensava que a vida das ideias era a única digna ou que valia a pena ser vivida! Ele continuou olhando perplexo para o sr. Riviere, imaginando como lhe dizer que sua superioridade e suas qualidades seriam o maior obstáculo para o sucesso.

– Nova York... Nova York... mas tem de ser precisamente Nova York? – gaguejou ele, totalmente incapaz de imaginar que abertura lucrativa sua cidade natal poderia oferecer a um jovem que, aparentemente, só precisava de uma boa conversa.

Um súbito rubor cobriu o rosto do pálido sr. Riviere.

– Eu... eu pensei que fosse sua metrópole: a vida intelectual não é mais ativa por lá? – perguntou ele; depois, como se temesse dar ao ouvinte a impressão de ter pedido um favor, prosseguiu apressadamente: – A gente apresenta algumas sugestões... mais para si mesmo do que para os outros. Na realidade, não vejo nenhuma perspectiva imediata... – e, levantando-se, acrescentou: sem um traço de constrangimento: – Mas a sra. Carfry deve estar aguardando que eu o leve para cima.

Durante o caminho de volta para casa, Archer refletiu profundamente sobre esse episódio. A hora que passara com o sr. Riviere havia renovado o ar em seus pulmões, e seu primeiro impulso foi convidá-lo para jantar no dia seguinte; mas estava começando a entender por que os homens casados nem sempre cedem imediatamente a seus primeiros impulsos.

– Aquele jovem professor é um sujeito interessante: tivemos uma conversa muito boa depois do jantar sobre livros e outras coisas – falou ele, por falar, na carruagem.

May despertou de um dos silêncios sonhadores nos quais ele lera tantos significados antes que seis meses de casamento lhe dessem a chave para decifrá-los.

– O francês baixinho? Não era terrivelmente comum? – perguntou ela, friamente; e ele imaginou que ela nutria uma decepção secreta por ter sido convidada a Londres para conhecer um clérigo e um professor francês. A decepção não foi ocasionada pelo sentimento comumente definido como esnobismo, mas pelo senso da velha Nova York daquilo que esperava encontrar quando arriscava sua dignidade em terras estrangeiras. Se os pais de May tivessem recebido as Carfry na Quinta Avenida, teriam oferecido a elas algo mais substancial do que um pároco e um professor.

Mas Archer ficou irritado e não se conteve.

– Comum... comum onde? – perguntou ele.

E ela retrucou com prontidão incomum:

– Ora, eu diria em qualquer lugar, menos em sua sala de aula. Essas pessoas estão sempre deslocadas na sociedade. Mas, então, – acrescentou ela, de forma menos agressiva – acho que eu não saberia dizer se ele é inteligente.

Archer não gostou do uso da palavra "inteligente" quase tanto quanto do uso da palavra "comum"; mas estava começando a temer sua tendência de insistir nas coisas de que não gostava nela. Afinal, seu ponto de vista sempre foi o mesmo. Era o mesmo de todas as pessoas com as quais ele havia crescido, e sempre o considerou necessário, mas insignificante. Até alguns meses atrás, ele nunca havia conhecido uma mulher "direita" que encarasse a vida de maneira diferente; e um homem só devia escolher, para casar, necessariamente uma mulher direita.

– Ah... então não vou convidá-lo para jantar! – concluiu ele, com uma risada; e May repetiu, perplexa:

– Meu Deus!... convidar o professor das Carfry?

– Bem, não no mesmo dia que as Carfry, se você preferir. Mas eu queria ter outra conversa com ele. Está procurando emprego em Nova York.

A surpresa dela se somou à indiferença: ele quase imaginou que May suspeitava que ele estivesse contaminado com "estrangeirice".

– Um emprego em Nova York? Que tipo de trabalho? As pessoas não têm professores de francês: o que ele quer fazer?

– Principalmente, desfrutar de boas conversas, acho eu – retrucou o marido, maldosamente; e ela soltou uma risada de bom gosto.

– Oh, Newland, que engraçado! Isso não é bem típico francês?

Tudo somado, ele ficou contente porque a recusa dela em levar a sério o desejo de convidar o sr. Riviere tinha encerrado o assunto. Outra conversa depois do jantar teria tornado difícil evitar a questão de Nova York; e quanto mais Archer pensava nisso, menos conseguia encaixar o sr. Riviere em qualquer imagem concebível de Nova York como a conhecia.

Ele percebeu com um lampejo de fria percepção que, no futuro, muitos problemas seriam resolvidos negativamente para ele; mas, enquanto pagava o condutor da carruagem e seguia a esposa para dentro de casa, refugiou-se no reconfortante chavão de que os primeiros seis meses de vida de casado eram sempre os mais difíceis.

"Depois disso, suponho que teremos quase acabado de aparar as arestas um do outro", refletiu ele; mas o pior de tudo era que a pressão de May já estava afetando as arestas que ele mais queria manter.

Capítulo 21

O pequeno gramado reluzente se estendia suavemente até o grande mar reluzente.

A turfa era cercada por uma borda de gerânios escarlates e cóleus, vasos de ferro fundido pintados na cor chocolate e dispostos a intervalos ao longo do caminho sinuoso que levava ao mar deixavam cair guirlandas de petúnias e gerânios de hera sobre o cascalho cuidadosamente emparelhado com o ancinho.

A meio caminho entre a beira do penhasco e a casa quadrada de madeira (também pintada cor de chocolate, mas com o telhado de zinco da varanda listrado de amarelo e marrom para simular um toldo) dois grandes alvos foram colocados contra um fundo de arbustos. Do outro lado do gramado, de frente para os alvos, foi montada uma tenda de verdade, com bancos e cadeiras de jardim. Várias senhoras com vestidos de verão e cavalheiros de sobrecasaca cinza e cartola estavam no gramado ou sentados nos bancos; e de vez em quando uma garota esguia em musselina engomada saía da tenda, arco em punho, e disparava uma flecha contra um dos alvos, enquanto os espectadores interrompiam a conversa para assistir ao resultado.

Newland Archer, de pé na varanda da casa, observava a cena com curiosidade. De cada lado dos degraus pintados com tinta brilhante havia um grande vaso de porcelana azul num suporte de porcelana amarelo brilhante. Uma planta verde espinhosa enchia cada vaso, e abaixo da varanda corria uma larga borda de hortênsias azuis orladas com mais gerânios vermelhos. Atrás dele, as portas envidraçadas dos salões por onde passara deixavam entrever, entre cortinas de renda ondulantes, o reluzente parquê vítreo pontilhado com pufes de chita, pequenas poltronas e mesas cobertas de veludo e objetos de prata.

O Clube de Arco e Flecha de Newport sempre realizava sua reunião de agosto na casa dos Beaufort. O esporte, que até então não conhecia outro rival senão o croquet, estava começando a ser descartado em favor do tênis de grama; mas esse ainda era considerado muito rude e deselegante para ocasiões sociais, e continuava sendo o arco e flecha que se destacava como oportunidade para exibir vestidos bonitos e atitudes graciosas.

Archer olhava maravilhado para o espetáculo familiar. Surpreendeu-o que a vida continuasse da maneira antiga, quando suas reações a ela haviam mudado tão completamente. Foi Newport que primeiro o fez perceber a extensão da mudança. Em Nova York, durante o inverno anterior, depois que ele e May se instalaram na nova casa amarelo-esverdeada com a janela saliente e o vestíbulo pompeiano, ele havia voltado com alívio para a velha rotina do escritório, e a renovação dessa atividade diária serviu de elo com seu antigo eu. Depois, houve a prazerosa emoção de escolher um vistoso cavalo cinzento para a carruagem de May (os Welland haviam dado a carruagem), e a demorada e interessante ocupação de organizar sua nova biblioteca que, apesar das dúvidas e desaprovações da família, havia sido realizada como ele havia sonhado, com papel de parede escuro com estampas em relevo e, finalmente, estantes, poltronas e mesas Eastlake "legítimas".

No clube Century, ele reencontrara Winsett, e no Knickerbocker, os jovens elegantes de seu grupo; e com as horas dedicadas à advocacia e as dedicadas a jantar fora ou receber amigos em casa, com uma noite ocasional na ópera ou no teatro, a vida que ele estava levando ainda parecia algo razoavelmente real e inevitável.

Mas Newport representava a fuga do dever para uma atmosfera de férias absolutas. Archer havia tentado persuadir May a passar o verão numa ilha remota na costa do Maine (chamada, apropriadamente, de Monte Deserto), onde alguns intrépidos habitantes de Boston e Filadélfia estavam acampados em cabanas "nativas", e de onde vieram relatos de paisagens encantadoras e de uma existência selvagem, similar à de um caçador no meio de matas e lagos.

Mas os Welland sempre iam para Newport, onde possuíam uma das casas quadradas nas falésias, e seu genro não poderia apresentar nenhuma boa razão para que ele e May não os acompanhassem. Como observou asperamente a sra. Welland, não valia a pena para May ter se desgastado experimentando roupas de verão em Paris, se ela não tivesse permissão para usá-las; e esse argumento era de um tipo para o qual Archer ainda não havia encontrado resposta.

A própria May não conseguia entender sua obscura relutância em aceitar uma maneira tão razoável e agradável de passar o verão. Lembrou-lhe que ele sempre gostou de Newport em seus tempos de solteiro, e como isso era indiscutível, ele só podia confessar que tinha certeza de que iria gostar mais do que nunca, agora que eles estariam juntos. Mas, quando ele parou na varanda dos Beaufort e olhou para o gramado repleto de gente, sentiu um arrepio ao prever que não iria gostar nada dali.

Não era culpa de May, coitada. Se, de vez em quando, durante suas viagens, eles tivessem perdido um pouco o ritmo, a harmonia havia sido restaurada por seu retorno às condições a que ela estava acostumada. Ele sempre previu que ela não iria decepcioná-lo; e estava certo. Casara-se (como a maioria dos rapazes se casava) porque conhecera uma moça perfeitamente encantadora no momento em que uma série de aventuras sentimentais um tanto sem objetivo terminava em desgosto prematuro; e ela representou paz, estabilidade, camaradagem e a sensação constante de um dever inevitável.

Não poderia dizer que havia se enganado em sua escolha, pois ela havia cumprido tudo o que ele esperava. Sem dúvida, era gratificante ser marido de uma das jovens casadas mais bonitas e populares de Nova York, especialmente quando ela também era uma das esposas de temperamento mais doce e razoável; e Archer nunca fora insensível a semelhantes qualidades. Quanto à loucura momentânea que se abateu sobre ele na véspera do casamento, ele se esforçou para considerá-lo como a última de suas experiências que deixara para trás. A ideia de que poderia, em pleno uso de seu juízo, ter sonhado em se casar com a condessa Olenska tornou-se quase impensável, e ela permaneceu em sua memória simplesmente como o mais melancólico e pungente de uma linhagem de fantasmas.

Mas todas essas abstrações e eliminações faziam de sua mente um lugar bastante vazio e cheio de ecos, e supôs que essa era uma das razões pelas quais as pessoas ocupadas e animadas no gramado dos Beaufort o chocavam como se fossem crianças brincando num cemitério.

Ouviu um farfalhar de saias a seu lado, e a marquesa Manson apareceu na varanda. Como de costume, estava extraordinariamente enfeitada e engrinaldada, com um chapéu preso à cabeça por muitas voltas de tule desbotado e uma pequena sombrinha de veludo preto com cabo de marfim esculpido, que equilibrava absurdamente acima da aba muito maior do chapéu.

– Meu caro Newland, não fazia ideia de que você e May haviam chegado! Você mesmo só chegou ontem, não é? Ah, negócios... negócios... deveres profissionais... entendo. Muitos maridos, eu sei, acham impossível se juntar a suas esposas aqui, exceto no fim de semana. – Ela inclinou a cabeça para um lado e o fitou languidamente com olhos semicerrados. – Mas o casamento é um longo sacrifício, como costumava lembrar minha Ellen...

O coração de Archer parou com o estranho solavanco que já havia dado anteriormente e que de repente parecia fechar uma porta entre ele e o mundo exterior; mas essa quebra de continuidade deve ter sido muito breve, pois logo ouviu Medora respondendo a uma pergunta que ele aparentemente havia encontrado voz para fazer.

– Não, eu não vou ficar aqui, mas com as Blenker, em sua deliciosa solidão em Portsmouth. Beaufort teve a gentileza de enviar seus famosos trotadores para mim hoje pela manhã, para que eu pudesse pelo menos dar uma olhada numa das festas ao ar livre de Regina; mas esta noite volto à vida rural. As Blenker, queridas e originais, alugaram uma velha casa de fazenda em Portsmouth, onde se reúnem com pessoas de importância...

Ela se curvou ligeiramente sob a aba protetora e acrescentou com um leve rubor:

– Esta semana, o dr. Agathon Carver está proferindo ali uma série de palestras sobre o "Pensamento Interior". Um contraste de fato com essa cena alegre de prazer mundano... mas eu sempre vivi em contrastes! Para mim, a única morte é a monotonia. Eu sempre digo a Ellen: "Cuidado com a monotonia; é a mãe de todos os pecados capitais!" Você sabe, suponho, que ela recusou todos os convites para ficar em Newport, mesmo o de sua avó Mingott? Eu dificilmente poderia convencê-la a vir comigo para as Blenker, se você acreditar! A vida que ela leva é mórbida, antinatural. Ah, se ela tivesse me ouvido quando ainda era possível... Quando a porta ainda estava aberta... Mas vamos descer e assistir a essa partida envolvente? Ouvi dizer que May é uma das competidoras.

Saindo da tenda e caminhando em direção a eles, Beaufort vinha pelo gramado, alto, pesado, apertado demais numa sobrecasaca londrina, com uma de suas orquídeas na lapela. Archer, que não o via fazia dois ou três meses, ficou impressionado com a mudança em sua aparência. No calor do verão, sua compleição física parecia pesada e inchada, e se não fosse por seu andar ereto de ombros quadrados, teria passado por um velho superalimentado e supervestido.

Havia todo tipo de boato sobre Beaufort. Na primavera, ele partiu num longo cruzeiro para as Índias Ocidentais em seu novo iate a vapor, e foi relatado que, em vários pontos onde ele havia tocado, uma senhora parecida com a srta. Fanny Ring foi vista em sua companhia. O iate a vapor, construído nos estaleiros do Clyde e equipado com banheiros de azulejo e outros luxos inéditos, dizem que lhe custou meio milhão; e o colar de pérolas com que ele havia presenteado a esposa em seu retorno era tão magnífico quanto tais oferendas expiatórias costumam ser.

A fortuna de Beaufort era suficientemente substancial para suportar essas extravagâncias; e ainda assim os rumores inquietantes persistiam, não apenas na Quinta Avenida, mas em Wall Street. Algumas pessoas diziam que ele havia especulado erroneamente em ferrovias, outros que estava sendo sangrado por um dos membros mais insaciáveis de sua profissão; e a cada relato de ameaça de insolvência, Beaufort respondia com uma nova extravagância: a construção de uma nova série de orquidários, a compra de nova leva de cavalos de corrida ou a adição de um novo Meissonnier[115] ou Cabanel[116] à sua galeria de quadros.

Ele se aproximou da marquesa e de Newland com seu habitual sorriso meio sarcástico.

– Olá, Medora! Os trotadores estiveram à altura? Quarenta minutos, hein?... Bem, isso não é tão ruim, considerando que era preciso poupar seus nervos.

Ele apertou a mão de Archer e, então, voltando com eles, colocou-se do outro lado da sra. Manson e disse: em voz baixa, algumas palavras que seu companheiro não conseguiu ouvir.

A marquesa respondeu com uma de suas estranhas *saídas* à moda estrangeira e um *Que voulez-vous*?[117], que afetaram o semblante de Beaufort; mas ele conseguiu modificar sua aparência com um sorriso de congratulações quando olhou para Archer e disse:

– Você sabe que May vai levar o primeiro prêmio.

– Ah, então continua na família – murmurou Medora; e nesse momento chegaram à tenda, e a sra. Beaufort os recebeu no meio de uma nuvem de musselina lilás e véus flutuantes.

May Welland acabava de sair da tenda. Em seu vestido branco, com uma fita verde-clara na cintura e uma coroa de heras no chapéu, tinha a mesma altivez de Diana com que havia entrado no salão de baile dos Beaufort na noite de seu noivado. No intervalo, nenhum pensamento parecia ter passado por trás de seus olhos ou um sentimento em seu coração; e, embora seu marido soubesse que ela tinha capacidade para ambos, ele se maravilhou novamente com a maneira como a experiência a abandonava.

Estava de arco e flecha na mão, e colocando-se na marca de giz traçada na relva, ela ergueu o arco até o ombro e mirou. A postura era tão cheia de uma graça clássica, que se ouviu um murmúrio de apreciação entre os presentes, e Archer sentiu a emoção da condição de proprietário que tantas vezes o enganara com uma sensação de um bem-estar momentâneo. As rivais dela... sra. Reggie Chivers, as moças Merry e várias e coradas Thorley, Dagonet e Mingott... estavam atrás dela num adorável grupo ansioso, cabeças castanhas e douradas inclinadas para as marcas, e musselinas claras e chapéus com flores se misturavam num suave arco-íris. Todas eram jovens e bonitas e banhadas pela floração do verão; mas ninguém tinha a facilidade de ninfa de sua esposa, quando, com músculos tensos e semblante feliz, ela empenhou sua alma numa façanha de força física.

– Meus Deus! – Archer ouviu Lawrence Lefferts dizer: – Nenhuma delas segura o arco como ela!

E Beaufort retrucou:

– Sim, mas esse é o único tipo de alvo que ela vai acertar.

Archer sentiu uma raiva irracional. O desdenhoso tributo de seu anfitrião à "delicadeza" de May era exatamente o que um marido gostaria de ouvir de sua esposa. O fato de um homem grosseiro achar que ela não era atraente era simplesmente outra prova da qualidade dela; as palavras dele, no entanto, causaram-lhe um leve estremecimento. E se a "delicadeza" levada a esse grau supremo fosse apenas uma negação, a cortina ocultando o vazio? Ao olhar para May, retornando corada e calma da prova final, ele tinha a sensação de que nunca havia levantado aquela cortina.

Ela recebeu as felicitações das rivais e do restante do grupo com a simplicidade que era sua maior graça. Ninguém jamais poderia ter ciúmes de seus triunfos, porque ela conseguia dar a sensação de que teria ficado tão serena se os tivesse perdido. Mas, quando seus olhos encontraram os do marido, seu rosto se iluminou com o prazer que percebia nele.

A carruagem da sra. Welland estava esperando por eles, e partiram entre as demais carruagens que se dispersavam, May segurando as rédeas, e Archer sentado a seu lado.

A luz do sol da tarde ainda pairava sobre os gramados e arbustos reluzentes, e para um lado e outro da Bellevue Avenue circulava uma fila dupla de "victorias", "dog-carts", landaus e "vis-à-vis"[118], levando damas e cavalheiros bem vestidos que voltavam da festa no jardim dos Beaufort, ou de seu passeio vespertino pela Ocean Drive.

– Vamos ver a vovó? – sugeriu May, de repente. – Gostaria de dizer pessoalmente a ela que ganhei o prêmio. Temos muito tempo ainda antes do jantar.

Archer concordou, e ela virou os pôneis pela Narragansett Avenue, atravessou a Spring Street e dirigiu em direção à charneca pedregosa. Nessa área desprovida de qualquer encanto, Catarina, a Grande, sempre indiferente às convenções e parcimoniosa em gastos, tinha construído para si mesma em sua juventude uma casa de campo com muitos pináculos e vigas cruzadas num terreno barato com vista para a baía. Ali, num matagal de carvalhos raquíticos, suas varandas se estendiam acima das águas pontilhadas de ilhas. Um caminho sinuoso conduzia entre cervos de ferro e bolas de vidro azul fixadas em canteiros de gerânios até uma porta da frente de nogueira, bem envernizada sob um telhado de varanda listrado; e atrás da porta se abria um corredor estreito com um piso de parquê preto e amarelo formando estrelas, sobre o qual se abriam quatro pequenas salas quadradas com paredes revestidas de um grosso papel aveludado e em cujos tetos um pintor italiano retratara todas as divindades do Olimpo.

Um desses cômodos foi transformado em quarto de dormir pela sra. Mingott quando o fardo da gordura pesava demais, e no cômodo contíguo ela passava seus dias, entronizada numa grande poltrona entre a porta aberta e a janela e, agitando perpetuamente um leque de folhas de palmeira que a prodigiosa projeção de seu busto mantinha tão distante do resto do corpo, que o ar que ele movimentava agitava apenas a franja dos braços da poltrona.

Desde que havia conseguido apressar o casamento dele, a velha Catherine passou a tratar Archer com a cordialidade com que um prestador de um favor dispensa ao favorecido. Estava convencida de que a paixão irreprimível era a causa da impaciência dele; e sendo uma ardente admiradora da impulsividade (desde que não levasse a esbanjar dinheiro), ela sempre o recebia com um genial piscar de olhos de cumplicidade e com alguma tirada a que May parecia felizmente imune.

Examinou e avaliou com muito interesse a flecha com ponta de diamante que havia sido pregada, como prêmio, no peito de May no fim da partida, observando que em sua época um broche de filigrana teria sido considerado suficiente, mas que não havia como negar que Beaufort fazia as coisas com elegância.

– Uma verdadeira joia de família, de fato, minha querida – riu a velha. – Você deve deixá-la para sua filha mais velha. – Ela beliscou o braço branco de May e observou a cor inundar seu rosto. – Bem, bem, o que foi que eu disse para você ficar tão vermelha? Não vai ter meninas... apenas meninos, hein? Meu Deus, mas veja só ela corando inteiramente de novo! O quê... não posso dizer isso também? Misericórdia!... quando meus filhos me imploram para tirar todos aqueles deuses e deusas pintados no teto, eu sempre digo que sou muito grata por ter alguém comigo que *nada* pode escandalizar!

Archer caiu na gargalhada, e May o seguiu, mas vermelha até os olhos.

– Bem, agora me contem tudo sobre a festa, por favor, meus queridos, pois nunca vou conseguir uma palavra a respeito daquela tola de Medora – continuou a matriarca.

E como May exclamasse:

– A prima Medora? Mas eu pensei que ela estava voltando para Portsmouth?

A velha respondeu placidamente:

– E está indo... mas ela tem de vir aqui primeiro para buscar Ellen. Ah!... você não sabia que Ellen tinha vindo passar o dia comigo? Que bobagem não querer ficar aqui durante o verão; mas já faz cinquenta anos que desisti de discutir com gente jovem. Ellen... Ellen! – exclamou ela, com sua velha voz estridente, tentando se inclinar o suficiente para dar uma olhada no gramado além da varanda.

Não houve resposta, e a sra. Mingott bateu impacientemente com sua bengala no assoalho brilhante. Uma criada mulata, com um turbante chamativo, respondeu ao chamado e informou à patroa que tinha visto "Miss Ellen" descendo o caminho para a praia. A sra. Mingott se voltou para Archer.

– Corra, vá buscá-la, como um bom neto; essa linda senhora vai me contar tudo sobre a festa – disse ela; e Archer se levantou como se estivesse sonhando.

Ele tinha ouvido o nome da condessa Olenska pronunciado com bastante frequência durante o ano e meio desde que eles se encontraram pela última vez, e até conhecia os principais incidentes de sua vida nesse período. Sabia que ela havia passado o verão anterior em Newport, onde parecia ter participado de muitos eventos sociais, mas que, no outono, repentinamente subalugou a "casa perfeita" que Beaufort tanto se esforçara para encontrar para ela, e decidiu se estabelecer em Washington.

Ali, durante o inverno, ele ouvira falar dela (como sempre se ouvia falar de mulheres bonitas em Washington), brilhando na "esplendorosa sociedade diplomática" que deveria suprir as deficiências da vida social no entorno da sede administrativa do governo. Havia escutado esses relatos e vários comentários contraditórios sobre sua aparência, sua conversa, seus pontos de vista e como escolhia seus novos amigos, ouvira tudo isso com o desinteresse com que se ouvem as reminiscências de alguém falecido há muito tempo; só quando Medora subitamente pronunciou seu nome no torneio de arco e flecha, Ellen Olenska voltou a ser uma presença viva para ele. O tolo balbucio da marquesa evocara uma visão da pequena sala de estar iluminada pelo fogo e o som das rodas da carruagem voltando pela rua deserta. Ele pensou numa história que havia lido, de algumas crianças camponesas da Toscana acendendo um monte de palha numa caverna à beira do caminho, e revelando velhas imagens silenciosas num túmulo pintado...

O caminho para a praia descia da encosta em que a casa estava empoleirada para uma alameda à margem da água ladeada por salgueiros. Através de seus ramos pendentes, Archer viu o brilho de Lime Rock, com seu torreão caiado de branco e a casinha em que a heroica faroleira, Ida Lewis[119], estava vivendo seus últimos veneráveis anos. Mais além, estendiam-se as terras planas e as feias chaminés governamentais da Goat Island, com a baía se estendendo para o Norte num brilho dourado até a Ilha Prudence, com seus carvalhos baixos, e as margens de Conanicut apenas perceptíveis no meio da névoa do crepúsculo.

Da alameda de salgueiros projetava-se um leve cais de madeira que terminava numa espécie de casa de veraneio semelhante a um pagode; e no pagode estava uma senhora, encostada na amurada, de costas para a praia. Archer parou ao vê-la como se tivesse acordado de um sono. Aquela visão do passado era um sonho, e a realidade era o que o esperava na casa da margem: era a carruagem da sra. Welland circulando diante da porta, era May sentada sob os desavergonhados olímpicos e sonhando com esperanças secretas, era a mansão dos Welland no fim da Avenida Bellevue, era o sr. Welland, já vestido para o jantar e andando pela sala de estar, relógio na mão, com impaciência incontrolável... pois era uma das casas em que sempre se sabia exatamente o que estava acontecendo em determinada hora.

"O que eu sou? Um genro...", pensou Archer.

O vulto no fim do píer não se moveu. Por um longo momento, o jovem ficou parado no meio da margem, contemplando a baía sulcada pelo vaivém dos veleiros, iates, embarcações de pesca e as barcaças negras de carvão puxadas por rebocadores ruidosos. A senhora da casa de veraneio parecia ser atraída pela mesma visão. Além dos bastiões cinzentos de Fort Adams, um longo pôr do sol se estilhaçava em mil incêndios, e o esplendor capturou a vela de um barquinho ao passar pelo canal entre Lime Rock e a costa. Archer, enquanto observava, lembrou-se da cena no *Shaughraun*, e Montague levando a fita de Ada Dyas aos lábios sem que ela soubesse que ele estava na sala.

"Ela não sabe... ela não percebeu. Será que eu não saberia se ela tivesse vindo atrás de mim, será que não?", pensou ele; e de repente disse para si mesmo: "Se ela não se voltar antes que o veleiro cruze a luz de Lime Rock, eu vou embora".

O barco estava deslizando na maré vazante. Foi passando pelo farol de Lime Rock, escondeu a casinha de Ida Lewis e passou pela torre em que pendia a luz. Archer esperou até que um grande espaço de água brilhasse entre o último recife da ilha e a popa do barco; mas ainda assim o vulto na casa de veraneio não se moveu.

Ele se virou e subiu a colina.

– É uma pena que não tenha encontrado Ellen... eu gostaria de vê-la novamente – disse May enquanto voltavam para casa no crepúsculo. – Mas talvez ela não tivesse se importado... ela parece tão mudada.

– Mudada? – repetiu o marido, com voz inexpressiva e com os olhos fixos nas orelhas irrequietas dos pôneis.

– Tão indiferente com os amigos, quero dizer; desistir de Nova York e sua casa e passar seu tempo com pessoas tão esquisitas. Imagine como ela deve estar terrivelmente desconfortável na casa das Blenker! Ela diz que faz isso para manter a prima Medora longe de confusões, para impedi-la de se casar com algum indivíduo terrível. Mas, às vezes, acho que sempre a entediamos.

Archer não respondeu, e ela continuou, com um tom de dureza que ele nunca havia notado em sua voz franca e clara:

– Afinal, eu me pergunto se ela não seria mais feliz com o marido.

Ele caiu na gargalhada.

– *Sancta simplicitas!*[120] – exclamou ele; e, ao ver que ela o olhava intrigada, acrescentou: – Acho que nunca ouvi você dizer uma coisa tão cruel.

– Cruel?

– Bem, observar as contorções dos condenados é considerado o esporte favorito dos anjos, mas acredito que nem eles acham que as pessoas são mais felizes no inferno.

– É uma pena que ela tenha se casado no exterior naquela época – disse May, no tom plácido com que sua mãe atendia aos caprichos do sr. Welland; e Archer sentiu-se suavemente relegado à categoria de maridos nada razoáveis.

Eles desceram a Bellevue Avenue e viraram entre as ombreiras chanfradas do portão de madeira encimadas por lâmpadas de ferro fundido que marcavam a entrada da mansão dos Welland. As luzes já brilhavam através de suas janelas, e Archer, quando a carruagem parou, viu de relance o sogro, exatamente como ele o havia imaginado, andando pela sala de estar, relógio na mão e com a expressão de dor que há muito descobrira ser muito mais eficaz do que a raiva.

O jovem, enquanto seguia sua esposa pelo saguão, estava consciente de uma curiosa inversão de humor. Havia algo no luxo da casa dos Welland e na densidade da atmosfera dos Welland, tão carregada de minuciosas observâncias e exigências, que sempre se infiltrava em seu sistema nervoso como um narcótico. Os tapetes pesados, os criados vigilantes, o tique-taque perpetuamente lembrado dos relógios disciplinados, a pilha de cartões e convites perpetuamente renovada na mesa do saguão, toda a cadeia de ninharias tirânicas ligando uma hora à outra, e cada membro da família a todos os outros, fazia qualquer existência menos sistematizada e rica parecer irreal e precária. Mas agora era a casa dos Welland e a vida que se esperava que ele levasse nela, que se tornaram irreais e irrelevantes, e a breve cena na praia, quando ele ficou indeciso no meio do caminho, estava tão perto dele quanto o sangue em suas veias.

A noite toda ele ficou acordado no grande quarto de chita ao lado de May, observando a luz da lua se inclinar ao longo do tapete e pensando em Ellen Olenska voltando de carruagem para casa pelas praias reluzentes, conduzida pelos trotadores de Beaufort.

Capítulo 22

– Uma festa para as Blenker... as Blenker?

O sr. Welland largou a faca e o garfo e, ansioso e incrédulo, olhou para a esposa do outro lado da mesa que, ajustando os óculos de armação dourada, leu em voz alta, em tom de comédia:

"O professor e a sra. Emerson Sillerton solicitam o prazer da companhia do sr. e da sra. Welland na reunião do Clube da Quarta-feira à Tarde, 25 de agosto, pontualmente às 3 horas. Para conhecer a sra. e a srta. Blenker. – Red Gables, Rua Catherine. R.S.V.P."

– Santo Deus!... – balbuciou o sr. Welland, como se uma segunda leitura tivesse sido necessária para entender o monstruoso absurdo.

– Pobre Amy Sillerton... nunca se sabe o que o marido dela vai inventar – suspirou a sra. Welland. – Acho que ele acabou de descobrir as Blenker.

O professor Emerson Sillerton era uma pedra no sapato da sociedade de Newport; e uma pedra que não podia ser removida, pois cresceu numa venerável e venerada árvore genealógica. Ele era, como diziam as pessoas, um homem que tivera "todas as vantagens". O pai era tio de Sillerton Jackson, a mãe, uma Pennilow de Boston; nos dois lados havia riqueza e posição, e adequação mútua. Nada... como a sra. Welland costumava observar... nada no mundo obrigava Emerson Sillerton a ser um arqueólogo, ou mesmo um professor de qualquer tipo, ou viver em Newport no inverno, ou fazer qualquer uma das outras coisas revolucionárias que fazia. Mas, pelo menos, se pretendia romper com a tradição e desrespeitar a sociedade frontalmente, não precisava ter se casado com a pobre Amy Dagonet, que tinha o direito de esperar "algo diferente", e dinheiro suficiente para manter a própria carruagem.

Ninguém do círculo dos Mingott conseguia entender por que Amy Sillerton havia se submetido tão docilmente às excentricidades de um marido que enchia a casa de homens de cabelos compridos e mulheres de cabelos curtos e, quando viajava, a levava para explorar tumbas em Yucatán, em vez de ir a Paris ou à Itália. Mas lá estavam eles, apegados a seus modos de viver, e aparentemente sem se importar por serem diferentes das outras pessoas; e quando davam uma de suas tediosas festas anuais no jardim, toda família dos Cliffs, por causa do parentesco Sillerton-Pennilow-Dagonet, tinha de tirar a sorte para enviar um involuntário representante.

– Muito me admira – observou a sra. Welland – que não escolheram o dia da corrida! Você se lembra que, há dois anos, deram uma festa para um negro no dia do chá dançante de Julia Mingott? Felizmente, dessa vez, não há mais nada programado, que eu saiba... pois, é claro, que alguns de nós terão de ir.

O sr. Welland suspirou, nervoso.

– Alguns de nós, minha querida... mais de um? Três horas é uma hora muito estranha. Tenho de estar aqui às 3 e meia para tomar minhas gotas: não adianta tentar seguir o novo tratamento de Bencomb, se não o faço sistematicamente; e se eu for para lá mais tarde, é claro que vou perder meu passeio. – Pensando nisso, largou a faca e o garfo novamente, e um rubor de ansiedade cobriu seu rosto levemente enrugado.

– Não há nenhuma razão para você ir, querido – interveio a esposa, com uma disposição que já se havia tornado automática. – Tenho de deixar alguns cartões na outra ponta da Avenida Bellevue e pretendo estar lá por volta das 3 e meia e vou ficar tempo suficiente para a pobre Amy não se sentir menosprezada. – Ela olhou hesitante para a filha. – E se Newland estiver com a tarde toda ocupada, talvez May possa levar você a passeio de charrete e experimentar os novos arreios avermelhados dos pôneis.

Era um princípio na família Welland que os dias e horas das pessoas deveriam ser o que a sra. Welland chamava de "preenchidos com uma ocupação". A melancólica possibilidade de ter de "matar o tempo" (principalmente para quem não gostava de jogar uíste ou paciência) era uma visão que a perseguia como o espectro dos desempregados assombra o filantropo. Outro de seus princípios era que os pais nunca deveriam (pelo menos visivelmente) interferir nos planos dos filhos casados; e a dificuldade de conciliar esse respeito pela independência de May com a exigência das reivindicações do sr. Welland só poderia ser superada pelo exercício de uma criatividade que não deixasse desocupado nem um segundo do tempo da própria sra. Welland.

– Claro que vou levar o papai... tenho certeza de que Newland vai encontrar algo para fazer – disse May, num tom que gentilmente lembrava a falta de resposta do marido.

Era motivo de constante preocupação para a sra. Welland que seu genro mostrasse tão pouca previdência ao planejar seus dias. Muitas vezes já, durante a quinzena em que ele passou sob o mesmo teto, quando ela lhe perguntava como pretendia usar a tarde, ele havia respondido paradoxalmente:

– Oh, acho que, para variar, não vou usá-la, a fim de poupá-la... – e uma vez, quando ela e May tiveram de fazer uma série de visitas vespertinas há muito adiada, ele havia confessado ter passado a tarde toda deitado na praia, à sombra de uma rocha, logo abaixo da casa.

— Parece que Newland nunca pensa no futuro — arriscou-se a sra. Welland a se queixar, certa vez, à filha.

E May respondeu serenamente:

— Não; mas pode ver que isso não tem importância, pois, quando não tem nada de especial para fazer, ele lê um livro.

— Ah, sim... como o pai! — concordou a sra. Welland, como se permitisse uma esquisitice herdada; e depois disso a questão da inatividade de Newland foi tacitamente deixada de lado.

À medida que se aproximava o dia da recepção de Sillerton, no entanto, May começou a mostrar uma solicitude natural pelo bem-estar do marido, e sugerir uma partida de tênis na casa dos Chivers, ou um passeio no veleiro de Julius Beaufort, como um meio de compensar sua ausência temporária.

— Eu estarei de volta às 6, você sabe, querido: papai nunca fica fora de casa depois dessa hora... — ela não se tranquilizou até que Archer disse que pensava em alugar uma charrete para ir até um haras procurar um segundo cavalo para a carruagem dela. Eles estavam procurando por esse cavalo havia algum tempo, e a sugestão era tão aceitável, que May olhou para a mãe como se dissesse: "Você vê que ele sabe como planejar seu tempo tão bem quanto qualquer uma de nós".

A ideia do haras e do cavalo para a carruagem germinara na mente de Archer no mesmo dia em que o convite de Emerson Sillerton fora mencionado pela primeira vez; mas ele a guardou em segredo como se houvesse algo clandestino no plano e a descoberta impedisse sua execução. Mas havia tomado a precaução de contratar com antecedência uma charrete com uma parelha de velhos trotadores de aluguel que ainda pudessem percorrer dezoito milhas em estradas planas; e, às 2 horas, deixando apressadamente a mesa do almoço, subiu na charrete e partiu.

O dia estava perfeito. Uma brisa do Norte lançava pequenas nuvens brancas no céu ultramarino sobre um mar resplandecente.

A Avenida Bellevue estava vazia àquela hora, e depois de deixar o cavalariço na esquina da Mill Street, Archer virou na Old Beach Road e atravessou a praia de Eastman.

Tinha a mesma sensação de inexplicável empolgação com que, nas férias escolares, costumava partir rumo ao desconhecido. Conduzindo a parelha numa marcha tranquila, contava chegar ao haras, que não ficava muito além de Paradise Rocks, antes das 3 horas; de modo que, depois de examinar o cavalo (e experimentá-lo, se parecesse promissor), ainda teria quatro horas preciosas à disposição.

Assim que soube da festa dos Sillerton, disse a si mesmo que a marquesa Manson certamente iria a Newport com as Blenker, e que madame Olenska talvez aproveitasse novamente a oportunidade de passar o dia com a avó. De qualquer forma, a habitação Blenker provavelmente estaria deserta, e ele poderia, sem indiscrição, satisfazer uma vaga curiosidade a respeito. Não tinha certeza se queria ver a condessa Olenska novamente; mas desde que a avistara do caminho na encosta, acima da baía, ele vinha acalentando o desejo, a vontade irracional e indescritível de ver o lugar onde ela morava, e seguir os movimentos de sua figura imaginada como havia contemplado a figura real na casa de veraneio. A saudade não o deixava dia e noite, um desejo incessante e indefinível, como o súbito capricho de um homem doente por comida ou bebida que havia provado uma vez e que há muito havia esquecido. Não conseguia ver nada além desse desejo, ou imaginar a que poderia levá-lo, Pois, em sã consciência, não alimentava nenhum desejo de falar com madame Olenska ou de ouvir sua voz. Ele simplesmente julgava que, se pudesse levar consigo a imagem do lugar da terra que ela pisava e a maneira como o céu e o mar cercavam esse lugar, o resto do mundo poderia lhe parecer menos vazio.

Quando chegou ao haras, viu imediatamente que o cavalo não era o que ele queria; mesmo assim, passou a examiná-lo para provar a si mesmo que não estava com pressa. Mas às 3 horas tomou as rédeas dos trotadores e enveredou pelas estradas secundárias que levavam a Portsmouth. O vento havia diminuído, e uma leve névoa no horizonte mostrava que um denso nevoeiro estava prestes a cobrir Saconnet na mudança da maré; mas a seu redor campos e bosques estavam impregnados de luz dourada.

Passou por casas de fazenda com telhado cinza no meio de pomares, por campos de feno e bosques de carvalhos, aldeias com campanários brancos erguendo-se abruptamente contra o céu desbotado; e, finalmente, depois de parar para perguntar pelo caminho a alguns homens que trabalhavam no campo, tomou uma estrada entre margens cobertas de solidagos e amoreiras. estrada que dava para um rio de águas cintilando de azul; à esquerda, diante de carvalhos e bordos, viu um casarão em ruínas com a tinta branca se desprendendo das tábuas.

Na beira da estrada, de frente para o portão, ficava um dos galpões abertos, nos quais o habitante da Nova Inglaterra guarda seus implementos agrícolas e os visitantes amarram suas montarias. Archer saltou da charrete, levou os animais para dentro do galpão e, depois de amarrá-los a uma coluna, foi em direção da casa. O gramado diante do galpão havia se transformado num campo de feno; mas, à esquerda, um extenso canteiro de dálias e roseiras malcuidadas circundava uma fantasmagórica casa de veraneio de treliça, que um dia havia sido branca, encimada por um Cupido de madeira que havia perdido arco e flecha, mas continuava mirando inutilmente o alvo.

Archer encostou-se ao portão por um tempo. Não havia ninguém à vista e nenhum som saía das janelas abertas da casa: um terra-nova grisalho cochilando diante da porta parecia um guardião tão ineficaz quanto o Cupido sem flechas. Era estranho pensar que aquele lugar de silêncio e decadência era o lar dos turbulentas Blenker. Archer tinha certeza, porém, de que não se havia enganado.

Permaneceu ali parado por um longo tempo, contentando-se em contemplar o cenário, e sucumbindo aos poucos a seu sonolento feitiço; mas, por fim, despertou pensando que o tempo passa e não para. Deveria olhar até se cansar e depois ir embora? Ficou indeciso, ante o repentino desejo de ver o interior da casa, só para que pudesse imaginar a sala em que Madame Olenska ficava. Nada o impedia de ir até a porta e tocar a campainha; se, como supôs, ela estava fora com o resto do grupo, poderia facilmente se apresentar e pedir permissão para ir à sala de estar e escrever uma mensagem.

Mas, em vez disso, atravessou o gramado e se dirigiu ao jardim. Ao se aproximar do galpão, avistou algo de cores vivas e logo percebeu que era uma sombrinha cor de rosa. A sombrinha o atraiu como se fosse um ímã: tinha certeza de que era dela. Entrou no galpão e sentando-se num banco frágil, tomou o objeto de seda e ficou olhando para o cabo esculpido, que era feito de alguma madeira rara que exalava um aroma especial. Archer levou o cabo aos lábios.

Ele ouviu um farfalhar de saias por perto e ficou imóvel, apoiando-se no cabo da sombrinha com as mãos entrelaçadas, e deixando o farfalhar se aproximar sem erguer os olhos. Sempre soube que isso deveria acontecer...

– Oh! sr. Archer! – exclamou uma voz de jovem.

Erguendo os olhos, viu diante dele a mais nova e a mais corpulenta das Blenker, loira e corada, em musselina suja de lama. Uma mancha vermelha numa das faces parecia mostrar que havia passado recentemente com o rosto encostado num travesseiro, e seus olhos semiacordados o encaravam de modo confuso, mas acolhedor.

– Santo Deus!... de onde você caiu? Eu devia estar dormindo profundamente na rede. Todo mundo foi para Newport. Você tocou a campainha? – perguntou ela, embaraçada.

A confusão de Archer era maior que a dela.

– Eu... não... isto é, eu estava prestes a tocar. Vim ver um cavalo aqui nas proximidades e vim até aqui na esperança de encontrar a sra. Blenker e suas visitantes. Mas a casa parecia vazia... então me sentei para esperar.

A srta. Blenker, sacudindo a cabeça para espantar o sono, olhou para ele com crescente interesse.

– A casa *está* vazia. Mamãe não está aqui, nem a marquesa... ninguém, a não ser eu. – Seu olhar se tornou levemente reprovador. – O senhor não sabia que o professor e a sra. Sillerton estão dando uma festa para mamãe e todos nós esta tarde? Foi muito azar eu não poder ir; mas estou com dor de garganta e mamãe ficou com medo que a volta para casa tarde da noite me fizesse mal. Já viu coisa mais decepcionante? Claro, – acrescentou ela, alegremente – eu não teria me importado tanto se soubesse que o senhor viria.

Sintomas de evidente coquetismo passaram a se tornar visíveis na moça e Archer encontrou forças para perguntar:

– Mas Madame Olenska foi para Newport também?

A srta. Blenker olhou para ele com surpresa.

– Madame Olenska... não sabia que ela teve de ir embora?

– Teve de ir?...

– Oh! minha melhor sombrinha! Eu a emprestei para aquela tonta da Katie, porque combinava com as fitas que ela usava, e essa descuidada deve tê-la deixado cair aqui. Todas nós, Blenker, somos assim... verdadeiras boêmias! – Recuperando a sombrinha com sua mão vigorosa, abriu-a e ergueu a cúpula rosada acima da cabeça. – Sim, Ellen teve de ir ontem: ela nos deixa chamá-la de Ellen... Chegou um telegrama de Boston: e ela disse que poderia ficar por lá uns dois dias. Adoro o jeito dela de arrumar o cabelo, e o senhor? – A srta. Blenker continuou divagando.

Archer continuou a olhá-la como se ela fosse transparente. Tudo o que ele via era a sombrinha que espargia seu tom rosado acima daquele rosto risonho.

Depois de um momento, ele arriscou:

— Você não sabe por que Madame Olenska foi para Boston? Espero que não tenha sido por más notícias...

A srta. Blenker recebeu isso com alegre incredulidade.

— Oh, não acredito. Ela não nos disse o que o telegrama dizia. Acho que ela não queria que a marquesa soubesse. Ela é tão romântica, não é? Não lhe lembra a sra. Scott-Siddons[121] quando lê "Lady Geraldine's Courtship"?[122] O senhor nunca a ouviu?

Archer tentava pôr em ordem apressadamente seus pensamentos. Todo o seu futuro parecia de repente se desenrolar diante dele; e, passando por seu vazio sem fim, ele viu a figura cada vez menor de um homem a quem nada deveria acontecer. Olhou a seu redor para o jardim não podado, a casa em ruínas e o bosque de carvalhos sob o qual o crepúsculo se aproximava. Parecia exatamente o lugar onde ele deveria ter encontrado Madame Olenska; e ela estava longe, e até a sombrinha rosa não era dela...

Ele franziu a testa, hesitante.

— Você não sabe... acho que amanhã estarei em Boston. Se eu pudesse vê-la...

Percebeu que a srta. Blenker estava perdendo o interesse por ele, embora o sorriso dela persistisse.

— Oh, claro; que coisa adorável de sua parte! Ela está hospedada na Parker House; deve ser horrível por lá, com esse tempo.

Depois disso, Archer mal se lembrava de algumas palavras que eles andaram proferindo. Só conseguia se lembrar de ter resistido com firmeza ao pedido dela de que deveria esperar a família que voltava e tomar um chá da tarde com todos eles antes de voltar para casa. Por fim, com sua anfitriã ainda a seu lado, passou pelo Cupido de madeira, desamarrou os cavalos e partiu. Na curva do caminho, viu a srta. Blenker parada no portão, acenando com a sombrinha rosa.

Capítulo 23

Na manhã seguinte, quando desceu do trem na estação de Fall River, Archer se encontrou numa Boston enfumaçada no meio do verão. As ruas perto da estação exalavam um cheiro forte de cerveja, café e frutas podres e transeuntes em mangas de camisa se moviam por elas com a indiferença de hóspedes de pensão que se dirigiam ao banheiro.

Archer entrou numa carruagem e foi até o clube Somerset para tomar o café da manhã. Até as áreas mais elegantes tinham um ar de desleixado ambiente a que nenhum calor, por mais intenso que fosse, haveria de degradar tanto as cidades europeias. Porteiros em trajes de algodão descansavam nas portas dos ricos, e o grande parque Common parecia um campo de lazer um dia depois de um piquenique maçônico. Se Archer tivesse tentado imaginar Ellen Olenska em cenas improváveis, não poderia ter evocado nenhuma em que fosse mais difícil encaixá-la do que essa Boston deserta e prostrada pelo calor.

Tomou o café da manhã com apetite e metodicamente, começando com uma fatia de melão e lendo um jornal matutino enquanto esperava a torrada com ovos mexidos. Uma nova sensação de energia e atividade o possuía desde que anunciara a May na noite anterior que tinha negócios em Boston, e deveria tomar o barco de Fall River naquela noite e seguir para Nova York na noite seguinte. Deu claramente a entender que voltaria para a cidade no início da semana, e quando retornou de sua expedição a Portsmouth encontrou uma carta do escritório, que o destino colocara em lugar bem visível num canto da mesa do saguão, suficiente para justificar sua súbita mudança de plano. Estava até envergonhado com a facilidade com que tudo havia sido resolvido: isso o lembrou, por um momento desconfortável, dos artifícios magistrais de Lawrence Lefferts para garantir sua liberdade. Mas isso não o perturbou por muito tempo, pois não estava com disposição para refletir mais a fundo.

Depois do café da manhã, fumou um cigarro e deu uma olhada no jornal *Commercial Advertiser*. Enquanto estava assim ocupado, dois ou três homens conhecidos dele entraram e trocaram os cumprimentos habituais: afinal, era o mesmo mundo, embora tivesse a estranha sensação de ter escapado das malhas do tempo e do espaço.

Olhou para o relógio e, vendo que eram 9 e meia, levantou-se e foi para o escritório do clube. Ali escreveu algumas linhas e ordenou a um mensageiro que tomasse uma charrete e levasse o bilhete até a Parker House e ficasse aguardando pela resposta. Sentou-se, então, tomou outro jornal e tentou calcular quanto tempo levaria uma charrete para chegar à Parker House.

– A senhora tinha saído, senhor – ouviu, de repente, a voz de um garçom ao lado.

– Tinha saído?... – gaguejou ele, como se fosse uma expressão em língua estrangeira.

Ele se levantou e foi para o saguão. Deveria haver algum engano: ela não poderia ter saído àquela hora. Ficou vermelho de raiva por causa de sua estupidez. Por que não havia mandado o bilhete assim que chegou?

Apanhou o chapéu e a bengala e saiu para a rua. A cidade de repente se tornou tão estranha, vasta e vazia, como se ele fosse um viajante vindo de terras distantes. Por um momento ficou parado na soleira da porta, hesitando; então decidiu ir para a Parker House. E se o mensageiro tivesse sido mal informado e ela ainda estivesse lá?

Começou a atravessar o parque Common; e logo no primeiro banco, sob uma árvore, ele a viu sentada. Tinha uma sombrinha de seda cinzenta aberta... como poderia tê-la imaginado com uma cor de rosa? Ao se aproximar, ficou impressionado com a atitude apática dela: estava ali sentada como se não tivesse mais nada para fazer. Viu-a ali, taciturna, o coque do cabelo preso na nuca sob o chapéu escuro, e a longa e amassada luva na mão que segurava a sombrinha. Ele se aproximou um ou dois passos. Ela se virou e olhou para ele.

– Oh! – disse ela; e, pela primeira vez, ele notou uma expressão assustada no rosto dela; mas em outro momento deu lugar a um lento sorriso de admiração e contentamento.

– Oh! – murmurou ela, novamente, num tom diferente, enquanto ele a olhava; e sem se levantar, abriu espaço para ele no banco.

– Estou aqui a negócios... acabei de chegar – explicou Archer; e, sem saber por quê, subitamente passou a fingir espanto por encontrá-la ali. – Mas o que diabos você está fazendo neste deserto? – Ele realmente não tinha ideia do que estava dizendo. Parecia-lhe que estava gritando de longe, de distâncias infinitas, e ela poderia desaparecer novamente antes que ele pudesse alcançá-la.

– Eu? Oh, eu também estou aqui a negócios – respondeu ela, voltando-se, de modo que ficaram se encarando.

As palavras mal chegaram até ele: estava atento apenas à voz dela, e ao surpreendente fato de que nem um eco dela havia permanecido em sua memória. Nem se lembrava que era grave, com uma leve aspereza nas consoantes.

– Você está com um penteado diferente – disse ele, com o coração batendo como se tivesse dito algo irrevogável.

– Diferente? Não... é só que faço o melhor que posso quando não tenho Nastasia para me ajudar.

– Nastasia... mas ela não está aqui com você?

– Não, estou sozinha. Por apenas dois dias, não valia a pena trazê-la.

– Você está sozinha... na Parker House?

Ela o olhou com um lampejo de sua antiga malícia.

– Isso lhe parece perigoso?

– Não; não é perigoso...

– Mas não convencional? Entendo; suponho que sim. – Refletiu um momento e acrescentou: – Eu não tinha pensado nisso, porque acabei de fazer algo muito menos convencional. – O leve tom de ironia permanecia em seus olhos. – Eu apenas me recusei a receber de volta uma quantia em dinheiro... que me pertencia.

Archer se levantou de um salto e se afastou um ou dois passos. Ela havia fechado a sombrinha e estava sentada, distraidamente, desenhando figuras no cascalho. Ele logo ficou de pé perto dela.

– Alguém... veio aqui para encontrá-la?

– Sim.

– Com essa oferta?

Ela confirmou acenando com a cabeça.

– E você recusou... por causa das condições?

– Eu recusei – disse ela, depois de um momento.

Ele se sentou ao lado dela novamente.

– Quais eram as condições?

– Oh, não eram onerosas: apenas sentar-se à cabeceira da mesa dele de vez em quando.

Houve outro intervalo de silêncio. O coração de Archer se fechou da maneira estranha, como às vezes se fechava, e sentou-se tentando em vão encontrar palavras adequadas.

– Ele a quer de volta... a qualquer preço?

– Bem... a um preço considerável. Pelo menos para mim, a soma é considerável.

Ele parou de novo, pensando na pergunta que deveria fazer.

– Foi para encontrá-lo que você veio para cá?

Ela o encarou, e então caiu na gargalhada.

– Encontrá-lo... meu marido? Aqui? Nessa época do ano ele sempre está em Cowes ou em Baden.[123]

– Ele mandou alguém?

– Sim.

– Com uma carta?

Ela balançou a cabeça.

– Não, apenas uma mensagem. Ele nunca escreve. Acho que não recebi mais de uma carta dele.

A alusão fez seu rosto mudar de cor, que se refletiu no intenso rubor de Archer.

– Por que ele nunca escreve?

– E por que deveria fazê-lo? Para que é que alguém tem secretárias?

O jovem ficou mais vermelho ainda. Ela havia pronunciado a palavra como se não tivesse mais significado do que qualquer outra em seu vocabulário. Num instante, ele já tinha a pergunta na ponta da língua:

– Então ele mandou o secretário?

Mas a lembrança da única carta do conde Olenski para sua esposa estava presente demais em sua cabeça. Então ele parou de novo, e depois foi mais longe.

– E a pessoa?...

– O emissário? O emissário – retrucou Madame Olenska, ainda sorrindo – para mim, poderia já ter partido – mas ele insistiu em esperar até esta noite... para o caso de... quem sabe...

– E você veio aqui fora para pensar sobre isso?

– Saí para tomar um pouco de ar. O hotel é sufocante demais. Vou tomar o trem da tarde de volta para Portsmouth.

Ficaram sentados em silêncio, sem olhar um para o outro, mas sempre de frente para os transeuntes. Finalmente ela lhe dirigiu o olhar e disse:

– Você não mudou.

Ele teve vontade de responder: "Mudei, até que o momento em que vi você de novo", mas, em vez disso, levantou-se abruptamente e olhou à sua volta para o parque malcuidado e sufocante.

– Isso aqui é horrível. Por que não vamos até a baía? Há sempre uma brisa por lá e deverá estar mais fresco. Podemos tomar o barco a vapor até Point Arley. – Ela olhou para ele hesitante e ele continuou: – Na segunda-feira de manhã, não deve haver muita gente no barco. Meu trem só parte à noite: Vou voltar para Nova York. Por que não vamos? – insistiu ele, fitando-a e, subitamente, perguntou: – Não fizemos tudo o que podíamos?

– Oh! – murmurou ela, novamente.

E se levantou e reabriu a sombrinha, olhando a seu redor como se para se aconselhar com o cenário, para assegurar-se da impossibilidade de nele permanecer. Então os olhos se voltaram para o rosto dele.

– Você não deve me dizer essas coisas – frisou ela.

– Vou dizer o que você quiser; ou nada. Não vou abrir minha boca sem que você mande. Que mal há nisso? Tudo o que eu quero é ouvir você – balbuciou ele.

Ela tirou um pequeno relógio de ouro preso numa corrente esmaltada.

– Oh, não fique calculando – falou ele. – Dê-me o dia! Eu quero afastá-la daquele homem. A que horas ele ficou de vir?

Ela corou intensamente.

– Às 11.

– Então você deve vir de uma vez.

– Você não precisa ter medo... se eu não for.

– Nem você... se for. Eu juro que só quero saber de você, saber o que andou fazendo. Já se passaram cem anos desde que nos vimos pela última vez... pode ser que tenhamos de esperar mais cem antes para nos vermos de novo.

Ela ainda vacilou, fitando-o com seus olhos perdidos e ansiosos.

– Por que você não foi até a praia me buscar, no dia em que eu estava na casa da vovó? – perguntou ela.

– Porque você não olhou para trás... porque você não sabia que eu estava lá. Eu jurei que não iria ao seu encontro, a menos que você olhasse para trás.

Ele próprio riu diante da infantilidade dessa confissão.

– Mas eu não olhei para trás de propósito.

– De propósito?

– Eu sabia que você estava lá; quando você chegou, reconheci os pôneis. Por isso fui até a praia.

– Para ficar longe de mim o máximo possível?

Ela repetiu em voz baixa:

– Para ficar longe de você o máximo possível.

Ele riu de novo; dessa vez com satisfação infantil.

– Bem, você vê que não adianta. Posso muito bem lhe dizer – acrescentou ele – que o negócio que vim fazer aqui era apenas encontrar você. Mas, olhe bem, devemos partir logo ou vamos perder nosso barco.

– Nosso barco? – Ela franziu a testa, perplexa, e então sorriu. – Ah, mas antes preciso voltar ao hotel; preciso deixar um bilhete...

– Quantos bilhetes quiser. Você pode escrever aqui. – Ele tirou do bolso um pequeno bloco de anotações e uma das novas canetas estilográficas. – Eu tenho até um envelope... veja só como tudo está predestinado! Ali... apoie o bloco sobre o joelho e vou fazer a caneta funcionar num segundo. Essas canetas são matreiras, espere... – Bateu a mão que segurava a caneta contra o encosto do banco. – É como fazer baixar o mercúrio num termômetro. Apenas um truque. Agora tente...

Ela riu e, inclinando-se sobre a folha de papel que ele colocara sobre a carteira, começou a escrever. Archer se afastou alguns passos, olhando radiante para os transeuntes que, por sua vez, paravam para ver a cena incomum de uma senhora elegante escrevendo um bilhete sobre o joelho num banco do parque.

Madame Olenska enfiou a folha no envelope, escreveu um nome nele e colocou-o no bolso. Então ela também se levantou.

Os dois caminharam na direção da Beacon Street e, perto do clube, Archer avistou a charrete que levara seu bilhete para a Parker House e cujo condutor estava se refazendo desse esforço lavando a testa no hidrante da esquina.

– Eu disse que tudo estava predestinado! Aqui está uma charrete a nosso serviço. Veja só!

Riram, surpresos com o milagre de encontrar um veículo àquela hora e naquele lugar improvável, numa cidade onde os pontos de táxi ainda eram uma novidade "estrangeira".

Archer, olhando para o relógio, viu que havia tempo para ir até a Parker House antes de se dirigir para o cais. Percorreram as ruas de charrete num calor sufocante e pararam na porta do hotel.

Archer estendeu a mão para tomar o envelope.

– Não quer que eu o leve? – perguntou ele.

Mas Madame Olenska, balançando a cabeça, saltou e desapareceu passando pelas portas envidraçadas. Eram quase 10 e meia; mas e se o emissário, impaciente por sua resposta, e não sabendo de que outra forma passar o tempo, já estivesse sentado entre os hóspedes que tomavam bebidas refrescantes e que Archer havia visto de relance quando ela entrou?

Ele esperou, andando de um lado para outro diante da charrete. Um jovem siciliano de olhos parecidos com os de Nastasia se ofereceu para engraxar suas botas, e uma matrona irlandesa para lhe vender pêssegos. E a todo instante, as portas se abriam para dar passagem a homens suados de chapéu de palha jogado para trás, que olhavam para ele ao passar. Maravilhava-se que a porta se abrisse tantas vezes, e que todos os que saíam se parecessem tanto uns com os outros e com todos os outros homens suados que, naquela hora, entravam e saíam continuamente pelas portas de todos os hotéis em todos os recantos do país.

E então, de repente, apareceu um rosto que não conseguia relacionar com os outros. Ele o viu apenas de relance, pois seus passos o haviam levado para o ponto mais distante de sua caminhada, e foi voltando para o hotel que ele viu, num grupo de semblantes típicos... o esguio e cansado, o redondo e surpreso, o queixudo e tranquilo... esse outro rosto que era tantas outras coisas ao mesmo tempo, e coisas tão diferentes.

Era o de um jovem, também pálido, e meio deprimido pelo calor ou preocupação, ou por ambos, mas de alguma forma, mais inteligente, mais expressivo, mais consciente; ou talvez parecesse assim só porque era tão diferente. Archer se agarrou por um momento num tênue fio da memória, mas o fio se rompeu e desapareceu com o rosto... aparentemente o de algum homem de negócios estrangeiro, que parecia duplamente estrangeiro naquele cenário. Desapareceu no vaivém de transeuntes, e Archer retomou sua ronda.

Não se importava em ser visto de relógio na mão na frente do hotel, e seu jeito e modo de contar o tempo o levou a concluir que, se Madame Olenska estava demorando tanto para reaparecer, só poderia ser porque ela se havia encontrado com o emissário, que a abordou. Ao pensar nisso, a apreensão de Archer transformou-se em angústia.

"Se ela não vier logo, vou entrar e procurá-la", disse para si mesmo.

As portas se abriram novamente e ela surgiu a seu lado. Entraram na charrete, e quando partiram, ele consultou o relógio e constatou que ela estivera ausente por apenas três minutos. Com o barulho das janelas soltas da charrete que os impedia de conversar, eles foram sacolejando por sobre os paralelepípedos irregulares até o cais.

Sentados lado a lado num banco do barco meio vazio, descobriram que quase não tinham nada a dizer um ao outro, ou melhor, o que tinham a dizer se comunicava melhor no silêncio abençoado de sua liberdade e de seu isolamento.

Quando as rodas de pás começaram a girar, e cais e navios a ficar para trás no meio da névoa do calor, Archer teve a sensação de que tudo o que lhe era familiar no velho mundo também estava desaparecendo. Ansiava por perguntar a Madame Olenska se ela não tinha a mesma sensação: a de que estavam iniciando uma longa viagem da qual talvez nunca mais voltassem. Mas ele estava com medo de dizer isso ou qualquer outra coisa que pudesse perturbar o delicado equilíbrio de sua confiança nele. Na realidade, ele não desejava trair essa confiança. Havia noites e dias em que sentia os lábios arder com a lembrança de seu beijo; um dia antes, no caminho para Portsmouth, o simples pensamento dela parecia que o devorava por dentro; mas agora que estava ao lado dele, e eles estavam à deriva nesse mundo desconhecido, pareciam ter alcançado o tipo de proximidade mais profunda que um único toque pode romper.

Quando o barco deixou o porto e seguiu para o mar aberto, uma brisa soprou sobre eles, e a baía se dividiu em longas ondulações oleosas, depois em ondas pontilhadas de espuma. A névoa do mormaço ainda pairava sobre a cidade, mas à frente havia um mundo refrescante de águas agitadas, e promontórios distantes com faróis ao sol. Madame Olenska, recostada na amurada do barco, sorvia o frescor entre os lábios entreabertos. Trazia um longo véu enrolado no chapéu, mas deixava-lhe o rosto descoberto, e Archer ficou impressionado com a tranquila alegria de seu semblante. Parecia encarar a aventura deles como algo natural, e não ter medo de encontros inesperados, nem (o que era pior) indevidamente exaltada por sua possibilidade.

Na despojada sala de jantar da estalagem, que ele esperava que teriam só para eles, encontraram um grupo ruidoso de rapazes e moças de aspecto inocente... professores em férias, lhes disse o proprietário... e Archer ficou desacorçoado diante da ideia de ter de conversar no meio daquele estonteante barulho.

– Desse jeito não dá mesmo... vou pedir cômodo reservado – disse ele; e Madame Olenska, sem fazer qualquer objeção, ficou esperando enquanto ele foi procurá-lo.

A sala dava para uma longa varanda de madeira, com uma bela vista para o mar. Era modesta e fresca, com uma mesa coberta por uma toalha xadrez grosseira, sobre a qual se via um vidro de picles e uma torta de mirtilo sob uma campânula. Nenhum gabinete particular de aparência mais honesta jamais oferecera abrigo a um casal clandestino: Archer imaginou ter visto a sensação de segurança no sorriso levemente divertido com que Madame Olenska se sentou à sua frente. Uma mulher que havia fugido do marido... e supostamente com outro homem... provavelmente dominava a arte de aceitar as coisas com naturalidade; mas algo na compostura dela diminuía a ironia. Por ser tão quieta, tão despreocupada e tão simples, ela havia conseguido afastar as convenções e fazê-lo sentir que procurar ficar a sós era a coisa plenamente natural para dois velhos amigos que tinham tanto a dizer um ao outro...

Capítulo 24

Almoçaram sem pressa nenhuma, pensativos, alternando a conversa com períodos de silêncio, pois, uma vez rompido o encanto, tinham muito a dizer e, no entanto, havia momentos em que dizer se tornava mero acompanhamento de longos diálogos sem palavras. Archer evitou que a conversa girasse em torno de si mesmo, não intencionalmente, mas porque não queria perder uma palavra da história dela; e, debruçada sobre a mesa, com o queixo apoiado nas mãos entrelaçadas, ela falou sobre o ano e meio que havia transcorrido desde o último encontro.

    Ela estava cansada do que as pessoas chamavam de "sociedade". Nova York era gentil, era quase opressivamente hospitaleira; ela nunca haveria de esquecer a maneira como tinha sido acolhida; mas, depois do primeiro impacto da novidade, havia percebido, como ela disse, que estava "diferente" demais para se importar com coisas que interessavam tanto a Nova York... e então havia decidido tentar Washington, onde supunha que poderia encontrar mais diversidade de pessoas e de opinião. E, em princípio, provavelmente deveria se estabelecer em Washington, com a pobre Medora, que havia esgotado a paciência de todos os outros parentes justamente no momento em que ela mais precisava de cuidados e proteção contra os perigos de novo casamento.

    – Mas o dr. Carver... você não tem medo do dr. Carver? Ouvi dizer que ele esteve hospedado também, como você, na casa das Blenker.

    Ela sorriu.

    – Oh, o perigo Carver acabou. O dr. Carver é um homem muito inteligente. Ele quer uma esposa rica para financiar seus planos e Medora é simplesmente uma boa propaganda como convertida.

    – Convertida a quê?

    – A todos os tipos de novos e malucos projetos sociais. Mas, você sabe, eles me interessam mais do que a cega conformidade com a tradição... a tradição dos outros... que vejo entre nossos amigos. Parece estúpido ter descoberto a América apenas para transformá-la numa cópia de outro país. – Ela esboçou novo sorriso. – Você acha que Cristóvão Colombo teria se dado tanto trabalho só para ir à ópera com os Selfridge Merry?

    Archer mudou de cor.

— E Beaufort... você diz essas coisas para Beaufort? – perguntou ele, abruptamente.

— Faz muito tempo que não o vejo. Mas eu costumava falar disso, e ele me entendia.

— Ah, é o que eu sempre lhe disse; você não gosta de nós. E você gosta de Beaufort porque ele é muito diferente de nós. – Ele correu os olhos pela sala vazia, depois os dirigiu para a praia deserta e para a fileira de casas totalmente brancas ao longo da costa. – Somos terrivelmente chatos. Não temos caráter, não temos cor nem sabor... eu me pergunto... – acrescentou ele –, por que você não volta para a Europa?

Os olhos dela ficaram turvos, e ele esperava uma réplica indignada. Mas ela ficou em silêncio, como se pensasse sobre o que ele havia dito, e Archer ficou com medo de que respondesse que ela também se perguntava por quê.

Por fim, ela disse:

— Acredito que é por sua causa.

Era impossível fazer a confissão de forma mais desapaixonada ou em tom menos encorajador para a vaidade do interlocutor. Archer ficou vermelho até as têmporas, mas não ousou se mover ou falar: era como se suas palavras fossem uma borboleta rara que o menor movimento poderia sobressaltá-la e fazê-la alçar voo para fugir, mas se não fosse perturbada, poderia reunir uma multidão de borboletas em torno dela.

— Pelo menos – continuou ela –, foi você que me fez entender que sob o tédio existem coisas tão finas, sensíveis e delicadas, que mesmo aquelas que eu mais cuidei em minha outra vida parecem insignificantes se comparadas a elas. Não sei como me explicar... – ela franziu as sobrancelhas, preocupada... – mas parece que eu nunca havia entendido quanto de mesquinhez e de indignidade é necessário para pagar os prazeres mais requintados.

"Prazeres requintados... já é alguma coisa tê-los tido!", esteve para retrucar, mas o apelo dos olhos dela o manteve em silêncio.

– Eu quero – continuou ela – ser perfeitamente honesta com você... e comigo mesma. Há muito tempo esperei que essa oportunidade se apresentasse: para que eu pudesse lhe contar como você me ajudou, o que você fez de mim...

Archer ficou sentado, olhando, com as sobrancelhas franzidas. Ele a interrompeu com uma risada.

– E o que você acha que fez de mim?

Ela empalideceu um pouco.

– De você?

– Sim: pois sou obra sua muito mais do que você é obra minha. Eu sou o homem que se casou com uma mulher porque outra o mandou fazer isso.

A palidez da moça se transformou num rubor fugidio.

– Eu pensei... você prometeu... que não ia dizer essas coisas hoje.

– Ah!... como qualquer mulher! Nenhuma de vocês jamais se predispõe a encarar um problema!

Ela baixou a voz.

– É um problema... para May?

Ele se levantou e ficou junto da janela, tamborilando contra a vidraça e sentindo em cada fibra a melancólica ternura com que ela havia pronunciado o nome da prima.

– Pois é nisso que sempre temos de pensar... não é?... como você mesmo falou – insistiu ela.

– Como eu mesmo falei? – repetiu ele, com os olhos vazios, perdidos no mar.

– Ou se não – continuou ela, perseguindo o próprio pensamento com um doloroso esforço –, se não vale a pena ter desistido, ter perdido algumas coisas, para poupar outros da desilusão e do sofrimento... então tudo pelo que vim para casa, tudo o que fazia minha outra vida parecer, por contraste, tão nua e tão pobre porque ninguém ali lhe dava importância... então tudo é uma farsa... ou um sonho...

Ele se virou, sem se mover do lugar.

– E, nesse caso, não há nenhuma razão na terra para que você não deva voltar para lá? – concluiu ele, por ela.

Seus olhos estavam desesperadamente agarrados a ele.

– Oh! não há razão?

– Não, se você apostou tudo no sucesso de meu casamento. Meu casamento – disse ele, de modo categórico – não vai ser motivo para mantê-la aqui. – Ela não respondeu, e ele continuou: – Que sentido faz isso? Você me deu meu primeiro vislumbre de uma vida real; e no mesmo instante me pediu para continuar vivendo uma farsa. Isso vai muito além do que qualquer resistência humana pode suportar... isso é tudo.

– Oh, não diga isso; quando sou eu que estou suportando! – explodiu ela, com os olhos marejados.

Seus braços tinham caído sobre a mesa, e ela se sentou com o rosto abandonado ao olhar dele, como se estivesse se arriscando de modo imprudente a um perigo desesperador. O rosto a expunha como se fosse toda a sua pessoa, com a alma oculta por trás. Archer ficou mudo, oprimido pelo que subitamente lhe dissera.

– Você também... oh, todo esse tempo, você também?

Como resposta, ela deixou as lágrimas em suas pálpebras transbordarem e escorrerem lentamente pelas faces.

Metade do espaço da sala ainda os separava, e nenhum deles deu nenhum sinal de movimento. Archer se sentia preso a uma curiosa indiferença, com relação à presença física dela: dificilmente a teria percebido, se uma das mãos que ela pousava sobre a mesa não atraísse seu olhar, como acontecera na casinha da Rua 23, quando ele ficara com os olhos fixos nessa para não olhá-la no rosto.

Agora sua imaginação girava sobre a mão como sobre a borda de um vórtice; mas, ainda assim, ele não fez nenhum esforço para se aproximar. Conhecia o amor que se alimenta de carícias e as alimenta; mas essa paixão, que era mais profunda que os próprios ossos, não deveria ser satisfeita superficialmente. Seu único terror era fazer qualquer coisa que pudesse apagar o som e a impressão das palavras dela; seu único pensamento era que nunca mais deveria se sentir totalmente só.

Mas, depois de um momento, a sensação de desperdício e ruína o dominou. Lá estavam eles, juntos, seguros e confinados; ainda tão acorrentados a seus destinos distintos que poderiam muito bem estar separados por meio mundo.

– Qual é o sentido disso... quando você vai voltar? – explodiu ele, com um enorme desesperado "o que é que eu poderia fazer para segurar você?" gritando por trás de suas palavras.

Ela ficou sentada, imóvel, com as pálpebras abaixadas.

– Oh!... ainda não posso ir!

– Ainda não? Mas, então, algum dia vai? Algum dia, e já sabe quando?

Com isso ela levantou os olhos, mais serenos e claros do que nunca.

– Eu lhe prometo: enquanto você aguentar. Enquanto pudermos olhar diretamente um para o outro como agora.

Ele se deixou cair na cadeira. O que a resposta dela realmente disse foi: "Se você levantar um dedo, estará me mandando de volta: de volta a todas as abominações que você conhece e a todas as tentações que você mal pode imaginar." Ele entendeu tão claramente como se ela tivesse proferido essas palavras, e o pensamento o manteve imóvel do outro lado da mesa, numa espécie de comovida e sagrada submissão.

– Que vida para você! – gemeu ele.

– Oh!... contanto que seja uma parte da sua.

– E a minha fizer parte da sua?

Ela assentiu com a cabeça.

– E isso é tudo... para qualquer um de nós dois?

– Bem, é tudo, não é?

Nisso, ele se levantou, esquecendo tudo menos a doçura de seu rosto. Ela também se levantou, não como para encontrá-lo ou para fugir dele, mas silenciosamente, como se o pior da tarefa já tivesse sido feito e ela só tivesse de esperar; tão silenciosamente que, quando ele se aproximou, suas mãos estendidas não agiam como um freio, mas como um guia para ele. Segurou as mãos dele, mantendo os braços estendidos, mas não rígidos, a fim de manter entre eles distância suficiente para deixar seu rosto rendido dizer o resto.

Eles podem ter permanecido assim por muito tempo ou apenas por alguns segundos; mas foi o suficiente para que seu silêncio comunicasse tudo o que ela tinha a dizer, e para ele sentir que apenas uma coisa importava. Ele não deve fazer nada para tornar esse encontro o último; deve deixar seu futuro aos cuidados dela, pedindo apenas que ela o mantivesse com firmeza.

– Não... não fique triste – disse ela, com uma pausa na voz, enquanto retirava as mãos.

E ele respondeu:

– Você não vai voltar... você não vai voltar? – como se fosse a única possibilidade que ele não poderia suportar.

– Eu não vou voltar – disse ela; e, virando-se, abriu a porta e abriu caminho para a sala de jantar pública.

Os ruidosos professores estavam recolhendo seus pertences, preparando-se para uma fuga desordenada para o cais; do outro lado da praia, o barco branco a vapor aguardava no atracadouro; e, sobre as águas ensolaradas, Boston se sobressaía por entre a neblina.

Capítulo 25

Mais uma vez no barco, e na presença de outros, Archer sentiu uma tranquilidade de espírito que o surpreendia tanto quanto o sustentava.

O dia, de acordo com qualquer avaliação atual, tinha sido um fracasso bastante ridículo; ele nem chegou a tocar a mão de Madame Olenska com os lábios, ou tinha arrancado uma palavra dela que prometesse novas oportunidades. Para um homem, no entanto, que sofria de amor insatisfeito e se despedia por tempo indeterminado do objeto de sua paixão, sentia-se quase humilhantemente calmo e confortado. Foi o equilíbrio perfeito que ela manteve entre sua lealdade para com os outros e sua honestidade para com eles mesmos que tanto o comoveu e ao mesmo tempo o tranquilizou; um saldo não calculado ardilosamente, como bem mostraram suas lágrimas e hesitações, mas resultante naturalmente de sua sinceridade sem par. Encheu-o de um terno temor, mas agora o perigo tinha passado e o levava a agradecer ao destino que nenhuma vaidade pessoal, nenhum sentido de desempenhar um papel diante de testemunhas sofisticadas o tivessem levado a cair na tentação de induzi-la à tentação. Mesmo depois de terem dado as mãos para se despedir na estação de Fall River, e ele se afastou sozinho, permaneceu com a convicção de ter ganhado com esse encontro muito mais do que havia sacrificado.

Ele foi caminhando até clube e sentou-se sozinho na biblioteca deserta, revirando e relembrando em seus pensamentos cada segundo das horas que passaram juntos. Ficou claro para ele, e ficou mais claro sob um exame mais minucioso, que se ela finalmente decidisse voltar para a Europa... voltar para o marido... não seria porque sua antiga vida a tentava, mesmo nas novas condições oferecidas. Não. Ela iria apenas se sentisse que se tornava uma tentação para Archer, uma tentação de se afastar do padrão que ambos haviam estabelecido. A escolha dela seria ficar perto dele, desde que ele não pedisse para ela se aproximar; e dependia dele mesmo mantê-la ali, segura, mas à parte.

No trem, esses pensamentos ainda estavam com ele. Eles o envolveram numa espécie de névoa dourada, através da qual os rostos a seu redor pareciam distantes e indistintos; tinha a sensação de que, se falasse com seus companheiros de viagem, eles não entenderiam o que ele estava dizendo.

Nesse estado de abstração, ele se viu, na manhã seguinte, acordando para a realidade de um sufocante dia de setembro em Nova York. Os rostos castigados pelo calor no longo trem passavam por ele, que continuava a encará-los através do mesmo véu dourado. Mas, de repente, ao deixar a estação, um dos rostos se destacou, se aproximou e se impôs à sua consciência. Era, como ele imediatamente lembrou, o rosto do jovem que tinha visto, no dia anterior, saindo da Parker House, e o havia achado diverso dos demais, por não ter um rosto que se costuma ver em hotel americano.

A mesma coisa acontecia agora; e novamente teve uma vaga impressão de associações anteriores. O jovem ficou olhando ao redor com o ar atordoado do estrangeiro às voltas com as dificuldades de uma viagem em terras americanas; depois ele foi caminhando em direção de Archer, levantou o chapéu e disse em inglês:

– Certamente, *Monsieur*, nos conhecemos em Londres?

– Ah, com certeza: em Londres! – Archer apertou-lhe a mão com curiosidade e simpatia. – Então conseguiu vir para cá, afinal? – exclamou ele, lançando um olhar curioso sobre o pequeno semblante astuto e abatido do professor francês do jovem Carfry.

– Oh! consegui... sim... – sorriu o sr. Riviere, com os lábios cerrados. – Mas não por muito tempo. Volto depois de amanhã.

Ele ficou segurando sua leve maleta numa mão bem enluvada e olhando de forma ansiosa, perplexa, quase suplicante, para o rosto de Archer.

— *Monsieur*, visto que tive a sorte de encontrá-lo, será que poderia...

— Eu ia sugerir exatamente isso: vamos lá, vamos almoçar? No centro da cidade, quero dizer. Se você me procurar em meu escritório, vou levá-lo a um ótimo restaurante nas redondezas.

O sr. Riviere ficou visivelmente emocionado e surpreso.

— Você é muito gentil. Mas eu só ia perguntar se você poderia me dizer como poderia tomar algum tipo de condução. Não há carregadores, e parece que aqui ninguém escuta...

— Eu sei. Nossas estações americanas devem surpreendê-lo. Quando pede um carregador, voltam-lhe as costas. Mas venha, vou tirá-lo dessa confusão, e não deixe de vir almoçar comigo.

O jovem, após uma hesitação apenas perceptível, respondeu, com muitos agradecimentos, e num tom que não denotava total convicção, que já tinha um compromisso; mas, quando chegaram à relativa segurança da rua, perguntou se poderia procurá-lo naquela tarde.

Archer, sem muito que fazer no escritório durante o verão, marcou uma hora e rabiscou seu endereço num pedaço de papel, que o francês guardou no bolso com reiterados agradecimentos e sacudindo outras tantas vezes o chapéu. Tomou uma charrete, e Archer o deixou.

Na hora marcada, apareceu pontualmente o sr. Riviere, barbeado, bem arrumado, mas ainda inequivocamente tenso e sério. Archer estava sozinho no escritório, e o jovem, antes de aceitar a cadeira que lhe era oferecida, disse abruptamente:

— Acho que o vi, senhor, ontem em Boston.

A declaração era bastante insignificante, e Archer estava prestes a responder que sim, quando suas palavras foram reprimidas por algo misterioso, mas esclarecedor, no olhar insistente do visitante.

— É extraordinário, realmente extraordinário — continuou o sr. Riviere — que tivéssemos de nos encontrar nas circunstâncias em que me encontro.

— Que circunstâncias? — perguntou Archer, imaginando um tanto grosseiramente que o homem precisava de dinheiro.

O sr. Riviere continuou a estudá-lo com olhos hesitantes.

— Eu vim, não para procurar emprego, como lhe falei quando nos encontramos pela última vez, mas venho numa missão especial...

— Ah!... — exclamou Archer.

Num piscar de olhos, ele estabeleceu a relação entre os dois encontros em sua mente. Fez uma pausa para entender a situação assim tão subitamente esclarecida, e o sr. Riviere também permaneceu em silêncio, como se soubesse que o que havia dito era suficiente.

— Uma missão especial — repetiu Archer, por fim.

O jovem francês, abrindo as mãos, levantou-as ligeiramente, e os dois homens continuaram a olhar um para o outro na mesa do escritório, até que Archer levantou-se para dizer:

— Por favor, sente-se!

O sr. Riviere fez uma reverência, tomou uma cadeira distante e mais uma vez ficou esperando.

— Era sobre essa missão que você queria me consultar? — perguntou Archer, finalmente.

O sr. Riviere baixou a cabeça.

— Não em meu nome; nesse ponto eu... eu acho que cheguei a uma conclusão definitiva. Gostaria... se me permitir... de falar com você sobre a condessa Olenska.

Archer sabia, pelos últimos minutos, que acabaria por ouvir essas palavras; mas, quando foram proferidas, o sangue lhe subiu até as têmporas, como se tivesse sido atingido por um galho abaixado num matagal fechado.

– E em nome de quem – disse ele – deseja fazer isso?

O sr. Riviere respondeu à pergunta com firmeza.

– Bem... eu poderia dizer que é em nome dela, se não soasse como demasiada liberdade. Poderia dizer, em vez disso: em nome da justiça abstrata?

Archer o fitou com ironia.

– Em outras palavras: você é o mensageiro do conde Olenski?

Viu seu rubor refletido mais intensamente no rosto pálido do sr. Riviere.

– Não para o senhor. Se eu vim procurá-lo é por motivos bem diferentes.

– Que direito você tem, nas atuais circunstâncias, de me procurar por qualquer outro motivo? – retrucou Archer. – Se você é um emissário, é um emissário.

O jovem ponderou.

– Minha missão terminou, no tocante à condessa Olenska, e fracassou.

– Não posso fazer nada – replicou Archer, com o mesmo tom de ironia.

– Não: mas pode ajudar... – O sr. Riviere fez uma pausa, virou o chapéu nas mãos ainda cuidadosamente enluvadas, olhou para o forro e depois para o rosto de Archer. – Pode muito bem ajudar, senhor, estou convencido, para que se torne igualmente um fracasso para a família dela.

Archer empurrou a cadeira para trás e se levantou.

– Bem... e por Deus, eu vou! – exclamou ele, de mãos nos bolsos, olhando furiosamente para o pequeno francês, cujo rosto, embora ele também tivesse se levantado, ainda estava uma ou duas polegadas abaixo da linha dos olhos de Archer.

O sr. Riviere empalideceu, retomando sua tonalidade normal: mais pálido do que isso, sua tez dificilmente poderia ficar.

— Por que diabos — continuou Archer, de modo explosivo —, haveria você de pensar... uma vez que suponho que esteja me procurando por causa de meu relacionamento com Madame Olenska... que eu deveria ter uma posição contrária ao resto da família dela?

A mudança de expressão no rosto do sr. Riviere foi por algum tempo sua única resposta. Seu olhar passou da timidez à angústia absoluta. Para um jovem com seu semblante geralmente engenhoso, teria sido difícil parecer mais desarmado e indefeso.

— Oh, senhor...

— Não posso imaginar — continuou Archer — por que você deveria ter me procurado quando há outros muito mais próximos da condessa; menos ainda por que pensou que eu deveria ser mais acessível aos argumentos com os quais suponho que você foi enviado.

O sr. Riviere encarou esse ataque com uma humildade desconcertante.

— Os argumentos que quero lhe apresentar, senhor, são meus e não aqueles de quem me enviou.

— Então vejo menos razão ainda para ouvi-los.

O sr. Riviere tornou a olhar para o chapéu, como para tentar pensar se essas últimas palavras não eram uma indicação suficientemente clara para colocá-lo na cabeça e ir embora. Então, de repente, falou em tom resoluto.

— Senhor... pode me dizer uma coisa? É meu direito estar aqui que você questiona? Ou talvez acredita que todo o assunto já esteja encerrado?

Sua insistência silenciosa fez Archer sentir a falta de jeito de sua arrogância. O sr. Riviere conseguira impor-se: Archer, ficando ligeiramente vermelho, deixou-se cair na cadeira novamente, e sinalizou para o jovem se sentar.

– Peço desculpas, mas por que o assunto não está encerrado?

O sr. Riviere olhou para ele, angustiado.

– O senhor, então, concorda com o resto da família que, diante das novas propostas que trouxe, é realmente difícil que Madame Olenska não volte para o marido?

– Meu bom Deus! – exclamou Archer; e o visitante emitiu um murmúrio de confirmação.

– Antes de falar com ela, procurei... a pedido do conde Olenski... o senhor Lovell Mingott, com quem tive várias conversas antes de ir para Boston. Entendo que ele representa o ponto de vista da mãe; e que a influência da sra. Manson Mingott é grande sobre toda a família.

Archer ficou sentado, em silêncio, com a sensação de estar se agarrando à beira de um precipício escorregadio. A descoberta de que ele havia sido excluído de uma participação nessas negociações, e até de tomar conhecimento de como andavam e em que pé estavam, causou-lhe profunda surpresa, só superada pelo que estava ouvindo. Num piscar de olhos percebeu que, se a família havia parado de consultá-lo, era porque algum profundo instinto tribal os advertia de que ele não estava mais do lado deles; e se lembrou, sobressaltado, de uma observação de May quando voltavam da casa da sra. Manson Mingott no dia do torneio de tiro com arco e flecha:

– Talvez, afinal, Ellen fosse mais feliz com o marido.

Mesmo no tumulto das novas descobertas, Archer lembrou-se de sua exclamação indignada, e o fato de que desde então sua esposa nunca mais mencionou o nome de Madame Olenska. Sua alusão descuidada sem dúvida foi a palha levantada para ver de que lado o vento soprava; o resultado foi comunicado à família, e depois disso Archer foi tacitamente banido de suas deliberações. Ele admirava a disciplina tribal que fez com que May se curvasse a essa decisão. Ela não teria feito isso, ele sabia, se sua consciência protestasse; mas ela provavelmente compartilhava da opinião da família de que Madame Olenska estaria melhor como uma esposa infeliz do que como uma separada do marido, e que não adiantava discutir o caso com Newland, que tinha um jeito estranho de subitamente não dar a mínima importância para as coisas mais fundamentais.

Archer levantou a cabeça e se deparou com o olhar ansioso do visitante.

– O senhor não sabe... é possível que não saiba... que a família começa a duvidar se tem o direito de aconselhar a condessa a recusar as últimas propostas do marido?

– As propostas que você trouxe?

– As propostas que eu trouxe.

Estava na ponta da língua de Archer replicar que tudo o que ele sabia ou deixava de saber não era da conta do sr. Riviere; mas algo na tenacidade humilde e, no entanto, corajosa do olhar do sr. Riviere o fez rejeitar essa conclusão, e ele respondeu à pergunta do jovem com outra.

– Qual é seu objetivo em falar comigo sobre isso?

Ele não teve de esperar um minuto pela resposta.

– Para lhe implorar, senhor... para lhe implorar com toda a força de que sou capaz... para não deixá-la voltar.... Ah! não a deixe! – exclamou o sr. Riviere.

Archer olhou para ele com crescente espanto. Não havia como confundir a sinceridade de sua angústia ou a força de sua determinação: ele evidentemente resolvera deixar correr do jeito que deveria, exceto a necessidade suprema de expressar sua opinião. Archer ficou pensando.

– Posso perguntar – disse ele, por fim – se esta é a postura que você adotou na conversa com a condessa Olenska?

O sr. Riviere ficou vermelho, mas seus olhos não vacilaram.

– Não, senhor. Aceitei minha missão de boa-fé. Eu realmente acreditava... por razões que não vêm ao caso lhe confiar... que seria melhor para Madame Olenska recuperar sua situação, sua fortuna, a consideração social que a posição do marido lhe propicia.

– Foi o que pensei: você dificilmente poderia ter aceitado tal missão, se não fosse por isso.

– Eu não a teria aceitado.

– Bem, e então...? – Archer fez nova pausa, e os olhos dos dois se encontraram em outro prolongado escrutínio.

– Ah, senhor, depois que a vi, depois de ouvi-la, percebi que ela estava melhor aqui.

– Percebeu...?

– Senhor, cumpri fielmente minha missão: citei os argumentos do conde, apresentei as ofertas dele, sem acrescentar nenhum comentário de minha parte. A condessa teve a gentileza de ouvir com paciência; sua bondade foi tanta, a ponto de me receber duas vezes; considerou imparcialmente tudo o que eu vim dizer. E foi no decorrer dessas duas conversas que mudei de ideia, que passei a ver as coisas de forma diferente.

– Posso perguntar o que o levou a essa mudança?

– Simplesmente vendo a mudança nela – respondeu o sr. Riviere.

– A mudança nela? Então você já a conhecia?

O jovem corou novamente.

– Eu costumava vê-la na casa do marido. Conheço o conde Olenski há muitos anos. Pode muito bem imaginar que ele não teria confiado tal missão a um estranho.

Os olhos de Archer correram pelas paredes nuas do escritório e pousaram sobre um calendário suspenso encimado pelas austeras feições do presidente dos Estados Unidos. O fato de tal conversa estar ocorrendo em algum lugar dentro dos milhões de milhas quadradas sujeitas ao governo daquele homem parecia tão estranho quanto qualquer coisa que a imaginação pudesse inventar.

– A mudança... que tipo de mudança?

– Ah, senhor, se eu pudesse lhe contar! – O sr. Riviere fez uma pausa. – Veja bem... a descoberta, suponho, do que eu nunca tinha pensado antes: que ela é americana. E se você é um americano do tipo dela... de seu tipo... coisas que são aceitas em certas sociedades, ou pelo menos toleram como parte de um dar e receber conveniente, de modo geral... tornam-se impensáveis, simplesmente impensáveis. Se os parentes de Madame Olenska entendessem o que são essas coisas, a oposição deles ao retorno dela seria, sem dúvida, tão incondicional quanto a dela; mas eles parecem considerar o desejo de seu marido de tê-la de volta como prova de um desejo irresistível pela vida doméstica. – O sr. Riviere fez uma pausa e acrescentou: – Considerando que está longe de ser tão simples assim.

Archer olhou para o presidente dos Estados Unidos, e então para baixo, em sua mesa e nos papéis espalhados sobre ela. Por um ou dois segundos, não pôde confiar em si mesmo para falar. Durante esse intervalo, ouviu a cadeira do sr. Riviere ser empurrada para trás e percebeu que o jovem havia se levantado. Quando ergueu os olhos novamente, viu que o visitante estava tão comovido quanto ele.

– Obrigado – disse Archer, simplesmente.

– Não há nada para me agradecer, senhor. Sou eu, pelo contrário... – O sr. Riviere se interrompeu, como se falar nesse momento também era difícil para ele. – Gostaria, no entanto – continuou ele, com voz mais firme –, de acrescentar uma coisa. Perguntou-me se eu trabalhava para o conde Olenski. Nesse momento, sim. Voltei para ele, há alguns meses, por motivos de necessidade, como pode acontecer a qualquer um que tenha pessoas, pessoas doentes e idosas, dependendo dele. Mas, desde o momento em que dei o passo de vir aqui dizer-lhe essas coisas, considero-me dispensado e direi isso a ele quando voltar e lhe apresentar minhas razões. Isso é tudo, senhor.

O sr. Riviere fez uma reverência e deu um passo para trás.

– Obrigado – disse Archer novamente, ao lhe apertar a mão.

Capítulo 26

Todos os anos, no dia 15 de outubro, a Quinta Avenida abria as persianas, desenrolava os tapetes e pendurava sua tripla camada de cortinas.

No dia 1º de novembro, esse ritual doméstico terminava, e a sociedade começava a olhar em volta e fazer uma avaliação de si mesma. No dia 15, a temporada estava no auge, ópera e teatros apresentavam suas novas atrações, os compromissos para jantar estavam se acumulando, e as datas dos bailes eram marcadas. E pontualmente, mais ou menos nessa época, a sra. Archer sempre dizia que Nova York havia mudado muito.

Observando a cidade do altivo ponto de vista de uma não participante, ela era capaz, com a ajuda do sr. Sillerton Jackson e da srta. Sophy, de rastrear cada nova rachadura em sua superfície, e todas as estranhas ervas daninhas que cresciam entre as fileiras ordenadas das eventuais plantações. Fora uma das diversões da juventude de Archer esperar por esse pronunciamento anual de sua mãe, e ouvi-la enumerar os mínimos sinais de desintegração que seu olhar desatento havia ignorado. Nova York, na mente da sra. Archer, nunca mudava sem ser para pior; e a srta. Sophy Jackson concordou plenamente com isso.

O sr. Sillerton Jackson, como convém a um homem do mundo, não expressava sua opinião e ouvia com divertida imparcialidade as lamentações das senhoras. Mas mesmo ele nunca negou que Nova York havia mudado; e Newland Archer, no inverno do segundo ano de seu casamento, também foi obrigado a admitir que, se não havia realmente mudado, certamente estava mudando.

Essas questões foram levantadas, como sempre, no jantar de Ação de Graças da sra. Archer. Na data em que devia oficialmente agradecer pelas bênçãos recebidas ao longo do ano, ela tinha o hábito de fazer um balanço triste, embora não amargurado, de seu mundo, e de se perguntar o que havia para agradecer. De qualquer forma, não era o caso de dar graças pela sociedade; a sociedade, se se pudesse dizer que existia, era mais um espetáculo para invocar imprecações bíblicas... e, de fato, todos sabiam o que o reverendo dr. Ashmore quis dizer quando escolheu um texto de Jeremias (capítulo 2, versículo 25)[124] para seu sermão de Ação de Graças. O dr. Ashmore, o novo pároco da igreja de St. Matthew, fora escolhido por ser muito "avançado": seus sermões eram considerados ousados nas ideias e inovadores na linguagem. Quando fulminava a sociedade da moda, sempre falava de sua "tendência"; e para a sra. Archer era aterrorizante, e ao mesmo tempo fascinante, sentir-se parte de uma comunidade que seguia tendências na moda.

– Não há dúvida de que o dr. Ashmore está certo: HÁ uma tendência marcante – disse ela, como se fosse algo visível e mensurável, quanto uma rachadura numa casa.

– Foi muito estranho, porém, pregar sobre isso no Dia de Ação de Graças – opinou a srta. Jackson.

E a anfitriã replicou secamente:

– Oh, ele quer que agradeçamos pelo que resta.

Archer costumava sorrir com esses vaticínios anuais da mãe; mas este ano até ele foi obrigado a reconhecer, enquanto ouvia uma enumeração das mudanças, que a "tendência" era visível.

– A extravagância no vestir... – começou a srta. Jackson. – Sillerton me levou para a primeira noite da temporada da ópera e só posso dizer que o único vestido do ano passado que reconheci foi o de Jane Merry; e, mesmo assim, a parte da frente havia sido reformada. Mas sei que ela o comprou de Worth apenas dois anos atrás, porque sempre manda minha costureira ajustar seus vestidos de Paris antes de usá-los.

– Ah, Jane Merry é uma de nós – disse a sra. Archer suspirando, como se não fosse uma coisa tão invejável estar numa época em que as damas começavam a ostentar seus vestidos parisienses assim que saíam da alfândega, em vez de deixá-los amaciar trancados a sete chaves, à maneira das contemporâneas da sra. Archer.

– Sim, ela é uma das poucas. Quando eu era jovem – interveio a srta. Jackson –, era considerado vulgar vestir-se na moda mais recente; e Amy Sillerton sempre me disse que, em Boston, a regra era guardar os vestidos de Paris por dois anos. A velha sra. Baxter Pennilow, que fazia tudo com esmero, costumava importar doze por ano, dois de veludo, dois de cetim, dois de seda, e os outros seis de popeline e caxemira da melhor qualidade. Era uma ordem permanente, e como ela esteve doente por dois anos antes de morrer, encontraram quarenta e oito vestidos Worth que nunca haviam sido tirados do embrulho de papel de seda; e quando as filhas tiraram as vestes de luto, puderam usar o primeiro lote nos concertos da Orquestra Sinfônica sem parecer estar à frente da moda.

– Ah, bem, Boston é mais conservadora do que Nova York; mas sempre acho que é uma regra segura para uma dama deixar de lado seus vestidos franceses por uma temporada – admitiu a sra. Archer.

– Foi Beaufort quem lançou a nova moda, fazendo a esposa vestir as roupas novas assim que chegavam: devo dizer que às vezes é preciso toda a distinção de Regina para não ficar parecida com... com... – a srta. Jackson olhou em torno da mesa, percebeu o olhar esbugalhado de Janey e se refugiou num murmúrio ininteligível.

– Com as rivais – disse o sr. Sillerton Jackson, com ares de produzir um epigrama.

– Oh!... – murmuraram as damas; e a sra. Archer acrescentou, em parte para desviar a atenção da filha de tópicos proibidos:

— Pobre Regina! Seu Dia de Ação de Graças não foi muito alegre, infelizmente. Você ouviu os rumores sobre as especulações de Beaufort, Sillerton?

O sr. Jackson assentiu, com visível indiferença. Todos tinham ouvido os rumores em questão, e ele desdenhava confirmar uma história que já era de domínio público.

Um silêncio sombrio caiu sobre a festa. Ninguém realmente gostava de Beaufort, e não era totalmente desagradável pensar no pior de sua vida privada, mas a ideia de ele ter trazido desonra financeira para a família de sua esposa era chocante demais para ser apreciada até mesmo por seus inimigos. A Nova York de Archer tolerava a hipocrisia nas relações pessoais; mas nos negócios exigia uma honestidade límpida e impecável. Fazia muito tempo que nenhum banqueiro conhecido falia vergonhosamente; mas todos se lembravam da extinção social imposta aos chefes da empresa quando o último evento do gênero aconteceu. O mesmo aconteceria com os Beaufort, apesar do poder dele e da popularidade dela; nem toda a força da ligação dos Dallas salvaria a pobre Regina, se houvesse alguma verdade nos relatos das especulações ilegais de seu marido.

A conversa refugiou-se em tópicos menos ameaçadores; mas tudo o que eles tocaram parecia confirmar a sensação da sra. Archer de uma tendência acelerada.

— É claro, Newland, eu sei que você deixa a querida May ir às reuniões do domingo à noite na casa da sra. Struthers... — começou ela.

E May interveio alegremente:

— Oh, você sabe, todo mundo vai para a casa da sra. Struthers agora; e a vovó a convidou para sua última recepção.

Era assim que Nova York administrava suas transições: conspirando para ignorá-las até que tivessem terminado, e então, de boa-fé, imaginando que ocorreram em outra época. Sempre havia um traidor na cidadela; e depois que ele (ou geralmente ela) entregava as chaves, de que adiantava fingir que era inexpugnável? Depois que as pessoas provavam a fácil hospitalidade dominical da sra. Struthers, provavelmente não ficavam em casa lembrando que o champanhe dela era graxa de sapato transmutada.

– Eu sei, querida, eu sei – suspirou a sra. Archer. – Essas coisas devem acontecer, suponho, enquanto saem em busca de diversão; mas nunca perdoei sua prima, Madame Olenska, por ser a primeira pessoa que apoiou a sra. Struthers.

Um súbito rubor subiu ao rosto da jovem sra. Archer; surpreendeu seu marido tanto quanto aos outros convidados à mesa.

– Oh, Ellen... – murmurou ela, no mesmo tom acusador e ainda depreciativo em que seus pais poderiam ter dito: "Oh, as Blenker..."

Era o tom que a família tinha adotado para mencionar o nome da condessa Olenska, desde que ela os havia surpreendido e aborrecido ao permanecer firme e obstinada contra os avanços do marido; mas, nos lábios de May, dava o que pensar, e Archer olhou para ela com a sensação de estranheza, que às vezes o invadia quando ela estava mais sintonizada com o ambiente.

A mãe dele, menos sensível ao clima no ambiente do que de hábito, ainda insistiu:

– Sempre pensei que pessoas como a condessa Olenska, que viveram em sociedades aristocráticas, deveriam nos ajudar a manter nossas distinções sociais, em vez de ignorá-las.

O rubor de May se manteve permanentemente vívido: parecia ter um significado além daquele implícito no reconhecimento da má-fé social de Madame Olenska.

– Não tenho dúvidas de que os estrangeiros nos julgam todos iguais – disse a srta. Jackson, de modo categórico.

— Eu não acho que Ellen se importa com a sociedade; mas ninguém sabe exatamente com o que ela se importa – continuou May, como se ela estivesse tateando em busca de algo evasivo.

— Ah, bem... – suspirou novamente a sra. Archer.

Todos sabiam que a condessa Olenska não gozava mais das boas graças da família. Até mesmo sua devotada defensora, a velha sra. Manson Mingott, tinha sido incapaz de defender sua recusa em voltar para o marido. Os Mingott não proclamaram sua desaprovação em alta voz: seu senso de solidariedade era muito forte. O que eles fizeram foi, como disse a sra. Welland, "deixar a pobre Ellen encontrar seu lugar..." e isso, lamentável e incompreensivelmente, estava nas profundezas escuras, onde as Blenker reinavam, e "gente que escrevia" celebrava seus confusos rituais. Era incrível, mas era um fato, que Ellen, apesar de todas as suas oportunidades e privilégios, havia se tornado simplesmente "boêmia". O fato reforçava a alegação de que ela havia cometido um erro fatal, ao não retornar ao conde Olenski. Afinal, o lugar de uma jovem casada era sob o teto do marido, especialmente quando ela o deixou em circunstâncias que... bem... se alguém se preocupasse em investigá-las...

— Madame Olenska faz tremendo sucesso entre os cavalheiros – disse a srta. Sophy, com seu ar de querer dizer algo conciliador quando sabia que estava lançando um dardo.

— Ah, esse é o perigo a que uma jovem como Madame Olenska está sempre exposta. – concordou a sra. Archer, pesarosa.

Com essa conclusão, as damas recolheram suas saias e rumaram para a sala de estar bem iluminada por lamparinas, enquanto Archer e o sr. Sillerton Jackson se retiraram para a biblioteca gótica.

Uma vez instalado diante da lareira e consolando-se do inadequado jantar com a perfeição de seu charuto, o sr. Jackson se tornou agourento e comunicativo.

— Se Beaufort vier a falir – anunciou ele –, haverá revelações.

Archer levantou a cabeça rapidamente: jamais conseguia ouvir esse nome sem a nítida visão da pesada figura de Beaufort, coberta de opulentas peles, avançando pela neve em Skuytercliff.

– Devem aparecer – continuou o sr. Jackson – as mais sórdidas e repelentes coisas... Ele não gastou todo o seu dinheiro com a Regina.

– Oh, bem... isso não deixa de ser novidade, não é? De minha parte, creio que ele ainda vai sair dessa – disse o jovem, querendo mudar de assunto.

– Talvez... talvez. Sei que ele deveria falar com algumas pessoas influentes, hoje. Claro – admitiu o sr. Jackson com relutância –, é de esperar que eles possam ajudá-lo... desta vez, pelo menos. Eu não gostaria de pensar na pobre Regina passando o resto de sua vida no exterior, em alguma estação de águas para falidos.

Archer não disse nada. Parecia-lhe tão natural... por mais trágico que fosse... que o dinheiro obtido de forma ilícita fosse cruelmente expiado, que sua mente, mal se demorando no destino da sra. Beaufort, voltou-se para questões mais próximas. Qual era o significado do rubor de May quando a condessa Olenska foi mencionada?

Quatro meses se passaram desde o dia de verão em que estivera com Madame Olenska; e desde então não a tinha visto. Sabia que ela havia retornado a Washington, para a casinha que ela e Medora Manson haviam alugado: ele lhe havia escrito uma vez... algumas palavras, perguntando quando se encontrariam novamente... e ela respondeu ainda mais brevemente:

– Ainda não.

Desde então não houve mais comunicação entre eles. E ele havia construído dentro de si uma espécie de santuário, no qual ela se entronizou entre seus pensamentos e desejos secretos. Pouco a pouco, tornou-se o cenário de sua vida real, de suas únicas atividades racionais; para lá ele levava os livros que lia, as ideias e sentimentos que o nutriam, seus julgamentos e suas visões.

Fora dali, no cenário de sua vida real, movia-se com uma crescente sensação de irrealidade e insuficiência, tropeçando em preconceitos familiares e pontos de vista tradicionais como um homem distraído continua esbarrando na mobília de seu quarto. Ausente... era isso que ele era: tão ausente de tudo o que é mais densamente real e próximo daqueles que o rodeavam, que às vezes se surpreendia ao descobrir que eles ainda imaginavam que ele estava ali.

Ele percebeu que o sr. Jackson estava limpando a garganta, preparando-se para novas revelações.

– É claro que não sei até que ponto a família de sua esposa sabe o que as pessoas dizem sobre... bem, sobre a recusa de Madame Olenska em aceitar a última oferta de seu marido.

Archer ficou em silêncio, e o sr. Jackson continuou, um tanto evasivo:

– É uma pena... é certamente uma pena... que ela tenha recusado.

– Uma pena? Em nome de Deus, por quê?

O sr. Jackson olhou para a meia sem dobras que fazia a vez de anteparo à união de sua perna com o reluzente calçado.

– Bem... tanto para colocar as coisas em termos reais... do que vai ela viver agora?

– Agora...?

– Se Beaufort...

Archer levantou-se de um salto, dando um soco na borda de nogueira preta da escrivaninha. Os tinteiros de latão dançaram em seus suportes.

– Que diabos está querendo dizer, senhor?

Movendo-se ligeiramente na cadeira, o sr. Jackson dirigiu um olhar tranquilo para o rosto ardente do jovem.

– Bem... sei de fonte muito segura... na verdade, da própria velha Catherine... que a família reduziu consideravelmente a mesada da condessa Olenska quando ela se recusou definitivamente a voltar para o marido; e como, com essa recusa, ela também perde o dinheiro que lhe foi dado quando se casou... que Olenski estava pronto a lhe devolver, se ela voltasse... ora, que diabos você está querendo dizer, meu caro menino, ao me perguntar o que eu estou querendo dizer? – replicou o sr. Jackson, bem-humorado.

Archer foi até a lareira e se curvou para despejar as cinzas do charuto.

– Não sei nada dos assuntos particulares de Madame Olenska; mas não preciso para ter certeza de que o que o senhor está insinuando...

– Oh, eu não: é Lefferts, por exemplo – interveio o sr. Jackson.

– Lefferts... que lhe fez a corte e foi rejeitado! – irrompeu Archer, com desdém.

– Ah... lhe fez a corte? – repetiu o outro, como se fosse exatamente para isso que ele estava preparando uma armadilha. E permaneceu sentado de lado para o fogo, de modo que seu velho e duro olhar fixou o rosto de Archer como se fosse uma mola de aço.

– Bem, bem: é uma pena que ela não tenha voltado antes da bancarrota de Beaufort – continuou ele. – Se ela vier agora e se ele falir, só vai confirmar a impressão geral: que não se deve, aliás, unicamente a Lefferts, por falar nisso.

– Oh, ela não vai voltar agora: nem agora nem nunca! – Mal disse isso, Archer mais uma vez teve a impressão de que era exatamente o que o sr. Jackson estava esperando.

O velho cavalheiro o examinou atentamente.

– Essa é sua opinião, hein? Bem, sem dúvida você deve saber. Mas todos dirão que os poucos centavos que Medora Manson ainda tem estão nas mãos de Beaufort; e como as duas mulheres vão se manter e sobreviver sem ele, não consigo imaginar. Claro que Madame Olenska ainda pode amolecer a velha Catherine, que se opôs mais inexoravelmente à sua permanência entre nós; e a velha Catherine poderia conceder-lhe a mesada que quisesse. Mas todos nós sabemos que ela odeia se desfazer de dinheiro; e o resto da família não tem nenhum interesse particular em manter Madame Olenska aqui.

Archer estava espumando de raiva inutilmente: estava exatamente no estado em que um homem tem certeza de fazer algo estúpido, sabendo o tempo todo que está fazendo isso.

Percebeu que o sr. Jackson ficou instantaneamente impressionado com o fato de que as diferenças de Madame Olenska com sua avó e seus outros parentes não eram conhecidas por ele, e que o velho cavalheiro havia tirado as próprias conclusões quanto aos motivos da exclusão de Archer dos conselhos de família. Esse fato alertou Archer para ir com cautela; mas as insinuações sobre Beaufort o deixaram imprudente. Estava atento, no entanto, se não por seu perigo, pelo menos do fato de que o sr. Jackson estava sob o teto de sua mãe, e consequentemente seu convidado. A velha Nova York observava escrupulosamente a etiqueta da hospitalidade, e nenhuma discussão com um convidado jamais poderia degenerar em desavença.

– Vamos subir e nos reunir com minha mãe? – sugeriu ele, secamente, enquanto as últimas cinzas do charuto do sr. Jackson caíam no cinzeiro de latão a seu lado.

No caminho de volta para casa, May permaneceu estranhamente silenciosa; através da escuridão, ele ainda a sentia envolta em seu rubor ameaçador. O que essa ameaça significava, ele não conseguia adivinhar: mas tinha razoável certeza de que o nome de Madame Olenska a havia provocado.

Subiram para o andar de cima, e ele entrou na biblioteca. Ela geralmente o seguia; mas ele ouviu seus passos que a levavam pelo corredor para o quarto.

– May! – chamou ele, com impaciência, e ela voltou, com um leve olhar de surpresa pelo tom da voz dele.

– Essa lamparina está soltando fumaça de novo; creio que as criadas deveriam manter o pavio sempre devidamente aparado – resmungou ele, nervoso.

– Desculpe, isso não vai mais acontecer – replicou ela, no tom firme e claro que aprendera com a mãe e que deixou Archer exasperado ao ter a impressão de que ela já estava começando a tratá-lo como sr. Welland mais moço. Ela se curvou para abaixar o pavio e, quando a luz atingiu seus ombros brancos e as curvas claras de seu rosto, ele pensou: "Como ela é jovem! Por quantos anos essa vida terá de continuar!"

Ele sentiu, com uma espécie de horror, a própria juventude forte e o sangue pulsando em suas veias.

– Escute – disse ele, de repente. – Talvez eu tenha de ir a Washington por alguns dias... em breve; semana que vem, talvez.

A mão dela permaneceu na chave da lamparina enquanto se virava para ele lentamente. O calor da chama trouxe de volta um brilho ao rosto dela, mas empalideceu quando olhou para cima.

– A negócios? – perguntou ela, num tom que insinuava que não poderia haver outra razão concebível e que havia feito a pergunta automaticamente, como se apenas quisesse terminar a frase dele.

– A negócios, naturalmente. Há um caso de patente chegando à Suprema Corte... – Ele deu o nome do inventor e continuou fornecendo detalhes com toda a loquacidade digna de Lawrence Lefferts, enquanto ela ouvia com atenção, dizendo de vez em quando:

– Sim, entendo.

– A mudança vai lhe fazer bem – disse ela, simplesmente, quando ele terminou – e não deixe de visitar Ellen – acrescentou ela, olhando-o diretamente nos olhos com seu sorriso desanuviado e falando no tom que ela poderia ter empregado para instá-lo a não negligenciar algum incômodo dever familiar.

Foram as únicas palavras que trocaram sobre o assunto; mas, no código em que ambos foram treinados, significava:

"Claro que você entende que eu sei tudo o que as pessoas estão dizendo sobre Ellen, e sinceramente simpatizo com minha família em seu esforço para fazê-la voltar para o marido. Eu também sei que, por algum motivo você resolveu não me contar, você a aconselhou a fazer o contrário, que todos os homens mais velhos da família, assim como nossa avó, concorda em aprovar; e que é devido a seu encorajamento que Ellen desafia a todos nós, e se expõe ao tipo de crítica que o sr. Sillerton Jackson provavelmente fez a você, esta noite, a insinuação que o deixou tão irritado... De fato, as dicas não faltaram; mas, como você parece não querer tomá-las dos outros, eu mesma ofereço a você, na única forma em que pessoas bem-educadas de nossa espécie podem comunicar coisas desagradáveis umas às outras: ao deixá-lo entender que eu sei que você pretende ver Ellen quando estiver em Washington, e talvez esteja indo para lá expressamente com esse propósito; e que, uma vez que você tem certeza de vê-la, desejo que faça isso com minha total e explícita aprovação... e aproveite a oportunidade para deixá-la saber a que tipo de conduta você a encorajou a adotar.

A mão dela ainda estava na chave da lamparina quando a última palavra dessa mensagem muda chegou até ele. Ela abaixou o pavio, ergueu o globo e assoprou a chama.

– Eles cheiram menos se alguém os soprar – explicou ela, com seu brilhante ar de dona de casa. Na soleira da porta, ela se virou e parou para receber o beijo dele.

Capítulo 27

Wall Street, no dia seguinte, tinha relatos mais tranquilizadores sobre a situação de Beaufort. Não eram definitivos, mas eram esperançosos. Era geralmente entendido que ele poderia invocar influências poderosas, em caso de emergência, e que o fizera com sucesso; e, naquela noite, quando a sra. Beaufort apareceu na ópera com seu antigo sorriso e um novo colar de esmeraldas, a sociedade respirou aliviada.

Nova York era inexorável em sua condenação de irregularidades comerciais. Até então não houvera exceção à regra tácita de que aqueles que infringiam a lei da probidade deveriam pagar; e todos sabiam que até mesmo Beaufort e a esposa de Beaufort se submeteriam inflexivelmente a esse princípio. Mas ser obrigado a sacrificá-los seria não apenas doloroso, mas inconveniente. O desaparecimento dos Beaufort deixaria um vazio considerável em seu pequeno círculo; e aqueles que eram ignorantes demais ou incautos demais para estremecer com a catástrofe moral lamentavam antecipadamente a perda do melhor salão de baile de Nova York.

Archer tinha definitivamente decidido ir a Washington. Esperava apenas a abertura do processo de que falara com May, para que sua data coincidisse com a de sua visita; mas, na terça-feira seguinte, soube pelo sr. Letterblair que o caso poderia ser adiado por várias semanas. E ele voltou para casa naquela tarde determinado a partir de qualquer maneira na noite seguinte. As chances eram de que May, que nada sabia de sua vida profissional, e nunca tinha mostrado qualquer interesse por ela, não haveria de saber do adiamento, se isso acontecesse, nem lembrar os nomes dos litigantes, se eles fossem mencionados diante dela; de qualquer forma, não podia mais esperar para ver Madame Olenska. Havia muitas coisas que deveria lhe dizer.

Na manhã da quarta-feira, quando chegou ao escritório, o sr. Letterblair o recebeu com o rosto demonstrando preocupação.

Afinal de contas, Beaufort não conseguira ajuda; mas, ao lançar o boato de que havia conseguido, tranquilizou seus correntistas e significativos depósitos haviam sido aportados ao banco até a noite anterior, quando relatórios perturbadores voltaram novamente a predominar. Em decorrência, houve uma corrida ao banco, e era provável que suas portas se fechassem antes do fim do dia. As piores coisas circulavam sobre a covarde manobra de Beaufort, e seu fracasso prometia ser um dos mais vergonhosos da história de Wall Street.

A dimensão da calamidade deixou o sr. Letterblair pálido e atordoado.

– Já vi coisas ruins em meu tempo; mas nada tão ruim quanto isso. Todo mundo que conhecemos será atingido, de uma forma ou de outra. E o que será feito com a sra. Beaufort? O que se pode fazer por ela? Tenho pena da sra. Manson Mingott tanto quanto qualquer um: chegando à idade dela, não há como saber que efeito esse caso pode ter sobre sua vida. Ela sempre acreditou em Beaufort... fez dele um amigo! E há toda a família dos Dallas: a pobre sra. Beaufort é parente de cada um de vocês. Sua única chance seria deixar o marido... mas como alguém poderia lhe dizer isso? É seu dever ficar ao lado dele; e felizmente ela sempre parece ter sido cega diante das fraquezas dele.

Alguém bateu à porta, e o sr. Letterblair virou bruscamente a cabeça.

– Quem será? Não posso ser perturbado.

Um funcionário trouxe uma carta para Archer e retirou-se. Reconhecendo a caligrafia de sua esposa, o jovem abriu o envelope e leu:

"Você não poderia, por favor, vir para a cidade o mais rápido possível? Vovó teve um leve derrame ontem à noite. De alguma forma misteriosa, ela descobriu antes de qualquer outra pessoa essa terrível notícia sobre o banco. Tio Lovell está ainda caçando, e a ideia da desgraça deixou o pobre papai tão nervoso, que está com febre e não consegue sair do quarto. Mamãe precisa de você urgentemente, e espero que possa sair logo e ir direto para a casa da vovó."

Archer entregou a nota a seu sócio e, alguns minutos depois, estava se dirigindo para o Norte num bonde lotado; desceu dele na Rua 14 e tomou um dos altos e sacolejantes ônibus da linha da Quinta Avenida. Já passava do meio-dia quando esse desconfortável veículo o deixou na casa da velha Catherine. A janela da sala de estar do térreo, onde ela costumava ficar, estava ocupada pela figura inadequada de sua filha, a sra. Welland, que acenou aliviada ao avistar Archer, que, na porta, foi recebido por May. O saguão tinha a aparência peculiar das casas bem cuidadas repentinamente invadidas pela doença: capas e peles amontoadas nas cadeiras, uma maleta de médico e um sobretudo estavam sobre a mesa e, ao lado, cartas e cartões já haviam se acumulado sem que ninguém lhes desse atenção.

May parecia pálida, mas sorridente. O dr. Bencomb, que acabava de vir pela segunda vez, assumiu um ar mais esperançoso, e a destemida determinação da sra. Mingott de viver e ficar boa já estava afetando a família. May levou Archer para a sala de estar da velha senhora, onde as portas de correr que davam para o quarto haviam sido fechadas, e os pesados reposteiros de damasco amarelo caíam sobre elas; e ali a sra. Welland comunicou a ele em tons de voz horrorizados os detalhes da catástrofe. Parecia que na noite anterior algo terrível e misterioso havia acontecido. Por volta das 8 horas, logo depois que a sra. Mingott terminou o jogo de paciência que ela sempre jogava depois do jantar, a campainha tocou, e uma senhora com um véu tão espesso, que os criados não a reconheceram imediatamente, pediu para ser recebida.

O mordomo, ouvindo uma voz familiar, escancarou a porta da sala de estar, anunciando:

– Sra. Julius Beaufort... – e então fechou novamente a porta.

Elas devem ter ficado juntas, calculou ele, por cerca de uma hora. Quando a sineta da sra. Mingott tocou, a sra. Beaufort já havia saído sem ser vista, e a velha senhora, branca, imensa e terrível, estava sentada sozinha em sua grande cadeira e sinalizou ao mordomo para ajudá-la a entrar no quarto. Ela parecia, naquele momento, embora obviamente angustiada, no controle completo de seu corpo e de sua mente. A criada mulata colocou-a na cama, trouxe-lhe uma xícara de chá, como de costume, arrumou tudo no quarto e foi embora; mas, às 3 da manhã, a sineta tocou novamente, e os dois criados, apressando-se a atender a essa chamada inusitada (pois a velha Catherine geralmente dormia como um bebê), tinham encontrado a patroa sentada na cama, recostada nos travesseiros, com um sorriso torto no rosto e uma mãozinha pendendo inerte de seu enorme braço.

O derrame tinha sido claramente leve, pois ela era capaz de falar e de expressar suas vontades de sempre; e, logo após a primeira visita do médico, ela começou a recuperar o controle de seus músculos faciais. Mas o alarme foi grande; e proporcionalmente grande foi a indignação quando se deduziu das frases fragmentárias da sra. Mingott que Regina Beaufort viera lhe pedir... incrível descaramento!... para apoiar o marido, para ajudá-los... para não "abandoná-los", como ela mesma disse... na verdade, para induzir toda a família a encobrir e tolerar sua monstruosa desonra.

– Eu falei para ela: "Honra sempre foi honra, e honestidade sempre foi honestidade, na casa de Manson Mingott, e será até que eu seja carregada para o túmulo" – balbuciou a velha no ouvido da filha, com a voz pastosa dos parcialmente paralisados. – E quando ela disse: "Mas meu nome, tia, meu nome é Regina Dallas", eu retruquei: "Era Beaufort quando ele a cobria de joias, e tem de permanecer Beaufort, agora que ele a cobriu de vergonha".

Foi o que, com lágrimas e suspiros de horror, a sra. Welland comunicou, empalidecida e demolida pela obrigação inusitada de ter finalmente de fixar os olhos no desagradável e no desonroso.

– Se ao menos eu pudesse esconder isso de seu sogro; ele sempre diz: "Augusta, por favor, não destrua minhas últimas ilusões"...

e como posso impedir que ele chegue a saber desses horrores? – choramingava a pobre senhora.

– Afinal, mamãe, ele não os viu – disse sua filha; e a sra. Welland suspirou: – Ah, não; graças a Deus ele está seguro na cama. E o dr. Bencomb prometeu mantê-lo lá até que a pobre mamãe melhore e que Regina esteja longe daqui.

Archer havia se sentado perto da janela e olhava fixamente para a rua deserta. Era evidente que ele havia sido convocado mais para o apoio moral das senhoras atingidas do que para qualquer ajuda específica que pudesse prestar. Telegrafaram ao sr. Lovell Mingott, e as mensagens eram enviadas em mãos aos membros da família que viviam em Nova York; e, enquanto isso, não havia nada a fazer senão discutir em voz baixa as consequências da desonra de Beaufort e da ação injustificável de sua esposa.

A sra. Lovell Mingott, que estava em outra sala, fazendo anotações, logo reapareceu e acrescentou sua voz à discussão. Em seus dias, as senhoras mais velhas concordaram, a esposa de um homem que fez algo vergonhoso nos negócios tinha apenas uma ideia em mente: apagar-se, sumir com ele.

– Houve o caso da pobre vovó Spicer; sua bisavó, May. Naturalmente – a sra. Welland se apressou em acrescentar –, as dificuldades financeiras de seu bisavô eram pessoais... perdas no jogo de cartas ou por dar aval a uma nota promissória... eu nunca soube, porque mamãe nunca falava sobre isso. Mas ela foi criada no interior porque a mãe dela teve de deixar Nova York depois da desgraça, o que quer que fosse: eles viveram sozinhos em Hudson, inverno e verão, até mamãe completar 16 anos. Jamais teria ocorrido à vovó Spicer pedir "apoio" à família, como tentou fazer Regina, pelo que entendi; embora uma desgraça pessoal não seja nada, se comparada ao escândalo de arruinar centenas de pessoas inocentes.

– Sim, seria mais apropriado para Regina esconder seu rosto do que falar dos outros – concordou a sra. Lovell Mingott. – Pelo que entendi, o colar de esmeraldas que ela usou na ópera, na última sexta-feira, foi enviado pela Ball and Black's à tarde, só para ver se ela gostava. Será que vão recuperá-lo?

Archer escutava impassível o coro implacável. A ideia de absoluta probidade financeira como a primeira lei do código de um cavalheiro estava profundamente arraigada nele para que considerações sentimentais a enfraquecessem. Um aventureiro como Lemuel Struthers pode acumular os milhões de sua graxa de sapato em qualquer número de negócios obscuros; mas a honestidade imaculada era a *noblesse oblige*[125] da antiga Nova York financeira. Nem o destino da sra. Beaufort comoveu muito Archer. Ele sentiu, sem dúvida, mais pena dela do que seus parentes indignados; mas parecia-lhe que o laço entre marido e mulher, mesmo que sujeito à ruptura na prosperidade, deve ser indissolúvel no infortúnio. Como havia dito o sr. Letterblair, o lugar da esposa era ao lado do marido, quando ele está com problemas; mas o lugar da sociedade não é estar do lado dele, e a fria presunção da sra. Beaufort de achar que assim fosse, quase a tornava sua cúmplice. A mera ideia de uma mulher apelar para sua família para acobertar a desonra nos negócios do marido era inadmissível, uma vez que era a única coisa que a família, como instituição, não poderia fazer.

A criada mulata chamou a sra. Lovell Mingott para o saguão, e essa logo apareceu com o semblante fechado.

– Ela quer que eu mande um telegrama a Ellen Olenska. Eu tinha escrito para Ellen, é claro, e para Medora; mas agora parece que isso não é suficiente. Devo telegrafar para ela imediatamente e dizer-lhe que deve vir sozinha.

A informação foi recebida em silêncio. A sra. Welland suspirou resignada, e May se levantou da cadeira e foi recolher alguns jornais que estavam espalhados pelo chão.

– Acho que deve ser feito – continuou a sra. Lovell Mingott, como se esperasse ser contrariada; e May voltou para o meio da sala.

– Claro que deve ser feito – disse ela. – Vovó sabe o que quer, e devemos realizar todos os seus desejos. Devo escrever o telegrama para você, tia? Se partir imediatamente, Ellen provavelmente poderá tomar o trem amanhã de manhã. – Ela pronunciou as sílabas do nome com uma clareza peculiar, como se tivesse batido em dois sinos de prata.

– Bem, não podemos mandá-lo de uma vez. Jasper e o copeiro saíram com mensagens e telegramas.

May voltou-se para o marido com um sorriso.

– Mas aqui está Newland, pronto para fazer qualquer coisa. Você vai levar o telegrama, Newland? Ainda dá tempo, antes do almoço.

Archer levantou-se com um murmúrio de prontidão, e ela se sentou junto à mesinha de jacarandá e redigiu a mensagem em sua grande letra infantil. Uma vez escrito, passou o mata-borrão com cuidado e o entregou a Archer.

– Que pena – disse ela – que você e Ellen vão se cruzar no caminho!... Newland – acrescentou ela, voltando-se para a mãe e a tia –, é obrigado a ir a Washington por causa de um processo de patente que está chegando à Suprema Corte. Suponho que o tio Lovell estará de volta amanhã à noite e, com a vovó melhorando tanto, não parece certo pedir a Newland que desista de um contrato importante para a empresa... não é?

Ela fez uma pausa, como se esperasse uma resposta, e a sra. Welland declarou apressadamente:

– Ah, claro que não, querida. Sua avó seria a última pessoa a desejar isso.

Quando Archer saiu da sala com o telegrama, ouviu a sogra acrescentar, presumivelmente para a sra. Lovell Mingott:

– Mas por que diabos ela deveria fazer você telegrafar para Ellen Olenska... – e a voz clara de May retrucou:

– Talvez seja para frisar novamente que, afinal, o dever dela é estar com o marido.

A porta externa se fechou, e Archer se afastou apressadamente rumando em direção da agência do telégrafo.

Capítulo 28

– Ol-ol... como é que se escreve isso? – perguntou a rude jovem a quem Archer havia entregado o texto do telegrama de sua esposa, no guichê da agência da Western Union.

– Olenska... O-lens-ka – repetiu ele, retomando o papel para escrever com letras garrafais o nome estrangeiro, acima da incompreensível caligrafia de May.

– É um nome improvável numa agência de telégrafo de Nova York; pelo menos neste bairro – observou uma voz inesperada. E, virando-se, Archer deu com Lawrence Lefferts a seu lado, acariciando um bigode imperturbável e fingindo não olhar para a mensagem.

– Olá, Newland! Pensei em encontrá-lo aqui. Acabei de ouvir falar do derrame da velha sra. Mingott; e, quando eu estava indo para casa, vi você virando nesta rua e corri atrás de você. Suponho que veio de lá?

Archer assentiu e empurrou o texto do telegrama sob a grade.

– É muito grave? – continuou Lefferts. – Um telegrama para a família, suponho. Acho que deve ser bem grave, se estiver incluindo a condessa Olenska.

Archer mordeu os lábios. Sentiu um impulso selvagem de dar um murro no belo e longo rosto fútil a seu lado.

– Por quê? – perguntou ele.

Lefferts, que era conhecido por evitar discussões, ergueu as sobrancelhas com uma careta irônica, que alertou o outro sobre a donzela que vigiava atrás da treliça. Esse olhar lembrou a Archer que nada poderia ser pior para a "etiqueta" do que qualquer explosão de raiva em local público.

Archer nunca foi tão indiferente às exigências da etiqueta; mas seu impulso de causar um dano físico a Lawrence Lefferts foi apenas momentâneo. Deixar-se levar a uma discussão por causa do nome de Ellen Olenska nesse momento, qualquer que fosse a provocação, era algo impensável. Ele pagou pelo telegrama, e os dois jovens saíram juntos para a rua. Lá, Archer, tendo recuperado o autocontrole, continuou:

– A sra. Mingott está muito melhor; e o médico está mais que tranquilo. – E Lefferts, com profusas expressões de alívio, perguntou-lhe se ele tinha ouvido falar que havia novamente rumores terríveis sobre Beaufort...

Naquela tarde, a notícia da falência de Beaufort estava em todos os jornais. Isso fez com que o informe sobre o derrame da sra. Manson Mingott passasse praticamente despercebido, e apenas os poucos que ouviram falar da misteriosa conexão entre os dois eventos pensaram em atribuir a doença da velha Catherine a algo que não se referisse ao excesso de gordura ou ao peso dos anos.

Toda Nova York se entristeceu com a história da desonra de Beaufort. Nunca houve, como disse o sr. Letterblair, um caso pior em sua memória, nem, aliás, na memória do distante Letterblair que dera nome à firma. O banco continuou recebendo depósitos o dia inteiro, embora sua falência fosse inevitável; e, como muitos de seus clientes pertenciam a um ou outro dos clãs dominantes, a duplicidade de Beaufort parecia duplamente cínica.

Se a sra. Beaufort não tivesse adotado o tom de que tais infortúnios (a palavra era dela) eram "o teste da amizade", a compaixão por ela podia ter moderado a indignação geral contra o marido. Nesse caso... e especialmente depois que o objetivo de sua visita noturna à sra. Manson Mingott se tornara conhecido... seu cinismo foi considerado superior ao dele; e ela não tinha a desculpa... nem a satisfação de seus detratores... de alegar que era "estrangeira". Não deixou de ser um consolo (para aqueles cujos títulos não estavam em risco) poder lembrar que Beaufort era estrangeiro; mas, afinal de contas, se uma Dallas da Carolina do Sul compartilhasse a opinião sobre o caso e divulgasse, ele logo estaria "de pé novamente", o argumento perdia força e não havia nada a fazer senão aceitar essa terrível evidência da indissolubilidade do matrimônio. A sociedade precisava dar um jeito de prosseguir sem os Beaufort, e o assunto se encerraria por aí... exceto, de fato, para vítimas infelizes do desastre, como Medora Manson, as pobres e velhas srtas. Lanning e algumas outras senhoras equivocadas de boa família que, se ao menos tivessem ouvido o sr. Henry van der Luyden...

– A melhor coisa que os Beaufort podem fazer – disse a sra. Archer, resumindo, como se estivesse pronunciando um diagnóstico e prescrevendo um tratamento – é ir morar na casinha da Regina, na Carolina do Norte. Beaufort sempre manteve um estábulo com cavalos de corrida, e é melhor ele criar cavalos de trote. Diria que ele tem todas as qualidades para ser um bem-sucedido criador de cavalos.

Todos concordaram com ela, mas ninguém se dignou perguntar o que os Beaufort realmente pretendiam fazer.

No dia seguinte, a sra. Manson Mingott estava muito melhor: tinha recuperado suficientemente a voz para dar ordens para que ninguém mais lhe mencionasse os Beaufort e perguntou... quando o dr. Bencomb apareceu... o que, diabos, sua família queria dizer com tanto estardalhaço sobre sua saúde.

– Se alguém de minha idade comer salada de frango à noite, o que pode esperar? – perguntou ela; e, tendo o médico modificado oportunamente sua dieta, o derrame se transformou em indigestão. Mas, apesar de seu tom firme, a velha Catherine não recuperou totalmente sua antiga postura perante a vida. O crescente distanciamento da velhice, embora não tivesse diminuído sua curiosidade sobre seus semelhantes, havia embotado sua compaixão nunca muito viva pelos problemas deles; e ela parecia não ter dificuldade em tirar da cabeça o desastre de Beaufort. Mas, pela primeira vez, foi se concentrando sobre seus sintomas e começou a ter um interesse sentimental por certos membros de sua família, que até então havia tratado de modo desdenhosamente indiferente.

O sr. Welland, em particular, teve o privilégio de atrair sua atenção. De seus genros, era o que ela mais sistematicamente havia ignorado; e todos os esforços de sua esposa para representá-lo como um homem de caráter forte e habilidade intelectual marcante (se ele "quisesse") eram recebidos com uma risada zombeteira. Mas, agora, sua eminência como valetudinário o tornava objeto de grande interesse, e a sra. Mingott emitiu uma convocação imperial para que se apresentasse para conversar sobre dietas assim que sua febre cedesse; pois a velha Catherine era agora a primeira a reconhecer que, no tocante à febre, todo cuidado era pouco.

Vinte e quatro horas depois do envio do telegrama para Madame Olenska, um telegrama anunciou que ela chegaria de Washington na noite do dia seguinte. Na casa dos Welland, onde os Newland Archer estavam almoçando, a questão de quem deveria buscá-la em Jersey City foi imediatamente levantada; e as dificuldades materiais que a família Welland enfrentava, como se fosse um posto avançado de fronteira, emprestou animação ao debate.

Ficou combinado que a sra. Welland não poderia ir para Jersey City porque ela deveria acompanhar o marido à casa da velha Catherine naquela tarde e a carruagem não poderia ser dispensada, pois, se o sr. Welland passasse "mal", ao ver sua sogra pela primeira vez depois do derrame, ele teria de ser levado para casa de imediato. Os filhos de Welland certamente estariam "no centro da cidade"; o sr. Lovell Mingott estaria voltando às pressas da caçada e precisaria da carruagem dos Mingott; e ninguém poderia pedir a May, no fim de uma tarde de inverno, para ir sozinha, tendo de fazer a travessia de balsa, para Jersey City, mesmo que na própria carruagem.

Mas poderia parecer falta de hospitalidade... e contrário aos desejos expressos da velha Catherine... se Madame Olenska pudesse chegar sem que ninguém da família estivesse na estação para recebê-la. Era bem típico de Ellen, como sugeria a voz cansada da sra. Welland, colocar a família em tal dilema.

– É sempre uma coisa atrás da outra – lamentou a pobre senhora, numa de suas raras revoltas contra o destino. – A única coisa que me faz pensar que mamãe deve estar pior do que o dr. Bencomb admite é esse desejo mórbido de ver Ellen imediatamente, por mais inconveniente que seja ir buscá-la.

As palavras foram impensadas, como muitas vezes são as expressões de impaciência; e o sr. Welland reagiu de imediato.

– Augusta – disse ele, empalidecendo e largando o garfo. – Você tem alguma outra razão para pensar que Bencomb merece menos confiança do que antes? Você notou que ele tem sido menos consciencioso do que o normal em acompanhar meu caso ou o de sua mãe?

Foi a vez da sra. Welland empalidecer, à medida que as consequências intermináveis de seu erro se desenrolavam diante dela; mas conseguiu rir e tomar uma segunda porção de ostras, antes de retomar sua velha armadura de alegria e dizer:

– Meu querido, como pode imaginar uma coisa dessas? Eu só quis dizer que, depois da posição decidida que mamãe assumiu, dizendo que era dever de Ellen voltar para o marido, parece estranho que seja tomada por esse súbito desejo de vê-la, quando há meia dúzia de outros netos que ela poderia ter mandado chamar. Mas nunca devemos esquecer que mamãe, apesar de sua maravilhosa vitalidade, é uma mulher muito velha.

O semblante do sr. Welland permaneceu fechado, e era evidente que sua imaginação perturbada se fixou imediatamente nessa última observação.

– Sim: sua mãe é uma mulher muito velha; e, pelo que sabemos, Bencomb pode não ter tanto sucesso com pessoas muito velhas. Como você diz, minha querida, é sempre uma coisa atrás da outra; e, dentro de dez ou quinze anos, suponho, terei o agradável dever de procurar um novo médico. É sempre melhor fazer essa mudança antes que seja absolutamente necessário. – E, tendo chegado a essa decisão espartana, o sr. Welland retomou firmemente o garfo.

– Mas, enquanto isso – começou de novo a sra. Welland, levantando-se da mesa e abrindo caminho para ir ao deserto de cetim roxo e malaquita conhecido como a sala de estar dos fundos –, não vejo como Ellen vai chegar aqui amanhã à noite; e eu gosto de resolver as coisas com pelo menos vinte e quatro horas de antecedência.

Archer interrompeu sua fascinada contemplação de uma pequena pintura, representando dois cardeais bebendo e festejando, em moldura octogonal de ébano, cravejada de medalhões de ônix.

– Devo ir buscá-la? – propôs ele. – Posso facilmente sair do escritório a tempo de encontrar a carruagem na balsa, se May a mandar para lá. – Seu coração batia acelerado enquanto ele falava.

A sra. Welland soltou um suspiro de gratidão, e May, que havia se afastado até a janela, virou-se para lhe dirigir um sorriso de aprovação.

– Como pode ver, mamãe, tudo está resolvido com vinte e quatro horas de antecedência – disse ela, inclinando-se para beijar a testa preocupada da mãe.

A carruagem de May a esperava na porta para levar Archer até Union Square, onde ele poderia tomar uma condução da Broadway para ir ao escritório. Enquanto ela se acomodava em seu canto, disse:

– Eu não queria preocupar mamãe, levantando novos obstáculos; mas como você pode encontrar Ellen amanhã e trazê-la de volta para Nova York, quando é que você vai para Washington?

– Oh, eu não vou – respondeu Archer.

– Não vai? Ora, o que aconteceu? – Sua voz era clara como um sino e cheia de solicitude conjugal.

– O caso foi... adiado.

– Adiado? Que estranho! Eu vi uma nota esta manhã do sr. Letterblair para mamãe dizendo que ele estava indo a Washington amanhã para o grande caso de patente que deveria defender perante a Suprema Corte. Você disse que era um caso de patente, não disse?

– Bem... isso mesmo: o escritório todo não pode ir. Letterblair decidiu esta manhã que era ele quem deveria ir.

– Então não está adiado? – continuou ela, com uma insistência tão diferente do jeito dela, que Archer sentiu o sangue subir ao rosto, como se estivesse corando por esse lapso inusitado, violando todas as tradicionais delicadezas.

– Não: mas a minha partida foi – respondeu ele, amaldiçoando as explicações desnecessárias que dera ao anunciar sua intenção de ir a Washington, e se perguntando onde ele tinha lido que mentirosos espertos dão detalhes, mas que os mais inteligentes não. Não doía tanto contar uma inverdade a May quanto vê-la tentando fingir que não a havia detectado.

– Eu não vou até mais tarde: felizmente para a conveniência de sua família – continuou ele, refugiando-se no sarcasmo.

Enquanto falava, sentiu que ela estava olhando para ele, e ele voltou os olhos para os dela para não parecer evitá-los. Seus olhares se encontraram por um segundo e talvez esse lapso de templo lhes permitiu penetrar nos pensamentos do outro mais profundamente do que qualquer um dos dois gostaria.

– Sim; é extremamente conveniente – concordou brilhantemente May – que você possa ir buscar Ellen, depois de tudo; você viu o quanto mamãe apreciou sua disposição em fazê-lo.

– Oh, para mim é um grande prazer.

A carruagem parou, e quando ele saltou, ela se inclinou e colocou a mão sobre a dele.

– Até logo, querido – disse ela, seus olhos tão azuis, que ele se perguntou depois se brilhavam assim por causa das lágrimas.

Ele se virou e atravessou a Union Square, repetindo para si mesmo, numa espécie de cantilena interior:

"São duas horas de Jersey City até a casa da velha Catherine. Duas horas inteiras... e pode ser mais."

Capítulo 29

A carruagem azul-escuro da esposa (ainda com o verniz do casamento) aguardava Archer na balsa e o levou confortavelmente ao terminal Pensilvânia, em Jersey City.

Era uma tarde sombria de neve, e os lampiões a gás foram acesos na grande estação, que resplandecia. Enquanto caminhava pela plataforma, à espera do expresso de Washington, ele lembrou que havia pessoas que pensavam que um dia haveria um túnel sob o rio Hudson, através do qual os trens da ferrovia da Pensilvânia iriam direto para Nova York. Essas pessoas eram da irmandade dos visionários que previam também a construção de navios capazes de cruzar o Atlântico em cinco dias, a invenção de uma máquina voadora, a iluminação por eletricidade, a comunicação telefônica sem fios e outras maravilhas das mil e uma noites.

"Eu não me importo com qual dessas previsões pode se tornar realidade", pensou Archer, "desde que o túnel não seja construído tão logo." Em sua felicidade sem sentido de menino de escola, imaginou Madame Olenska descendo do trem, o momento em que a avistava ao longe, entre a multidão de rostos inexpressivos, ela agarrada ao braço dele enquanto a conduzia para a carruagem, a lenta aproximação do cais entre cavalos que escorregavam, carroças carregadas e carroceiros que vociferavam, e então o silêncio surpreendente da balsa, onde se sentariam lado a lado sob a neve, na carruagem imóvel, enquanto a terra parecia deslizar para o outro lado do sol. Era incrível o número de coisas que ele tinha para dizer a ela e em que ordem eloquente elas iam aflorando a seus lábios...

O barulho e o gemido do trem se aproximavam, e ele cambaleou lentamente para a estação como um monstro em seu covil, carregando a presa. Archer avançou, acotovelando-se no meio da multidão, e olhando de modo atabalhoado para as janelas dos vagões. E então, de repente, viu o rosto pálido e surpreso de Madame Olenska de perto e teve novamente a dolorosa sensação de ter esquecido como ela era.

Os dois foram se aproximando, suas mãos se encontraram, e ele a tomou pelo braço.

– Por aqui... estou com a carruagem – disse ele.

Depois disso, aconteceu tudo como havia sonhado. Ele a ajudou a subir na carruagem com as malas e depois teve a vaga lembrança de tê-la tranquilizado adequadamente sobre o estado de saúde da avó e de ter-lhe passado um resumo da situação de Beaufort (ficou impressionado com a suavidade de seu "Pobre Regina!"). Enquanto isso, a carruagem havia saído do entrevero da estação e agora já descia a encosta escorregadia até o cais, ameaçada por carroças de carvão balançando, cavalos assustados, vagões expressos desordenados e um carro fúnebre vazio... ah, aquele carro fúnebre! Ela fechou os olhos ao passar e agarrou a mão de Archer.

– Tomara que não tenha nada a ver... pobre vovó!

– Oh, não, não... ela está muito melhor... ela está bem, realmente. Pronto... passamos! – exclamou ele, como se isso fizesse toda a diferença.

A mão dela permaneceu na dele e, enquanto a carruagem avançava pela prancha de acesso à balsa, ele se curvou, desabotoou-lhe a luva marrom apertada e beijou a palma da mão dela como se tivesse beijado uma relíquia. Ela se desvencilhou com um leve sorriso, e ele disse:

– Você não me esperava hoje?

– Oh não.

— Eu pretendia ir a Washington para ver você. Já tinha providenciado tudo... por pouco não cruzamos pelo caminho, cada um dentro de seu trem.

— Oh!... — exclamou ela, como se estivesse apavorada com a possibilidade desse desencontro.

— Sabe... eu mal me lembrava de você?

— Mal se lembrava de mim?

— Quero dizer: como vou explicar? Eu... é sempre assim. Toda vez que vejo você parece que é a primeira vez.

— Oh, sim: eu sei! Eu sei!

— Isso... é assim também com você? — insistiu ele.

Ela confirmou, acenando com a cabeça e olhando pela janela.

— Ellen... Ellen... Ellen!

Ela não respondeu, e ele se sentou em silêncio, vendo seu perfil ficar indistinto contra o crepúsculo salpicado de neve além da janela. O que ela esteve fazendo em todos aqueles quatro longos meses?, perguntou-se ele. Afinal, quão pouco eles se conhecem! Os momentos preciosos foram se esvaindo... ele havia esquecido tudo o que pretendia dizer a ela e só podia remoer impotente o mistério de sua distância e de sua proximidade, que parecia estar simbolizado no fato de estarem sentados tão próximos e, ainda assim, incapazes de ver o rosto um do outro.

— Que carruagem linda! É de May? — perguntou ela, de repente, deixando de olhar pela janela.

— Sim.

— Foi May quem mandou você me buscar, então? Que gentileza da parte dela!

Ele não respondeu. Mas passado um momento, disse repentinamente:

– O secretário de seu marido veio me ver um dia depois de nos encontrarmos em Boston.

Em sua breve carta que lhe enviara, ele não havia feito a menor alusão à visita do sr. Riviere e sua intenção era calar para sempre a respeito. Mas a lembrança de que estavam na carruagem de sua esposa provocou nele um impulso de retaliação. Queria ver se referência a Riviere haveria de provocar nela tanto desgosto quanto a referência dela a May! Como em outras ocasiões em que esperava tirá-la de sua habitual compostura, ela não deu sinais de surpresa: e de pronto ele concluiu: "Então, ele escreve para ela".

– O sr. Riviere foi vê-lo?

– Sim: você não sabia?

– Não – respondeu ela, simplesmente.

– E você não está surpresa?

Ela hesitou.

– Por que eu deveria estar? Ele me disse, em Boston que conhecia você; que ele conheceu você na Inglaterra, eu acho.

– Ellen, devo lhe perguntar uma coisa.

– Sim.

– Eu queria perguntar depois que eu o vi, mas eu não poderia colocá-lo numa carta. Foi Riviere que a ajudou a fugir... quando você deixou seu marido?

Seu coração batia de forma sufocante. Ela responderia a essa pergunta com a mesma compostura?

– Sim: tenho uma grande dívida para com ele – respondeu ela, sem o menor tremor em sua voz calma.

Seu tom era tão natural, tão próximo da indiferença, que o alvoroço de Archer amainou. Mais uma vez ela conseguiu, por sua simplicidade, fazê-lo sentir-se estupidamente convencional, justamente quando ele pensava que estava jogando as convenções ao vento.

– Acho que você é a mulher mais honesta que já conheci! – exclamou ele.

– Oh, não... mas provavelmente uma das menos exigentes – respondeu ela, com um sorriso na voz.

– Chame como quiser: você vê as coisas como elas são.

– Ah... eu tive de vê-las assim. Tive de olhar para a Górgona.

– Bem... e não a cegou! Viu que é apenas um velho bicho-papão, como todos os outros.

– Ela não cega ninguém; mas seca as lágrimas.

A resposta fez calar a súplica que Archer trazia nos lábios: parecia vir de experiências profundas, além de seu alcance. O lento avanço da balsa havia cessado, e seus arcos bateram contra as estacas do cais com uma violência que fez a carruagem balançar, jogando Archer e Madame Olenska um contra o outro. O jovem, tremendo, sentiu a pressão do ombro dela e a abraçou.

– Se você não está cega, então, deve ver que isso não pode durar.

– O que não pode?

– O fato de estarmos juntos... e não estarmos juntos.

– Não. Você não deveria ter vindo hoje. – disse ela, com voz alterada; e de repente ela se virou, jogou os braços em torno dele e o beijou. No mesmo instante, a carruagem começou a se mover e uma lamparina a gás no alto da rampa projetava sua luz na janela. Madame Olenska se afastou, e os dois ficaram sentados em silêncio e imóveis enquanto a carruagem lutava com o congestionamento na saída da balsa. Ao chegarem à rua, Archer começou a falar sem parar.

– Não tenha medo de mim. Não precisa se espremer de volta em seu canto desse jeito. Um beijo roubado não é o que eu quero. Olhe, não estou nem tentando tocar na manga da sua jaqueta. Não suponha que eu não entendo suas razões para não querer deixar esse sentimento entre nós se transformar num caso de amor comum.

Eu não poderia ter falado assim ontem, porque, quando estamos separados e estou ansioso para vê-la, todos os pensamentos se consomem, como numa grande chama. Mas, então, você vem... e você é muito mais do que eu lembrava... e o que eu quero de você é muito mais do que uma ou duas horas de vez em quando, com desperdícios de tempo de sedenta espera; e isso me permite ficar perfeitamente imóvel a seu lado, assim, com aquela outra imagem em minha mente, apenas confiando silenciosamente que ela, um dia, haverá de se tornar realidade.

Ficou uns momentos sem responder; então ela perguntou, quase num sussurro:

– O que você quer dizer com confiar que isso se torne um dia realidade?

– Ora, você sabe que vai, não é?

– Sua imagem de você e eu juntos? – Ela desatou numa repentina gargalhada. – Você escolheu bem o lugar para me dizer isso!

– Você quer dizer porque estamos na carruagem de minha esposa? Vamos sair e caminhar, então? Suponho que você não se importe com um pouco de neve!

Ela riu de novo, mais afavelmente.

– Não, eu não vou sair e andar, porque meu objetivo é chegar à casa da vovó o mais rápido possível. E você vai ficar sentado aqui a meu lado, e vamos olhar para a realidade e não para imagens ou visões.

– Não sei o que você quer dizer com realidade. A única realidade para mim é esta aqui.

A resposta dela consistiu num longo silêncio, durante o qual a carruagem rolou por uma obscura rua lateral e então dobrou a esquina para entrar na iluminada Quinta Avenida.

– É sua ideia, então, que eu deveria viver com você como sua amante... visto que não posso ser sua esposa? – perguntou ela.

A crueza da pergunta o surpreendeu: essa era uma palavra que as mulheres de sua classe evitavam, mesmo quando a conversa se referia ao assunto. Ele notou que Madame Olenska pronunciou como se tivesse um lugar reconhecido em seu vocabulário, e ele se perguntou se teria sido usada familiarmente em sua presença na vida horrível da qual ela havia fugido. A pergunta dela o deixou aturdido e desnorteado.

– Eu quero... eu quero de alguma forma fugir com você para um mundo onde palavras como essa... categorias como essa... não existam. Onde seremos simplesmente dois seres humanos que se amam, que são toda a vida um para o outro; e onde tudo o mais na terra de nada importará.

Ela deu um suspiro profundo que terminou em outra risada.

– Oh, meu querido, onde fica esse país? Você já esteve lá? – perguntou ela; e como ele permanecesse taciturnamente mudo, ela continuou: – Conheço muitíssimos que tentaram encontrá-lo; e, acredite em mim, todos eles desceram por engano em estações de beira de estrada, em lugares como Boulogne, ou Pisa, ou Monte Carlo... e não eram nada diferentes do velho mundo que haviam deixado, mas apenas um pouco menores, mais sombrios e mais promíscuos.

Ele nunca a tinha ouvido falar nesse tom, e lembrou-se da frase que ela usara pouco antes.

– Sim, a Górgona secou suas lágrimas – disse ele.

– Bem, ela abriu meus olhos também; é uma ilusão dizer que ela cega as pessoas. O que ela faz é exatamente o contrário... ela fixa suas pálpebras bem abertas, para que nunca mais fiquem na bendita escuridão. Não existe uma tortura chinesa parecida? Deveria haver. Oh, acredite em mim, esse é um lugarzinho miserável!

A carruagem havia atravessado a Rua 42: O robusto cavalo da carruagem de May os levava para o Norte como se fosse um trotador de Kentucky. Archer parecia estar sufocado, com a sensação de minutos perdidos e palavras vãs.

– Então qual é, exatamente, seu plano para nós? – perguntou ele.

– Para nós? Mas não existe *nós* nesse sentido! Estamos perto um do outro apenas se ficarmos longe um do outro. Então podemos ser nós mesmos. Caso contrário, somos apenas Newland Archer, o marido da prima de Ellen Olenska, e Ellen Olenska, prima da esposa de Newland Archer, tentando ser felizes pelas costas das pessoas que confiam neles.

– Ah, estou acima disso – gemeu ele.

– Não, você não está! Você nunca foi além. Eu sim – disse ela, com uma voz estranha – e sei como é.

Ele ficou sentado em silêncio, atordoado por uma dor inexprimível. Então tateou na escuridão da carruagem em busca da sineta que servia para transmitir ordens ao condutor. Lembrou-se de que May a tocava duas vezes quando queria parar. Tocou então duas vezes, e a carruagem parou ao lado do meio-fio.

– Por que estamos parando? Aqui não é a casa da vovó – exclamou Madame Olenska.

– Não, mas eu vou descer aqui mesmo – balbuciou ele, abrindo a porta e pulando na calçada. À luz da lâmpada de um poste, viu o rosto dela assustado e o movimento instintivo que fez para detê-lo. Ele fechou a porta e se apoiou por momento na janela.

– Você tem razão: Eu não deveria ter ido buscá-la – disse ele, baixando a voz para que o cocheiro não ouvisse. Ela se inclinou para frente e parecia prestes a falar; mas ele já havia dado ordens para seguir em frente, e a carruagem se afastou enquanto ele ficou parado na esquina.

Não nevava mais, mas soprava um vento cortante, que açoitava seu rosto enquanto ele ficava olhando. De repente, ele sentiu algo rígido e frio em seus cílios, e percebeu que estivera chorando e que o vento havia congelado suas lágrimas.

Enfiou as mãos nos bolsos e caminhou rapidamente pela Quinta Avenida até sua casa.

Capítulo 30

Nessa noite, quando Archer desceu, antes do jantar, encontrou a sala vazia.

Ele e May jantariam sozinhos, todos os compromissos familiares haviam sido adiados desde a doença da sra. Manson Mingott; e ficou surpreso com a ausência de May, que era a mais pontual dos dois. Sabia que ela estava em casa, pois, enquanto se vestia, ouviu-a se mexer no quarto ao lado e se perguntou o que a teria atrasado.

Ele havia adquirido o hábito de insistir em semelhantes conjeturas como meio de conectar seus pensamentos com a realidade. Às vezes, sentia como se tivesse descoberto a razão pela qual seu sogro se detinha tanto em ninharias; talvez até o sr. Welland, muito tempo atrás, tivesse estado sujeito a fugas e visões e tivesse invocado todos os deuses protetores do lar para se defender delas.

Quando May apareceu, ele achou que se mostrava cansada. Usava o vestido de renda decotado e bem justo, que o cerimonial dos Mingott exigia nas ocasiões mais informais, e o cabelo louro preso como de costume em seus múltiplos cachos; em contrapartida, mostrava um rosto pálido e abatido. Mas sorriu com a habitual ternura, e seus olhos mantinham o intenso brilho azul do dia anterior.

– O que aconteceu com você, querido? – perguntou ela. – Eu estava esperando na casa da vovó, e Ellen veio sozinha, dizendo que tinha deixado você pelo caminho porque teria de resolver questões de trabalho com urgência. Nada de errado?

– Apenas algumas cartas que eu tinha esquecido e queria escrever antes do jantar.

– Ah!... – exclamou ela; e um momento depois: – Sinto muito por você não ter ido à casa da vovó, a menos que as cartas fossem urgentes.

– Eram – retrucou ele, surpreso com a insistência dela. – Além disso, não vejo por que deveria ter ido para a casa de sua avó. Eu não sabia que você estava lá.

Ela se virou e foi até o espelho dependurado acima da lareira. Enquanto estava lá, levantando o braço comprido para prender um cacho que havia saído do lugar em seu intrincado cabelo, Archer ficou impressionado por sua postura um tanto lânguida e rígida, e se perguntou se a monotonia mortal de suas vidas também pesava sobre ela. Então se lembrou de que, ao sair de casa naquela manhã, ela havia gritado da escada que o encontraria na casa da avó e que voltariam juntos para casa. Ele respondera com um animado "Sim!" e depois, absorto em outros pensamentos, havia esquecido a promessa.

Agora se sentia ferido pelo remorso, embora irritado por perceber que uma omissão tão insignificante fosse guardada contra ele depois de quase dois anos de casamento. Estava cansado de viver numa perpétua e tépida lua de mel, sem o fogo da paixão, mas com todas as suas exigências. Se May tivesse apresentado suas queixas (ele suspeitava que fossem muitas), ele até poderia não tê-las levado a sério e rir delas; mas ela havia sido educada para esconder feridas imaginárias sob um sorriso espartano.

Para disfarçar o próprio aborrecimento, perguntou como estava a avó, e ela respondeu que a sra. Mingott estava melhorando, mas ficara bastante perturbada com a última novidade sobre os Beaufort.

– Que novidade?

– Parece que eles vão ficar em Nova York. Eu acredito que ele está entrando no ramo de seguros ou algo parecido. Estão procurando uma pequena casa.

Não valia a pena discutir sobre algo tão absurdo, e eles decidiram jantar. Durante a refeição, a conversa transcorreu dentro dos limites habituais; mas Archer notou que a esposa não fez nenhuma alusão a Madame Olenska, nem à recepção que a velha Catherine lhe deu. Ele se sentiu aliviado com isso, mas o fato deixava entrever algo de vagamente ominoso.

Subiram à biblioteca para tomar café. Archer acendeu um charuto e apanhou um volume de Michelet[(126)]. Ele havia se dedicado a ler livros de história à noite desde que May mostrava uma tendência a pedir-lhe que lesse em voz alta sempre que o via com um volume de poesias; não que ele não gostasse do som da própria voz, mas porque sempre podia prever os comentários dela sobre o que ele lia. Quando eram noivos, ela simplesmente (como ele percebia agora) repetia o que ele lhe dizia; mas, desde que ele deixou de lhe fornecer opiniões, ela começou a arriscar as suas, prejudicando a apreciação dele com relação aos textos comentados.

Vendo que ele havia escolhido uma obra de história, ela apanhou sua cesta de costura, puxou uma poltrona para perto da lamparina e tomou uma almofada que estava bordando para o sofá dele. Não era uma mulher eficiente no manejo das agulhas; suas mãos grandes e hábeis foram feitas para cavalgar, remar e realizar atividades ao ar livre; mas, como outras esposas bordavam almofadas para os maridos, ela não queria omitir esse último elo em sua devoção como esposa.

Na posição em que ela estava, Archer só precisava levantar os olhos para vê-la debruçada sobre o bastidor, com as mangas de babados deslizando para trás em seus braços firmes e redondos, a safira de noivado brilhando em sua mão esquerda acima de sua larga aliança de ouro, e a mão direita perfurando lenta e laboriosamente o tecido. Sentada assim, com a luz da lâmpada iluminando sua testa clara, ele disse a si mesmo, com secreto desânimo, que sempre saberia dos pensamentos atrás dessa fronte, que nunca, em todos os anos vindouros, ela o surpreenderia com um humor inesperado, com uma ideia nova, uma fraqueza, uma crueldade ou uma emoção. Ela havia gastado seu estoque de poesia e de romantismo durante o curto namoro deles: agora não fazia mais sentido porque a necessidade havia passado. Agora estava simplesmente amadurecendo para se tornar uma cópia da mãe e, misteriosamente, pelo mesmo processo, para tentar transformá-lo num sr. Welland. Ele largou o livro e se levantou impaciente; e imediatamente ela ergueu a cabeça.

– O que há?

– A sala está sufocante; preciso de um pouco de ar.

Ele havia insistido para que as cortinas da biblioteca estivessem presas a uma haste e pudessem ser puxadas para um lado e outro, a fim de que fosse possível fechá-las à noite, e não ficar pregadas a uma cornija dourada e inamoviveImente enroladas sobre camadas de renda, como na sala de estar. E, assim, ele as puxou para o lado, abriu a janela e debruçou-se no peitoril, aspirando o ar da noite gelada. O simples fato de não olhar para May, sentada ao lado de sua mesa, sob sua lâmpada, o fato de ver outras casas, telhados, chaminés, de perceber outras vidas fora da sua, outras cidades além de Nova York, e todo um mundo além de seu mundo, aliviou sua mente e o levou a respirar com mais facilidade.

Depois de se debruçar na escuridão por alguns minutos, ele a ouviu dizer:

– Newland! Feche a janela. Você vai apanhar uma gripe mortal.

Fechou a janela e se voltou.

– Apanhar uma gripe mortal! – repetiu ele; e teve vontade de acrescentar: – Mas eu já a apanhei. Estou morto... estou morto há meses e meses.

E, de repente, o jogo de palavras lhe deu uma ideia tresloucada. E se fosse ela que estivesse morta! Se ela fosse morrer... se morresse logo... e o deixasse livre! A sensação de estar ali parado, naquela sala quente e familiar, olhando para ela, desejando que estivesse morta, era tão estranha, tão fascinante e tão avassaladora, que não conseguiu captar sua enorme dimensão de imediato. Simplesmente sentiu que o acaso lhe dera uma nova possibilidade à qual sua alma enfermiça poderia se agarrar. Sim, May podia morrer... todos morrem, jovens, pessoas saudáveis como ela... ela podia morrer e, subitamente, libertá-lo.

Ela levantou a cabeça e, pelos olhos arregalados dela, viu que devia haver algo estranho nesse olhar.

– Newland! Você está doente?

Ele meneou a cabeça e voltou para sua poltrona. Ela se inclinou sobre o bordado; e, ao passar, pôs a mão no cabelo dela.

– Pobre May! – exclamou ele.

– Pobre? Por que pobre? – repetiu ela, com uma risada tensa.

– Porque eu nunca poderei abrir uma janela sem deixá-la preocupada – retrucou ele, rindo também.

Por um momento ela ficou em silêncio; então disse bem baixinho, com a cabeça inclinada sobre seu trabalho:

– Eu nunca vou me preocupar se você estiver feliz.

– Ah, minha querida; e nunca serei feliz a menos que possa abrir as janelas!

– Nesse clima? – protestou ela; e com um suspiro ele enterrou a cabeça em seu livro.

Seis ou sete dias se passaram. Archer não teve notícia alguma de Madame Olenska, e ficou sabendo que o nome dela não seria mencionado na presença dele por nenhum membro da família. Não procurou vê-la; fazer isso enquanto ela estava ao lado da cama da velha Catherine teria sido quase impossível. Na incerteza da situação, deixou-se levar, consciente, a um nível abaixo da superfície de seus pensamentos, por uma resolução que tomara quando se havia debruçado na janela da biblioteca frente à noite gelada. A força dessa determinação permitia-lhe esperar, sem dar mostras de nada.

Então, um dia, May lhe disse que a sra. Manson Mingott havia pedido para vê-lo. Não havia nada de surpreendente no pedido, pois a velha senhora estava se recuperando muito bem e ela sempre declarou abertamente que preferia Archer ao marido de qualquer uma de suas netas. May lhe transmitiu o recado com evidente prazer: sentia-se orgulhosa pelo apreço da velha Catherine por seu marido.

Houve uma breve pausa, e então Archer se sentiu na obrigação de dizer:

– Tudo bem. Vamos juntos esta tarde?

O rosto de sua esposa se iluminou, mas ela imediatamente respondeu:

– Oh, é melhor você ir sozinho. Vovó não gosta de ver as mesmas pessoas com muita frequência.

O coração de Archer batia violentamente quando ele tocou a campainha da casa da velha sra. Mingott. Ir sozinho era o que mais desejava, pois tinha certeza de que a visita lhe daria a chance de dizer uma palavra em particular à condessa Olenska. Havia decidido esperar até que a oportunidade se apresentasse naturalmente; e ali estava ele, e ali estava na entrada da casa. Atrás da porta, atrás das cortinas de damasco amarelo da sala, ao lado do saguão, ela certamente o aguardava. Dentro de instantes, haveria de vê-la e poderia falar com ela, antes de ser conduzido ao quarto da doente.

Ele só queria lhe fazer uma pergunta. Depois disso, saberia que caminho seguir. O que queria perguntar era simplesmente a data de seu retorno a Washington; e dificilmente ela se recusaria a responder.

Mas, na sala amarela, era a criada mulata que o aguardava. Com seus dentes brancos brilhando como um teclado de piano, ela abriu a porta corrediça e o conduziu à presença da velha Catherine.

A velha estava sentada numa grande poltrona em forma de trono perto da cama. Ao lado dela havia um suporte de mogno com uma lâmpada de bronze fundido com um globo gravado, sobre a qual se equilibrava um quebra-luz de papel verde. Não havia um livro ou um jornal ao alcance, nem qualquer evidência de algum tipo de trabalho feminino: a conversa sempre fora a única ocupação da sra. Mingott e ela teria desprezado fingir interesse em trabalhos de agulha.

Archer não viu nenhum traço da leve distorção deixada pelo derrame. Ela apenas parecia mais pálida, com sombras mais escuras nas dobras e reentrâncias de sua obesidade; e, com a touca canelada amarrada por um laço engomado entre os dois primeiros queixos e o lenço de musselina sobre seu roupão púrpura esvoaçante, ela parecia uma ancestral astuta e bondosa, que poderia se entregar livremente aos prazeres da mesa.

Ela estendeu uma das mãozinhas que se aninhavam em seu enorme colo como animaizinhos de estimação e chamou a criada:

– Não deixe entrar mais ninguém. Se minhas filhas vierem, diga que estou dormindo.

A criada desapareceu, e a velha se voltou para o neto.

– Meu querido, estou visivelmente horrorosa? – perguntou ela, alegremente, tateando à procura das dobras de musselina em seu peito inacessível. – Minhas filhas dizem que isso não tem importância em minha idade... como se a feiura não importasse tanto mais quanto mais difícil é escondê-la!

– Minha querida, você está mais bonita do que nunca! – respondeu Archer no mesmo tom; e ela jogou a cabeça para trás e riu.

– Ah, mas não tão bonita quanto a Ellen! – exclamou ela, piscando para ele maliciosamente; e antes que ele pudesse responder, acrescentou: – Ela estava tão bonita no dia em que você foi buscá-la na balsa?

Ele riu, e ela continuou:

– Foi porque você lhe disse isso que ela o deixou pelo caminho? Quando eu era jovem, os rapazes não abandonavam as mulheres bonitas, a menos que fossem obrigados a isso! – Ela deu outra risadinha e a interrompeu para dizer, quase queixosa: – É uma pena que ela não tenha se casado com você. Eu sempre disse isso a ela. Teria me poupado de toda essa preocupação. Mas quem já pensou em poupar a avó de qualquer preocupação?

Archer se perguntou se a doença havia afetado suas faculdades; mas de repente ela se abriu:

– Bem, de qualquer modo, está resolvido: ela vai ficar comigo, o que quer que o resto da família diga! Não tinham decorrido ainda cinco minutos depois da chegada dela, que eu já teria caído de joelhos, implorando-lhe para que ficasse comigo... se ao menos conseguisse ver o chão, coisa que não acontece há vinte anos!

Archer ouviu em silêncio, e ela continuou:

– Todos eles vieram falar comigo, como você sabe, sem dúvida. Lovell, Letterblair, Augusta Welland e todos os outros tentaram me persuadir que eu devia cortar a mesada até que entendesse que tinha a obrigação de voltar para Olenski. Pensaram que tinham me convencido quando o secretário, ou o que quer que ele fosse, apareceu com as últimas propostas. Confesso que não deixavam de ser belas propostas. Afinal, casamento é casamento, e dinheiro é dinheiro... ambas coisas úteis a seu modo... e eu não sabia o que responder... – Ela se interrompeu e respirou fundo, como se falar tivesse se tornado um esforço. – Mas, no minuto em que pus os olhos nela, eu disse: "Seu doce pássaro, você! Trancada naquela jaula de novo? Nunca!" E agora está decidido que ela vai ficar aqui e cuidar da avó, enquanto houver uma avó para cuidar. Não é uma perspectiva muito atraente, mas ela não se importa; e é claro que disse a Letterblair que ela deve receber uma mesada adequada.

O jovem a ouviu com as veias palpitando; mas, em sua confusão mental, nem sabia se a notícia que acabava de receber era para se alegrar ou para se entristecer. Havia decidido tão categoricamente o caminho que pretendia seguir que, no momento, não conseguia reajustar seus pensamentos. Mas, aos poucos, invadiu-o a deliciosa sensação de dificuldades adiadas e oportunidades milagrosamente proporcionadas. Se Ellen concordara em vir morar com a avó, com certeza devia ser porque reconhecera a impossibilidade de desistir dele. Essa foi a resposta dela ao apelo final dele do outro dia: se ela não desse o passo extremo que ele havia pedido, finalmente se conformava com meias medidas. Ele mergulhou de volta no pensamento com o alívio involuntário de um homem que está pronto para arriscar tudo e, de repente, experimenta a perigosa doçura da segurança.

– Ela não poderia ter voltado... era impossível! – exclamou ele.

– Ah, meu querido, eu sempre soube que você estava do lado dela. E foi por isso que mandei chamá-lo hoje. E por isso também, disse à sua linda esposa, quando ela propôs vir com você: "Não, minha querida, Estou ansiosa para ver Newland, e não quero que ninguém compartilhe nossas emoções". Para você ver, meu querido... – ela jogou a cabeça para trás tanto quanto as amarras lhe permitiam e o fitou bem nos olhos... – você vê, ainda vamos ter briga. A família não a quer aqui, e todos vão dizer que é porque estive doente, porque sou uma velha fraca, que ela me convenceu. Ainda não estou bem como gostaria para enfrentá-los um por um, e você tem de fazer isso por mim.

– Eu? – gaguejou ele.

– Você. Por que não? – retrucou ela, com seus olhos redondos subitamente tão afiados como canivetes. A mão se ergueu trêmula do braço da poltrona e pousou na dele com as pequenas unhas pálidas, semelhantes a garras de ave. – Por que não? – repetiu ela, incisiva.

Archer, exposto a seu olhar, havia recuperado o autocontrole.

– Oh, eu não conto... eu sou por demais insignificante.

– Bem, você é sócio de Letterblair, não é? Você tem de enfrentá-los por meio de Letterblair. A menos que você tenha motivos – insistiu ela.

– Oh minha querida, você pode muito bem enfrentar a todos eles sem minha ajuda; mas, se precisar dela, você a terá – tranquilizou-a ele.

– Então estamos salvos! – suspirou ela; e, sorrindo para ele com toda sua antiga astúcia, acrescentou, enquanto acomodava a cabeça entre as almofadas: – Eu sempre soube que você nos apoiaria, porque eles nunca citam você quando falam que ela tem obrigação de voltar para a casa do marido.

Ele estremeceu um pouco com sua aterrorizante perspicácia e ansiava por perguntar: "E May... eles a citam?" Mas julgou mais seguro mudar a pergunta.

– E Madame Olenska? Quando devo vê-la?

A velha deu uma risadinha, franziu as pálpebras, e recorreu à pantomima da malícia.

– Hoje não. Uma coisa de cada vez, por favor. Madame Olenska saiu.

Ele corou, decepcionado, e ela continuou:

– Ela saiu, meu filho: foi em minha carruagem visitar Regina Beaufort.

Ela fez uma pausa para que essa informação produzisse efeito.

– A isso ela já me reduziu. Um dia depois que ela chegou aqui, colocou seu melhor chapéu e me disse, com a maior calma desse mundo, que ia visitar Regina Beaufort. "Eu não a conheço; quem é ela?", disse eu. "Ela é sua sobrinha-neta e uma mulher muito infeliz", respondeu-me. "Ela é a esposa de um canalha", retruquei. "Bem", ela disse, "e eu também, e mesmo assim toda a minha família quer que eu volte para ele." Bem, isso acabou comigo e eu a deixei ir. E, finalmente, um dia ela me falou que estava chovendo muito para sair a pé e queria que eu lhe emprestasse minha carruagem. "Para quê?" perguntei; e ela respondeu: "Para ir visitar a prima Regina"... *prima*! Mas então, meu querido, olhei pela janela e vi que não caía uma gota de chuva; mas eu a entendi, e deixei que tomasse minha carruagem... Afinal, Regina é uma mulher corajosa, e Ellen também; e sempre gostei de coragem, acima de tudo.

Archer se abaixou e beijou a mãozinha que ainda estava sobre a dele.

– Eh... eh... eh! De quem você pensa que é a mão que está beijando, jovem...? A de sua esposa, espero... – e a velha senhora soltou sua gargalhada zombeteira; e quando ele se levantou para ir embora, ela lhe disse: – Dê a ela lembranças da vovó; mas é melhor não lhe contar nada de nossa conversa.

Capítulo 31

Archer ficou surpreso com a notícia da velha Catherine. Era natural que Madame Olenska tivesse saído apressadamente de Washington, em resposta ao chamado da avó; mas a decisão de permanecer na casa da avó... especialmente agora que a sra. Mingott havia praticamente recuperado a saúde... era menos fácil de explicar.

Archer tinha certeza de que a decisão de Madame Olenska não havia sido influenciada pela mudança em sua situação financeira. Sabia o valor exato da pequena renda que o marido lhe dera por ocasião da separação. Sem o acréscimo da mesada da avó, mal dava para viver, em qualquer sentido, na acepção da palavra, segundo os Mingott; e agora que Medora Manson, que estava arruinada e compartilhava sua vida, essa ninharia mal daria para vestir e alimentar as duas mulheres. Apesar disso, Archer estava convencido de que Madame Olenska não havia aceitado a oferta da avó por interesse.

Ela tinha a incauta generosidade e a esporádica extravagância de pessoas acostumadas a grandes fortunas e indiferentes ao dinheiro; mas ela poderia passar sem muitas coisas que seus parentes consideravam indispensáveis, e a sra. Lovell Mingott e a sra. Welland costumavam deplorar que alguém que tivesse desfrutado dos luxos cosmopolitas dos estabelecimentos do conde Olenski se importasse tão pouco com "a maneira de fazer as coisas". Além disso, como Archer sabia, vários meses haviam se passado desde que sua mesada fora cortada; mas, nesse período, ela não fez nenhum esforço para reconquistar os favores da avó. Se, portanto, havia mudado de postura, devia ser por algum motivo diferente.

Ele não teve de procurar muito para descobrir esse motivo. No caminho de volta da balsa, ela havia dito que eles deveriam permanecer separados; mas disse isso com a cabeça reclinada no peito dele. Ele sabia que não havia coqueteria calculada em suas palavras; estava lutando contra seu destino como Archer havia lutado contra o dele, e se agarrava desesperadamente à sua determinação de não trair a confiança das pessoas que realmente confiavam neles. Mas, durante os dez dias que se passaram desde seu retorno a Nova York, talvez tivesse deduzido, pelo silêncio dele e pelo fato de não fazer nenhuma tentativa para vê-la, que ele estava arquitetando um passo decisivo, um passo sem volta. Ao pensar nisso, um súbito medo da própria fraqueza pode tê-la dominado, e ela pode ter sentido que, afinal, era melhor aceitar o compromisso usual nesses casos e adotar a linha de menor resistência.

Uma hora mais cedo, quando ele tocou a campainha da casa da sra. Mingott, Archer imaginou que o caminho estava claro diante dele. Pretendia ter uma palavra a sós com Madame Olenska e, na falta disso, ficar sabendo da avó em que dia e por qual trem ela haveria de voltar para Washington. Pretendia encontrá-la nesse trem e viajar com ela até Washington, ou até onde ela estivesse disposta a ir. Sua fantasia os levaria até Japão. De qualquer forma, ela haveria de entender imediatamente que, onde quer que ela fosse, ele iria. Pensava em deixar um bilhete para May, que haveria de eliminar qualquer outro propósito.

Ele se imaginava não somente fortalecido, mas também ansioso, para dar esse passo; mas o primeiro sentimento que o invadiu, ao ouvir que o curso dos eventos havia mudado foi de alívio. Agora, porém, enquanto voltava da casa da sra. Mingott, o que sentia era uma crescente aversão pelo que estava diante dele. Não havia nada desconhecido ou estranho no caminho que presumivelmente haveria de trilhar; mas, quando o percorrera antes, era um homem livre, que não prestava contas a ninguém por seus atos e podia dedicar-se com divertido desprendimento ao jogo de precauções e de evasivas, de simulações e de complacências que o papel exigia. Esse procedimento era chamado de "proteger a honra da mulher"; e a melhor ficção, juntamente das conversas depois do jantar com os mais velhos, há muito o haviam iniciado em todos os detalhes de seu código.

Agora ele via a questão sob novo prisma, e seu papel nisso parecia singularmente reduzido. Foi, de fato, aquilo que, com secreta fatuidade, ele havia observado a sra. Thorley Rushworth desempenhar para com um marido afetuoso e alienado: uma mentira sorridente, brincalhona, caprichosa, cautelosa e incessante. Uma mentira de dia, uma mentira de noite, uma mentira em cada toque e em cada olhar; uma mentira em cada carícia e em cada briga; uma mentira em cada palavra e em cada silêncio.

Era mais fácil e menos ignóbil, de modo geral, para uma esposa desempenhar tal papel em relação ao marido. O padrão de veracidade de uma mulher era tacitamente considerado inferior: ela era a criatura subjugada e versada nas artes dos escravos. Então ela sempre poderia alegar humores e nervos e o direito de não ser responsabilizada mais rigidamente por suas ações; e, mesmo nas sociedades mais austeras, era sempre do marido que se ria.

Mas, no pequeno mundo de Archer, ninguém ria de uma esposa enganada e nutria-se certo desprezo pelos homens que continuavam namoriscando outras mulheres depois de casados. Eram toleradas aventuras e extravagâncias na mocidade, desde se restringissem ao tempo certo e não ocorressem mais de uma vez.

Archer sempre havia compartilhado desse modo de ver as coisas: no fundo do coração, achava Lefferts desprezível. Mas amar Ellen Olenska não era tornar-se um homem igual a Lefferts; pela primeira vez, Archer se viu frente a frente com o terrível argumento do caso individual. Ellen Olenska não era como as outras mulheres, e ele não era como os outros homens: a situação deles, portanto, não se parecia com a de ninguém mais, e eles não respondiam a nenhum tribunal, exceto o do próprio julgamento deles.

Sim, mas dentro de mais dez minutos ele estaria subindo as escadas da própria casa; e lá haveria de encontrar May, o hábito, a honra e todas as velhas decências em que ele e sua gente sempre acreditaram...

Na esquina de sua rua, ele hesitou e depois seguiu pela Quinta Avenida.

À sua frente, na noite de inverno, surgiu um casarão às escuras. Ao se aproximar, pensou em quantas vezes o vira brilhando, envolto em luzes, com seus degraus cobertos e acarpetados e carruagens esperando em fila dupla para estacionar no meio-fio. Foi no jardim de inverno, que estendia seu corpo negro como a morte até a rua lateral, que ele dera seu primeiro beijo em May; foi sob a miríade de velas do salão de baile que ele a viu aparecer, alta e esplendorosa como uma jovem Diana.

Agora a casa estava tão escura quanto uma sepultura, exceto por uma leve chama que ardia no porão e uma luz numa sala do andar térreo, onde a persiana não havia sido abaixada. Quando Archer chegou à esquina, viu que a carruagem parada na porta era da sra. Manson Mingott. Que oportunidade para Sillerton Jackson, se ele tivesse a chance de passar por ali! Archer ficou comovido com o relato da velha Catherine sobre a atitude de Madame Olenska em relação à sra. Beaufort; e fez com que a justificada reprovação de

Nova York parecesse um gesto de indiferença. Mas ele sabia muito bem como os clubes e salões haveriam de interpretar as visitas de Ellen Olenska à prima.

Parou e olhou para a janela iluminada. Sem dúvida, as duas mulheres estavam sentadas naquela sala: Beaufort provavelmente havia buscado consolo em outro lugar. Houve até rumores de que ele havia deixado Nova York com Fanny Ring; mas a atitude da sra. Beaufort fez o relato parecer improvável.

Archer tinha a vista noturna da Quinta Avenida quase só para si. A essa hora, a maioria das pessoas estava dentro de casa, vestindo-se para o jantar; e ele estava secretamente feliz porque a saída de Ellen provavelmente passaria despercebida. Quando o pensamento passou por sua mente, a porta se abriu e ela saiu. Atrás dela havia uma luz fraca, que teria sido usada para lhe mostrar o caminho escada abaixo. Ela se voltou para dizer uma palavra a alguém; então a porta se fechou e ela foi descendo os degraus.

– Ellen – disse ele em voz baixa, quando ela chegou à calçada.

Ela parou com um ligeiro sobressalto e, nesse momento, ele viu dois jovens de porte elegante se aproximando. Havia um ar familiar em seus sobretudos e na maneira como seus finos cachecóis de seda estavam dobrados sobre suas gravatas brancas; e ele se perguntou como jovens dessa categoria saíam tão cedo para jantar fora. Então ele lembrou que os Reggie Chivers, cuja casa ficava algumas portas acima, estavam dando uma grande festa naquela noite para ver Adelaide Neilson[127] em *Romeu e Julieta*[128], e deduziu que os dois eram desse grupo. Ao passarem sob a luz do poste, ele reconheceu Lawrence Lefferts e um jovem Chivers.

Ao sentir o calor penetrante da mão dela, sumiu o mesquinho desejo de que Madame Olenska não fosse vista na porta dos Beaufort.

– Agora vou ver você... estaremos juntos – falou ele, repentinamente, mal sabendo o que dizia.

– Ah! – respondeu ela. – A vovó lhe contou?

Enquanto a observava, percebeu que Lefferts e Chivers, ao chegar ao outro lado da esquina, haviam atravessado discretamente a Quinta Avenida. Era o tipo de solidariedade masculina que ele mesmo praticava com frequência; agora essa conivência o enojava. Ela realmente imaginava que eles dois poderiam viver assim? E se não, o que mais imaginava ela?

– Preciso ver você amanhã... em algum lugar onde possamos ficar a sós – disse ele, numa voz que parecia um tanto rude aos próprios ouvidos.

Ela hesitou e se dirigiu para a carruagem.

– Mas estarei na casa da vovó... por enquanto – acrescentou ela, como se consciente de que sua mudança de planos exigia alguma explicação.

– Em algum lugar onde possamos ficar a sós – insistiu ele.

Ela deu uma risadinha que o irritou.

– Em Nova York? Mas não há igrejas... nem monumentos.

– Há o Museu de Arte... no Parque – explicou ele, enquanto ela parecia confusa. – Às 2h30 estarei na porta...

Ela foi se afastando sem responder e entrou rapidamente na carruagem. Já partindo, ela se inclinou para frente, e ele teve a impressão de vê-la abanando para ele na escuridão. Ficou seguindo o veículo com os olhos, em meio a um turbilhão de sentimentos contraditórios. Parecia-lhe que não havia falado com a mulher que amava, mas com outra, com uma mulher a quem devia por prazeres de que já se fartara... era odioso ver-se prisioneiro desse vocabulário banal.

– Ela virá! – falou ele para si próprio, quase desdenhosamente.

Evitando a popular "coleção Wolfe", cujas telas narrativas ocupavam uma das principais galerias da estranha selva de ferro fundido e ladrilhos coloridos, conhecida como Metropolitan Museum, haviam perambulado por um corredor até a sala onde as "antiguidades de Cesnola"[129] mofavam em total solidão.

Tinham esse melancólico refúgio para si mesmos e sentaram-se no divã que rodeava o aquecedor central. Ficaram contemplando em silêncio os armários envidraçados de madeira de ébano que continham os fragmentos recuperados de *Ilium*.[130]

– É estranho – disse Madame Olenska. – Eu nunca vim aqui antes.

– Ah, bem... Algum dia, suponho, será um grande Museu.

– Sim – concordou ela, distraída.

Ela se levantou e caminhou pela sala. Archer, permanecendo sentado, observava os leves movimentos de sua figura, tão infantil, mesmo sob suas peles pesadas, a asa de garça habilmente plantada no gorro de pele e a maneira como um cacho escuro de cabelo se estendia como uma gavinha em espiral achatada em cada face acima da orelha. Sua mente, como sempre, quando se concentrava, estava totalmente absorta nos deliciosos detalhes que a tornavam ela mesma e nenhuma outra. Logo ele se levantou e se aproximou da vitrine diante da qual ela estava. As prateleiras de vidro estavam repletas de pequenos objetos quebrados... utensílios domésticos dificilmente reconhecíveis, ornamentos e pertences pessoais... feitos de vidro, de argila, de bronze descolorido e outras substâncias obscurecidas pelo tempo.

– Parece cruel – disse ela – que depois de um tempo nada importa... mais do que essas pequenas coisas, que antes eram necessárias e importantes para pessoas que caíram no esquecimento e que hoje têm de ser longamente examinadas com lupas e rotuladas: "Uso desconhecido".

– Sim; mas enquanto isso...

– Ah, enquanto isso...

Vendo-a ali parada, em seu longo casaco de pele de foca, as mãos enfiadas num pequeno regalo redondo, o véu puxado como uma máscara transparente até a ponta do nariz, e o ramalhete de violetas que ele lhe dera, afetando-lhe a respiração, parecia inacreditável que essa pura harmonia de linhas e cores jamais tivesse de sofrer um dia a estúpida lei da mudança.

– Enquanto isso, tudo importa... tudo o que diz respeito a você – disse ele.

Ela o olhou, pensativa, e voltou para o divã. Ele se sentou ao lado dela e esperou; mas, de repente, ouviu um passo ecoando ao longe pelas salas vazias e sentiu a pressão dos minutos.

– O que você queria me dizer? – perguntou ela, como se tivesse recebido o mesmo aviso.

– O que eu queria lhe dizer? – repetiu ele. – Ora, que eu acredito que você veio para Nova York porque estava com medo.

– Com medo?

– De que eu fosse para Washington.

Ela olhou para o regalo, e ele viu as mãos dela se mexerem inquietas.

– Bem...?

– Bem... sim – disse ela.

– Você estava com medo? Você sabia...?

– Sim, eu sabia...

– Bem, então? – insistiu ele.

– Bem, então: assim é melhor, não é? – disse ela, com um longo suspiro questionador.

– Melhor...?

– Vamos magoar menos os outros. Não é, depois de tudo, o que você sempre quis?

– Para ter você aqui, você quer dizer... ao alcance e ainda fora de alcance? Para encontrá-la dessa forma, às escondidas? É exatamente o contrário do que eu quero. Eu disse a você outro dia o que eu queria.

Ela hesitou.

– E você ainda acha isso... pior?

– Mil vezes pior! – Ele fez uma pausa. – Seria fácil mentir para você; mas a verdade é que acho detestável.

– Ah, eu também! – exclamou ela, com um profundo suspiro de alívio.

Ele se levantou, impaciente.

– Bem, então... é minha vez de perguntar: O que é então, pelo amor de Deus, o que você acha melhor?

Ela abaixou a cabeça e continuou a fechar e abrir as mãos em seu regalo. O passo se aproximava, e um guardião com um boné trançado atravessou, apático, a sala, como um fantasma vagando por uma necrópole. Eles fixaram seus olhos simultaneamente no gabinete da frente e, quando a funcionário já havia desaparecido entre múmias e sarcófagos, Archer falou novamente.

– O que você acha melhor?

Em vez de responder, ela murmurou:

– Prometi à vovó que ficaria com ela, porque me pareceu que aqui estaria mais segura.

– Com relação a mim?

Ela inclinou ligeiramente a cabeça, sem olhar para ele.

– Mais segura para não me amar?

Seu perfil não se moveu, mas ele viu uma lágrima transbordar em seus cílios e ficar presa nos fios do véu.

– Mais segura para não causar danos irreparáveis. Não vamos ser como todos os outros! – protestou ela.

– Que outros? Não pretendo ser diferente de minha espécie. Sou consumido pelos mesmos desejos e anseios.

Ela o olhou com uma espécie de terror, e ele viu uma leve cor invadir suas faces.

– Devo... ficar com você uma vez; e depois ir para casa? – arriscou ela de repente, em voz baixa e clara.

O sangue subiu à testa do jovem.

– Minha querida! – disse ele, sem se mover; parecia que ele segurava o coração nas mãos, como um copo cheio que ao menor movimento pode transbordar.

Então a última frase dela atingiu seu ouvido e seu rosto se anuviou.

– Ir para casa? O que você quer dizer com ir para casa?

– Para casa de meu marido.

– E você espera que eu concorde com isso?

Ela lhe dirigiu um olhar inquieto.

– O que mais me resta? Não posso ficar aqui e mentir para as pessoas que têm sido tão boas para mim.

– Mas essa é a razão pela qual eu lhe peço para irmos embora!

– E destruir a vida delas, depois que me ajudaram a refazer a minha?

Archer se levantou de um salto e ficou olhando para ela em mudo desespero. Teria sido fácil dizer: "Sim, venha; fique comigo de uma vez". Sabia o poder que ela colocaria em suas mãos se consentisse; não haveria dificuldade depois em convencê-la a não voltar para o marido.

Mas alguma coisa deteve a palavra entre os lábios. Havia nela uma espécie de honestidade apaixonada, que tornava inconcebível tentar atraí-la para essa armadilha tão conhecida. "Se eu a deixasse ficar comigo," falou ele para si mesmo, "eu teria de deixá-la ir embora mais uma vez." E isso nem sequer se poderia imaginar.

Mas ele viu a sombra dos cílios em suas faces molhadas e vacilou.

– Afinal – recomeçou ele –, temos nossas vidas... Não adianta tentar o impossível. Você é tão aberta com relação a algumas coisas, tão acostumada, como você diz, a olhar para a Górgona, que eu não sei por que você está com medo de enfrentar nosso caso, e vê-lo como realmente é... a menos que você pense que o sacrifício não vale a pena.

Ela se levantou também, de lábios cerrados e a testa franzida.

– Pense como e o que quiser, então... eu devo ir – disse ela, tirando seu pequeno relógio do peito.

Ela se afastou, mas ele a seguiu e a agarrou pelo pulso.

– Bem, então, fique comigo uma vez – disse ele, sentindo subitamente a cabeça girando ao pensar em perdê-la; e por um ou dois segundos eles se entreolharam quase como se fossem inimigos.

– Quando? – insistiu ele. – Amanhã?

Ela hesitou.

– Depois de amanhã.

– Minha querida...! – disse ele, novamente.

Ela havia soltado o pulso; mas por um momento eles continuaram a manter os olhos um no outro, e ele viu que o rosto dela, que empalidecera muito, estava inundado por um profundo esplendor íntimo. Ele sentiu o coração bater de espanto: nunca havia contemplado o amor de forma visível.

– Oh, vou me atrasar... adeus. Não, não se aproxime mais – exclamou ela, afastando-se apressadamente pela longa sala, como se o brilho refletido nos olhos dele a tivesse assustado. Quando ela chegou à porta, voltou-se por um instante para se despedir com rápido aceno.

Archer voltou para casa sozinho. A escuridão estava caindo quando ele entrou e olhou em volta para os objetos familiares do saguão como se os visse do outro lado da sepultura.

Ao ouvir seus passos, a criada subiu correndo as escadas para acender as lamparinas no andar superior.

– A sra. Archer está?

– Não, senhor; a sra. Archer saiu de carruagem depois do almoço e ainda não voltou.

Com uma sensação de alívio, ele entrou na biblioteca e se atirou na poltrona. A criada lhe trouxe uma lamparina de mesa e colocou um pouco de carvão no fogo da lareira que estava se apagando. Quando ela saiu, ele continuou sentado imóvel, os cotovelos apoiados nos joelhos, o queixo nas mãos entrelaçadas e seus olhos fixos nas brasas vivas da lareira.

Ele ficou ali sentado, sem pensamentos conscientes, sem noção da passagem do tempo, num profundo e grave espanto que parecia suspender a vida em vez de acelerá-la. "Isso era o que tinha de ser, então... isso era o que tinha de ser," repetia ele para si mesmo, como se estivesse preso nas garras do destino. O que ele havia sonhado era tão diferente que havia, em seu êxtase, um frio mortal.

A porta se abriu, e May entrou.

– Estou terrivelmente atrasada... você não estava preocupado, estava? – perguntou ela, colocando a mão no ombro dele, numa de suas raras carícias.

Ele ergueu os olhos, atônito.

– Já é tarde?

– Passa das 7. Acredito que você tenha dormido! – riu ela e, tirando os alfinetes, jogou o chapéu de veludo no sofá. Ela parecia mais pálida do que o normal, mas esfuziante, numa animação incomum.

– Fui visitar a vovó e, quando estava saindo, Ellen chegou de um passeio. Então acabei ficando e tive uma longa conversa com ela. Fazia muito tempo que não tínhamos uma conversa de verdade...

Mergulhou em sua poltrona habitual, de frente para a dele, e se pôs a passar os dedos pelos cabelos despenteados. Ele imaginou que ela estivesse esperando que dissesse alguma coisa.

– Uma conversa muito boa – continuou ela, sorrindo com o que pareceu a Archer uma vivacidade pouco natural. – Ela foi muito simpática... exatamente como a velha Ellen. Receio não ter sido justa com ela ultimamente. Às vezes eu penso...

Archer se levantou e se apoiou na cornija da lareira, fora do raio da luz da lamparina.

– Sim, você pensa...? – repetiu ele, quando ela fez uma pausa.

– Bem, talvez eu não a tenha julgado com justiça. Ela é tão diferente... pelo menos na superfície. Ela anda com pessoas tão estranhas... parece gostar de se tornar visível. Suponho que seja a vida que ela levou naquela desregrada sociedade europeia, sem dúvida, deve nos julgar terrivelmente enfadonhos. Mas não quero ser totalmente injusta com ela.

Fez mais uma pausa, um pouco ofegante, talvez por causa da extensão incomum de seu discurso, e sentou-se com os lábios ligeiramente entreabertos e um rubor profundo nas faces.

Archer, enquanto olhava para ela, lembrou-se do brilho que havia inundado seu rosto no jardim da Missão em St. Augustine. Percebeu o mesmo esforço obscuro, a mesma tentativa de vislumbrar alguma coisa situada mais além de seu campo de visão normal.

"Ela odeia Ellen", pensou ele, "e ela está tentando superar o sentimento e fazer com que eu a ajude a superá-lo."

Esse pensamento o comoveu e por um momento esteve a ponto de romper o silêncio entre eles e lhe implorar misericórdia.

– Você entende, não é? – prosseguiu ela – por que a família às vezes fica aborrecida? Todos nós fizemos o que podíamos por ela no início; mas ela nunca pareceu entender. E agora essa ideia de ir visitar a sra. Beaufort, de ir até lá na carruagem da vovó! Receio que as relações com os Van der Luyden andem seriamente estremecidas...

– Ah! – exclamou Archer, com uma risada impaciente. A porta aberta entre ambos voltou a se fechar.

– Está na hora de se vestir; vamos jantar fora, não é? – perguntou ele, afastando-se do fogo.

Ela também se levantou, mas permaneceu perto da lareira. Quando ele passou ao lado, ela avançou impulsivamente, como se fosse detê-lo: seus olhos se encontraram, e nos dela viu o mesmo azul-marinho de quando ele a deixara para ir até Jersey City.

Ela o abraçou e encostou o rosto no dele.

– Você não me beijou hoje – disse ela, num sussurro; e ele a sentiu tremer em seus braços.

Capítulo 32

– Na corte das Tulherias – disse o sr. Sillerton Jackson com seu sorriso reminiscente – essas coisas eram abertamente toleradas.

O cenário era a sala de jantar de nogueira preta dos Van der Luyden na Madison Avenue, e a hora da noite após a visita de Newland Archer ao Museu de Arte. O sr. e a sra. Van der Luyden vieram para a cidade por alguns dias de Skuytercliff, de onde tinham fugido precipitadamente, ao saber da falência de Beaufort. Foi-lhes relatado que a desordem em que a sociedade havia sido lançada por esse caso deplorável tornava sua presença na cidade mais necessária do que nunca. Foi uma das ocasiões em que, como disse a sra. Archer, eles "deviam à sociedade" se apresentar na ópera e até mesmo abrir as portas de sua casa.

– Nunca se poderá admitir, minha querida Louisa, deixar pessoas como a sra. Lemuel Struthers pensar que podem ocupar o lugar de Regina. É justamente nessas horas que novas pessoas entram e se firmam. Foi por causa da epidemia de catapora em Nova York, no inverno em que a sra. Struthers apareceu pela primeira vez, que os homens casados fugiram para a casa dela enquanto suas esposas estavam no berçário. Você e o querido Henry, Louisa, devem fazer sua parte, como sempre.

O sr. e a sra. Van der Luyden não podiam permanecer surdos a tal chamado, e relutantemente, mas heroicamente, vieram para a cidade, desarrumaram a casa e enviaram convites para dois jantares e uma recepção à noite.

Nessa noite, em particular, convidaram Sillerton Jackson, a sra. Archer e Newland e sua esposa para ir com eles à ópera, onde *Fausto* estava sendo apresentado pela primeira vez nesse inverno. Nada era feito sem cerimônia sob o teto dos Van der Luyden e embora houvesse apenas quatro convidados, a refeição havia começado pontualmente às 7, para que a sequência adequada de pratos pudesse ser servida sem pressa antes que os cavalheiros se acomodassem para fumar seus charutos.

Archer não via sua esposa desde a noite anterior. Ele havia saído cedo para o escritório, onde mergulhou num acúmulo de negócios sem importância. À tarde, um dos sócios principais fez uma visita inesperada em seu horário; e ele chegou em casa tão tarde, que May o precedeu na casa dos Van der Luyden, e mandou de volta a carruagem para buscá-lo.

Agora, do outro lado dos cravos de Skuytercliff e da maciça prataria, ela lhe parecia pálida e lânguida; mas os olhos dela brilhavam, e ela falava com exagerada animação.

O assunto que havia despertado a alusão favorita do sr. Sillerton Jackson havia sido levantado (não sem intenção, pensou Archer) pela anfitriã. O fracasso de Beaufort, ou melhor, a atitude de Beaufort desde o fracasso, ainda era um tema fértil para o moralista de plantão; e depois de ter sido minuciosamente examinada e condenada, a sra. Van der Luyden voltou seus olhos escrupulosos para May Archer.

– É possível, querida, que o que ouço seja verdade? Disseram-me que a carruagem de sua avó Mingott foi vista parada na porta da sra. Beaufort. Era perceptível que ela não chamava mais a transgressora pelo nome de batismo.

May corou, e a sra. Archer interveio apressadamente:

– Se fosse, estou convencida de que estava lá sem o conhecimento da sra. Mingott.

– Ah, você acha...? – A sra. Van der Luyden fez uma pausa, suspirou e olhou de relance seu marido.

– Estou com medo – disse o sr. Van der Luyden – que o bom coração de Madame Olenska pode tê-la levado à imprudência de visitar a sra. Beaufort.

– Ou seu gosto por pessoas peculiares – colocou a sra. Archer num tom seco, enquanto seus olhos pousavam inocentemente nos do filho.

– Lamento pensar isso de Madame Olenska – disse a sra. Van der Luyden; e a sra. Archer murmurou:

– Ah, minha querida... e depois que você a acolheu duas vezes em Skuytercliff!

Foi nesse ponto que o sr. Jackson aproveitou a oportunidade para inserir sua alusão favorita.

– Nas Tulherias – repetiu ele, vendo os olhos do grupo voltados para ele com expectativa –, o padrão era excessivamente negligente em alguns aspectos; e se você perguntasse de onde vinha o dinheiro de Morny...![131] Ou quem pagava as dívidas de algumas das beldades da Corte...

– Espero, querido Sillerton – disse a sra. Archer –, que você não está sugerindo que devemos adotar esses padrões?

— Eu nunca sugiro — respondeu o sr. Jackson, imperturbável. — Mas a educação estrangeira de madame Olenska pode torná-la menos exigente...

— Ah! — suspiraram as duas senhoras mais velhas.

— Ainda assim, ter mantido a carruagem da avó na porta de um inadimplente! — protestou o sr. Van der Luyden; e Archer imaginou que ele estava se lembrando e lamentando as cestas de cravos que enviara para a casinha da Rua 23.

— Claro que eu sempre disse que ela vê as coisas de maneira bem diferente — resumiu a sra. Archer.

Um rubor subiu à testa de May. Ela olhou para o marido do outro lado da mesa e disse precipitadamente:

— Tenho certeza de que Ellen queria se colocar à disposição para ajudar.

— Pessoas imprudentes costumam ser gentis — disse a sra. Archer, como se o fato fosse apenas uma atenuante; e a sra. Van der Luyden murmurou:

— Se ao menos ela tivesse consultado alguém...

— Ah, isso ela nunca fez! — tornou a sra. Archer.

Nesse ponto, o sr. Van der Luyden olhou para sua esposa, que inclinou ligeiramente a cabeça na direção da sra. Archer; e as caudas brilhantes das três damas passaram pela porta enquanto os cavalheiros se acomodavam para seus charutos. O sr. Van der Luyden fornecia charutos curtos nas noites de ópera; mas eram tão bons que faziam seus convidados deplorar sua inexorável pontualidade.

Archer, após o primeiro ato, se separou do grupo e foi até o fundo do camarote do clube. De lá ele assistiu, por sobre vários ombros de Chivers, de Mingott e de Rushworth, a mesma cena que ele tinha visto dois anos antes, na noite de seu primeiro encontro com Ellen Olenska. Tinha a vaga esperança de vê-la aparecer novamente no camarote da velha sra. Mingott, que permanecia vazio; e ele se sentou, imóvel, com os olhos fixos naquele camarote, até que, de repente, ouviu a voz cristalina da soprano Madame Nilsson cantando "*M'ama, non m'ama...*"

Archer voltou-se para o palco, onde, no cenário familiar de rosas gigantes e amores-perfeitos, a mesma grande vítima loira estava sucumbindo ao mesmo pequeno sedutor moreno.

Do palco, seus olhos vagaram até a ponta da ferradura onde May estava sentada, entre duas senhoras mais velhas, assim como, naquela noite anterior, ela havia se sentado entre a sra. Lovell Mingott e sua recém-chegada prima "estrangeira". Como naquela noite, ela estava toda de branco; e Archer, que não tinha prestado atenção ao que ela usava, reconheceu o cetim branco azulado e a renda antiga de seu vestido de noiva.

Era costume, na velha Nova York, as jovens esposas aparecerem com essa vestimenta cara durante os dois primeiros anos depois do casamento: sua mãe, ele sabia, guardara o vestido dela entre folhas de papel de seda, na esperança de que Janey algum dia pudesse usá-lo, embora a pobre Janey estivesse chegando à idade em que seria mais "apropriado" usar popelina cinza-pérola e dispensar as damas de honra.

Ocorreu a Archer que May, desde seu regresso da Europa, raramente usava seu cetim nupcial, e a surpresa de vê-la assim vestida o levou a comparar sua aparência com a da jovem que ele observara com tanta expectativa dois anos antes.

Embora a silhueta de May se revelasse levemente mais densa, como prenunciava sua compleição física de deusa, seu porte atlético e esbelto, e a transparência juvenil de sua expressão, permaneciam inalteradas: não fosse pelo leve langor que Archer notara ultimamente nela, seria a imagem exata da donzela brincando com o buquê de lírios-do-vale em sua noite de noivado. O fato parecia um apelo adicional à piedade: tão comovente era essa inocência quanto o abraço confiante de uma criança.

Então ele se lembrou da apaixonada generosidade latente sob aquela calma indiferente. Ele se lembrou do olhar compreensivo dela quando insistiu para que o noivado fosse anunciado no baile de Beaufort; ouviu a voz com que ela disse, no jardim da Missão: "Eu não poderia ter minha felicidade à custa de um mal... de um mal causado a outra pessoa"; e um desejo incontrolável se apoderou dele para lhe dizer a verdade, para usufruir de sua generosidade e pedir-lhe a liberdade que uma vez havia recusado.

Newland Archer era um jovem tranquilo e controlado. A conformidade com a disciplina de uma pequena sociedade havia se tornado quase sua segunda natureza. Era profundamente desagradável para ele fazer qualquer coisa melodramática e ostensiva, qualquer coisa que o sr. Van der Luyden teria desaprovado e o camarote do clube teria condenado como de mau gosto. Mas repentinamente esqueceu todo o camarote do clube, ou o sr. Van der Luyden, e tudo o que por tanto tempo o mantinha no cálido abrigo do hábito. Caminhou pela passagem semicircular nos fundos do teatro e abriu a porta do camarote da sra. Van der Luyden como se fosse um portão para o desconhecido.

"*M'ama!*" – entoou a triunfante Marguerite, e os ocupantes do camarote olharam surpresos para a entrada de Archer. Ele já havia infringido uma das regras de seu mundo, que proibia a entrada num camarote durante um solo.

Foi passando por entre o sr. Van der Luyden e Sillerton Jackson e se aproximou da esposa.

– Estou com uma dor de cabeça horrível; não conte a ninguém, mas vamos para casa, não é melhor? – sussurrou ele.

May lançou-lhe um olhar de compreensão, e ele a viu sussurrar para sua mãe, que assentiu com simpatia; então ela murmurou uma desculpa para a sra. Van der Luyden e se levantou de seu assento no momento em que Marguerite caía nos braços de Fausto. Archer, enquanto a ajudava a vestir a capa, percebeu a troca de um sorriso significativo entre as senhoras mais velhas.

Enquanto se afastavam, May colocou a mão timidamente sobre a dele.

– Lamento muito que não se sinta bem. Receio que eles o estão sobrecarregando de muito trabalho, uma vez mais, no escritório.

– Não... não é isso; você se importa se eu abrir a janela? – perguntou ele, confuso, abaixando a vidraça de seu lado. Ele se sentou olhando para a rua, sentindo a esposa a seu lado como uma muda e vigilante interrogadora, enquanto ele mantinha os olhos fixos nas casas que passavam. Ao descer da carruagem, ela prendeu a saia no degrau e quase caiu em cima dele.

– Você se machucou? – perguntou ele, firmando-a com o braço.

– Não; mas meu pobre vestido... veja como o rasguei! – exclamou ela, abaixando-se para recolher um pedaço de pano sujo de lama e seguiu o marido escada acima até o saguão. Os criados não os esperavam tão cedo e havia apenas um vislumbre de luz no andar de cima.

Archer subiu a escada, aumentou a chama e acendeu as lamparinas postas em cada extremidade da cornija da lareira da biblioteca. As cortinas estavam fechadas, e a atmosfera amigável e aconchegante da sala o impressionou como o de um rosto conhecido flagrado num ato inconfessável.

Ele notou que sua esposa estava muito pálida, e perguntou se não era o caso de tomar um pouco de conhaque para melhorar.

– Oh, não – exclamou ela, com um rubor momentâneo, enquanto tirava o manto. – Mas não é melhor você ir para a cama imediatamente? – acrescentou ela, ao vê-lo abrir uma cigarreira de prata sobre a mesa e tirar um cigarro.

Archer deixou de lado o cigarro e caminhou até seu lugar de sempre perto do fogo.

– Não, minha cabeça não dói tanto assim. – E fez uma pausa. – E há algo que eu quero dizer; algo importante... que preciso lhe dizer de uma vez por todas.

Já acomodada numa poltrona, ela ergueu a cabeça ao ouvi-lo falar.

– Sim, querido? – perguntou ela, tão gentilmente que ele se surpreendeu com a falta de admiração com que ela recebeu esse preâmbulo.

– May... – começou ele, de pé a poucos metros de sua cadeira e olhando para ela como se a pequena distância entre eles fosse um abismo intransponível. O som de sua voz ecoou estranhamente através do silêncio familiar, e ele repetiu: – Há algo que preciso lhe contar... sobre mim...

Ela permaneceu em silêncio, sem fazer o menor movimento, nem mesmo um tremor nos cílios. Estava ainda extremamente pálida, mas seu rosto tinha uma curiosa tranquilidade de expressão que parecia tirada de alguma fonte interior secreta.

Archer verificou as frases convencionais de autoacusação que se acumulavam em seus lábios. Estava determinado a colocar o caso de forma direta, sem vãs recriminações ou desculpas.

– Madame Olenska... – disse ele; mas ao ouvir esse nome sua esposa ergueu a mão como se fosse silenciá-lo. Ao fazê-lo, o ouro de sua aliança de casamento brilhou à luz da lamparina.

– Oh, por que falar sobre Ellen esta noite? – perguntou ela, com um leve beicinho de impaciência.

– Porque eu deveria ter falado antes.

O rosto dela permaneceu calmo.

– Vale mesmo a pena, querido? Sei que às vezes fui injusta com ela... talvez todos nós tenhamos sido. Você a entendeu, sem dúvida, melhor do que nós: sempre foi gentil com ela. Mas que importância tem isso agora? Tudo acabou.

Archer olhou para ela, de forma inexpressiva. Seria possível que a sensação de irrealidade na qual ele se sentia aprisionado tivesse se comunicado à sua esposa?

– Tudo acabou... o que você quer dizer? – perguntou ele, como que gaguejando.

May ainda olhava para ele com olhos transparentes.

– Ora... uma vez que ela vai voltar para a Europa logo; visto que a vovó aprova e entende, e providenciou para torná-la independente do marido...

Ela se interrompeu, e Archer, agarrando-se ao canto da lareira com a mão crispada e firmando-se contra ela, fez um esforço vão para estender o mesmo controle a seus pensamentos vacilantes.

– Eu supus – ouviu ele a voz calma de sua esposa continuar – que você foi mantido no escritório esta noite para tratar de negócios. E tudo foi resolvido esta manhã, acredito. – Ela baixou os olhos ante o olhar vazio dele e outro rubor fugidio passou por seu rosto.

Ele entendeu que seus olhos deviam ser insuportáveis e, virando-se, apoiou os cotovelos na cornija da lareira e cobriu o rosto. Alguma coisa ressoava e retinia furiosamente em seus ouvidos; ele não sabia se era o sangue pulsando em suas veias ou o tique-taque do relógio acima da lareira.

May permanecia sentada sem se mover ou falar enquanto o relógio marcava lentamente o transcurso de cinco minutos. Um pedaço de carvão caiu sobre a grade da lareira, e vendo que a esposa se levantava para empurrá-la de volta ao braseiro, Archer finalmente se voltou e a encarou.

– É impossível – exclamou ele.

– Impossível...?

– Como você sabe... o que você acabou de me dizer?

– Estive com Ellen ontem... eu disse a você que a tinha visto na casa da vovó.

– E foi então que ela lhe contou?

– Não; recebi um bilhete dela esta tarde. – Você quer vê-lo?

Ele não conseguia encontrar sua voz, e ela saiu da sala, mas voltou quase imediatamente.

– Pensei que você soubesse – disse ela, simplesmente.

Colocou uma folha de papel sobre a mesa. Archer estendeu a mão e a apanhou. A carta continha apenas algumas linhas.

"Querida May, finalmente fiz vovó entender que minha visita a ela não poderia ser mais do que uma visita; e ela tem sido gentil e generosa como sempre. Ela vê agora que, se eu voltar para a Europa, devo morar sozinha, ou melhor, com a pobre tia Medora, que vem comigo. Estou correndo de volta para Washington para fazer as malas, e zarparemos na próxima semana. Você deve ser muito bondosa para com a vovó quando eu me for... tão boa quanto sempre foi para mim. Ellen.

Se algum de meus amigos deseja me incitar a mudar de ideia, por favor, diga-lhe que seria totalmente inútil."

Archer leu a carta duas ou três vezes; então a jogou no chão e caiu na gargalhada.

O som de sua risada o assustou. Isso lembrou o susto de Janey à meia-noite, quando ela o viu rindo com uma alegria incompreensível por causa do telegrama de May anunciando que a data de seu casamento havia sido antecipada.

– Por que ela escreveu isso? – perguntou ele, controlando sua risada com um esforço supremo.

May respondeu à pergunta com sua franqueza inabalável.

– Suponho que porque conversamos sobre algumas coisas ontem...

– Que coisas?

– Eu disse a ela que estava com medo de não ter sido justa para com ela... nem sempre entendi o quão difícil deve ter sido para ela aqui, sozinha entre tantas pessoas que eram parentes e ainda estranhas; que se sentia no direito de criticar, e ainda assim nem sempre sabia das circunstâncias. – Fez uma pausa. – Eu sabia que você era o único amigo com quem ela sempre podia contar e eu queria que ela soubesse que você e eu éramos iguais... em todos os nossos sentimentos.

Ela hesitou, como se esperasse que ele falasse, e depois acrescentou, lentamente:

– Ela entendeu meu desejo de dizer isso a ela. Acho que ela entende tudo.

Então se aproximou de Archer e, tomando uma de suas mãos frias, pressionou-a rapidamente contra seu rosto.

– Minha cabeça também dói; boa noite, querido – disse ela, e voltou-se para a porta, com seu vestido de noiva rasgado e enlameado arrastando-se atrás dela pela sala.

Capítulo 33

Foi, como a sra. Archer disse, sorrindo, à sra. Welland, um grande evento para um jovem casal dar seu primeiro grande jantar.

Os Newland Archer, desde que se instalaram em sua casa, haviam recebido muita gente de maneira informal. Archer gostava de ter três ou quatro amigos para jantar, e May os recebia com grande disposição, a exemplo da mãe. Seu marido se questionava se, por iniciativa própria, ela teria algum dia convidado alguém para ir à casa; mas há muito ele havia desistido de tentar desvincular seu verdadeiro eu da forma em que a tradição e o treinamento a haviam moldado. Esperava-se que os jovens casais abastados de Nova York fizessem muitas recepções informais, e uma Welland casada com um Archer estava duplamente comprometida com a tradição.

Mas um grande jantar, com um chef contratado e dois lacaios emprestados, com ponche romano, rosas de Henderson e cardápio em cartões com bordas douradas, era um caso diferente, que devia ser levado bem a sério. Como observou a sra. Archer, o ponche romano fazia toda a diferença; não em si, mas por suas múltiplas implicações... uma vez que significava pato selvagem ou tartaruga de água doce, duas sopas, uma sobremesa quente e outra fria, decote generoso com mangas curtas, e convidados de proporcional importância.

Era sempre uma ocasião interessante quando um jovem casal enviava seus primeiros convites na terceira pessoa, e raramente eram recusados, mesmo pelos destinatários mais experientes e mais requisitados. Ainda assim, foi reconhecidamente um triunfo que, a pedido de May, os Van der Luyden permaneceram na cidade só para marcar presença no jantar de despedida da condessa Olenska.

Na tarde do grande dia, as duas sogras se sentaram na sala de estar de May; a sra. Archer escrevendo os cardápios na mais espessa cartolina de bordas douradas da Tiffany, enquanto a sra. Welland supervisionava a colocação das palmeiras e das lâmpadas padrão.

Archer, chegando tarde de seu escritório, encontrou-as ainda ali. A sra. Archer votava sua atenção para os cartões que designavam os lugares à mesa, e a sra. Welland estava considerando o efeito de trazer o grande sofá dourado, para que fosse criado outro "cantinho" entre o piano e a janela.

May, disseram-lhe, estava na sala de jantar inspecionando a grande quantidade de rosas Jacqueminot e de avenca no centro da longa mesa e a colocação dos bombons Maillard em cestas de prata entre os candelabros. Sobre o piano havia uma grande cesta de orquídeas que o sr. Van der Luyden enviara de Skuytercliff. Tudo era, em resumo, como deveria ser na proximidade de evento tão considerável.

A sra. Archer percorreu a lista com todo o cuidado, assinalando cada nome com sua afiada pena dourada.

– Henry Van der Luyden... Louisa... os Lovell Mingott... os Reggie Chivers... Lawrence Lefferts e Gertrude... (sim, suponho que May estava certa em tê-los...) os Selfridge Merry, Sillerton Jackson, Van Newland e esposa. (Como o tempo passa! Parece que foi ontem que ele foi seu padrinho, Newland)... e a condessa Olenska... sim, acho que é tudo...

A sra. Welland olhou afetuosamente para o genro.

– Ninguém pode dizer, Newland, que você e May não estão dando uma bela despedida para Ellen.

– Ah, bem – disse a sra. Archer – Entendo que May está querendo que sua prima diga às pessoas no exterior que não somos totalmente bárbaros.

– Tenho certeza de que Ellen vai gostar. Ela deveria chegar esta manhã, creio eu. Vai ser uma última impressão realmente encantadora. A noite antes da partida costuma ser tão triste – continuou a sra. Welland, toda animada.

Archer virou-se para a porta, e sua sogra o chamou:

– Entre e dê uma olhada na mesa. E não deixe May se cansar demais.

Mas ele fingiu não ouvir e subiu as escadas para sua biblioteca. Foi como se ele se deparasse com um semblante estranho, fazendo uma composta e educada careta: a sala tinha sido rigorosamente bem "arrumada" e preparada, com uma distribuição criteriosa de cinzeiros e cigarreiras para os cavalheiros que desejassem fumar.

"Ah, bem", pensou ele, "não é por muito tempo..." E foi para o quarto de vestir.

Dez dias se passaram depois da partida de Madame Olenska de Nova York. Durante esses dez dias, Archer não recebera nenhum sinal dela, exceto pela devolução de uma chave embrulhada em papel de seda e enviada para seu escritório num envelope lacrado, com o endereço escrito por ela. Ele poderia ter interpretado essa resposta a seu último apelo como uma jogada clássica num jogo conhecido; mas o jovem pensou que poderia ter um significado diferente. Ela ainda estava lutando contra seu destino; ela estava indo para a Europa, mas não estava voltando para o marido. Nada, portanto, deveria impedir que ele a seguisse; e uma vez dado o passo definitivo, e lhe provasse que era definitivo, ele acreditava que ela não o rejeitaria.

Essa confiança no futuro o havia estabilizado para desempenhar seu papel no presente. Isso o impediu de escrever a ela, ou de revelar, por qualquer gesto ou ato, seu sofrimento e sua mortificação. Parecia-lhe que, no jogo mortalmente silencioso entre eles, os trunfos ainda estavam em suas mãos; e ele esperava.

Houve, no entanto, momentos suficientemente difíceis; por exemplo, quando o sr. Letterblair, no dia seguinte à partida de Madame Olenska, mandou chamá-lo para examinar os detalhes do fundo que a sra. Manson Mingott desejava criar para sua neta. Por algumas horas, Archer examinou os termos da escritura com seu superior, o tempo todo sentindo obscuramente que, se ele estava sendo consultado, era por algum motivo diferente do óbvio parentesco e que haveria de se revelar no encerramento da reunião.

– Bem, a senhora não pode negar que é um belo arranjo – falou o sr. Letterblair, depois de murmurar sobre um resumo do acordo. – Na verdade, sou obrigado a dizer que ela foi tratada muito bem por todos.

– Por todos? – repetiu Archer, com um toque de escárnio. – Você se refere à proposta do marido de devolver o próprio dinheiro?

As sobrancelhas espessas do sr. Letterblair subiram uma fração de polegada.

– Meu caro senhor, lei é lei; e a prima de sua esposa era casada sob a lei francesa. É de se presumir que ela sabia o que isso significava.

– Mesmo que ela o soubesse, o que aconteceu posteriormente... – Mas Archer fez uma pausa.

O sr. Letterblair tinha encostado o cabo da caneta no nariz grande e enrugado e olhava para baixo com a expressão assumida pelos virtuosos senhores idosos quando desejam que os mais novos entendam que virtude não é sinônimo de ignorância.

– Meu caro senhor, Não desejo atenuar as transgressões do conde; mas... mas, por outro lado... eu não colocaria minha mão no fogo... bem, que não houve olho por olho... com o jovem defensor.... – O sr. Letterblair destrancou uma gaveta e empurrou um papel dobrado para Archer. – Esse relatório, resultado de inquéritos discretos... – E então, como Archer não fez nenhum esforço para olhar para o papel ou para repudiar a sugestão, o advogado continuou um tanto categoricamente: – Não digo que seja conclusivo, pode observar; longe disso. Mas a palha mostra... e no geral é eminentemente satisfatório para todas as partes que essa digna solução tenha sido alcançada.

– Oh, eminentemente! – concordou Archer, empurrando o papel de volta.

Um ou dois dias depois, ao responder a um chamado da sra. Manson Mingott, sofreu mais ainda.

Ele havia encontrado a velha senhora deprimida e queixosa.

– Você sabe que ela me abandonou? – começou ela, de imediato; e sem esperar resposta: – Ah, não me pergunte por quê! Ela deu tantos motivos que esqueci todos eles. Minha crença particular é de que ela não conseguiu enfrentar o tédio. De qualquer modo, é o que pensam Augusta e minhas noras. E não sei se a culpo totalmente. Olenski é um canalha acabado; mas a vida com ele deve ter sido muito mais alegre do que na Quinta Avenida. Não que a família admitisse que: eles acham que a Quinta Avenida é o paraíso com a Rue de la Paix como brinde. E a pobre Ellen, é claro, não tem ideia de voltar para o marido. Ela resistiu tão firmemente como sempre contra isso. Então ela vai se estabelecer em Paris com aquela idiota da Medora... Bem, Paris é Paris; e você pode manter uma carruagem quase sem nada. Mas ela era alegre como um passarinho, e vou sentir falta dela. – Duas lágrimas, as lágrimas ressequidas dos velhos, rolaram por suas faces inchadas e desapareceram nos abismos de seu peito.

– Tudo o que peço é – concluiu ela – que eles não deveriam mais me incomodar. Eu realmente preciso de meu tempo para digerir minha derrota... – E ela piscou um pouco melancolicamente para Archer.

Foi nessa noite, ao voltar para casa, que May anunciou sua intenção de dar um jantar de despedida para a prima. O nome de Madame Olenska não era pronunciado entre eles desde a noite de sua fuga para Washington; e Archer olhou para a esposa com surpresa.

– Um jantar... por quê? – perguntou ele.

Ela corou.

– Mas você gosta de Ellen... pensei que você iria ficar contente.

– É muito bonito... seu modo de colocar a questão. Mas eu realmente não vejo...

– Eu quero fazer isso, Newland – disse ela, levantando-se silenciosamente e indo até sua mesa. – Aqui estão os convites todos escritos. Mamãe me ajudou... ela concorda que devemos fazê-lo. – Fez uma pausa, envergonhada e ainda sorrindo, e Archer, de repente, viu diante dele a imagem da encarnação da família.

– Oh, tudo bem – disse ele, percorrendo com olhar vazio a lista de convidados que ela havia colocado em sua mão.

Quando ele entrou na sala de estar antes do jantar, May estava debruçada sobre o fogo e tentando fazer as achas de lenha queimar em seu cenário incomum de ladrilhos imaculados.

As lâmpadas estavam todas acesas, e as orquídeas do sr. Van der Luyden foram dispostas em vários recipientes de porcelana moderna e prata trabalhada. A sala de estar da sra. Newland Archer era, na opinião geral, um verdadeiro sucesso. Um belo móvel de bambu dourado, em que prímulas, cinerárias e outras flores eram pontualmente renovadas, bloqueava o acesso à janela da sacada (onde os antiquados teriam preferido ver uma miniatura em bronze da *Vênus de Milo*[132]); os sofás e poltronas de brocado claro estavam habilmente agrupados sobre mesinhas de profusamente cobertas com bibelôs de prata, bichinhos de porcelana e porta-retratos com motivos florais; e lâmpadas de tons rosados erguiam-se como flores tropicais entre as palmeiras.

– Eu não acho que Ellen já tenha visto esta sala iluminada – disse May, levantando-se corada pelo esforço dispendido e lançando nela um olhar de perdoável orgulho. As pinças de latão que ela apoiara na lateral da chaminé caíram com um estrondo que abafou a resposta do marido; e, antes que ele pudesse recolhê-las, foi anunciada a chegada do sr. e da sra. Van der Luyden.

Os outros convidados logo foram chegando, pois era sabido que os Van der Luyden gostavam de jantar pontualmente. A sala estava quase cheia, e Archer estava empenhado em mostrar à sra. Selfridge Merry um pequeno e reluzente "*Estudo de ovelhas*", de Verbeckhoven[133], que o sr. Welland tinha dado a May no Natal, quando encontrou Madame Olenska a seu lado.

Ela estava excessivamente pálida, e sua palidez fazia seu cabelo escuro parecer mais denso e pesado do que nunca. Talvez isso, ou o fato de ela ter enrolado várias fileiras de contas de âmbar no pescoço, ele se lembrou, de repente, da pequena Ellen Mingott com quem ele havia dançado em festas infantis, quando Medora Manson a trouxe pela primeira vez a Nova York.

As contas de âmbar não combinavam com a cor de sua pele ou talvez fosse o vestido que não lhe caía bem: seu rosto parecia sem brilho e quase feio, e ele nunca a amou tanto como nesse momento. Suas mãos se encontraram, e ele pensou tê-la ouvido dizer: "Sim, vamos partir amanhã para a Rússia..."; então houve um barulho sem sentido de portas se abrindo, e depois de um intervalo a voz de May:

"Newland! O jantar foi anunciado. Você não poderia, por favor, acompanhar Ellen?"

Madame Olenska pôs a mão em seu braço, e ele notou que a mão estava sem luva. Lembrou-se de como manteve os olhos fixos nela na noite em que se sentou ao lado dela na pequena sala de visitas da Rua 23. Toda a beleza que havia abandonado seu rosto parecia ter se refugiado nos dedos longos e pálidos e nos nós dos dedos que mal tocavam sua manga, e disse a si mesmo: "Ainda que fosse só para ver a mão dela novamente, eu teria de segui-la..."

Só mesmo num jantar ostensivamente oferecido a um "visitante estrangeiro" a sra. Van der Luyden poderia sofrer a humilhação de ser colocada à esquerda do anfitrião. O fato da "estrangeirice" de Madame Olenska dificilmente poderia ter sido enfatizado com mais habilidade do que por esse tributo de despedida; e a sra. Van der Luyden aceitou seu deslocamento com uma afabilidade que não deixou dúvidas quanto à sua aprovação.

Havia certas coisas que precisavam ser feitas e, se fossem feitas, deviam sê-lo de modo generoso e completo; e uma delas, no antigo código de Nova York, era a reunião tribal em torno de uma parenta prestes a ser eliminada da tribo. Não havia nada na terra que os Welland e os Mingott não tivessem feito para proclamar sua inalterável afeição pela condessa Olenska, agora que ela já tinha em mãos a passagem para seguir para a Europa; e Archer, à cabeceira da mesa, admirava a silenciosa e incansável atividade com que a aprovação da família havia recuperado a popularidade de Ellen, havia silenciado as queixas contra ela, havia esquecido seu passado e enaltecia seu presente. A sra. Van der Luyden sorria para ela com a obscura benevolência que era o que tinha de mais parecido com cordialidade, e o sr. Van der Luyden, de seu lugar, à direita de May, lançava por sobre a mesa olhares claramente destinados a justificar todos os cravos que tinha mandado vir de Skuytercliff.

Archer, que parecia estar assistindo à cena num estado de estranha imponderabilidade, como se flutuasse em algum lugar entre o lustre e o teto, não admirava nada além da própria participação no processo. Enquanto seu olhar viajava de um rosto plácido e bem alimentado para outro, via todas as pessoas de aparência inofensiva ocupadas com o pato selvagem de May como um bando de conspiradores idiotas, e ele e a mulher pálida à sua direita como o centro da conspiração. E então, de repente, num lampejo composto de milhares de fagulhas, pareceu-lhe que, para todos eles, ele e Madame Olenska eram amantes, amantes no sentido extremo, próprio dos vocabulários "estrangeiros". Ele imaginou ter sido, durante meses, o centro de incontáveis olhos que observam silenciosamente e ouvidos que escutam pacientemente; entendeu que, por meios ainda desconhecidos para ele, a separação entre ele e a parceira de sua culpa havia sido alcançada, e que agora toda a tribo havia se reunido em torno de sua esposa na suposição tácita de que ninguém sabia de nada, ou sequer imaginava alguma coisa, e que a ocasião do jantar representava simplesmente o desejo natural de May Archer de se despedir afetuosamente de sua amiga e prima.

Era o velho jeito nova-iorquino de tirar a vida "sem derramamento de sangue": a maneira de pessoas que temiam mais o escândalo do que a doença, que colocavam a decência acima da coragem, e que consideravam que nada era mais grosseiro do que "cenas", exceto o comportamento daqueles que as provocavam.

Enquanto esses pensamentos se sucediam em sua mente, Archer se sentia como um prisioneiro no centro de um campo armado. Olhando em volta da mesa, adivinhava a inexorabilidade de seus captores pelo tom em que falavam de Beaufort e da esposa, enquanto saboreavam os aspargos da Flórida.

"É para me mostrar", pensou, "o que iria acontecer comigo...", com a sensação mortal de estar sendo encerrado no mausoléu da família, ao constatar a superioridade da implicação e da analogia sobre a ação direta e do silêncio sobre as palavras precipitadas.

Ele riu e se deparou com o olhar assustado da sra. Van der Luyden.

– Você acha engraçado? – perguntou ela, com um sorriso forçado. – É claro que a ideia da pobre Regina de permanecer em Nova York tem seu lado ridículo, suponho.

E Archer murmurou:

– Naturalmente.

Nesse ponto, percebeu que o outro vizinho de Madame Olenska estava conversando há algum tempo com a senhora à direita. No mesmo instante ele viu que May, serenamente posta entre o sr. Van der Luyden e o sr. Selfridge Merry, tinha lançado um rápido olhar para a mesa. Era evidente que o anfitrião e a senhora à direita não podiam sentar-se durante toda a refeição em silêncio. Ele se virou para Madame Olenska, cujo pálido sorriso parecia lhe dizer: "Oh, vamos enfrentar isso até o fim."

– Você achou a viagem cansativa? – perguntou ele, com uma voz que o surpreendeu a si próprio pela naturalidade; e ela respondeu que, pelo contrário, raramente tinha viajado com menos desconforto.

– Exceto, o terrível calor dentro do vagão – acrescentou ela; e ele comentou que não haveria de sofrer por isso no país para onde estava indo.

– Eu nunca – declarou ele, de modo incisivo – passei tanto frio no trem como uma vez no percurso de Calais a Paris, no mês de abril.

Ela disse que não estranhava isso, mas observou que, afinal, sempre se pode levar uma coberta a mais e que toda forma de viagem tinha suas dificuldades; ao que ele respondeu abruptamente que as considerava sem importância em comparação com a felicidade de partir. Ela mudou de cor, e ele acrescentou com sua voz aumentando subitamente de tom:

– Eu pretendo viajar muito em breve.

Um tremor perpassou pelo rosto dela, mas ele se voltou para Reggie Chivers e praticamente gritou:

– Diga-me, Reggie, o que acha de uma viagem ao redor do mundo: agora, mês que vem, quero dizer? Eu pretendo ir, se você for...

A sra. Reggie replicou que não poderia pensar em deixar o marido ir até depois do baile de Martha Washington, que ela estava organizando em benefício do Asilo de Cegos, na semana da Páscoa; e seu marido observou placidamente que a essa altura ele deveria estar treinando para a partida internacional de polo.

Mas o sr. Selfridge Merry captou a frase "ao redor do mundo", e tendo uma vez dado a volta ao globo em seu iate a vapor, aproveitou a oportunidade para mencionar alguns aspectos chocantes sobre os portos do Mediterrâneo, especialmente quanto à sua pouca profundidade. Embora, afinal de contas, acrescentou ele, isso não importasse tanto; depois de ter visto Atenas, Esmirna e Constantinopla, pois o que mais havia para ver? E a sra. Merry disse que nunca poderia ser muito grata ao dr. Bencomb por tê-los feito prometer que não haveriam de ir a Nápoles por causa da febre.

– Mas a gente precisa de três semanas para conhecer razoavelmente bem a Índia – admitiu seu marido, ansioso para deixar claro que ele não era um viajante frívolo.

E nesse momento as senhoras subiram para a sala de visitas.

Na biblioteca, apesar das presenças mais importantes, Lawrence Lefferts predominava.

A conversa, como sempre, tinha desviado para os Beaufort, e até o sr. Van der Luyden e o sr. Selfridge Merry, instalados nas poltronas honorárias que lhes são tacitamente reservadas, pararam para ouvir a filípica do jovem.

Lefferts nunca havia expressado de modo tão veemente os sentimentos que adornam a cristandade e exaltam a santidade do lar. A indignação lhe emprestou uma eloquência mordaz e ficou claro que, se outros tivessem seguido seu exemplo e agido como ele dizia, a sociedade nunca teria sido tão fraca a ponto de receber um arrivista estrangeiro como Beaufort... não, senhor, mesmo se fosse casado com uma Van der Luyden ou uma Lanning em vez de uma Dallas. E que chance teria tido, questionava Lefferts furiosamente, de se casar com uma mulher de uma família como os Dallas, se já não tivesse se insinuado em certas casas e se aproximado de certas pessoas do tipo da sra. Lemuel Struthers? Se a sociedade optasse por abrir suas portas para mulheres vulgares, o mal não seria grande, embora o ganho fosse duvidoso; mas, uma vez que passou a tolerar homens de origem obscura e riqueza espúria, o fim seria a desintegração total – e em data não distante.

– Se as coisas continuarem nesse ritmo – esbravejou Lefferts, parecendo um jovem profeta vestido por Poole[134], e que ainda não tinha sido apedrejado –, veremos nossos filhos lutando por convites para frequentar casas de vigaristas e se casar com bastardos de Beaufort.

– Oh, calma aí... não exagere! – Reggie Chivers e o jovem Newland protestaram, enquanto o sr. Selfridge Merry parecia genuinamente alarmado, e uma expressão de dor e desgosto se instalou no rosto sensível do sr. Van der Luyden.

– Será isso mesmo? – exclamou o sr. Sillerton Jackson, apurando os ouvidos; e, enquanto Lefferts tentava responder a pergunta com uma risada, o velho cavalheiro cochichou aos ouvidos de Archer: – Engraçados esses sujeitos que estão sempre querendo consertar as coisas. As pessoas que têm os piores cozinheiros estão sempre dizendo que perigam ser envenenadas quando jantam fora. Mas ouvi dizer que há razões prementes para a diatribe de nosso amigo Lawrence... é uma datilógrafa dessa vez, pelo que apurei por aí...

A conversa passou por Archer como um rio sem sentido que seguia correndo porque não sabia como parar. Viu, nos rostos a seu redor, expressões de interesse, de diversão e até de alegria. Ouvia as risadas dos mais jovens e os elogios ao vinho Madeira que o sr. Van der Luyden e o sr. Merry estavam saboreando, pensativos. Por meio de tudo isso, percebia vagamente uma atitude amistosa para com ele, como se fosse um prisioneiro, cujos guardas estariam tentando amenizar seu cativeiro; e essa percepção reforçou sua apaixonada determinação de ser livre.

Na sala de visitas, onde logo foram ter com as senhoras, ele encontrou o olhar triunfante de May, no qual lia a convicção de que tudo "havia corrido" maravilhosamente bem. Sentada ao lado de Madame Olenska, ela se levantou e imediatamente a sra. Van der Luyden acenou para que ela se sentasse no sofá dourado onde ela estava. A sra. Selfridge Merry atravessou a sala para se juntar a elas e ficou claro para Archer que ali também estava acontecendo uma conspiração de reabilitação e de obliteração.

A silenciosa organização que mantinha seu pequeno mundo unido estava determinada a deixar claro que nunca, nem por um momento, havia questionando a conduta de Madame Olenska ou a plena felicidade conjugal de Archer. Todas essas pessoas amáveis e inexoráveis estavam resolutamente empenhadas em fingir umas para as outras que nunca tinham ouvido falar, suspeitar ou mesmo imaginar qualquer coisa que pudesse sugerir o contrário; e a partir desse tecido de elaborada dissimulação recíproca, Archer mais uma vez desvendou o fato de que Nova York acreditava que ele era o amante de Madame Olenska.

Ele captou o brilho da vitória nos olhos da esposa e, pela primeira vez, entendeu que ela compartilhava da crença. A descoberta despertou uma gargalhada dos demônios interiores, que reverberou em todos os seus esforços para conversar com a sra. Reggie Chivers e a pequena sra. Newland sobre o baile de Martha Washington; e assim a noite passou correndo como um rio sem sentido que seguia correndo porque não sabia como parar.

Por fim, ele viu que Madame Olenska havia se levantado e estava se despedindo. Entendeu que em breve ela iria embora e tentou se lembrar do que ele lhe havia dito no jantar; mas não conseguia se lembrar de uma única palavra que haviam trocado.

Ela se aproximou até May, com o resto do grupo se reunindo em círculo em torno dela, enquanto ela ia avançando. As duas jovens se deram as mãos; então May se inclinou e beijou a prima.

– Certamente nossa anfitriã é a mais bonita das duas – Archer ouviu Reggie Chivers dizer em voz baixa para a jovem sra. Newland; e lembrou-se da grosseira zombaria de Beaufort ao comentar a beleza inútil de May.

Um momento depois, ele estava no saguão, colocando a capa nos ombros de Madame Olenska.

Apesar de toda a sua confusão mental, ele manteve firme a resolução de não dizer nada que pudesse assustá-la ou perturbá-la. Convencido de que nada poderia agora desviá-lo de seu propósito, encontrou forças para deixar as coisas acontecerem como tivessem de acontecer. Mas, enquanto acompanhava Madame Olenska para o saguão, sentiu um súbito e forte anseio de ficar a sós com ela, por um só instante, à porta da carruagem.

– Sua carruagem está aqui? – perguntou ele; e, naquele momento, a sra. Van der Luyden, que estava se envolvendo majestosamente em sua zibelina, disse com toda a afabilidade:

– Vamos levar a querida Ellen para casa.

O coração de Archer deu um salto, e Madame Olenska, segurando o manto e o leque com uma das mãos, estendeu-lhe a outra.

– Adeus – disse ela.

– Adeus, mas vejo você em breve, em Paris – respondeu ele, em voz alta... parecendo-lhe que havia gritado.

– Ah! – murmurou ela –, se você e May puderem ir...!

O sr. Van der Luyden adiantou-se para lhe dar o braço, e Archer se voltou para a sra. Van der Luyden. Por um momento, na escuridão oscilante dentro do grande landau, ele vislumbrou a forma escura de um rosto, os olhos brilhando intensamente... e ela foi embora.

Ao subir os degraus, cruzou com Lawrence Lefferts descendo com sua esposa. Lefferts segurou seu anfitrião pela manga, recuando para deixar Gertrude passar.

– Escute, meu velho! Você se importaria em deixar claro que vai jantar comigo no clube amanhã à noite? Muito obrigado, velho camarada! Boa noite.

– Correu tudo maravilhosamente bem, não é? – perguntou May, do limiar da biblioteca.

Archer se levantou de um salto. Assim que a última carruagem havia partido, ele tinha subido até a biblioteca e se havia trancado lá dentro, com a esperança de que sua esposa, que ainda permanecia no andar debaixo, iria direto para o quarto. Mas lá estava ela, pálida e abatida, embora irradiando a fictícia energia de quem superou o cansaço.

– Posso entrar e conversar sobre isso? – perguntou ela.

– Claro, se você quiser. Mas você deve estar com muito sono...

– Não, não estou com sono. Eu gostaria de me sentar um pouco com você.

– Muito bem – disse ele, empurrando a cadeira dela para perto do fogo.

Ela se sentou, e ele voltou a sentar-se; mas durante um bom tempo nenhum dos dois disse uma palavra. Por fim, Archer começou abruptamente:

– Visto que você não está cansada, e quer conversar, há algo que devo lhe dizer. Eu tentei na outra noite...

Ela olhou para ele rapidamente.

– Sim, querido. Algo sobre você?

– Sobre mim mesmo. Você diz que não está cansada; bem, eu estou. Horrivelmente cansado...

Num instante, ela era toda ansiedade e ternura.

– Oh, eu sabia que isso ia acontecer, Newland! Você tem trabalhado tão perversamente sobrecarregado...

– Talvez seja isso. De qualquer forma, eu quero dar uma parada...

– Uma parada? Para largar a advocacia?

– Para ir embora, de qualquer forma... de uma vez. Numa longa viagem, para bem longe... longe de tudo...

Ele fez uma pausa, consciente de ter falhado em sua tentativa de falar com a indiferença de quem anseia por uma mudança, e ainda está cansado demais para refazê-la a seu gosto. Fizesse o que fizesse, a corda da ansiedade vibrava.

– Longe de tudo... – repetiu ele.

– Tão longe assim? Onde, por exemplo? – perguntou ela.

– Ah, não sei. Índia... ou Japão.

Ela se levantou, e enquanto ele se sentava com a cabeça inclinada, o queixo apoiado nas mãos, ele a sentiu calorosa e perfumada como que pairando sobre ele.

– Tão longe assim? Mas temo que você não possa, querido... – disse ela, com voz instável. – Não, a menos que você me leve junto.

E então, como ele nada dissesse, ela prosseguiu, em tons tão claros e uniformes que cada sílaba separada batia como um pequeno martelo no cérebro dele:

— Isto é, se os médicos me deixarem ir... mas temo que não. Porque, sabe, Newland, eu tenho certeza desde esta manhã de algo que eu há tanto tempo desejei e esperei...

Ele olhou para ela com um olhar aflito, e ela se abaixou, banhada em lágrimas, e escondeu o rosto no joelho dele.

— Oh, minha querida — disse ele, segurando-a, enquanto sua mão fria lhe acariciava o cabelo.

Houve uma longa pausa, que os demônios interiores encheram de gargalhadas estridentes. Então May se livrou dos braços dele e se levantou.

— Você não desconfiou...?

— Sim... eu; não. Isto é, claro que eu esperava...

Eles se olharam por um instante e novamente ficaram em silêncio; então, desviando os olhos dela, ele perguntou abruptamente:

— Você contou a mais alguém?

— Só a mamãe e a sua mãe. — Ela fez uma pausa, e então acrescentou apressadamente, com o sangue subindo pela testa:

— Isto é... e Ellen. Você sabe, eu lhe falei que tivemos uma longa conversa uma tarde... e como ela foi encantadora para mim.

— Ah!... — suspirou Archer, com o coração parando.

Sentiu que a esposa o estava observando atentamente.

— Você se importa por eu ter contado a ela antes, Newland?

— Se me importo? Por que deveria? — Ele fez um último esforço para se recompor — Mas isso foi há quinze dias, não foi? Achei que você tinha dito que não foi senão hoje que teve certeza.

Ela corou mais intensamente ainda, mas sustentou o olhar dele.

— Não; eu não tinha certeza na época... mas disse a ela que tinha. E você vê que eu estava certa! — exclamou ela, com lágrimas de vitória inundando seus olhos azuis.

Capítulo 34

Newland Archer estava sentado à escrivaninha em sua biblioteca na Rua 39 Leste.

Ele acabara de voltar de uma grande recepção oficial para a inauguração das novas galerias do Metropolitan Museum, e o espetáculo daqueles grandes espaços repletos de despojos de outras eras, onde a multidão dos elegantes circulava por uma série de tesouros cientificamente catalogados, de repente acionou uma mola enferrujada da memória.

– Ora, essa costumava ser uma das velhas salas de Cesnola – ele ouviu alguém dizer; e instantaneamente tudo ao redor desapareceu, e ele se viu sozinho, sentado num duro divã de couro, junto a um aquecedor, enquanto uma figura esguia, vestida em longo manto de pele de foca, se afastava pela sala deserta do velho Museu.

A visão despertou uma série de outras associações, e agora ele se via olhando com outros olhos para a biblioteca que, por mais de trinta anos, tinha sido o cenário de suas reflexões solitárias e de todas as confabulações familiares.

Era a sala em que acontecera a maioria das coisas reais de sua vida. Ali, sua esposa, há quase vinte e seis anos, lhe tinha revelado, com um ruborizado circunlóquio que teria feito sorrir as jovens da nova geração, a notícia de que ela teria um filho; e ali seu filho mais velho, Dallas, delicado demais para ser levado à igreja no meio do inverno, havia sido batizado por seu velho amigo, o bispo de Nova York, o imenso e magnífico Bispo insubstituível, tanto tempo o orgulho e o ornamento da diocese. Ali, Dallas engatinhou pelo chão gritando "Papai", enquanto May e a enfermeira riam atrás da porta; ali, sua filha Mary (tão parecida com a mãe) havia anunciado seu noivado com o mais enfadonho e confiável dos muitos filhos de Reggie Chivers; e ali, Archer a beijou por sobre o véu de noiva antes de descerem para a carruagem que os levaria à Grace Church (igreja da Graça)... pois, num mundo onde todo o resto oscilava em seus alicerces, o "casamento na Grace Church" permanecia uma instituição inalterada.

Era na biblioteca que ele e May sempre discutiam o futuro das crianças: os estudos de Dallas e de seu irmão mais novo, Bill, a incurável indiferença de Mary por "requintes" e a paixão pelo esporte e pela filantropia, e as vagas inclinações para a "arte" que finalmente levaram o inquieto e curioso Dallas ao escritório de um arquiteto em ascensão em Nova York.

Os jovens de hoje estavam se afastando da advocacia e dos negócios e adotando todo tipo de coisas novas. Se não fossem absorvidos pela política estadual ou pela reforma municipal, as chances eram de que eles acabassem optando pela arqueologia da América Central, pela arquitetura ou pelo paisagismo; tinham agudo e erudito interesse pelos edifícios pré-revolucionários de seu país, estudavam e adaptavam tipos georgianos e protestavam contra o uso sem sentido da palavra "colonial". Ninguém hoje em dia tinha casas "coloniais", a não ser os milionários merceeiros dos subúrbios.

Mas, acima de tudo... – às vezes Archer colocava esse acontecimento acima de tudo... – era naquela biblioteca que o governador de Nova York, descendo de Albany uma noite para jantar e pernoitar, dirigiu-se a seu anfitrião e, batendo com o punho cerrado na mesa, disse: "– Maldito seja o político profissional! Você é o tipo de homem que o país quer, Archer. Se é para limpar o estábulo, homens como você precisam dar uma mão.

"Homens como você..." Com que emoção Archer ouviu essa frase! Com que entusiasmo ele tinha respondido ao chamado! Era um eco do antigo apelo de Ned Winsett para arregaçar as mangas e pôr a mão na massa; mas proferido por um homem que dava o exemplo do gesto e cuja convocação para segui-lo era irresistível.

Archer, ao olhar para trás, não tinha certeza de que era de homens como ele que seu país precisava, pelo menos no serviço ativo para o qual Theodore Roosevelt⁽¹³⁵⁾ havia apontado; na verdade, havia motivos para pensar que não, pois, depois de um ano na Assembleia Estadual, não havia sido reeleito e havia retornado, agradecido, ao trabalho municipal obscuro, embora útil, e novamente para a redação de artigos ocasionais num dos semanários reformistas que tentavam sacudir o país de sua apatia.

Não tinha muito a ver ao olhar para trás; mas quando se lembrava das míseras aspirações dos jovens de sua geração e de seu círculo... que se resumiam a ganhar dinheiro, praticar esporte e frequentar a sociedade... até mesmo sua pequena contribuição para o novo estado de coisas parecia importante, pois cada tijolo conta numa parede bem construída. Pouco havia feito na vida pública; sempre seria por natureza um contemplativo e um diletante; mas tivera coisas elevadas para contemplar, grandes coisas para se deleitar; e a amizade de um grande homem para lhe dar força e deixá-lo orgulhoso.

Ele tinha sido, em resumo, o que as pessoas estavam começando a chamar de "um bom cidadão". Em Nova York, por muitos anos, cada novo movimento, filantrópico, municipal ou artístico, tinha levado em conta sua opinião e queria seu nome. As pessoas diziam: "Pergunte a Archer" quando havia a questão de iniciar a primeira escola para crianças com deficiência física, de reorganizar o Museu de Arte, de fundar o Clube Grolier⁽¹³⁶⁾, inaugurar a nova biblioteca ou criar uma nova sociedade de música de câmara. Seus dias eram cheios, e preenchidos decentemente. Pensava que era tudo o que um homem poderia querer.

Sabia que tinha perdido alguma coisa: a flor da vida. Mas agora pensava nisso como algo tão inatingível e improvável, que lamentar seria como se desesperar por não ter tirado o primeiro prêmio na loteria. Havia cem milhões de bilhetes em sua loteria e havia apenas um prêmio; as chances estavam decididamente contra ele. Quando pensava em Ellen Olenska, era em termos abstratos, serenamente, como alguém poderia pensar numa amada imaginária de um livro ou de um quadro: ela representava a visão composta de tudo o que tinha perdido. Essa visão, ainda que fraca e tênue como era, o impedira de pensar em outras mulheres. Ele havia sido o que se chamava de marido fiel; e quando May morreu repentinamente... levada pela pneumonia infecciosa que havia contraído ao cuidar de seu filho mais novo... pranteou-a com toda a sinceridade. Seus longos anos juntos mostraram a ele que não importava tanto se o casamento era um dever enfadonho, desde que mantivesse a dignidade de um dever; sem isso, tornava-se uma mera batalha de vulgares apetites. Olhando em torno de si próprio, ele reverenciava seu passado e o pranteava. Afinal, havia coisas boas nos velhos costumes.

Os olhos dele, dando a volta na sala... decorada de outra forma por Dallas com meias-tintas inglesas, armários marca Chippendale, selecionadas lâmpadas elétricas com elegantes cúpulas das cores azul e branco... voltou para a velha escrivaninha Eastlake que ele jamais quis trocar e para sua primeira fotografia de May, que ainda mantinha seu lugar ao lado do tinteiro.

Lá estava ela, alta e esguia, de seios arredondados, com sua musselina engomada e chapéu de palha, como ele a tinha visto sob as laranjeiras no jardim da Missão. E como ele a tinha visto naquele dia, assim permanecera; nunca exatamente da mesma altura, mas nunca muito abaixo: generosa, fiel, incansável; mas tão carente de imaginação, tão incapaz de crescer, que o mundo de sua juventude havia se despedaçado e se reconstruído sem que ela tivesse tomado consciência da mudança.

Essa cegueira dura e brilhante havia mantido seu horizonte imediato aparentemente inalterado. Sua incapacidade de reconhecer a mudança fez com que seus filhos escondessem dela seus pontos de vista, assim como Archer escondia os dele; houve, desde o início, uma pretensão conjunta de mesmice, uma espécie de inocente hipocrisia familiar, em que pai e filhos haviam colaborado inconscientemente.

E ela havia morrido pensando que o mundo era um bom lugar, cheio de lares amorosos e harmoniosos como o dela, e resignada em deixá-lo porque estava convencida de que, o que quer que fosse acontecer, Newland continuaria inculcando em Dallas os mesmos princípios e preconceitos que moldaram a vida dos pais e que Dallas, por sua vez (quando Newland a seguisse), transmitiria o sagrado legado ao pequeno Bill. Quanto a Mary, estava tão segura como em relação a si mesma. Assim, tendo arrancado o pequeno Bill da sepultura e dado a própria vida nesse esforço, foi, contente, para seu lugar no jazigo da família Archer, na igreja de São Marcos, onde a sra. Archer já estava a salvo da terrível "tendência" da qual sua nora nunca se havia dado conta.

Em frente ao retrato de May estava um da filha. Mary Chivers era alta e loira como a mãe, mas tinha cintura larga, peito achatado e ombros levemente caídos, como a nova moda requeria. As poderosas proezas atléticas de Mary Chivers não poderiam ter sido realizadas com a cintura de 20 polegadas que a faixa azul de May Archer cingia com tanta facilidade. E a diferença parecia simbólica; a vida da mãe tinha sido tão contida quanto seu corpo. Mary, que não era menos convencional, nem mais inteligente, levava uma vida mais aberta e tinha pontos de vista mais tolerantes. Havia coisas boas na nova ordem também.

O telefone tocou, e Archer, deixando as fotografias de lado, tirou o aparelho transmissor do gancho. Como já iam longe os dias em que as pernas do mensageiro com botões de latão eram o único meio de comunicação rápida em Nova York!

– Chicago chamando.

Ah... devia ser uma ligação interurbana de Dallas, que havia sido enviado a Chicago pela empresa para discutir o plano do palácio que um jovem milionário queria construir às margens do lago. A firma sempre confiava a Dallas essas incumbências.

– Alô, pai... Sim, Dallas. Escute... como você se sente para embarcar na quarta-feira? No navio Mauritânia. Sim, na próxima quarta-feira, tudo certo. Nosso cliente quer que eu dê uma olhada em alguns jardins italianos antes de resolvermos qualquer coisa e me pediu para tomar o próximo navio. Tenho de voltar no dia primeiro de junho... – a voz cedeu lugar a uma alegre e espontânea risada... – portanto, temos de nos apressar. Escute, pai, preciso de sua ajuda: por favor, venha.

Dallas parecia estar falando na sala: a voz era tão próxima e natural como se ele estivesse descansando em sua poltrona favorita ali perto da lareira. O fato normalmente não teria surpreendido Archer, pois as ligações de longa distância haviam se tornado tão comuns quanto a iluminação elétrica e as viagens de cinco dias pelo Atlântico. Mas a risada o assustou; ainda parecia maravilhoso que através de todas aquelas milhas e mais milhas de distância... florestas, rios, montanhas, pradarias, cidades barulhentas e milhões de ocupados e indiferentes... a risada de Dallas fosse capaz de dizer: "Claro, aconteça o que acontecer, devo estar de volta no dia primeiro de junho, porque Fanny Beaufort e eu vamos nos casar no dia cinco."

A voz recomeçou:

– Pensar? Não, senhor: nem por um minuto. Você tem de dizer sim agora. Por que não, posso saber? Se você puder alegar um único motivo... Não; eu sabia. Então vamos, hein? Porque conto com você para ligar para o escritório da Cunard amanhã cedo; e é melhor reservar um retorno num navio que saia de Marselha. Escute, pois será nossa última vez juntos, em circunstâncias como essa... Que bom! Eu sabia que você viria.

Chicago desligou. Archer se levantou e começou a andar de um lado para o outro na sala.

Seria a última vez deles juntos nessas circunstâncias: o rapaz estava certo. Eles teriam muitas outras "ocasiões" depois do casamento de Dallas, o pai tinha certeza; pois os dois eram realmente companheiros, e Fanny Beaufort, o que quer que se possa pensar dela, não parecia capaz de interferir na intimidade deles. Ao contrário, pelo que tinha visto, pensava que ela seria naturalmente incluída nessa intimidade. Ainda assim, mudança era mudança, diferenças eram diferenças e, por mais que se sentisse verdadeira simpatia por sua futura nora, era tentador aproveitar essa última chance de ficar a sós com o filho.

Não havia razão para que ele não aproveitasse essa oportunidade, embora já tivesse perdido fazia tempo o hábito de viajar. May não gostava de viajar, exceto por razões válidas, como levar as crianças ao mar ou para as montanhas; ela não conseguia imaginar outro motivo para deixar a casa na Rua 39 ou seus aposentos confortáveis na casa dos Welland, em Newport. Por ocasião da formatura de Dallas, ela se havia sentido na obrigação de viajar por seis meses; e toda a família fez o passeio à moda antiga pela Inglaterra, Suíça e Itália. Com o tempo limitado (ninguém sabia por quê), eles haviam deixado de passar pela França. Archer lembrou-se da ira de Dallas ao ser convidado a contemplar o Monte Branco em vez de Reims e Chartres.

Mas Mary e Bill queriam escalar montanhas e já haviam se entediado bastante ao seguir Dallas nas infindas visitas a catedrais inglesas... E May, sempre justa com os filhos, insistia em manter o equilíbrio entre suas tendências atléticas e artísticas. Ela realmente havia proposto que o marido fosse a Paris por quinze dias e depois encontrar-se com eles nos lagos italianos, após terem girado pela Suíça. Archer, porém, recusou. "Vamos ficar juntos", disse ele; e o rosto de May se iluminou por ele ter dado um exemplo tão bom a Dallas.

Desde a morte da esposa, fazia quase dois anos, Archer não via razão para ele continuar na mesma rotina. Seus filhos o encorajavam a viajar: Mary Chivers tinha certeza de que faria bem a ele ir para o exterior e "ver as galerias". O próprio caráter misterioso de semelhante remédio a deixava mais confiante em sua eficácia. Mas Archer se via preso ao hábito, a memórias, a um súbito medo de coisas novas.

Agora, ao rever o passado, viu em que profundo abismo havia mergulhado. O que lhe parecia pior no cumprimento do dever era a impossibilidade que aparentemente tinha de fazer qualquer outra coisa. Pelo menos era essa a opinião dos homens de sua geração. As incisivas separações entre o certo e o errado, o honesto e o desonesto, o respeitável e o contrário, havia deixado muito pouco espaço para o imprevisto. Há momentos em que a imaginação de um homem, tão facilmente subjugada às circunstâncias, de repente se eleva acima de seu nível cotidiano e examina as longas sinuosidades do destino. Archer ficou ali parado e se perguntava...

O que restava do pequeno mundo em que ele cresceu, e cujos padrões o dobraram e o subjugaram? Ele se lembrou de uma sarcástica profecia do pobre Lawrence Lefferts, proferida anos antes naquela mesma sala: "Se as coisas continuarem nesse ritmo, nossos filhos vão acabar se casando com bastardos de Beaufort."

Era exatamente o que o filho mais velho de Archer, o orgulho de sua vida, estava fazendo; e ninguém se maravilhava nem reprovava. Até a tia do menino, Janey, que ainda parecia tão exatamente como costumava ser em sua juventude, havia tirado as esmeraldas e pérolas de sua mãe do invólucro de algodão rosa e as levara com suas mãos trêmulas para a futura noiva; e Fanny Beaufort, em vez de parecer desapontada por não receber um "conjunto" de um joalheiro de Paris, exultou diante da antiquada beleza das joias e declarou que, quando as usasse, deveria se sentir como uma miniatura de Isabey.

Fanny Beaufort, que apareceu em Nova York aos 18 anos, após a morte dos pais, conquistara a cidade tanto quanto Madame Olenska o fizera trinta anos antes; só que, em vez de desconfiar e ter medo dela, a sociedade a acolheu alegremente e com naturalidade. Ela era bonita, divertida e desenvolta: o que mais se poderia querer? Ninguém era tão tacanho a ponto de lançar contra ela os fatos meio esquecidos do passado do pai e recordar sua origem. Apenas os mais velhos se lembravam de um incidente tão obscuro na vida empresarial de Nova York quanto o fracasso de Beaufort, ou o fato de que, após a morte de sua esposa, ele se casou discretamente com a notória Fanny Ring, e havia deixado o país com sua nova esposa e uma garotinha que herdara a beleza da mãe.

Soube-se mais tarde que ele esteve em Constantinopla, depois na Rússia; e uma dúzia de anos depois, viajantes americanos eram generosamente recebidos por ele em Buenos Ayres, onde representava uma grande agência de seguros. Ali morreram ele e sua esposa no odor da prosperidade; e um dia sua filha órfã apareceu em Nova York, para morar com a cunhada de May Archer, sra. Jack Welland, cujo marido havia sido nomeado tutor da menina. O fato a tornou praticamente prima dos filhos de Newland Archer, e ninguém ficou surpreso quando o noivado de Dallas foi anunciado.

Nada poderia deixar transparecer mais claramente a medida da distância que o mundo havia percorrido. As pessoas agora estavam muito ocupadas... ocupadas com reformas e "movimentos", com modismos, fetiches e frivolidades... para se preocupar muito com seus vizinhos. E que importância tinha o passado de alguém, no imenso caleidoscópio onde todos os átomos sociais giravam no mesmo plano?

Newland Archer, olhando pela janela do hotel a imponente alegria das ruas de Paris, sentiu o coração bater com a confusão e a ansiedade da juventude.

Fazia muito tempo que esse coração se refugiara tranquilo sob seu colete sempre maior e, de repente, tinha seus sobressaltos, para deixá-lo, no instante seguinte, com o peito vazio e as têmporas ardentes. Perguntou-se se era assim que o coração de seu filho se comportava na presença da srta. Fanny Beaufort... e julgou que não. "Funciona tão ativamente quanto o meu, sem dúvida, mas o ritmo é diferente", refletiu ele, lembrando-se da fria compostura com que o jovem havia anunciado seu noivado, certo como estava da aprovação da família.

"A diferença é que esses jovens dão como certo de que vão conseguir o que querem e que nós quase sempre tínhamos como certo de que não haveríamos de conseguir. Só me pergunto... a coisa de que se tem tanta certeza de antemão de conseguir... pode fazer o coração de alguém bater tão descontroladamente?"

Era o dia seguinte de sua chegada a Paris. O sol da primavera mantinha Archer junto à janela aberta, diante da ampla vista prateada da Place Vendôme. Uma das coisas que ele havia estipulado... praticamente a única... quando concordou em viajar para o exterior com Dallas, era que, em Paris, ele não queria ficar hospedado num dos "palácios" modernos.

– Oh, tudo bem... claro – concordou Dallas com bom humor.
– Vou levá-lo a algum lugar antiquado e alegre... ao Bristol, por exemplo... – deixando seu pai sem palavras, ao ouvir que a casa centenária de reis e imperadores agora era considerada uma pousada antiquada, onde ia quem estava em busca de peculiares inconveniências e de cor local persistente.

Archer tinha imaginado muitas vezes, em seus primeiros anos de impaciência, o cenário de seu retorno a Paris; depois, a visão pessoal se desvaneceu, e ele simplesmente tentou ver a cidade como o lugar onde Madame Olenska vivia. Sentado sozinho, à noite, na biblioteca, quando todos já se haviam recolhido e estavam dormindo, ele havia evocado a eclosão radiante da primavera nas avenidas ladeadas de castanheiras-da-índia, as flores e estátuas nos jardins públicos, o perfume dos lilases nas carrocinhas dos vendedores de flores, o majestoso fluir do rio sob as grandes pontes, e a vida de arte, estudo e prazer que enchia cada poderosa artéria até transbordar. Agora o espetáculo estava diante dele em toda a sua glória, e quando olhava para fora, sentia-se tímido, antiquado, deslocado: um mero pontinho cinza de homem comparado com o indivíduo implacável e magnífico que sonhara ser...

A mão de Dallas pousou entusiasta em seu ombro; e foi logo falando:

— Olá, pai: isso é algo legal, não é? — Eles ficaram por um tempo olhando em silêncio, e então o jovem prosseguiu: — Por falar nisso, tenho uma mensagem para você. A condessa Olenska nos espera às 5 e meia.

Ele disse isso com toda a tranquilidade, descuidadamente, como se transmitisse qualquer informação trivial, como a hora em que o trem partiria para Florença na noite seguinte. Archer olhou para ele e pensou ter visto em seus olhos jovens e alegres um brilho da malícia da bisavó Mingott.

— Ah, eu não lhe contei? — prosseguiu Dallas. — Fanny me fez jurar que eu faria três coisas enquanto estivesse em Paris: conseguir a partitura das últimas canções de Debussy[137], ir ao Grand-Guignol[138] e ver Madame Olenska. Você sabe que ela foi muito boa para Fanny quando o sr. Beaufort a mandou de Buenos Aires para o colégio Assomption. Fanny não tinha amigos em Paris, e Madame Olenska foi tão gentil para com ela, que até a levava a passear nos feriados. Acredito que ela era uma grande amiga da primeira sra. Beaufort. E, claro, ela é nossa prima. Então liguei para ela hoje de manhã, antes de sair, e lhe disse que você e eu estamos aqui por dois dias e queríamos vê-la.

Archer continuou a encará-lo.

— Você disse a ela que eu estava aqui?

— Claro... por que não? — As sobrancelhas de Dallas se alçaram caprichosamente. Então, como não recebesse resposta, tomou o braço do pai, pressionando-o levemente.

— Vamos, pai. Como é que ela era?

Archer sentiu seu rubor aumentar sob o olhar insistente do filho.

— Vamos, diga: você e ela eram grandes amigos, não é? Ela não era extremamente linda?

— Linda? Não sei. Ela era diferente.

— Ah!... aí está! É sempre assim, não é? Quando se trata de falar... ela era diferente... e não se sabe por quê. É exatamente o que sinto por Fanny.

O pai recuou um passo, soltando o braço.

— Com relação a Fanny? Mas, meu caro amigo... espero que sim! Só que eu não vejo...

— Puxa, pai, não seja pré-histórico! Ela não foi... uma vez... sua Fanny?

Dallas pertencia de corpo e alma à nova geração. Ele era o primogênito de Newland e May Archer, no entanto, nunca foi possível inculcar nele nem mesmo os rudimentos da reserva. "De que adianta fazer mistérios? Isso só faz instigar as pessoas a querer desvendá-los", ele sempre se opôs quando solicitado à discrição. Mas Archer, encontrando seus olhos, viu que atrás das brincadeiras brilhava a luz filial.

— Minha Fanny?

— Bem, a mulher pela qual você teria largado tudo: só que você não fez isso — continuou o surpreendente filho.

— Eu não fiz — ecoou Archer com uma espécie de solenidade.

— Não: você é de outra época, sabe, meu velho. Mas a mãe disse...

— Sua mãe?

— Sim: um dia antes de morrer. Foi quando ela mandou me chamar... lembra? Ela disse que sabia que estávamos seguros com você, e sempre estaríamos, porque uma vez, quando ela lhe pediu, você desistiu da coisa que mais queria.

Archer recebeu essa estranha revelação em silêncio. Seus olhos permaneciam fixos, sem ver, a praça lotada e iluminada pelo sol, abaixo da janela. Por fim, disse em voz baixa: "Ela nunca me pediu."

— Não. Eu esqueci. Vocês nunca pediram nada um ao outro, não é? E vocês nunca contaram nada um ao outro. Vocês apenas ficaram sentados, observando um ao outro e tentando adivinhar o que estava acontecendo sob a superfície. Um asilo de surdos-mudos, na verdade! Bem, eu apoio sua geração por saber mais sobre os pensamentos íntimos uns dos outros do que nós conseguimos descobrir sobre os nossos. – Escute, pai – interrompeu Dallas –, você não está zangado comigo? Se estiver, vamos fazer as pazes e almoçar no Henri. Depois, tenho de ir correndo para Versalhes.

Archer não acompanhou o filho a Versalhes. Preferia passar a tarde em passeios solitários por Paris. Tinha de tratar de uma vez com os arrependimentos acumulados e as memórias sufocadas de uma vida vivida em silêncio.

Depois de um tempo, já não lamentava a indiscrição de Dallas. Parecia que lhe tivessem tirado um peso do coração ao saber que, afinal, alguém havia descoberto e se apiedara... E o fato de esse alguém ter sido sua esposa o comoveu indescritivelmente. Dallas, por toda sua visão afetuosa, não teria entendido isso. Para o menino, sem dúvida, o episódio era apenas um exemplo patético de frustração vã, de forças desperdiçadas. Mas seria, na realidade, só isso? Por muito tempo, Archer ficou sentado num banco da avenida Champs Elysées, meditando, enquanto a vida ia seguindo seu curso...

Algumas ruas adiante, a algumas horas de distância, Ellen Olenska esperava. Nunca voltou para o marido e, quando ele morreu, alguns anos antes, ela não havia feito nenhuma mudança em seu estilo de vida. Não havia nada agora para mantê-la separada de Archer... e naquela tarde, ele iria vê-la.

Levantou-se e atravessou a Place de la Concorde e os jardins das Tulherias, chegando até o Louvre. Uma vez ela lhe disse que costumava ir até lá, e ele teve a fantasia de passar o tempo que faltava para o encontro num lugar onde pudesse pensar que ela talvez tivesse estado recentemente. Por uma hora ou mais, ele vagou de galeria em galeria do museu, sob a luz deslumbrante da tarde e, uma a uma, as imagens foram irrompendo diante dele em seu esplendor meio esquecido, enchendo sua alma com os longos ecos da beleza. Afinal, sempre houve uma fome insaciável em sua vida...

De repente, diante de um refulgente Ticiano[139], surpreendeu-se dizendo: "Mas eu só tenho 57 anos..." e então foi embora. Para semelhantes sonhos de verão, era tarde demais; mas certamente não para uma colheita tranquila de amizade, de camaradagem, no silêncio abençoado de sua proximidade.

Ele voltou para o hotel, onde ele e Dallas iriam se encontrar; e juntos caminharam novamente pela Place de la Concorde e pela ponte que leva à Câmara dos Deputados.

Dallas, desconhecendo o que se passava na cabeça do pai, falava entusiasmada e abundantemente de Versalhes. Ele tivera apenas um vislumbre desse imenso palácio durante uma viagem de férias em que havia tentado ver tudo o que era possível, mas teve de seguir com a família para a Suíça. E, agora, o entusiasmo exaltado e a crítica segura jorrava de seus lábios.

Enquanto Archer ouvia, sua sensação de deslocamento e de inexpressividade aumentava. O rapaz não era insensível, ele o sabia; mas tinha a facilidade e a autoconfiança resultantes de encarar o destino não como um mestre, mas como um igual. "É isso aí: eles se sentem iguais às coisas... eles sabem o que fazer", meditava ele, pensando no filho como o porta-voz da nova geração que varreu todos os antigos marcos e com eles os postes de sinalização e o sinal de perigo.

De repente, Dallas parou, agarrando o braço do pai.

– Oh, por Júpiter! – exclamou.

Eles haviam saído para o grande espaço arborizado diante do Hôtel des Invalides. A cúpula de Mansart[140] pairava etérea acima das árvores em flor e da longa fachada cinzenta do edifício; atraindo para si todos os raios da luz da tarde, era o símbolo visível da glória de um povo.

Archer sabia que Madame Olenska morava numa praça perto de uma das avenidas que partiam dos Invalides; e imaginava que fosse um bairro tranquilo e quase obscuro, esquecendo o esplendor central que o iluminava. Agora, por algum estranho processo de associação, aquela luz dourada tornou-se para ele a penetrante claridade em que ela vivia. Durante quase trinta anos, a vida dela... da qual ele sabia tão pouco... tinha sido passada nessa rica atmosfera que ele já sentia ser muito densa e, ao mesmo tempo, estimulante até demais para seus pulmões.

Ele pensou nos teatros em que ela devia ter estado, nos quadros que ela devia ter olhado, as sóbrias e esplêndidas casas antigas que devia ter frequentado, as pessoas com quem ela devia ter falado, a agitação incessante de ideias, curiosidades, imagens e associações apresentadas por um povo intensamente sociável num cenário de costumes imemoriais; e, de repente, lembrou-se do jovem francês que certa vez lhe dissera: "Ah, uma boa conversa... não há nada como isso, não é?"

Fazia quase trinta anos que Archer não via o sr. Riviere, nem tinha ouvido falar dele; e esse fato lhe dava a medida de sua ignorância sobre a existência de Madame Olenska. Mais de metade de uma vida os separava, e ela havia passado esse longo período de tempo entre pessoas que ele não conhecia, numa sociedade que ele apenas imaginava vagamente, em condições que ele nunca entenderia totalmente. Durante esse tempo, ele tinha vivido com sua lembrança de jovem da condessa; mas ela sem dúvida tivera outras companhias mais tangíveis. Talvez ela também tivesse guardado a lembrança dele como algo à parte; se ela tivesse essa lembrança, devia tê-la como se fosse uma relíquia numa pequena capela escura, onde não havia tempo para rezar todos os dias...

Eles haviam atravessado a Place des Invalides e estavam caminhando por uma das vias que ladeavam o prédio. Afinal, era um bairro tranquilo, apesar de seu esplendor e de sua história; e o fato dava uma ideia das riquezas que Paris tinha para atrair, visto que cenas como essa eram deixadas para poucos interessados e para muitos indiferentes.

O dia estava desaparecendo numa suave névoa beijada pelo sol, crivada aqui e acolá por uma luz elétrica amarela, e os transeuntes eram raros na pracinha em que haviam chegado. Dallas parou novamente e olhou para cima.

– Deve ser aqui – disse ele, tomando o braço do pai com um movimento que a timidez de Archer não repeliu; e eles ficaram juntos olhando para a casa.

Na realidade, era uma construção moderna, sem nada de muito chamativo, mas com muitas janelas e agradáveis varandas em sua ampla frente de cor creme. Numa das varandas superiores, que pendia bem acima das copas arredondadas das castanheiras-da-índia da praça, os toldos ainda estavam abaixados, como se o sol tivesse acabado de se pôr.

"Qual será o andar...?", pensou Dallas, e movendo-se em direção à entrada de veículos, enfiou a cabeça no alojamento do porteiro e voltou para dizer:

– É o quinto. Deve ser aquele com os toldos.

Archer permaneceu imóvel, olhando para as janelas superiores como se tivesse chegado ao fim de sua peregrinação.

– Escute, são quase 6 horas – lembrou-o, finalmente, o filho.

O pai olhou para um banco vazio embaixo das árvores.

– Acho que vou sentar ali um momento – disse ele.

– Por quê... você não está bem? – perguntou o filho.

– Oh, estou perfeitamente bem. Mas eu gostaria que você, por favor, subisse sem mim.

Dallas parou diante dele, visivelmente desnorteado.

– Mas, escute, pai: quer dizer que você não vai subir de jeito nenhum?

– Não sei – disse Archer, lentamente.

– Se você não for, ela não vai entender.

– Vá, meu rapaz; talvez eu o siga.

Dallas olhou demoradamente para ele, na penumbra do crepúsculo.

— Mas que diabos devo dizer?

— Meu caro, você não sabe sempre o que dizer? — retrucou o pai, com um sorriso.

— Muito bem. Devo dizer que você é antiquado e prefere subir os cinco andares porque não gosta de elevadores.

O pai sorriu novamente.

— Diga que eu sou antiquado: é o bastante.

Dallas olhou para ele novamente, e então, com um gesto incrédulo, desapareceu de vista sob a entrada abobadada.

Archer sentou-se no banco e continuou olhando para a varanda coberta. Ele calculou o tempo que seu filho levaria para subir no elevador até o quinto andar, tocar a campainha, ser recebido no saguão e então ser conduzido para a sala de estar. Imaginou Dallas entrando naquela sala com seu passo rápido e seguro e seu sorriso encantador, e se perguntou se as pessoas estavam certas ao dizer que seu filho "puxara a ele".

Então ele tentou ver as pessoas que já estavam na sala... pois provavelmente naquela hora social haveria mais de uma... e entre elas uma senhora morena, pálida, que olharia para cima rapidamente, que se soergueria e estenderia a mão longa e fina, portando três anéis... Pensou que ela estaria sentada num canto do sofá perto do fogo, diante de uma mesa adornada de azaleias.

— É mais real para mim aqui do que se eu subisse — ele se ouviu dizer, de repente; e o temor de que aquela última sombra da realidade perdesse sua força manteve-o preso ao banco enquanto os minutos se sucediam.

Ele ficou sentado por um longo tempo, no crepúsculo que se adensava, sem desviar seus olhos da sacada. Por fim, uma luz brilhou através das janelas e, um momento depois, um criado saiu na sacada, ergueu os toldos e fechou as venezianas.

Com isso, como se fosse o sinal que ele esperava, Newland Archer levantou-se devagar e voltou sozinho para o hotel.

Nota sobre o texto

The Age of Innocence apareceu pela primeira vez em quatro grandes partes no periódico The Pictorial Review, de julho a outubro de 1920. Foi publicado no mesmo ano, em forma de livro, pela D. Appleton and Company, em Nova York e Londres. Wharton fez uma extensa revisão, referente à pontuação e a correções ortográficas, entre a publicação da série e do livro, e mais de trinta modificações foram feitas posteriormente, após a segunda edição em forma de livro. Este texto engloba o último conjunto de extensas revisões que são obviamente da autora.

Notas do Tradutor

(1). Christina Nilsson, condessa de Casa Miranda, mais conhecida como Christine Nilsson (1843-1921) foi uma famosa soprano sueca.

(2). O título da opereta era Faust et Marguerite, de Charles Gounod (1818-1893), compositor francês, célebre por suas óperas e músicas religiosas. Faust et Marguerite é uma ópera baseada no poema trágico Faust, de Johann Wolfgang von Goethe (1749-1832).

(3). Trata-se aqui de um tipo de carruagem do século XIX, de dimensões menores que a carruagem tradicional com dois bancos, o que a tornava mais leve e mais rápida. Dispunha de um só banco para dois passageiros, e o condutor ia num banco externo à frente da cabine.

(4). Joseph Victor Amédée Capoul (1839-1924) foi um cantor lírico de ópera. A autora do livro se refere aqui a apresentações em que Capoul desempenhava o papel de Fausto e Christine Nilsson o de Marguerite.

(5). Luther Burbank (1849-1926) foi um horticultor americano que criou imensa variedade de plantas, flores e frutas durante longos anos de experimentos botânicos.

(6). Ópera de Wilhelm Richard Wagner (1813-1883), maestro, compositor, diretor de teatro e ensaísta alemão; a marcha nupcial está incluída nessa ópera.

(7). Referência a Josephine de Beauharnais (1763-1814), esposa de Napoleão Bonaparte (1769-1821) e imperatriz da França.

(8). Jardin des Tuileries, em francês, é um parque à margem direita do rio Sena, perto do museu do Louvre.

(9). Charles-Louis Napoléon Bonaparte (1808-1873), sobrinho de Napoleão Bonaparte, foi presidente da república da França (1848-1852) e depois imperador, com o nome de Napoleão III, reinando de 1852 a 1871, quando foi destituído com a derrocada do império, exilando-se na Inglaterra, onde morreu, em 1873.

(10). Referência a Catarina II (1729-1796), imperatriz da Rússia, mais conhecida como Catarina a Grande, reinou de 1762 até a morte, ocorrida em 1796 .

(11). Marie Taglioni, Condessa des Voisins (1804-1884), famosa bailarina sueca

(12). *Knickerbockers*: espécie de bermuda do século XIX e inícios do século XX; *pantalettes*: calça de baixo usada pelas meninas, peça do vestuário com a borda rendada que cobria as pernas até abaixo do joelho, aparecendo normalmente por baixo da saia.

(13). Expressão francesa que significa direito de cidadania, no sentido de usufruir do direito inato ou adquirido de pertencer a uma sociedade e de gozar de todos os privilégios e benefícios que essa sociedade oferece.

(14). Kew é uma localidade dos arredores de Londres, famosa por ser sede dos Jardins Botânicos Reais (Royal Botanical Gardens ou Kew Gardens, em inglês).

(15). William-Adolphe Bouguereau (1825-1905), professor e pintor francês, célebre por seus nus.

(16). Refere-se ao segundo Império da França (1852-1871), quando Charles-Louis Napoléon Bonaparte (1808-1873), sobrinho de Napoleão Bonaparte, governou a França como imperador, com o nome de Napoleão III.

(17). *Monsieur de Camors* é o título de um romance de Octave Feuillet (1821-1890), em que relata os encontros secretos de Monsieur de Camors com a esposa de seu benfeitor.

(18). *O Fauno de mármore* (*The Marble Faun*) é o título de um romance de Nathaniel Hawthorne (1804-64), escritor e contista norte-americano.

(19). Wardian *cases* eram recipientes de vidro, semelhantes a gaiolas, em que eram cultivadas samambaias e outras plantas ornamentais, sistema inventado por Nathanael Bagshaw Ward (1791-1868), médico britânico.

(20). Ouida, pseudônimo de Maria Louise Ramé (1839-1908), escritora e contista britânica.

(21). Charles John Huffam Dickens (1812-1870), romancista inglês.

(22). William Makepeace Thackeray (1811-1863), romancista britânico.

(23). Henry Bulwer (1801-1872), político e escritor britânico.

(24). John Ruskin (1819-1900), crítico de arte, desenhista e aquarelista britânico.

(25). Joshua Reynolds (1723-92), pintor inglês, um dos principais retratistas do século XVIII.

(26). Expressão em francês no texto, que tem o de espírito corporativo, união, harmonia, solidariedade num grupo social, político ou familiar.

(27). Poemas de Alfred Tennyson (1809-1892; poeta inglês.

(28). Referência a personagens dos romances de William Makepeace Thackeray (1811-1863), romancista britânico.

(29). *Babes in the Wood* ou *Kids of the Wood* é um conto de fadas europeu, impresso pela primeira vez em 1595, versa sobre duas crianças abandonadas na floresta que morrem, e seus corpos são cobertos com folhas por pintarroxos.

(30). Batalha travada em Saratoga, nas proximidades de Nova Iorque, que definiu os rumos da Revolução Americana em 1777 e na qual o general britânico John Burgoyne (1722-1892) se rendeu ao general Horatio Gates (1728-1806), comandante do exército americano.

(31). Thomas Gainsborough (1727-1788), pintor e retratista inglês.

(32). Daniel Huntington (1816-1906), pintor e retratista norte-americano.

(33). Alexandre Cabanel (1823-1889), pintor eclético e retratista francês.

(34). Referência ao livro bíblico de Ester (cap. 7 e 8), em que a rainha Ester intercede junto ao rei Assuero para evitar o extermínio do povo judeu.

(35). Adelina Patti (1843-1913), soprano de origem italiana, mas nascida na Espanha, famosa no mundo inteiro por suas extraordinárias apresentações.

(36). *La Sonnambula* (A sonâmbula), título de ópera de Vincenzo Salvatore Carmelo Francesco Bellini (1801-35), compositor italiano.

(37). Alessandro Francesco Tommaso Manzoni (1785-1873), poeta, romancista e filósofo italiano.

(38). Cowes é uma pequena cidade situada na ilha de Wight, extremo sul da Inglaterra.

(39). Região da Romênia, tida, no imaginário popular, como pátria do conde Drácula.

(40). Referência ao livro, em dois volumes, publicado em 1802, intitulado *Peerage of England, Scotland and Ireland* (Pariato da Inglaterra, Escócia e Irlanda), de John Debrett (1753-1822), compilador e editor; trata-se de um nobiliário ou catálogo das famílias da nobreza ou da dignidade de par do reino.

(41). Refinada porcelana fabricada na cidade de Sèvres, França, desde 1756.

(42). Baixela e prataria da época de Jorge II (1683-1760), rei da Inglaterra.

(43). Porcelana finíssima produzida na cidade inglesa de Lowestoft, também designada de porcelana da Companhia das Índias Orientais porque era vendida como se fosse procedente do Oriente ou mais especificamente da China.

(44). Royal Crown Derby é uma fabricante de porcelana branca de alta qualidade; produz louças e outros ornamentos desde 1750.

(45). Jean-Baptiste Isabey (1767-1855), pintor, gravurista, retratista e miniaturista francês.

(46). Na mitologia romana, Diana era a deusa da lua e da caça, pura e forte, ciosa de sua virgindade.

(47). Dante Alighieri (1265-1321), poeta, escritor e filósofo italiano; Francesco Petrarca (1304-74), escritor e poeta italiano.

(48). John Ruskin (1819-1900), crítico de arte, desenhista e aquarelista britânico.

(49). John Addington Symonds (1840-93), poeta, crítico literário e historiador inglês, conhecido especialmente por suas obras sobre o Renascimento.

(50). Vernon Lee, pseudônimo de Violet Paget (1856-1935), escritora, contista e ensaísta britânica, destacando-se ensaios sobre arte e estética da arte.

(51). Philip Gilbert Hamerton (1834-1894), artista, ensaísta e crítico de arte inglês.

(52). Walter Horatio Pater (1839-94), ensaísta e crítico inglês.

(53). Sandro Botticelli (1445-1510), pintor italiano do Renascimento.

(54). Fra Angelico (c.1395-1455), frade pintor italiano, considerado o artista mais proeminente do início do movimento renascentista.

(55). John Rogers (1829-1904), escultor americano celebrizou-se com a produção de estatuetas de gesso solitárias ou em grupo, reproduzindo cenas da vida cotidiana.

(56). Espécie de rosa vermelha desenvolvida pelo médico e botânico Henri-François-Anne de Roussel (1748-1812); em 1853, o jardineiro Rousselet deu-lhe o nome de rosa Jacqueminot ou rosa General Jacqueminot, em honra do Jean-François Jacqueminot (1787-1865), general e líder político.

(57). Porcelana Saxe, de alta qualidade, produzida perto de Dresden, Alemanha.

(58). Charles Lock Eastlake (1836-1906) era um museólogo e escritor inglês; seu livro *Hints on household taste in furniture* (Sugestões sobre o gosto da mobília do lar) teve grande sucesso, e seu nome ficou ligado à clássica mobília de gosto vitoriano.

(59). Em italiano no original, e significa: "Virá... virá".

(60). Em francês no texto, que significa "bairros excêntricos".

(61). Samarcanda, cidade do Uzbequistão, famosa por suas essências e perfumes.

(62). Em italiano no original e significa "Sim... sim" ou "Claro... sei".

(63). Pablo Martín de Sarasate (1844-1908), violinista e compositor espanhol.

(64). Elegante rua comercial do centro de Paris.

(65). Charles Algernon Swinburne (1837-1909) foi um poeta, dramaturgo, romancista e crítico inglês; *Chasterlard* é uma peça teatral.

(66). *Contos engraçados* ou *Contos libertinos* é uma obra de Honoré de Balzac (1799-1850), romancista francês.

(67). Na mitologia grega, Cassandra é uma profetisa do deus Apolo.

(68). *A morte do conde de Chatham*, quadro de John Singleton Copley (1738-1815), pintor americano.

(69). *A coroação de Napoleão*, quadro de Jacques-Louis David (1748-1825), pintor francês.

(70). Edwin Thomas Blooth (1833-93), ator americano de renome.

(71). Adelina Patti (1843-1913), soprano de origem italiana, mas nascida na Espanha, famosa no mundo inteiro por suas extraordinárias apresentações.

(72). William Winter (1836-1917), crítico dramático e biógrafo americano.

(73). George Richard Rignold (1839-1912), ator britânico.

(74). Washington Irving (1783-1859), escritor, biógrafo, ensaísta e historiador americano.

(75). Fitz-Greene Halleck (1790-1867), poeta americano.

(76). Poema de Joseph Rodman Drake (1795-1820), poeta romântico americano.

(77). Prosper Mérimée (1803-70), historiador, arqueólogo e escritor francês; *Lettres à une inconnue* (Cartas a uma desconhecida) é obra póstuma.

(78). William Makepeace Thackeray (1811-1863), romancista britânico.

(79). Robert Browning (1812-1889), poeta e dramaturgo inglês.

(80). William Morris (1834-1896), poeta e romancista inglês.

(81). Paul-Charles-Joseph Bourget (1852-1935), romancista e crítico literário francês.

(82). Charles-Marie-Georges Huysmans (1848-1907), romancista francês.

(83). Edmond Louis Antoine Huot de Goncourt (1822-1896) e Jules Alfred Huot de Goncourt (1830-1870), romancistas franceses.

(84). Charles-Émile-Auguste Durand, dito Carolus Duran (1837-1917), pintor e retratista francês.

(85). Italo Campanini (1845-1896), tenor italiano.

(86). Sofia Scalchi (1850-1922), contralto italiana.

(87). *The Shaughraun* (O andarilho ou O vagabundo) é uma peça teatral de autoria de Dion Boucicault (1822-1890), ator e dramaturgo irlandês.

(88). Henry James Montague, nome artístico de Henry John Mann (1843-1878), ator americano nascido na Inglaterra.

(89). Ada Dyas (1843-1908), atriz irlandesa.

(90). Sophie Alexandrine Croizette (1847-1901), atriz russa, e Jean-Baptiste Prosper Bressant (1815-86), ator francês, formaram dupla atuante em peças de comédia.

(91). Magde Robertson, nome artístico de Margaret Robertson (1848-1935), e Kendal, nome artístico de William Hunter Grimston (1843-1917), casal de atores ingleses.

(92). *Le Voyage de Monsieur Perrichon* (A viagem do senhor Perrichon), peça teatral de Eugène Marin Labiche (1815-88), escritor e dramaturgo francês.

(93). Pratos de porcelana ou de faiança fabricados na cidade de Delft, Holanda.

(94). Edgar Allan Poe (1809-1849), poeta, editor e crítico literário americano.

(95). Jules Gabriel Verne, conhecido em português como Júlio Verne (1828-1905), escritor francês, considerado o inventor do gênero de ficção científica.

(96). Herbert Spencer (1820-1903), filósofo, biólogo e antropólogo inglês.

(97). Alphonse Daudet (1840-97), romancista, poeta e dramaturgo francês.

(98). Título de romance de George Eliot, pseudônimo de Mary Anne Evans (1819-1880), romancista britânica.

(99). Título de um livro de poemas de Dante Gabriel Rossetti (1828-1882), poeta e pintor inglês, de origem italiana.

(100). Poemas de Elizabeth Barrett Browning (1806-1861), poetisa inglesa.

(101). Poema de Robert Browning (1812-1889), poeta e dramaturgo inglês.

(102). Em francês, no original, significa "um pouco selvagem".

(103). A marcha nupcial de Georg Friedrich Handel (1685-1759), compositor alemão, naturalizado inglês.

(104). Ludwig Spohr (1784-1859), mais conhecido como Louis Spohr, foi um compositor, violinista e regente alemão.

(105). A marcha nupcial de Jakob Ludwig Felix Mendelssohn Bartholdy, mais conhecido como Felix Mendelssohn (1809-47), compositor, pianista e maestro alemão.

(106). *Memórias do Barão Bunsen*, de autoria da baronesa Frances Waddington Bunsen (1791-1876), pintora e escritora, obra sobre a vida e a obra do marido, o barão Christian Karl Josias Bunsen (1791-1860), diplomata alemão.

(107). Charles Frederick Worth (1825-95), costureiro inglês que, aos 20 anos, se mudou para Paris, onde fez sucesso e fortuna; é considerado o "pai da alta costura".

(108). Assim é chamado o museu de arte londrino, fundado no ano de 1824.

(109). Era chamado *grenier* um salão literário organizado e dirigido pelos irmãos Edmond Louis Antoine Huot de Goncourt (1822-1896) e Jules Alfred Huot de Goncourt (1830-1870), romancistas franceses.

(110). Henri René Albert Guy de Maupassant (1850-1893), poeta e escritor francês.

(111). Prosper Mérimée (1803-70), historiador, arqueólogo e escritor francês. .

(112). Em francês no original, expressão que pode ser traduzida por "reserva, privacidade, distanciamento".

(113). Em francês no texto: "Veja, senhor".

(114). Gustave Flaubert (1821-1880), romancista francês.

(115). Jean-Louis-Ernest Meissonnier (1815-91), pintor e escultor francês.

(116). Alexandre Cabanel (1823-1889), pintor eclético e retratista francês.

(117). Em francês no original, frase que significa: "O que você quer?".

(118). "Victoria, dog-cart, landau, vis-à-vis" eram tipos de carruagem que se diferenciavam pelo tamanho, formato ou pela simples marca.

(119). Idawalley Zoradia Lewis, mais conhecida como Ida Lewis (1842-1911), faroleira na costa americana que, substituindo o pai no ofício depois que este adoecera, teria contribuído para salvar muitas vidas no mar.

(120). Em latim no original, expressão que significa "santa simplicidade" ou "santa ingenuidade".

(121). Mary Frances Scott-Siddons (1844-1896), atriz britânica.

(122). "O namoro de Lady Geraldine", poema de Elizabeth Barrett Browning (1806-1861), poetisa inglesa.

(123). Cowes, cidade da ilha de Wight, no extremo sul da Inglaterra. Baden, estação de águas perto de Viena, Áustria.

(124). Texto bíblico de Jeremias II, 25: "Evite que seus pés fiquem descalços e sua garganta sedenta. Mas você diz: 'De jeito nenhum! Eu gosto dos deuses estrangeiros; e é a eles que eu vou seguir.'"

(125). Em francês no original, expressão que significa "nobreza obriga" ou "nobreza o exige, o requer".

(126). Jules Michelet (1798-1874), filósofo e historiador francês.

(127). Lilian Adelaide Neilson, nome artístico de Elizabeth Ann Brown (1848-80), atriz inglesa.

(128). *Romeu e Julieta*, tragédia de William Shakespeare (1564-1616), dramaturgo inglês.

(129). Conjunto de considerável número de objetos, esculturas e peças históricas antigas dos fenícios, assírios, egípcios e gregos, que se encontrava na ilha de Chipre e que foi saqueado por Luigi Palma di Cesnola (1832-1904), militar, diplomata e arqueólogo ítalo-americano.

(**130**). *Ilium* é o nome latino de Troia; na realidade, é a adaptação do nome grego *Ilios*, *Ilion*, do qual deriva o título do poema épico *Ilíada*, de Homero (séc. X a.C., provavelmente), que narra em verso a guerra de Troia.

(**131**). Referência a Charles-Auguste-Louis-Joseph Demorny, mais conhecido como duque de Morny (1811-1865), aristocrata, político e financista francês e meio-irmão de Napoleão III.

(**132**). Vênus de Milo é uma estátua de mármore da Grécia antiga representando Vênus, deusa do amor; a escultura original foi descoberta na ilha de Milo, e hoje está no museu do Louvre, em Paris.

(**133**). Eugène-Joseph Verbeckhoven (1798-1881), pintor belga.

(**134**). Henry Poole (1814-1876), costureiro e alfaiate inglês de renome.

(**135**). Theodore Roosevelt Jr. (1858-1919), presidente dos Estados Unidos de 1901 a 1909.

(**136**). Grolier Club é um clube de bibliófilos de Nova York, fundado em 1884; sua denominação relembra o francês Jean Grolier de Servières, visconde de Aguisy (c. 1489/90-1565), um dos mais antigos bibliófilos.

(**137**). Claude-Achille Debussy (1862-1918), músico e compositor francês.

(**138**). Teatro parisiense, inaugurado em 1897.

(**139**). Tiziano Vecellio (c. 1490-1576), pintor italiano, um dos expoentes do Renascimento.

(**140**). Trata-se da cúpula dourada da igreja de Saint-Louis des Invalides, ao lado do Hôtel des Invalides (abrigo dos inválidos de guerra), projetada por Jules Hardouin-Mansart (1646-1708), arquiteto francês que projetou também o célebre palácio de Versailles.

Impressão e Acabamento
Gráfica Oceano